주도면밀한 주은행

추은연멸한 주은행

초판 1쇄 찍은 날 | 2013년 1월 25일
초판 1쇄 펴낸 날 | 2013년 1월 31일

지은이 | 이이안
펴낸이 | 서경석

편집장 | 권태완
편집 | 장미연
디자인 | 신현아

펴낸곳 | 도서출판 청어람
등록번호 | 제1081-1-89호
등록일자 | 1999. 5. 31
어람번호 | 제5-0325호

주소 | 경기도 부천시 원미구 심곡2동 163-2 서경B/D 3F (우) 420-822
전화 | 032-656-4452 팩스 | 032-656-4453
http://www.chungeoram.com
E-mail | chungeoram@chungeoram.com

ⓒ 이이안, 2013

ISBN 978-89-251-3150-4 03810

※ 파본은 구입하신 서점에서 교환하여 드립니다.
※ 저자와 협의하여 인지를 붙이지 않습니다.
※ 이 책은 도서출판 청어람과 저작자의 계약에 의해 출판된 것이므로,
   무단 전재 및 유포·공유를 금합니다.

주*도*면*밀*한 주은행

th
wed
저녁 6:00~

tue

내일은 그의 생일파티!
예뻐 보이면서도 너무 신경 써서
온 것처럼 보이면 안 된다.

on

H⚪PPY

는 남자를 그것도 한눈에
~~했다.~~
~~한~~ 계획 필수!!

Business

성공과 상관없이 모든 일에 계획이
있어야 하는 법!

STYLE

Chungeoram romance novel

이이안 장편소설

도서출판 청어람

contents

프롤로그	7	10.	256
1.	17	11.	280
2.	32	12.	303
3.	47	13.	325
4.	68	14.	352
5.	102	15.	373
6.	131	16.	395
7.	164	에필로그	422
8.	196	작가 후기	445
9.	231		

프롤로그

번화가 구석진 곳에 위치한 칵테일 바는 세련되고 고급스러웠다. 회색빛 직사각형의 미술관 같은 외관과 편안한 내부는 원목으로 마감재를 써서 아늑한 느낌을 주었다. 줄 달린 조명등이 어두운 공간을 푸르스름하게 비추고 그 안에 손님들은 무리 지어 대화를 나누며 칵테일을 즐기고 있었다. 스피커로 들리는 여가수의 노래는 그들의 대화를 방해하지 않을 정도로 잔잔하면서도 리듬을 타며 흘렀다.

주은행은 오랜만에 만난 고등학교 친구들과 잡담을 하는 것이 즐거웠다. 그녀 포함 여섯 명이 학창 시절에 잘 어울려 다녔었다. 그들 중에 두 명은 각각 치과 의사와 금융계 간부와 결혼해서 평온하게 살고 있고, 나머지 네 명은 아직 미혼이다. 하지만 강하리는 대학교 때부터 사귀어온 약혼자가 있었다. 언젠가 하겠지만,

확실한 결혼 시기는 이번에 교수가 된 남자 쪽의 사정에 맞춰질 예정이었다.

사실 요즘 주목받고 있는 업체인 준하패션의 부사장일 정도로 잘나가는 하리가 약혼자와 그의 집안에 헌신해 온 것은 동창들에게도 신기하고 감탄스러운 일이었다. 미인은 아니더라도 키 크고 스타일 좋고, 매력 있고, 부와 실력까지 거머쥔 채 한 남자에게 올인 중이라니 놀라운 일이었다.

부럽다. 운명을 이리 일찍 찾아낸 것은 참으로 운이 좋은 것이다. 하지만 은행은 자신 또한 운이 좋다고 생각했다. 그렇게 달콤한 칵테일을 홀짝이다가 유부녀 친구 중 한 명이 남자 친구가 있느냐는 질문에 칵테일 잔을 놓고 입술을 냅킨으로 톡톡 닦으며, 새침하면서도 활기차게 말했다.

"곧 사귀게 될 거야."

순간 정적이 흘렀다. 이해하지 못하겠다는 듯 멍한 눈빛이 마구 쏟아졌다.

"끝내주는 남자가 너에게 대시라도 하냐?"

"아니, 내가 그 끝내주는 남자를, 그것도 한눈에 발견했거든. 그래서 지금 치밀한 계획을 세우려고 노력 중이야."

"오우."

친구 중 한 명이 감탄사를 내뱉으며 고개를 흔들었다. 엄청난 미모를 자랑하는 김태연이었다. 그러자 은행의 동그란 눈이 살짝 치켜 올라가면서 샐쭉해졌다.

"성공한 적은 있냐?"

속은 따뜻해도 겉은 까칠한 강하리가 오른쪽 팔을 탁자에 올려

기대며 물었다. 그 특유의 무뚝뚝하면서 깐깐한 말투는 여전했다. 검은색 바지 정장으로 인해 포스가 더 대단했지만 은행은 개의치 않고 침을 튀기며 말하기 시작했다.

"성공 여부와 상관없이 모든 일에는 계획이 있어야 하는 거야. 강하리, 넌 사업가니까 잘 알 것 아니야?"

강하리를 비롯한 다른 친구들은 똑같이 어이없다는 표정을 지었다. 게다가 피식 웃는 것이 영 은행의 기분을 상하게 했다.

"사랑도 마찬가지야. 어떻게 준비 없이 사랑이란 중대한 일을 성공시킬 수가 있겠니. 사랑도 사업도 인생도 계획하고 노력해야 돼. 그렇게 계획이란 걸 상세히 세우면 세울수록 실패의 오차 범위를 좁힐 수 있고, 그럼 영혼의 짝을 만날 수 있는 가능성이 더욱더 커지는 거야."

"앞으로 성공하길 바란다."

섹시한 이목구비에 막힘없는 표정을 지으며 김태연이 말했다. 지금껏 실패한 것을 그렇게 지적하다니, 은행의 입이 야무지게 꽉 다물어졌다.

이른 나이에 일적으로 성공한 것은 하리뿐 아니라 김태연도 마찬가지였다. 고등학교 때도 자유로운 영혼이더니 지금도 거침없는 인생을 살고 있었다. 잡지와 방송 그리고 출판까지 넘나들며 연애 칼럼니스트로 각광받고 있는 중이었다.

은행은 학창 시절부터 태연이 좋았다, 내숭이 없는 스타일이니까. 엄청 예쁜데도 잘난 척 없고 미인대회 출신인데도 털털한 면도 있고, 유명한 칼럼니스트인데도 겸손과 과시의 적당한 선을 안다. 너무 겸손한 것은 재미가 없으니까. 근데 지금은 얄밉다.

김태연은 운명보다는 눈이 맞으면 연애하는 경우가 많았다. 그녀의 연애는 다채로웠다. 부럽긴 해도 은행은 운명론자다. 순전히 평생을 같이할 한 사람을 찾기 위해 매진하고, 아니다 싶으면 깊은 사이가 되기 전에 돌아서다 보니 연애 입문은 많았는데 연애다운 연애를 못했다. 그러다 보니 사귀다 만 것이 너무 많았다. 그녀는 순간 이러다가 제대로 된 연애 한 번 못할 거라는 아찔한 생각에 달콤한 칵테일 대신 마티니를 주문했다.

'괜찮아. 괜찮아.'

운명을 만나기까지 흐지부지한 관계에 괴로울 필요는 없다. 스물여덟 살이 되기까지 경험 없는 것은 그리 비정상적인 일도 아니다. 문제는 친구들도 눈치를 채는 것 같아 짜증 날 뿐. 마티니를 마시며 속을 누르고 나니 다시 기분이 전환되었다.

주은행, 그녀는 생각보다 단순했다. 건강한 만큼 금방 기분이 나아졌다. 젊고 이만하면 예쁘고, 자기 분야에서 인정을 일찍 받고 의리까지 있으니 남부러울 것이 없었다. 샤넬 재킷에 짙은색 스커트를 입은 은행은 자신의 세련됨을 다시 한 번 인식하고 자세를 곧추세웠다. 친구들은 결혼 이야기를 하고 있었다. 유부녀 친구들은 이때를 놓치면 까딱하다간 좋은 시절 지나간다고 앞다투어 말했다. 맞는 말이다.

"그럴 수도 있겠다."

"언젠가는 하겠지."

오랫동안 사귄 약혼자가 있는 하리는 수긍하는 분위기고 태연은 유유자적이다. 남녀 관계에 대해서 진지한 탐구가 몸에 밴 은행은 또 이런 분위기를 참지 못하고 일장 연설에 들어갔다.

"자기의 반쪽 찾는 것에 게으르면 안 돼. 일만큼 중요한 것이 사랑 아니겠어. 사랑은 결혼으로 들어가야 진정한 완성을 보게 되니까, 그러기 위해선 나한테 딱 맞는 사람을 찾아야 돼. 아무리 운명이라도 타이밍이 맞지 않으면 못 잡고 흘러간다고. 그 타이밍은 오로지 노력하는 사람에게만 보이는 법이야……."

은행은 얼굴을 붉히지도 않고 이 중요한 내용을 상당히 길게 말할 수 있는 능력을 가지고 있었다. 주은행에 대해서 너무 잘 아는 이들은 누가 먼저랄 것도 없이 알아서 그녀의 말을 끊어버렸다. 그리고는 유부녀 친구들은 이상형이나 대보라는 유치한 요구를 하더니 아예 '아닌 남자'를 말하라는 황당한 요구를 하기 시작했다.

객관적인 아닌 남자가 아니라 주관적인 아닌 남자.

"싸가지 없는 졸부 새끼! 정말 싫어."

말이 없던 176㎝의 큰 키에 통통한 몸매를 가진 유하정이 툭 내뱉었다. 타고난 기질은 평생 바꾸기 힘든 것인가. 학교 다닐 때도 그랬다. 빵빵한 뺨에도 묻히지 않는 커다란 눈을 가졌지만, 소의 눈처럼 겁이 많고 늘 주위 사람들의 눈치를 봤다. 운동선수나 모델처럼 훌륭한 기럭지를 가졌으나 운동신경이 뛰어나진 않았다. 패션 감각과도 거리가 멀었다. 그래도 심성이 착한 친구였다. 그녀의 집안에서 유일하게 순둥이로, 학교 다닐 때 엄마, 언니들이 드센 것은 주변 상가에 소문이 쫘악 난 엄연한 사실이었다.

"넌 남자하고 사귀어보고 말해."

드센 가족 분위기 속에 혼자 순한 그녀답게 면박에 약했다. 술기운이 돈 하정은 금세 누그러들었다. 그 모습이 짠해서 은행은 하정의 두툼한 손을 잡고 머리를 쓰담쓰담 해주었다.

누군가 은행의 아닌 남자를 물었다. 사실, 그것은 너무도 명확했다.

"상사랑 연애하는 그 짓을 왜 하는지 모르겠어. 일하면서 미운 모습 전부 보여주는데 어떻게 낭만적인 연애를 하겠니, 안 그래?"

말은 딱 부러지는 주은행이 아닌가.

"넌 결단코 너희 회사 소장이랑 사귀지 않겠다? 미혼이라며?"

"그걸 말이라고 해?"

들꽃 건축사무소 대표, 나태한 김성현과 상을 몇 개씩 받고 여러 곳에서 스카웃 제의를 받는 주은행이 사귈 수 있냐고? 장난치나.

"잘생겼어."

어떻게 생겼냐는 질문에 그를 본 적이 있는 하리가 대답했다. 그녀의 시댁 될 집을 그가 개축한 적이 있었다.

은행은 김성현 얘기가 더해질수록 몸을 부르르 떨었다. 자꾸 상상이 되어서 짜증이 났다. 있을 수 없는 일을 상상하게 만들면 이렇게 부작용이 생기는 법이다. 하리가 유별 떤다는 듯 은행을 쳐다보았지만 정작 자신에게 질문이 집중되자 미간을 찌푸렸다.

"난 약혼자가 있는데 무슨 아닌 남자 타령이냐?"

강하리가 투덜거리는 것과 상관없이 친구들은 제멋대로 그녀의 아닌 남자를 정해주었다. 바로 박서준. 하리가 어이없어하며 정색했다. 그도 그럴 것이 오빠 친구인 박서준은 죽은 오빠 대신 그녀에게 혈육 같은 소중한 존재였다.

부모님이 돌아가시고 남매는 친척 집을 전전하며 학교를 다녔다. 남매는 서로에게 더할 나위 없이 의지하며 자랐다. 그러나 오빠마저 사고로 죽은 후 하리는 오빠의 친구이자 동업자인 서준을 가족으로 받아들였다.

박서준에게도 강하리는 소중한 존재였다. 이젠 친구 대신 하리가 동업자이고 친구인 것이다.

사장과 부사장.

하리는 부사장으로서 또 가족 같은 느낌으로 박서준을 보좌하고 있었다. 욕하지 않고 탓하지 않고 무조건 믿어주는 것으로.

하지만 재벌가의 사생아로 태어난 박서준은 모든 여자들의 아닌 남자라고 해도 무방했다. 바람의 전설로 불리우는 바람둥이. 뒤에서 욕하다가도 앞에서 보면 여자들이 스르르 녹으니 참으로 위험한 존재였다. 게다가 여자와의 관계는 인간관계가 들어갈 시간도 없이 간결했다. 매력은 있어서 여자들이 벌처럼 꼬이나 모두 단발로 그치고 만다. 진지한 관계를 갖는 것 자체를 싫어한다는 소문이 파다하고 이미 행동으로 그 소문을 입증하고 있었다.

은행은 그런 남자한테 반하는 여자들을 이해할 수가 없었다. 지성과 감성을 적절히 가지고 있다고 자부하는 그녀이기에 더욱더 그랬다.

"남의 사생활에 왜 이리들 관심이 많은지 할 일들 없구만."

강하리가 웃음기 없는 얼굴로 말했다. 사실 문제 많은 박서준이긴 하지만 하리에겐 가족 같은 존재이니 함부로 욕할 수가 없었다. 보통 땐 부드러운데 마음만 먹으면 카리스마를 발휘하는 것을 보면 괜히 커다란 패션 회사의 부사장이 아니다. 친구들도 움찔했다. 뭔가 제압하는 분위기를 풍기자 더 이상 건드려서 좋을 것 없다는 생각이 든 것이다. 다시 관심은 김태연에게 넘어갔다.

무슨 공놀이도 아니고 말이야.

은행도 태연을 바라보았다. 그녀는 이 자리가 심심한지 그만 빠지고 싶은 모양이었다. 잘빠진 몸매를 들썩거리는 걸 보면. 그러고 보니 은행만 빼놓고 세 명은 다 키가 크다. 약 올리는 것도 아니고. 무슨 여자 키가 170㎝이 다 넘냐고, 짜증 나게.

"고리타분한 남자."

그 와중에도 태연은 아닌 남자를 말하고 있었다. 아마 머리에 완전히 입력된 모양이다. 김태연이 누굴 얘기하는지 모르는 사람은 이 자리에 없었다.

"보수적인 면모에 앞뒤가 쾅쾅 막혀 대화가 도무지 안 되는, 한마디로 융통성 없이 자신의 기준에 맞춰 사는 답답한 남자."

주신노 얘기다.

김태연과 고등학교 시절 조금만 친했으면 다 아는 사실이다. 주신노와 김태연이 앙숙이었다는 것을. 주신노는 신부 같은 남자로 모든 것에 자제와 절제가 밴 공부 잘하는 선배였고, 태연은 그 신노의 여동생 신나와 절친이 아니던가. 두 사람은 불행하게도 이웃이었다. 그것도 바로 딱 붙어 있는 옆집에 살았다.

자기 동생 못된 버릇 든다고 둘 사이를 떼어놓으려고 했던 신노로 인해 태연과 마찰이 잦았다. 만약 두 사람이 사랑에 빠진다면 웃기긴 하겠다. 하지만 그것은 은행 자신이 김성현과 사랑에 빠지는 일처럼 있을 수 없는 일이었다. 그러니까 아닌 남자겠지. 다시 자신의 상사와 로맨스적인 여지를 조금이라도 둔다는 것에 소름이 확 끼쳤다. 아무리 그럴 수 없다는 상상이라도 말이다.

그때, 하정이 술에 취한 눈으로 이상한 소리를 연달아 늘어놓았다.

"남자랑 다들 자봤냐?"

"이 나이에 섹스 경험 없는 게 정상이야, 있는 게 정상이야?"

숙맥인 유하정이 술 취해서 제정신이 아니다.

"정상이고 아니고 그런 게 어디 있어? 하면 하는 거고, 안 하면 안 하는 거지."

시크한 강하리가 그녀답게 말했다. 약간 재수 없지만 생각해 보면 틀리지 않은 말, 그리고 강하리는 들여다볼수록 진국이긴 하다. 은행은 강하리도 나름 좋아한다.

"넌 고작 한 사람하고만 했을 뿐이잖아."

유하정이 돌았는지 삿대질까지 했다. 술 취하면 순둥이가 변한다. 그러고 나서 술이 깨면 자학한다. 불쌍하다. 하정도 아끼는 은행은 도움 주는 말을 안 할 수가 없었다. 유하정보다 몇 배 성숙한 여자로서 가만히 있으면 친구로서 못할 일이었다.

"너도 나랑 같은 과잖아."

유하정이 삿대질과 함께 원천봉쇄에 들어갔다.

이게 무슨 개뼈다귀 뜯는 소리야.

"내가 너랑 어떻게 같니? 나는 신념이 있어서 많은 사람을 사귀었어도 경험이 없는 것이고……."

"야, 너 술 취했어."

"술 안 취했어. 나 멀쩡해."

은행은 말은 그렇게 했지만 술 취한 것 같았다. 자꾸 열이 나고 시야가 흐릿하게 보이는 것을 보면. 하리가 택시 잡아준다고 했지만 그래도 그만 마셔야 할 것 같아서 술잔을 놓았다. 그 와중에 하정이 남자에게 가장 인기 많고 경험도 많은 김태연에게 물어봤다.

본좌인 그녀에게 답을 구하는 것이다. 태연이 마지못해 말하는데 말하는 족족 명답이다.

 역시 경험은 자산이란 말인가. 놀라면서도 숙맥인 유하정과 자신은 다르다고 은행은 스스로를 위로했다. 다만, 남자와 깊은 관계를 갖지 못한 것은 사실이다. 눈이 높은 것 또한 사실이다.

 뭐, 많은 걸 원하는 것이 아니다. 자수성가에 자상하고 남의 말을 잘 들어주는 섬세하면서도 남성적인 남자. 그게 어려운 것은 아니지 않은가. 어려운가. 어렵다고 해도 이번에는 실패할 리가 없다. 그런 남자를 딱 집었으니까.

 이번에는 성공할 것이다.

1

주은행이 일하는 모습은 늘 한결같았다. 그녀는 철모를 쓰고 마지막 마감 공사가 한창인 주택 내부를 휘저었다. 시공에 들어간 지 석 달이 되자 집 구조가 거의 잡혔다. 4층 목조 공동주택은 가족으로 구성된 네 가구가 돈을 모아서 함께 살기로 하면서 최대한 단열과 방음에 신경 쓴 4층 목조 공동주택이다. 마치 빌라처럼 보이지만 전원주택의 장점을 살려서 공동 텃밭 그리고 평상까지 시골 정취를 느낄 수 있게 설계했다.

6개월이 넘게 걸린 설계도면에 따라 짓기 시작한 집은 콘크리트 기초를 한 후 나무 골조 공사를 하고, 이미 업체 공장에서 맞게 만들어 나온 뼈대가 될 나무를 현장에서 조립해서 만들었다. 그다음 외벽 방수 공사를 하고 전기와 수도, 배관 등의 설비 공사가 진행됐다.

설비 공사에서 나무들이 버티는 힘에 영향을 주지 않았는지 점검하고 보강하는 작업을 그 누구보다 깐깐하게 하는 이가 바로 주은행이었다. 뿐만 아니라 방수지를 붙이는 일에도 마찬가지였다.

"박음쇠 사이 틈 생기잖아요. 몇 번을 말합니까. 테이프 붙여주세요, 테이프요. 제가 전에도 말씀드렸듯이……."

또 시작이다. 꼼꼼히 살피다가 마음에 안 들면 미간이 좁혀지면서 은행에게서 잔소리가 쏟아져 나왔다. 온수 파이프를 까는 온돌 바닥 공사도 마찬가지였다. 그녀의 잔소리 때문에 바닥 공사는 깐깐하게 진행되었다.

"기사님, 온돌 난방 가동 안 하세요?"

"지금 하려고 했는데……."

"아닌 것 같은데요. 그냥 넘기려고 하셨죠. 모르타르의 습기를 완전히 없앤 다음에 마루를 깔아야죠. 베테랑 분들께서 왜 깜빡하시죠. 이러시면 곤란합니다. 제가 누누이 말씀드렸듯이……."

작은 체구에 예쁘장한 얼굴에서 나오는 목소리라고 믿기 힘들 만큼 크고 우렁찼다. 복식호흡이라도 따로 배운 것이 아닌가 하는 소리가 나올 정도였다. 하여튼 이미 그녀와 일해본 기술자들은 그저 맡겨도 되는 세세한 부분까지 걸고넘어지는 주 실장 때문에 짜증 났지만 이젠 그러려니 하는 단계까지 왔다. 일하는 데 똑 부러지고, 계산도 철저하고, 또한 의리도 강했다. 그러니 그 누구도 주은행을 작업장에서 무시하기 힘들다.

그녀가 이 바닥에서 유명한 것은 색다른 구상과 창의적인 공간도 있겠지만, 무엇보다 집을 짓는 데에 굉장히 깐깐하고 하나하나 따지기 때문에 집에 사는 사람들이 행복하기 때문이었다. 단열과 방음을 중요시하기에 그녀가 설계하고 감리해서 지은 집은 단열재나 나무 재료 등이 철저했다.

또한 건축주가 무얼 원하는지 최대한으로 들을 준비가 되어 있었다. 자신이 원하는 대로 획기적인 디자인으로 집을 짓지 않는다. 보여주기 위한 집이 아니라 생활해야 하는 집이기 때문이다. 천장을 높이고, 통유리로 하면 근사해 보이긴 하지만 보온과 냉방에 취약의 집이 되어버린다.

집주인들도 그녀를 선호하는 이유 중 하나가 쉽게 설명하고 까다로운 요구를 해도 설계 단계에선 뭐든지 받아들인다는 점이다. 집에 있어서 주인의 마음에 들지 않으면 아무 소용이 없으니까 당연한 일이지만 그것이 실력과 인내심이 있어야 가능했다. 하지만 공사에 들어가면 이야기가 달라진다. 그때는 무조건 믿어달라고 말한다. 그러지 않으면 망치기 때문이다. 그래서 공사할 때 더 까다로워진다. 주은행이 콩마녀로 통하는 이유다. 콩 같은 작은 체구에 자신보다 몇 배나 큰 남자들을 제압하는 그녀의 에너지를 볼 때 애칭으로 딱이었다.

그런데 요 며칠 이상 증후가 포착되었다. 주은행이 뭔가 이상했다. 일하던 기사들은 콩마녀가 마치 무슨 생각이 떠올랐는지 자꾸 몸을 부르르 떨며 진저리 치는 모습을 발견했다.

"뭐, 잘못 먹은 건가?"

"그러게 말이야. 무슨 안 좋은 일이 있나?"

은행은 자꾸 며칠 전 친구들의 아닌 남자 얘기가 떠올라서 소름이 끼쳤다. 아닌 남자까지는 좋은데, 그것을 재확인하려는 친구들 때문에 머리가 지끈지끈 아파왔다.

"김성현과 절대 사귀지 않겠다는 거지?"

김성현이라니, 자신의 상사, 그 느려 터진 김 소장과는 남녀상열지사의 감정이 조금도, 아니, 그럴 수 있다는 여지도 파고들 수가 없었다.
"잡생각을 하지 말자."
은행은 아닌 남자에 대한 잡생각을 몰아내고 일에 집중한 후 차에 올라탔다. 마무리까지 끝내고 이젠 가구 공사도 마쳤다. 붙박이 가구와 주방 가구 등이 들어가고 세세한 인테리어만이 남았다. 며칠 더 공사를 하고 이사한 후 점검만 하면 끝이다.
은행은 다음 일에 대한 행복한 구상을 했다. 이번 설계는 그 어느 때보다 설레고 가슴이 콩닥거린다. 4개월의 설계와 2개월의 공사로 예정되어 있는 이번 일은 그녀를 들뜨게 했다. 물론 연애와 일을 같이 하는 걸 극도로 경계하지만 예외도 있는 법이다.
원래, 사랑은 그렇게 뜻밖에 찾아오는 것이 아닌가.
"서진우."
은행이 달콤하게 중얼거렸다.
어느 날 갑자기 닥친 일이었다. 그 느려 터지고, 사람 속 터지게 하는 김성현이 친히 맡긴 일이 아니던가.

"서진우 씨 알죠. 그 작가의 별장을 지으려고 하는데, 주 실장이 맡아서 하도록 해요. 서진우 씨가 주 실장이 설계한 집을 잡지에서 보고 인상적이라고 직접 부탁했어요. 가서 상담해 봐요."

이럴 수가. 서진우라니.

그가 누구인가. 대학 시절 유학 가서 미국에서 소설가로 대박을 터뜨린 사람이 아니던가. 그 흥미진진한 경제 소설이나 법정 소설은 얼마나 학식이 많은가를 보여주고 있었다. 그뿐 아니라 생생한 줄거리에 개성적인 인물들과 개연성까지. 평론과 대중 모두에게 인정받은 그가 고국으로 돌아와 새 작품 구상 중이란 사실은 인터넷만 봐도 알 수 있는 사실이었다. 그것도 자신이 지을 별장에서.

34세, 미혼에 184㎝의 모델 같은 키의 미남. 자수성가함.

그 모든 것이 그녀가 그리던 조건으로 자신 앞에 뚝 떨어진 것이다. 책을 보며 선망하던 그 작가가. 이건 운명이다.

은행은 자신이 속물임을 인정했다. 완전한 속물은 아니지만 완벽한 조건에 끌리는 것이 속물이라면 그녀는 속물이었다. 하지만 그것은 인간이라면 자연스런 감정이자 본능이며 그녀는 그런 본능에 무척이나 충실했다. 더군다나 가장 중요한 것은 처음 남녀가 만났을 때의 느낌이다. 별장이 들어설 풍광을 보며 이야기했을 때의 기분을 아직도 잊을 수가 없었다. 아니, 평생 못 잊을 것 같았다.

서진우는 제때 도착한 그녀를 기다리고 있었다. 편한 니트에 청바지를 입은 그는 얼마나 잘생겼던가. 은행이 늘 추구하는 뚜렷한 이목구비가, 자칫 잘못하면 느끼함과 결합되는 안타까움을 많이 보곤 했다. 그런데 쌍꺼풀 진 남자가 코가 그리 높고 입술까지 도톰한데도 인상이 상쾌할 수 있다는 것은 정말로 놀라운 사실이었다.

그들은 많은 대화를 나누었다. 물론 사적인 대화가 아닌 별장을 어떻게 지을지에 대해서. 기반 공사를 들어가기 전에 설계도면이 확실히 나와야 하니까.

진우는 주위를 감싸는 산과 잘 어울리는 집을 원했다. 그가 원하는 것은 프로방스 스타일의 자연에 스며드는 목가적인 집이었다. 마치 원래 거기에 있었던 것 같은 집, 별장이지만 거창한 것은 싫다고 했다. 그렇다고 해서 세세히 어떤 식으로 꾸밀까 하는 생각에까지 미치진 않았다. 다만, 겉 그림은 확실했다. 남프랑스 지방의 자연주의 스타일의 집을 우리 풍광과 잘 어울리고 융통성 있게 풀어갔으면 했다. 대학교 때 배낭여행을 하면서 신세를 졌던 남프랑스의 시골집에 대한 정취가 나이가 들어도 가시지 않는다고.

"편안하고 자연과 어울리는 집이면 돼요. 다른 것은 주 실장님이 다 알아서 해주세요."

"그래도 서 작가님이 작업하실 공간이니까 하나하나 서로 의논하는 것이 좋아요. 건축가를 귀찮게 할수록 좋은 설계도면이 나오니까요."

이것은 절대 거짓말이 아니었다. 진리이고 사실이다. 물론 속셈이 없는 것은 아니지만 그렇다고 일에 있어서 거짓을 행하지는 않는다. 주은행은 그런 여자였다. 셈이 빠르지만 사뭇 진실한…….

이것이 맞나.

은행이 서진우에게 만족스러운 것은 그의 태도였다.

그는 마치 은행을 소중한 친구처럼 대해주었다. 물론 그녀가 절세미인은 아니더라도 작고 귀여운 면이 꽤 있어서 흥미를 보이는 사람들이 있긴 해도 이렇게 순수하게 친근감을 내보이는 사람은 없었다.

"여기에서 학교를 다녀서 그런지 번잡한 도시에 아무리 적응되었다고 해도 어쩐지 맘이 편치 않았어요. 그래서 늘 쫓기는 소설을 쓰는 것 같은데 이런 곳에서 마음 편한 이야기도 풀어가고 싶어요. 재미없어도요."

낯선 이에게도 자신의 감정을 숨기지 않다니. 이상형과 완전 닮은 사람을 바로 코앞에서 보는 감동이 충격의 여파처럼 온몸을 감쌌다. 이것이 그동안 그렇게 애타게 찾았던 감정이었구나.

그때, 휴대폰이 울리자 진우가 양해를 구하고 전화를 받았다. 차라리 잘된 일이다. 아무리 이상형을 만났다 해도 이리 처음부터 감정을 모두 들켰다가 좋은 일이 없으니까. 숨을 고르고 마음을 진정시켜야 한다.

부모님의 이혼으로 은행은 더욱 운명에 집착한다는 소리를 친구들한테 듣곤 했다. 사실, 그렇긴 하다. 요즘 세상에 이혼이 그리 특별하지 않다 하더라도 아버지가 세 번, 어머니가 두 번 이혼을 하고 네 번과 세 번째서야 조용히 사는 것은 분명 흔한 일이 아니었다. 물론 그 두 번은 아버지, 어머니가 한 것이긴 하지만 말이다. 두 번씩 같은 사람과 결혼과 이혼을 하다니. 그런 역경을 겪고 난 후 그들은 겨우 정착을 했다. 게다가 엄마가 첫사랑을 만나 재혼한 것은 그녀에게 충격이었다. 그래서 진정한 운명을 만나는 것은 일생일대의 숙업이며 대단한 일이기에 온몸의 감정이 휘몰아쳤다.

은행은 마음을 들키지 않으려고 눈을 깜빡였다. 이 운명과 같은 완벽한 사랑을 어떻게 만들까 구상 중일 때 전화 통화하는 그의 입에서 이런 말들이 나왔다.

"그래, 잘하고 있다. 참, 너 내 생일 잊은 것 아니겠지? 야, 파티 있어. 남자 새끼가 무슨 생일 파티를 하냐고? 그럼, 남자는 사람 아니냐. 그러지 말고 너도 참석해. 너도 아는 곳이야. 단골 이탈리아 카페 알지? 거기 빌렸다. 친한 사람이 너하고 달리 넘치지만 그래도 너 안 오면 가만 안 둘 거야. 자식, 처음부터 온다고 하면 될 것을 욕을 사서 들어요. 그래, 알았어. 들어가라."

전화 통화가 끝나자 은행은 조심스럽게 물었다.

"생일이신가 봐요? 좋은 때에 태어나셨네요."

여기서 중요한 것은 관심 있다는 내색을 전혀 하지 않고, 그저 예의상 묻는 것처럼 차분해야 한다.

"가을이 시작될 무렵이죠. 카페 빌려서 하기로 했어요. 워낙 친구들이 많아서요."

"축하드려요. 재미있게 보내세요."

은행은 아무렇지 않게 다시 일에 대한 생각밖에 없다는 듯 작은 드로잉북을 내려다보았다. 거기엔 그가 원하는 별장의 모습들이 스케치되어 있었지만 눈앞에 어른거리는 것은 그의 생일이란 단어였다.

"주 실장님, 초면인데 초대해도 무례한 것 아니겠죠?"

"네에?"

눈치 빠른 주은행이 이게 무슨 뜻인지 모를 리가 없었다. 모른 척하는 표정은 진짜 배우가 따로 없다.

"제 생일 파티에 오셨으면 해서요, 오실 수 있으시면요."

"친구 분들 오는 자리인데 제가 가면 방해되지 않을까요?"

은행은 동그란 눈에 순수한 빛을 띠고 물었다. 그러자 그가 고개를 저으며 조금 더 적극적인 자세로 어깨를 그녀에게 기울이며 말했다.

"아니에요. 친분이 있는 사람들 다 오니까 부담 안 가지셔도 돼요. 3일 후, 저녁 6시쯤에 넉넉히 오시면 됩니다. 워낙 길게 할 파티라서요. 그냥, 아는 사람들 모여서 음식 먹고 노는 거니까요. 제가 워낙 오지랖이 넓기 때문에 안면만 있어도 초대해서 북적거릴 거예요. 재미있을 테니 오세요. 장소는 ○○○인데, 건축사무소에 가까운데 아시나요?"

"네, 거기 알아요. 시간 나면 갈게요. 제가 그날 약속이 있어서요. 아마도 일이 빨리 끝나면 갈 수 있을 것 같네요."

거짓말이다. 은행은 사랑의 완성을 위해서 이런 거짓말은 눈 깜빡하지 않고 할 수 있는 인간형이었다.

"꼭 오시길 바랄게요."

그의 말에 가슴이 콩닥콩닥거린다. 관심이 있다는 눈빛, 하지만 너무 반응하면 안 된다. 초기 연애에 대해서 그녀만큼 **빠삭**한 인간도 없다.

"그럴게요."

딱 예의 바르지만 뭔가 더 있을 것만 같은 선에 멈추는 미소를 보냈다. 그렇게 속을 알 수 없게 상냥함을 내비친 것과 달리 며칠 후 옷장을 뒤지고 난리다. 벌써 몇 번째인지 모를 옷을 입고 벗고 하느라 시간이 흘렀다. 예뻐 보이면서도 너무 신경 써서 온 것처럼 보이면 안 된다. 그것이 정말 힘든 일 아닌가. 예쁘면 예쁘고 편하면 편한 것이 그녀의 옷 입는 철학인데, 그 중간에서 모든 걸

갖춰야 한다는 것은 엄청난 고뇌를 거친 선택이 필요했다. 그렇게 심사숙고한 끝에 상당히 아끼는 고가의 블랙 재킷에 티셔츠와 청바지를 골랐다. 화장도 상당히 청순하게 했다. 커다란 눈을 강조하고 입술은 연하게 발랐다. 화려하게 하는 것보다 시간이 배로 걸렸다.

은행은 겨우 준비를 끝내고 별 어려움 없이 도착했다. 차를 주차시키고 지하 레스토랑으로 들어갔다. 계단을 내려가니 잔잔한 음악 속에 소란함이 몰려왔다. 은행은 조심스럽게 걸음을 떼고 문을 열기 전에 보이는 거울에 자신을 비추며 상큼한 미소를 지었다. 입이 작아서 늘 웃을 때 입가 근육이 당긴다. 그게 늘 불만이어서 미리 풀어줘야 어색하지 않게 웃을 수 있었다. 그녀는 숨을 깊게 쉬고 나서 손잡이를 돌렸다. 시작은 항상 떨리고 설렌다.

생각보다 북적거리지는 않지만 그래도 서른 명은 족히 넘어 보였다. 널따란 레스토랑은 밝고 편안한 인테리어로 친숙한 분위기였다. 가장자리엔 와인병들로 세팅이 되어 있고 귀여운 장식품들이 옹기종기 벽장에 모여 있었다.

빵 굽는 고소한 냄새 속에서 사람들은 인사하느라 바빴다. 옷차림들이 모두 가지각색으로 일하는 분야도 많이 다를 것 같았다. 그래도 친근한 분위기였다. 서로 알고 있거나 모르는 사이라도 서진우라는 공통점으로 허물없이 인사를 하고 눈을 마주치면서 가벼운 미소를 나누고 있었다.

은행은 왼손에 든 예쁜 쇼핑 가방을 내려다보았다. 선물을 가져오지 말라고 서진우가 신신당부했지만 그렇다고 안 가져올 수 없어서 머플러를 준비했다. 회색과 청색이 섞인 머플러는 남자가 가을에 멋을 내기에 무난했다.

　은행은 서진우를 찾기보다 먼저 구석진 곳에 가서 자리를 잡았다. 탁자 위엔 깔끔하게 세팅되어 있었다. 빵과 크림이 먼저 나오고 그리고 고르곤졸라 피자가 나왔다. 하지만 그녀는 먹음직스런 음식보다는 주위 상황에 더 신경이 곤두섰다. 의자에 앉아 쭉 둘러보았다. 자리를 잡지 않고 우왕좌왕하는 것만큼 폼 안 나는 짓은 없다. 안달 난 모습을 들키는 것은 연애에선 죄악이다.

　은행은 숨을 들이쉬고 여유를 가지고 전방을 주시했다. 오른쪽 테이블, 피아노 근처에서 서진우가 포착되었다. 녹음기를 들고 있는 여자와 간단히 인터뷰하는 모습이 눈에 들어왔다.

　"기자도 온 거야?"

　"잡지 기자가 취재차 온 것 같네. 그렇게 언론에 노출되기 싫어하더니 이제 마음이 바뀌었나 봐."

　은행은 옆 테이블 모르는 두 사람의 대화를 열심히 들었다.

　"우리가 여기서 보네요."

　헉, 아는 얼굴이다. 사심이 가득할 때 누군가를 만나는 것은 힘들다. 워낙 건축가로 이름이 알려지고 있기에 어느 장소든 아는 사람 한 명 이상은 꼭 있게 마련이다.

　마흔 살의 덩치가 크고 길쭉한 얼굴의 여자가 은행을 잡아 이끌어 포옹하듯이 안부 인사를 했다. 유명한 화가다. 부스스한 머리를 질끈 묶고 손과 발이 커서 말할 때 자칫하면 휘두르는 손의 위압감을 느끼지만 부드럽고 다정다감한 스타일이었다.

　그녀의 집을 개축한 적이 있어서 그들은 만나면 집 얘기를 했다. 낡고 좁은데다 복잡한 구조까지 가진 집을 구조 변경 공사를 해서 단순하고 넓은 느낌으로 바꾸었다. 단열재도 추가 시공해서 겨울에 한기가 들어오던 집을 아늑하고 따스한 집으로 탈바꿈시켰다. 그녀는 북한산을 볼 수 있는 2층 테라스 자랑에 오늘도 여념이 없었다. 은행도 고객이 자신이 설계한 집을 좋아해서 만날 때마다 그 이야기를 곱씹어 하는 것을 좋아했다. 하지만 지금은 그 기쁨을 같이 나누는 게 어려웠다. 은행의 귀는 마치 토끼처럼 다른 음성들을 향해 쫑긋거렸다. 화가가 이끈 곳은 우연찮게도 서진우가 기자와 대화하는 장소에서 기둥 하나 사이를 둔 곳이었다. 자유롭게 기자에게 친구 대하듯 말하는 것을 스폰지가 물을 빨아들이듯 듣고 있었다.

"녹음 그만하시고 오늘은 그냥 파티를 즐기세요. 이미 인터뷰는 다 했잖아요."

"그렇긴 하지만, 이런 기회가 좀처럼 오지 않아서요."

"부탁드려요. 제 생일이잖아요."

"그럴게요."

기자가 유부녀가 아니었다면―그녀가 자신의 아이 얘기를 했었다―질투가 날 만큼 여자들한테 친절한 서진우였다. 하지만 그것은 친절한 성향에서 나오는 것 같았다. 기자가 녹음기를 끄고 나서 예리한 눈빛을 나름 빛냈다.

"대신, 질문 몇 개 더 할게요."

"그러세요. 단, 몇 개만 받겠습니다."

"좋아하는 여자 스타일이 딱히 정해지지 않고 그때그때 느낌이 중요하다고 하셨는데, 그래도 지금껏 사귀었던 분들의 공통분모는 있지 않을까요?"

"집요하시네요."

"정 싫으시면 얘기하지 않으셔도 됩니다만, 많은 여성 팬들이 궁금해하는 거라서요."

"다른 남자들처럼 예쁜 여자들을 좋아하죠. 그렇지만……."

"배우 같은 얼굴이요?"

"제가 말한 예쁜 여자란 객관적일 수도 있는데 주관적일 때가 많아요. 내가 보기에 예쁜 여자니까요. 또 딱히 이 스타일을 좋아한다는 것은 없어요. 연애는 늘 그렇듯 감정에 따라 움직입니다. 이제 됐죠?"

진우는 마치 장난처럼 대답했다. 은근히 뾰족한 인상의 여기자를 놀리는 것 같았다. 솔직히 너무 어울리지 않게 근엄한 기자도 문제긴 했다.

"그럼 자신에게 힘이 되거나 영향을 받는 사람은 있나요?"

"으음, 네, 있어요. 이건 처음 얘기하는 건데……."

기자뿐 아니라 그녀의 신경도 온통 그가 말하는 음성으로 쏠렸다.

"제가 고등학교 때 아버지가 바쁘셔서 기숙사가 딸린 학교에 보내셨어요. 유학을 보내려고 했지만 말썽 피울 것 같으셨나 봐요. 그래서 아는 분 댁 근처에 있는 곳으로 갔죠."

어머니가 중학교 때 돌아가신 것은 익히 알고 있었다. 은행은 부모님이 멀쩡하게 살아 계시지만 부모님 부재에 대한 아픔을 잘 알고 있었다. 그녀는 감정 이입이 된 상태로 듣고 있었고, 그는 계속 인터뷰를 했다.

"거기서 만난 친구인데, 그 아는 분의 아들이었어요. 많이 어울려 다녔죠. 친구 집을 내 집처럼 드나들며 말이죠. 완전 형제 같은 친구예요."

"그 친구 분이 어떤 분인지 궁금하네요?"

"굉장히 잘난 놈이고, 못하는 게 없었어요. 늘 그놈한테 뒤졌는데, 그래서 그런지 경쟁도 되고 우정도 강해져서 영향을 받게 되더라고요. 어릴 땐 그놈 이상형이 내 이상형이 될 때도 있었는데 좀 크니까 그런 것보다 그 친구 조언을 받아들이는 편이 되었죠. 제가 좀 신중한 편은 아니고 감정적으로 움직여서요. 그 친구가 날 잘 알고, 또 그 누구보다 도움 되는 날카로운 말도 서슴지 않으니까요. 그 친구 말 들어서 잘못된 경우는 없거든요. 저기 오네요. 야, 성현아!"

동명이인이겠지만 소름이 끼쳤다. 며칠 전 친구들의 장난에 김성현의 이름만 나오면 은행은 깜짝 놀랐다. 아닌 남자와 연애할 수 있다는 가능성은 사람을 진저리치게 했다. 김성현은 그녀에게 제1의 아닌 남자가 아닌가. 상사인데다가 야심 없이 느릿하고 회사 키우는 것엔 관심 없고 온화하기만 한 남자. 김성현 소장을 남자라고 생각하는 자체가 머리에 쥐가 나려고 한다. 동명이인이겠지.

박성현, 최성현, 유성현, 장성현, 차성현, 이성현, 강성현, 문성현······.

근데, 사람들 무리에서 그 완벽한 서진우의 친구 모습이 드러나고 있었다. 체형은 좋은 편인데 자꾸 허리를 구부정하게 다니는 김성현의 모습과 비슷한 뒷모습이 보인다. 저렇게 삐딱하게 서서 남의 얘기를 듣기 위해 고개를 반쯤 숙인다. 그리고 뒷짐을 잘 지었고 저 남자, 김성현과 흡사했다. 그의 옆모습이 보인다.

김성현이다.

자신이 대학 졸업반부터 스물여덟 살 가을, 지금까지 숱하게 보아온, 속 터지는 김성현이 이성적이고 날카로운 그 친구란 말인가.

2

"김성현은 제 친구이자 멘토이죠."

성현은 진우의 말에 어이없어했다. 그러나 주은행만큼 이 상황이 어이없고 어처구니없지는 않을 것이다. 아직 그들은 그녀를 발견하지 못했다. 이 바닥과 천장을 이은 큰 기둥이 얼마나 의지가 되는지 모른다.

"대단하신 분인가 봐요."

기자가 호기심과 감탄의 눈빛을 함께 보냈다. 은행은 비웃음이 섞인 헛웃음을 효과음으로 낼 뻔했다.

"대단한 놈이죠. 지금은 유유자적이지만, 한땐 엄청 날렸죠. 인사해라, 내 인터뷰 쓰시는 에디터이시다."

그는 잡지 소개를 짧게 해주었다. 시사 잡지인데, 그 속에서 엔터테인먼트 에디터인지 그녀가 지금껏 물어본 것은 시사나 문학

보다는 신변잡기 식이었다.

"안녕하세요."

김성현이 누구에게나 보내는 모나지 않은 미소를 지으며 고개를 끄덕거렸다.

"미남에다 훈남이시네요."

저 에디터의 입발림이 수준급이다. 사실, 김성현이 180㎝에 비율 좋고 얼굴도 느끼하지 않게 그럭저럭 잘생긴 편이긴 하다. 하지만 알바부터 실장까지, 지금껏 의리로 그 작은 들꽃 건축사무소에 붙어 있으면서, 느려 터진 사장과 성질 급한 그녀가 부대끼는 스트레스 속에서 그런 건 하나도 눈에 들어오지 않았다. 돈 안 되는 일은 얼마나 잘 만들어내는지 사람 속 터지게 하는데 재주가 많았다.

"보면 볼수록 연예인급인데요."

'우웩.'

토하고 싶은 심정으로 은행은 듣고 있었다. 김성현의 외모를 찬양하면 할수록 듣기가 거북했다. 회사를 위한 생존의 문제로 김성현과 대립각을 세워보지 않았다면 이런 기분 이해하지 못할 것이다.

"어떻게 하지."

화가가 전화 통화하려고 나간 사이 그녀는 이러지도 저러지도 못하고 기둥 뒤 테이블에 등지고 앉아 숨고 있었다.

죄지은 것 없잖아.

아무리 그렇게 생각해도 그들 앞으로 지금 나가는 것은 위험하다. 정확히 말해서 김성현이 있는 자리에서 자기가 좋아하는 사람에게 나가는 것은 아주 위험부담이 컸다. 왜냐하면 그녀는 일할 때와 연애할 때 극과 극의 모습이기 때문이다. 콩마녀의 모습은 연애할 때는 좀처럼 드러내지 않았다.

"미치겠네."

충격 그 자체다. 어떻게 자기가 한눈에 반한 서진우와 지긋지긋한 김성현이 절친일 수가 있단 말인가. 머리가 아무리 빠르게 돌아가도 답이 나오지 않고 두통만 몰려오고 있었다.

"별장 설계는 잘되어가더라. 여름부터 내가 잡아놓은 것이 있으니까 생각보다 빨리 끝날 거야. 원래 몇 개월 걸리는 일이거든. 바로 시공에 들어갈 수 있을 거다. 집 짓는 것에 그다지 신경 안 써도 될 거야. 주 실장이 그런 면에서 굉장히 꼼꼼하니까."

에디터가 멀어지자 성현이 진우의 어깨를 툭 치며 말했다.

"으응. 건축학에 대해서 아무것도 모르는 내가 봐도 주 실장님 실력 있어 보이더라. 게다가 사람이 참 괜찮은 것 같더라고."

서진우의 말에 은행의 가슴이 콩닥콩닥 뛰었다.

"주 실장 말이야?"

김성현이 반문하듯 물었다. 약간 까칠하다는 느낌이 드는 건 기분 탓일까. 아까보다 가슴이 더 심하게 뛰었다. 이러다가 심장마비가 오는 것은 아니겠지.

쿵쾅쿵쾅. 쿵쾅쿵쾅.

"으응?"

"주 실장…… 좋은 사람이지."

안도의 한숨이 나오기도 전에 의외라는 생각이 들었다. 아무리 생각해도 김성현에게 좋은 모습을 보여준 적이 별로 없는데 말이다.

"좀 깐깐하긴 해도 말이야."

굳이 덧붙이다니. 뜸을 들일 때 알아봤다. 뭐, 그렇다 해도 진실보다 굉장히 누그러진 것임이 분명하다. 그럼에도 은행은 순간 아찔했다.

"깐깐하다고? 그렇게 안 보이던데. 귀엽고 상냥하고 부드러운 사람인 것 같던데……."

"그래?"

저 살짝 들어 올린 억양에 얼마나 많은 진실이 들어갈 수 있는지 새삼 깨달았다.

"은행 씨, 언제 왔어요? 왔으면 알은척을 해야죠."

그때 진우가 기둥 사이로 흔들리는 작은 어깨를 발견했다. 때마침 그녀 역시 몸을 돌리는 중이라서 방금 온 척할 수 있었다.

"아니요, 방금 왔어요. 그리고 인터뷰 중이신 것 같아서 잠시 물 마시고 오느라고요."

"끝났어요. 이리 오세요."

은행은 김성현의 제법 냉철한 시선을 애써 무시하며 진우가 안내하는 자리로 갔지만 곧 나갈 생각을 했다. 지금 혼란 그 자체라서 이 상태로 오래 있으면 무슨 일을 저지를지 모른다. 다혈질이고 못 말리는 깐깐한 본성이 나오면 안 되니까 조심해야 한다.

"생일 축하드려요. 그럼, 오늘은 제가 다른 일도 있고 해서……."

"좀 있다 가요. 그래도 되죠?"

진우의 부탁에 은행은 자신도 모르게 고개를 끄덕거리고 말았다.

"선물은 없어요? 그 쇼핑백 제 것 아닌가 봐요."

진우의 장난기 어린 말에 그때서야 그녀는 선물을 인지했다. 깜빡하고 주지도 않고 나갈 뻔했다니.

"맞아요. 서 작가님 생일 선물로 산 건데, 제가 깜빡했네요. 여기요."

"정말 제 거 맞아요?"

"그럼요, 카드도 있는데요. 별 내용은 없지만요."

"농담이었는데 감사해요. 어, 정말 제 이름이 있네요."

진우가 그녀의 선물을 받아 직접 테이블에서 풀어보며 좋아했다. 그렇게 고가도 아닌데도 감동을 받으니 은행의 얼굴에 미소가 번졌다. 일부러 고가를 피했다. 처음부터 과하면 좋을 것이 없다. 그는 그녀가 선물한 머플러를 바로 목에 둘렀다.

"올 가을, 겨울 내내 할게요."

"마음에 드시다니 다행이네요."

"진심으로 마음에 듭니다."

진짜 분위기 훈훈하다. 남자의 눈빛은 반짝거리고 여자의 표정은 조명을 받은 것처럼 밝아졌다. 영화라면 여기에서 남녀 주인공이 서로에게 엄청 호감을 가진 상태라는 걸 관객들은 알게 될 것이다. 로맨스의 시작이다. 그러나 걸리는 것이 하나 있었다. 남자 주인공 옆에 친구라는 남자가, 그것도 여자의 상사라서 본연의 성질머리를 다 아는 남자가 늘 그렇듯 무심이 깃든 온화가 아닌 뭔가 처음 보는 삐딱한 미소로 쳐다보고 있었다. 은행은 성현의 저

오묘한 미소가 마음에 걸렸다.

왜 자꾸 저러는 거야? 지금 내 모습이 그렇게 우스운 건가. 아니다. 은행은 자신이 너무 예민한 거라며 넘겼다.

"주은행 실장이 이런 타입의 사람인가. 새로운 발견이네요. 이렇게 부드럽고 상냥하다니, 이상하다."

예민한 것이 아니었다. 성현이 스쳐 지나가면서 은행에게만 들리게 미운 소리를 했다. 은행은 잠시 숨을 쉬지 못했다. 그와 눈이 마주치자 거의 본 적 없던 일곱 살 남자아이의 밉살스러운 표정이 살아 움직여 김성현의 얼굴에서 꿈틀거렸다.

아직도 그 표정이 떠올라 몸이 부르르 떨렸다. 그렇다. 남녀 관계에서 완벽한 시작은 드물다. 은행은 이제야 자신의 연애운이 좋아지고 있다고 생각했다. 고등학교 때부터 재작년까지 쉼 없이 연애를 했다. 모두 도중에 그만두고 말았다. 이 남자다 싶으면 이상형으로 결격 사유를 여지없이 보이는 경우가 많았다. 그러면 머리는 논리적이 되고, 행동은 감정적이 되어서 바로 끝내 버린다. 그녀는 운명이 아니면 남자와 육체적 관계를 가지지 않아야 한다는 신념이 있었다.

남자 경험이 없는 것이 억울하진 않지만 운명이 아니더라도 미치도록 그립고 아름다운 사랑을 해보지 못한 것은 억울했다. 물론 주은행이란 인간 자체가 연애에 대해 너무 학구적으로 임한다는 것이 문제긴 하다.

친구들은 그녀가 일할 때처럼 남자와의 관계에서 환상을 가지고 있다고 했다. 모든 게 딱딱 들어맞아야 하는 환상. 그 환상이 깨져야 진정한 관계를 가질 수 있다는 말을 귀가 닳도록 들었지만 그녀는 그 환상이 이루어지는 운명이 있을 거라고 믿어 의심치 않았다.

그리고 스물여덟 살 가을에 바로 그런 남자를 만났다. 그는 생일 파티에 그녀를 초대했다. 물론 전화로 파티 얘기가 나온 거라서 한 것이겠지만 이것도 운명이 아닌가. 하여튼 그 생일 파티에서 서진우는 은행과 시선을 맞추며 얘기하고 미소 지었다. 마치 수많은 다른 친구는 보이지 않는다는 듯이.

그녀와 대화할 때는 전혀 다른 것에 신경 쓰지 않았다. 물론 다른 여자들하고도 상냥한 미소를 흩뿌리며 대화를 주도하기도 했다. 그래도 그녀가 준 회색 머플러를 꿋꿋이 하고 다른 사람들과 어울렸다. 가끔씩 그녀가 어디에 있는지 두리번거리다가 시선이 마주쳤을 때 환한 미소를 지으면서. 분명 저 남자는 사랑에 빠지려는 조짐을 보이는 것이다. 그것도 주은행, 자신과.

이리 완벽한 시작이 어디 있단 말인가. 서진우는 그녀의 별장 설계도면이 완성되어 가는 과정을 같이하고 싶어 했다.

"그거 나중에 도형으로 만들어서 미리 보여주나요?"

"영상으로 보여드릴 수 있어요."

그는 해맑게 손뼉까지 치며 좋아했다.

"우리 굉장히 자주 보게 될 거예요. 막 귀찮게 해도 되겠죠."

"그럼요, 서 작가님 별장인데요."

그의 웃음만 생각하면 달콤한 아이스크림을 먹은 것 같은 신음이 나온다.

근데, 세상엔 어려움 없는 완전함은 없는 듯했다. 그런 낭만적인 로맨스 기운이 가득한 공간에 여전히 뭔가 우습다는 표정을 지은 서진우의 친구가 떡하니 있었으니.

"우리도 자주 봐야죠. 아니, 당장 내일 봅시다, 주 실장."

이런 말을 덧붙이면서.

그리고 지금은 저 사무실 안에 버티고 있었다.

김성현이 서진우에게 어떤 존재인지 충분히 파악되었다. 서진우의 인터뷰가 아니더라도, 그들의 고등학교 동창은 와인 몇 잔이 들어가자 술술 불어댔다. 음악 없는 말 많은 라디오 방송처럼 말이다.

"진우 아버지가 바빠서 기숙사가 딸린 대안학교로 보낸 거야. 대안학교이긴 해도 굉장히 유명한 곳이고 또 인재들도 많이 나와서 지원자들이 꽤 몰린 데거든. 김성현 집이 학교 근처라서 친구들이 몰려다니곤 했는데, 그중에서 둘이 그렇게 친했지. 김성현 집안이 유명하잖아. 그 학교도 성현이 부모님이랑 무슨 관련이 있을걸. 대단한 자산가니까 그러고도 남을 거야."

이미 김성현이 부자라는 걸 은행도 잘 알고 있었다. 김성현의 아버지가 지방 대학 총장이고, 어머니는 교수이고, 집안 대대로 부유한 자산가라는 것.

주은행은 자수성가한 사람이 좋았다. 부모님 덕 보는 남자는 딱 질색이었다. 물론 김성현이 그런 남자는 아니지만 그렇다고 끌리는 이성도 아니었다.

그가 만약에 이성으로 느껴진다고 해도, 이상형과는 거리가 멀었다. 느긋하고 야심 없고 온화한 김성현은 그녀가 추구하는 남성상이 아니었다. 어쩌면 다행인지도 모른다. 상사가 아무리 멋진 남자라 해도 상사와 연애하고 싶진 않았다. 그것은 삶의 철칙이었다. 다행히 김성현과는 그런 고민이 조금도 끼어들 필요가 없었다.

"서진우가 엄청 성공했지만 학창 시절엔 김성현한테 상대도 안 됐지. 인기도 그렇고 에너지도 그렇고 말이야. 서진우에게 김성현은 완전 절친이자 부러움의 대상이었을걸. 아직도 그 버릇이 남아 있는 것 같던데. 김성현이 사귄 여자 스타일과 겹치기까지 했으니까. 물론 같은 여자를 사귄 적은 없지만 말이야."

뭔 소리야. 미치겠네.

하여튼 서진우와 연애를 하게 되면 지금 저 사무실에 있는 김성현의 존재가 걸림돌이 될 수도 있다는 것이었다. 그가 입만 뻥긋하면 그녀가 연애를 위해 만든 가식적인 아름다운 이미지가 단번에 풍선에 바늘 댄듯 뻥 하고 터질 수 있었다. 은행은 설계도면을 바라보다가 머리를 뜯을 뻔했다.

김성현이 자신을 건축가로 높게 평가하는 걸 안다. 대학 시절 봉사할 때 우연히 만나 대화를 나누고, 작은 집을 선호하는 공통점을 나누고 난 후부터 수습을 시키고, 일을 가르쳐 주고, 일감을 안겨주고 대우를 해주었다. 그 은혜로 그녀가 이름난 건축가가 되어서도 다른 큰 회사의 스카우트를 거듭 거절했다.

문제는 디자이너로서, 아니, 인간적으로도 그녀는 자신이 생각해도 김성현에게 좀 드세게 굴었다는 점이다. 일할 때 다혈질이 되는 기질인 것을 김성현 소장도 잘 알지만 그 갭이 크긴 너무 컸다.

은행은 관청서와 관련된 문서들을 정리하며 자꾸 소장실로 눈길이 갔다. 운명적인 남자를 만났는데 아무 노력도 안 할 순 없지 않은가.

그녀의 작은 머리통 내부는 지금 매우 분주하고 복잡했다. 김성현 소장에게 큰 소리 친 기억이 불현듯 지나갔다. 사실, 돈 되는 수주는 안 하고 환경, 에코에 뛰어들어서 자연히 큰 소리 나오게 하지 않았던가. 그녀의 속물 근성이 아니면 이 들꽃사무소는 벌써 일찌감치 문 닫았어야 했다. 물론 그렇다고 해도 말이다, 너무한 것이다. 만만한 소장이라 해도 큰 소리 친 것이 열 손가락 다 꼽아도 더 있다면 이것은 심각했다.

"이게 다 보약 때문이야."

웃기는 소리다. 보약이라니, 은행은 자신이 말해놓고 짜증이 밀려왔다. 사실 보약을 먹긴 했다. 열 체질이라 욱하는 기질이 미세하게 심해지긴 했지만, 까놓고 말하면 큰 차이가 없었다. 물론 한의사가 마음속에 울증과 화기가 있어서 표출하는 것이 좋다고 했지만 말이다. 그럼에도 뭔가 해명을 찾는 머리가 말도 안 되는 것들을 잡고 늘어지고 있었다.

"실장님, 소장님이 부르세요."

통통하고 늘 웃는 인상의 큰 체구의 유 비서가 상냥하게 사무실 문을 열고 말했다.

"네에."

은행은 여러 서류들을 들고 소장실로 들어갔다. 소장실은 작고 소박했다. 많은 책들과 모형 그리고 사진들과 설계도가 들어 있는 서랍장으로 이루어졌다. 건축, 설계, 시공, 인테리어, 가구, 모두를 총괄하는 사무소이지만 정작 그들은 잘 꾸미는 것보다 꺼내기 쉽게 수납만 잘되는 공간으로 놔두었다. 그것은 그녀 사무실도 마찬가지였다.

김성현은 늘 그렇듯 청바지에 편한 셔츠 차림으로 책상에 걸터앉아서 설계도면을 보고 있었다.

"소장님, 부르셨다고요?"

"네, 주 실장. 별장 설계도면 잘되고 있죠?"

"네에, 곧 완성될 거예요. 보실래요?"

"아니요, 주 실장이 알아서 잘하겠죠. 이번 일, 일일이 보고하지 말고 주 실장이 시공팀도 다 이끌 수 있으니까 알아서 해요."

"부족한 점이 있으면 그때그때 문의 드리겠습니다."

김성현의 눈이 살짝 가느다랗게 변했다. 은행도 자신의 태도가 너무 급변한 것이 아닌가 침을 꼴깍 삼켰다. 너무 겸양미덕의 모습을 보였나. 일엔 열성적이나 소장 대하기엔 건성이었던 예전 모습과는 사뭇 다르다.

다행히 그는 그냥 넘어갔다. 휴우…….

"내가 주 실장을 부른 것은 시공 들어가면 아무래도 서울에서 왔다 갔다 하는 것보다 그 지역 숙소에 있는 것이 나을 것 같아서요. 그리고 별장 공사가 끝나자마자 그 근처에 있는 복지회관 개축도 있고요. 근처 펜션을 알아봤으니까 거기서 숙식하면서 작업하는 게 나을 것 같아서 내가 미리 물어보기 전에 계약했어요. 또 실수한 것 같네, 그렇죠? 의논하고 해야 하는데 이놈의 건망증 때문에, 미안해요. 주 실장이 봐줘요."

"아닙니다, 소장님. 배려해 주셔서 감사드립니다."

다른 때 같았으면 감사할 일도 전후 사정에 맞지 않으면 꼭 지적했던 주은행의 달라진 모습에 김성현의 눈썹이 삐뚤어졌다. 부드러운 인상이 이럴 때면 가끔씩 날카로운 빛을 띤다.

괜히 긴장되네, 뭐라고 따지겠어…….

"주 실장!"

"네에."

"어디 아파요?"

그가 심각한 얼굴로 물었다. 하지만 그 안에도 장난기가 스멀스멀 피어올랐다. 너무 뻔하게 예측되는 김성현 소장이지만 또 어느 땐 아주 가끔이지만 종잡을 수가 없었다.

"아니요."

심장이 철렁했다. 지금 모습이 실제가 아니라는 걸 그녀 이외에 또 다른 사람이 느끼고 있다는 것은, 더군다나 그것이 김성현이라니. 제발, 그냥 지나갔으면 좋겠다고 생각할 때였다.

"근데, 왜 안 하던 행동을 하는지 모르겠네요. 낯설어요. 주 실장은 날 편하게 생각하잖아요. 화나면 화내고 지적하고 싶으면 지적하고 그랬는데. 기분 좋으면 크게 웃는 그런 사람인데 말이지, 왜 이렇게 사분사분한 사람이 됐을까. 이건 주은행 실장이 아니지 싶네. 안 그런가요?"

"사, 사람 모습이 어디 한 가지만 있겠습니까?"

"그래요?"

"그럼요. 소장님도 여러 모습을 가지고 계시잖아요."

은행은 낯 뜨겁지만 자신의 고집을 믿었다. 침을 몇 번 꿀꺽 삼키면서도 작은 얼굴을 치켜 올리며 시선을 내리깔지 않으려고 부단히도 애썼다.

"그렇긴 하죠. 근데 난 6년 넘게 주 실장의 다른 모습을 거의 본 적이 없는 것 같은데, 주 실장은 나에게 늘 패기 넘치는 모습을 보였으니까요."

늘 허허 웃던 그가 사람 꿰뚫어 보듯 웃고 있었다. 그녀도 어색하게 따라 웃고 있어 아무래도 바보처럼 보일 것 같았다.

"일할 때는 강단이 있어야죠. 아시잖아요. 우리 일이 한 분야만 맡은 것이 아니라 설계에서 시공, 감리, 인테리어 가구까지 맡아서 다 진두지휘해야 하는 일이라 그럴 수밖에 없다는 것을요. 본연의 성격보다는 좀 강해야 하니까요. 원래는 저 굉장히 다정한 사람이에요."

틀린 말이 아닌데 왜 이리 얼굴이 화끈거리는 건지. 은행은 눈을 깜빡거리지 않으려고 노력했다. 거짓말하는 것처럼 보일까 봐. 엄연히 사실을 말하고 있는 것이 아닌가.

"그렇다고 들었어요. 내가 부드러운 본질을 본 적이 없어서 잘 모르지만요."

할 말을 잃었다. 요 근래 김성현에게 신경질을 좀 많이 낸 것이 다시 머릿속을 괴롭혔다. 야심 없는 김 소장이 큰 공사 수주에서 알아서 손을 떼고, 전원주택 촌과 봉사활동으로 시선을 돌린 것에 대해서 이해는 하지만 공감은 어려웠다. 그 호텔 건설이 얼마나 큰일인지 모르지 않는 사람이 초심을 잃지 않겠다며 돌아서자 생각할수록 성질이 났던 것이다. 한 달 가까이 성질을 낸 것 같은데, 정말로 참기 힘들었다.

그래, 인정한다. 주은행은 속물 근성이 조금, 아니, 좀 많이 있다. 그래도 봉사활동은 김성현의 영향으로 많이 다니지 않았는가.

"제가 요즘 예민해져서 날카롭게 반응했던 게 많았던 것 같아요."

"네, 그랬죠. 두 달 동안 특히 심해서 겁났으니까요."

김성현은 온화하나 정 떨어지게 솔직하다. 그리고 지금은 너무 그 정도가 심해서 은행의 뺨이 화끈거렸다.

"죄송합니다, 소장님."

"난 주 실장의 그런 모습에 이제 익숙해요. 폭풍우가 안 불면 심심하고 왠지 이상하다고 할까요."

이 남자가 오늘따라 왜 이리 짓궂은 거야.

"난 주 실장을 위해서 이런 말을 하는 겁니다. 사람이 갑자기 달라지면 좀 위험하잖아요. 옛날 어른 말씀도 그렇고."

참으로 선한 얼굴이라 할 수 있다. 좋은 일도 많이 해서 더 그래 보인다. 하지만 쌍꺼풀 없는 긴 눈매와 높은 코, 웃으면 한쪽에 보조개가 패는 저 얼굴에서 심술궂음이 저렇게 선명히 보인다는 것이 놀라웠다.

"갑자기 달라진 게 아니거든요. 원래 이 모습이 본래의 모습이라고요."

"그래요?"

"네에."

'하지 마. 제발 그 말만은 하지 마.'

"사실, 제가 열 체질인데다 보약을 잘못 먹어서 가끔 욱하곤 합니다. 원래는 누누이 말했듯이 다정하고 순한 사람입니다."

마음속에서 하지 말라는 말은 아무리 뇌리에 박혀도 하지 말아야 한다. 어색한 정적 후 은행이 얼버무리고 나온 뒤에, 사무실 열린 문 사이로 김성현의 터져 나오는 웃음소리가 그녀의 머리통부터 발끝까지 작은 몸을 여지없이 덮쳐 왔다.

"에잇, 쪽팔려."

3

　별장 부근은 한적하고 조용했다. 나지막한 산이 마을 전체를 감싸며 연속적인 능선을 이루고 어디선가 개울 소리가 들려왔다. 눈앞엔 들판이 펼쳐져 있고 멀지 않은 곳엔 끝도 없이 강이 흐르며 낚시꾼들의 발길을 붙잡았다. 빽빽한 나무들이 숲을 이룬 산을 뒤로한 채 위치한 별장은 마치 숲 속에 콕 파묻혀 있는 느낌으로, 이곳에 있던 작은 빈집은 이미 철거된 상태였다.

　설계도면대로 작업은 순조롭게 진행되었다. 은행은 서진우의 뜻에 따라 프로방스 스타일이지만 딱 떨어진 것보다 약간의 변형을 가하는 형식으로 정했다. 대지면적 200평에 건축면적 60평인 2층의 목구조와 경사면을 가진 지붕이라서 자연적으로 다락방을 가지게 되었다. 그렇게 프로방스 스타일의 특징은 대부분 살리기로 했다.

뾰족한 삼각지붕과 오렌지 점토로 된 스페니쉬 기와와 베이지색 벽과 원목으로 마감재를 쓰기로 하고, 투박한 외벽 내부는 아기자기한 프로방스 스타일보다는 단순하고 여유로움을 주기로 했다. 1층은 방을 터서 넓게 하고 손님들과 파티를 할 수 있게 주방과 거실을 합체하면서 기존의 집보다는 편하게 놀 수 있는 공간으로 만들기로 한 것이다.

이미 주변의 녹지가 잘 조성되었기에 정원도 그다지 인위적으로 하지 않고, 다만 프로방스 분위기를 위해 작은 야생화를 많이 심고 화분들도 군데군데 배치하기로 정했다.

서진우 작가가 일로 인해 미국에 갔다 온 사이 설계도면은 완성되었고, 시공에 들어가기 전에 3D 시뮬레이션까지 해서 집 안의 도면을 눈으로 미리 확인시켜 주었다. 그렇게 OK 사인이 떨어지고 나서 토목공사에 들어갔고, 시공을 하게 되었다.

기초공사는 작은 것도 철저하게 해 나갔다. 들꽃사무소가 늘 추구하는 것으로 지질을 파악하고 기초공사부터 습기 차단과 단열 부분을 신경 썼다. 뿐만 아니라 건축가가 설계부터 시공, 감리, 완공 그리고 관청 업무까지 모든 책임을 맡아서 하기 때문에 잡음이 나오거나 책임 전가가 나올 틈이 없었다. 잘못되면 그것은 이 공사를 지휘하는 주은행 책임인 것이다. 그동안 늘 그래 왔고, 그렇게 일한 그녀의 명성은 젊은 나이에 비해 꽤 높았다.

아무래도 그들이 같이 일하는 시공 반장들과 오래 손발을 맞추기에 가능했다. 그것은 김성현의 철칙이었다. 오랫동안 장인들 대우를 해주며 같이 일하는 것, 그래야 좋은 집이 나올 수 있다는 거다. 더군다나 그들은 작은 은행이 야무지게 일하는 것을 보고, 또 의리를 지킬 땐 지키는 것을 겪으면서 신뢰를 쌓아갔다. 그래서 일할 때 큰 소리 내고, 욱하고, 심하게 깐깐히 굴어도 쿨하게 넘길 수 있었다.

"콩지랄, 지금 온다."

"콩마녀, 오늘 상태 안 좋네."

은행은 귀가 자꾸 간지러웠다. 면전에선 주 실장이지만 돌아서자마자 바로 뒤통수를 때리는 콩지랄, 콩마녀라는 호칭. 사실 그동안은 상관치 않았다. 콩지랄이든 콩마녀이든 확실하게 일을 하면 되었다. 하지만 지금은 그렇지 않았다.

서진우가 지켜본다고 하지 않았던가. 자신의 별장이 어떻게 지어지는가를 보기 위해 온다는 데 어찌 이 잡음을 가만히 보고 듣겠는가. 집 짓는 것을 감시하기 위해 오는 것보다 영감이 먼저라는 그에게 안 좋은 모습을 조금이라도 보일 수가 없었다. 그 아름다운 영감을 위해서라도 결코 '콩마녀, 콩지랄'일 수는 없었다.

"반장님들, 이쪽으로 오실래요. 제가 할 말 있어서요. 당부라고 해야겠죠. 자연을 접하면서 일하다 보니까 일하는 자세가 조금은 달라져야겠다는 생각이 들어서요."

은행이 일할 때마다 작은 체구에서 뿜는 포스를 살포시 억제하며 말했다.

"우리가 자연에서 한두 번 일하나."

"예전과 다르게 일하고 싶다고요. 물론 저는 반장님들을 늘 존경합니다. 반장님들도 마찬가지겠죠. 우리가 하는 일이 힘들다 보니 표현이 마음과 같지 않다는 건 잘 압니다."

뼈마디가 굵고 얼굴이 거무튀튀한 중년의 남성 셋은 콩마녀이자 콩지랄이 무슨 말을 하는지 도통 알아들을 수가 없다는 표정을 했다.

"앞으로 언성을 높이거나 화내는 일이 없도록 하겠습니다."

이 정도만 말했으면 알아들을 줄 알았다. 실력만큼 분위기 파악도 잘하는 눈치 빠른 사람들이니까. 근데 지금 그들은 뭔 말인지 모르겠다는 듯 연신 갸우뚱거린다. 어쩔 수 없다. 아쉬운 사람이 나서는 수밖에. 은행은 완벽한 사랑을 획득하기 위해선 이런 난관쯤은 넘어서야 한다는 걸 자신에게 주입시켰다. 곤혹스러워도 참아야 한다.

"그러니까요, 이 순간부터 콩마녀, 콩지랄은 없는 겁니다. 아셨죠? 제가 엄청 노력을 할 테니 이 두 단어를 지워주세요. 참 쉽죠? 어렵지 않습니다. 그럼, 용건이 끝났으니까 일하러 가겠습니다."

일 이외에 남에게 자신의 이미지에 대해서 강요한 적 없던 은행은 이 상황이 상당히 난처한 만큼 말을 끝내자마자 다람쥐처럼 잽싸게 꽁무니를 뺐다.

"콩마녀, 이상해."

"그렇지? 우리 콩지랄이 어디 아픈가."

그들의 걱정은 일하면서 최고조에 이르렀다.

"아니요, 여기 각도가 안 맞네요. 설계도면과 일치해야 돼요. 안 되긴 뭐가 안 됩니까. 다 될 수 있어요. 시간이 걸려도 해야 되는 것 잘 아시면서, 저하고 한두 번 일해보시나요. 설계도면과 일치하도록 해야 합니다. 그리고 분명 여기 위치에 이 크기로 뚫어주셔야 하기 때문에 치수를 늘 두 번씩 재보시라고 했잖아요. 힘들면 좀 쉬었다 하시고요. 자, 그럼 여기 높이도 정확히 해주세요. 네, 감사합니다."

일할 때는 말 한마디, 한마디 박력이 넘쳤던 콩마녀가, 설계도면과 어긋나게 하려고 하면 이해될 때까지 말을 멈추지 않았던 콩지랄이, 그러다 계속 말을 안 들으면 그 작은 얼굴과 입에서 내는 소리라고 믿을 수 없을 만큼 으르렁거리던 콩지랄 마녀가 지금은 사뭇 그 모습이 딴판이었다.

일할 때인데도 부드럽게, 그리고 상냥한 어조로 언성을 최대한 낮추며 말하는 것이 아닌가. 그런 적이 없었는데.

"콩마녀가 죽을병에 걸린 것이 아닐까. 그렇지 않고서야 저런 사분한 목소리를 낼 리가 없잖아."

"뭐, 잘못 먹은 것 아닌가."

하지만 눈치 빠른 그들은 곧 한 시간도 안 되어 이유를 찾았다. 이 별장 주인 서진우가 편한 재킷에 면바지 차림으로 차를 몰고 찾아온 것이다. 일하는 모습을 지켜보며 따지고 감독하는 것은 온전히 주은행의 몫이고, 물론 그럴 때도 그녀는 너무도 부드럽게 지적에 들어갔다. 그는 이것저것 간섭하는 대신 한쪽 구석에 조용히 서 있다가 일하는 사람들에게 물이나 간단한 간식 그리고 잔심부름을 흔쾌히 하고 있었다.

서진우는 소설가로 유명하고 부자라는데 겸손한데다 가식이 없었다. 게다가 그는 미혼이었고, 남자에게 깐깐한 주은행이 목소리를 죽이고 계속 웃는 낯으로 일하느라 보이지 않는 경련에 시달리고 있다면, 답은 간단하다.

주은행, 콩마녀는 서진우를 좋아하는 것이다. 두 남녀가 서로 마주 보고 대화할 때 훈훈한 꽃 냄새가 나는 것 같아 지켜보는 사람들이 무지 어색했다. 그들은 주은행의 시도가 빨리 성공하길 바랐다. 빨리 무르익어서 관계가 확실히 정해져야 다시 예전으로 돌아갈 수 있을 것이다. 일할 때 소리 내는 주은행보다 상냥한 어조로 꽃 미소 지으며 사분사분하게 말하는 주은행이 더 끔찍하고 스트레스도 엄청났다. 익숙하다는 것이 얼마나 편한 것인지 중년의 기술자들은 새삼 깨달았다.

"가구도 직접 만드신다고요?"

"네에, 이 집의 형태와 구조에 어울리는 가구로 직접 디자인해서 보낼게요. 염려 마세요, 비용은 넘지 않을게요."

"비용은 걱정하지 마세요. 다행히 돈은 좀 벌어놔서요. 이건 비밀인데, 제가 작가로 약간 유명해서요."

다른 사람이 이런 농담을 하면 허세겠지만 소박한 표정으로 말하는 그의 모습은 유머 그 자체이고, 친근함의 표현이었다. 은행이 작게 웃었다. 그녀가 잔잔하게 미소 지을 때마다 검게 그을린 목수, 방수 등등 전문 기사 아저씨들이 똑같이 목이 졸린 표정을 짓는 바람에 짜증 났지만 서진우의 잘생기고 매력적인 태도를 보며 주변의 불협화음을 이기고 있었다.

"좋아하시는 가구 구상이 있으시면 언제든지 스케치해서 보여주세요."

"전 그런 것에 너무 문외한이라서요. 그냥 단순하고 편하지만 조금은 세련되게 해주세요."

"좋은 것 다 들어가네요."

은행이 피식 웃었다.

"그렇죠. 제가 은근히 욕심이 많아요. 사람에 대해서도요. 좋은 사람은 꼭 제 옆에 두고 싶거든요."

그의 말에 그녀가 답하듯 눈빛을 총총 빛냈다. 잠시 휴식하는 사이 그들은 야생화가 핀 저택 옆 들판을 거닐며 이런저런 얘기를 나누었다.

"주 실장님 마음에 드는 가구를 만들어주세요. 그럼 제 마음에도 들 것 같아요. 원래 고수들의 마음에 드는 것 중요하니까요."

"전 고수는 아니지만 최선을 다해보겠습니다."

주은행의 동그란 눈에 새침하면서도 다정한 빛이 흘렀다. 자신이 결코 만만치 않다는 걸 매순간 인지시키지만 그럼에도 상대에게 호감을 표시하는 데 주저함이 없었다.

두 사람의 달달한 분위기 속 닭살 대화에 기술자들은 빨리 자리를 뜨고 싶었다. 벤치에 앉아 간단한 간식을 먹는 것이 이리 고역일 수가 없었다. 하지만 그들은 저녁 회식 때까지 이 모습을 계속 지켜봐야 했다.

주은행은 자기 사람들의 먹거리를 꼭 챙기는 것으로 유명하다. 일이 다 끝내고도 그들은 단합 차원에서 함께 가야 했다.

지금 남자를 속된 말로 꼬셔야 하는 시점에서도 같이 차를 타고 시내 식당으로 향했다. 회식을 소홀히 하면 작업이 제대로 될 수 없다는 신념은 강했다. 같이 밥을 많이 먹어야 친해질 수 있고, 친해져야 큰 소리를 칠 수 있다. 이게 주은행식 일하는 법이 아닌가.

은행은 회식에서 마음껏 고기도 술도 먹지 못하는 것이 속으로 너무 답답했다. 아무리 생각해도 서진우를 회식에 데리고 온 것은 착오였다. 아저씨들은 처음엔 거북스러워하더니 고기와 술을 흡입하고 나니 기분이 좋아졌는지 이젠 주은행의 가식적인 모습을 재미나게 구경했다.

"술 조금밖에 못하거든요."

삼겹살이 지글지글 익어가고 같이 김치도 익어간다. 김치와 삼겹살의 조화를 그 무엇과 비교한단 말인가. 뿐만 아니라 먹음직한 밑반찬들과 계란찜과 된장찌개도 푸짐하게 여기저기 놓여 있는 가운데 은행이 술을 권하는 진우에게 말했다.

"픗."

순간 기사들 중 한 명이 물 마시던 것을 반쯤 토해내는 일이 있었지만, 콩마녀가 서진우가 다른 데 쳐다볼 때 순식간에 째려보자 겨우 웃음을 참아냈다. 콩마녀가 연애 좀 아름답게 하겠다는데 이 정도의 수고는 아무것도 아니었다.

아무리 그래도 폭탄주 열 잔도 끄떡없던 강골이 아니던가. 술 취한 모습을 보여선 안 된다는 철칙이 있는지 그녀의 주량을 정확히 아무도 몰랐다. 폭탄주 스무 잔까지 갈 수 있다는 소리를 들은 적도 있지만 그때 기억은 그다지 없었다. 멀쩡했던 것 같기도 하고, 기분 좋을 때 빼놓고는 그렇게 심하게 몰아친 적이 없었고, 그랬던 적이 한두 번 있었지만 김성현 소장이 수습했기에 그녀의 술버릇은 그다지 알려지지 않았다.

"죄송합니다. 선약이 있었던 걸 깜빡했네요. 주 실장님하고 다른 반장님들하고 같이 있다 보니 다른 생각을 잊어버리게 되네요. 그럼, 실례해야겠습니다. 은행 씨, 내일 봐요. 내일 봬요."

서진우는 다른 사람들에게도 인사하고 일어섰다. 은행이 총총 따라나섰다.

"조심해서 가세요."

"염려 마세요. 택시 타고 가면 돼요."

은행은 진우가 택시를 타고 가는 모습을 확인하고 다시 들어와 풀썩 주저앉았다. 서진우를 보내고 마음이 편했는지 맥주 몇 잔을 가볍게 들이켰다.

"근데 주 실장, 주량 정확히 어느 정도인가?"

"술 약하다고 했잖아요."

은행이 술잔을 앞에 놓고 아무렇지 않게 말했다.

"에잇, 우리가 산 증인인데, 아까 그건 연애 멘트고."

"앞으론 술을 확 줄일 생각입니다. 됐죠?"

그녀가 술병을 자신 앞에서 치우며 말했다.

"그게 쉽나요?"

갑자기 다른 목소리가 끼어들자 은행은 소스라치게 놀랐다. 터벅터벅 김성현이 들어오자 은행과 달리 일행들은 반갑게 맞이했다.

"웬일이세요?"

"오늘 여기로 모인다고 반장님이 연락 주셨고, 또 진우가 연락했어요. 우리 주은행 실장님 무사히 모셔 드리라고 신신당부까지 하고요."

"오우."

아저씨들의 이구동성에 성현이 피식 웃었다.

"김 소장, 친구한테 잘하네. 친구 애인 되실 분 아닌가."

은행이 그들을 쏘아보면서도 딱히 반박은 하지 않고 앞쪽의 샐러드만 먹었다. 겉으론 아닌 척했지만 속으론 급한 약속 때문에 자신을 숙소까지 바래다주지 못한 것이 마음에 걸렸는지 김성현에게 부탁했다는 사실에 뭉클해져 버렸다. 하지만 그 감동의 여운은 생각보다 오래가지 않았다. 주위에서 도와주질 않는다.

"근데 김 소장, 주 실장 주량 어디까지야? 전에 업고 간 것 본 것 같은데 말이야."

"정말?"

"그렇다니까."

반장들끼리의 대화를 무심히 흘려듣던 은행의 눈이 번쩍 뜨였다.

이게 뭔 소리인가. 내가 누구한테 업혀가? 그것도 김성현한테. 말도 안 돼. 또 무슨 장난인가.

그녀는 반장들이 자신을 놀리기 위해서 그런 거라고 생각했는지 놀란 가슴을 바로 진정시키고 시니컬한 미소를 몇 번 던졌다.

"글쎄요. 기억을 해봐야겠는데요."

김성현이 느릿하게 말했다.

"분명 내가 봤는데."

반장의 말에 성현은 알 듯 모를 듯한 미소만 보내고 공기밥을 하나 시켰다. 그러고는 먹다 남은 반찬과 된장찌개로 밥공기를 비우고 있었다. 은행은 그런 김성현이 동지로서 측은했는지 얼른 반찬 몇 개를 더 달라고 시켰다.

"고마워요."

"식사 좀 제때 하세요. 끼니 넘기지 말고요."

"그럴게요."

은행은 성현의 하는 짓이 밉다는 듯 짧게 노려보았다. 그래도

6년을 같이 해왔기에 신경을 쓰게 된다. 식사를 마칠 때까지 부글부글 끓는 속을 겨우 참았다. 반장 아저씨들이 장난을 치면 못하게 말려야지 맞춰주고 있으니 짜증이 났다. 밥 먹을 땐 말없이 밥만 먹는 스타일이 아닌가. 답답하게 말이다. 그는 술과 고기는 입에 안 대고 물을 마시고 일어났다.

"계산 마치고 갈 테니까 넉넉히 드시고 택시 타고 숙소로 가세요."

성현이 아저씨들에게 말했다.

"에잇, 알았어요. 고마우이."

"네에, 조심해서 들어가세요. 주 실장, 갑시다."

아저씨들에게 손을 흔들던 성현은 식당의 박하사탕을 하나 집어 씹으며 그녀에게 말했다. 은행은 잠잠했던 마음이 일렁이며 짜증이 확 솟았다.

남의 속을 헤집어놓고 잘도 먹는다.

괜히 신경이 예민해져서 속으로 투덜거렸다. 심란한 표정으로 계산을 마친 그를 따라나섰다. 은행은 그가 운전하는 차에 올라탔다. 그녀가 머무는 곳은 기술자들과 다른 방향의 작은 펜션이었다. 모두 예약이 되어 있어서 겨우 잡은 곳이 분명했다. 좁고, 구석진 곳에 있긴 했지만 그 정도로도 괜찮았다. 성현은 다른 곳에 자리가 나면 옮기자고 했다. 아무리 괜찮다고 해도 계속 그 소리다. 그래도 집으로 가자는 말은 한 번만 해서 다행이었다. 그 소리 들었을 땐 식겁했다. 이 근처에 그의 부모님 집이 있었다.

"근데요, 왜 자꾸 없는 말 지어내세요?"

차가 한참 가고 있을 때 더 이상 참지 못하고 은행이 따졌다.

"뭐가요?"

성현이 태평하게 되물었다.

"술 취했다고 그랬잖아요. 난 한 번도 그런 적이 없다고요. 아무리 장난이라도 그런 말 하면 안 되죠."

"장난 아닌데요."

"네에?"

"재작년 연말, 친구와 술 마시고 나서 난 왜 연애에 젬병이냐고 완벽한 이상형은 어디 갔냐고 소리쳤던 것 기억 안 나요?"

"왜 그러세요?"

은행이 발끈했다. 그가 웃었다. 보조개가 한쪽 뺨에 패인 것이 마음에 안 든다. 청바지에 낡은 셔츠 차림. 저 옷은 몇 번째야, 지겹고 편한 차림인 그가 눈을 가느다랗게 떴다. 뭔가 할 말이 있을 때 짓는 표정이었다.

"전화번호 잘못 눌러서 내가 가서 데려다 줬잖아요. 주 실장의 바쁜 친구 대신에. 기억 안 나요?"

"친구 누구요?"

은행은 무시하듯 되물었다. 장난이란 일말의 생각이 아직도 확고하게 뿌리박고 있었다. 그러나 그것도 잠시, 곧 뿌리째 뽑혔다.

"강하리 씨라고 기억하는데. 준하패션인가? 그 부사장 말이에요. 그때 우연히 반장님도 봤을걸요."

"헉!"

순간 은행은 말이 없어졌다. 2년 전 소개팅 남하고 몇 번 만나고 나서 너무 그녀가 따진다는 이유로 싸우고 결별한 뒤였다. 그때 김성현이 자신을 봤단 말인가. 전혀 기억이 없는데 말이다. 술에 취해 하리를 괴롭힌 기억은 있었다.

"기억나나 보네."

그녀의 눈빛 변한 걸 그새 포착한 모양이다. 얄미운 김성현.

"기억 안 나요."

은행이 계속 고집을 부렸다. 이상하게 김성현 앞에선 더욱더 자존심을 내세우게 된다.

"알았어요."

점잖게 받아들이는 것도 짜증 난다. 마치 한 수 접어준다는 식이 아닌가. 은행은 속으로 씩씩거렸다.

"만약 그게 진짜라면 그동안 왜 말 안 한 거예요? 물론 인정하는 것 아니에요."

"잊어버렸죠. 그게 주 실장에게도 좋을 것 같아서요."

그가 이면도로로 진입하면서 말했다. 시선은 전망을 향하고 있었고 운전하는 모습은 느긋하기 그지없다.

"근데 지금 말하는 이유는 뭔데요?"

"기억나서요."

별말 아닌데 왜 김성현은 속 터지게 하는 그 뭔가가 있을까.

"난 그런 적 없어요…… 없을 거예요."

자신 있게 말하고 나니 자신감이 없어졌다. 그가 소리 없는 미소를 짓는다. 저 보조개가 또 사람을 놀리며 오른쪽 뺨에 파인다. 짜증 난다, 소리 지르고 싶을 만큼.

"으윽."

그녀가 자신도 모르게 성질을 이기지 못하고 짧게 소리를 질렀다.

"한약 다시 먹나 봐요. 난 한약 먹는 주 실장이 더 편하긴 하지만, 그래도 보약 너무 과용하지 마요."

"……"

순간 할 말을 잃었다.

한약 이야기, 그 창피한 이야기를 계속 끄집어내는 심보는 뭐람. 원래 이런 남자가 아니었는데 자신의 상사는 지루할 정도로 점잖고 유유자적이며 남 돕는 것을 좋아하는 사람이 아닌가. 실력이 이렇게 뛰어나지 않았다면 사실 의리고 뭐고 뛰쳐나갔을 것이다. 그와 있으면 많은 걸 배우긴 한다. 하지만 저런 성정은 처음이다. 갑자기 놀리고 싶었는지 선한다고 할 수 있는 눈동자에 요즘 들어 심술이 얇게 흐르고 있었다.

"왜 그러는 거야?"

속마음이 작은 소리로 터져 나와서 그녀 스스로도 깜짝 놀랐다.

"네에?"

"아무것도 아니에요."

다행히 별일 아니라고 생각하는 모양이다. 펜션에 사람들이 모여 있는 모습에 정신이 빠진 듯했다.

"다 왔네요. 근데 무슨 일이 있나? 왜 이리 웅성거리는 거지?"

은행은 웅성거림이 중요하지 않았다. 그가 차에서 내려 무슨 일인지 알아보는 사이 그녀는 얼른 휴대폰을 꺼내 하리에게 전화를 걸었다. 근데 응답이 없었다.

"바쁜가? 하긴 강하리가 안 바쁘면 정상이 아니지."

강하리는 준하패션의 부사장으로 늘 바빴다. 바쁘지 않는 날엔 약혼자와 그 가족을 챙겨야 하고 회사에선 어디로 튈지 모르는 사장, 박서준을 보좌해야 했다. 성공했지만 상당히 골치 아픈 인생이다. 똑똑하고 능력 있는 여자이지만 일에선 박서준에게, 사랑에선 이민상에게 치여 사니까.

"아니겠지, 아닐 거야. 괜히 김 소장이 장난친 거야. 그런데 웬 장난? 짜증 나게."

하리가 말해주지 않을 리가 없고, 물론 자기 일 아니면 좀 무관심한 애이긴 하지만, 하여튼 2년씩이나 된 일을 묻기도 좀 그렇다. 그녀는 다시 휴대폰을 가방에 집어넣고 밖으로 나왔다.

"주 실장, 짐 가지고 나와야겠어요."

어느새 성현이 다가와 말했다.

"왜요?"

"도둑이 들었대요. 지금 조사 중인데, 주 실장 방은 침입 흔적이 없긴 해도 그 옆방이 털렸어요. 하여튼 가서 뭐 없어진 것 있나 보고 얼른 짐 가지고 나와요."

"피해 없다면서요?"

"탈주범도 여기 이 지역으로 숨어들어서 며칠 위험하대요. 안 되겠어요, 옮겨야지."

"어디로 옮겨요?"

"어디긴 어디겠어요."

"말도 안 돼요. 싫어요. 안 간다니까요."

이런 말을 수십 번 하고 나서 그의 부모님 집으로 끌려가고 있는 중이었다. 안전 문제는 예전부터 예민할 정도로 지키는 사람이니까. 이런 문제 앞에선 질 수밖에 없다는 걸 알지만 이 상황이 은행은 마음에 들지 않았다.

김성현은 그녀와 그녀의 짐을 차에 태우고 10분 더 가서 기술자들 숙소까지 안전한지 체크하고 나서야 가까운 거리에 있는 그의 부모님 집으로 향했다.

"염려 말아요. 아버지는 중국에 한 달간 답사 가셨거든요. 일하실 땐 몰입하느라 다른 곳에 신경 못 쓰시니까요. 집에 가도 어려운 분 없어요."

아버지에 대한 애정이 깃든 어조로 그가 말했다.

"어머니는 중국에 들러 아버지를 보고 지금은 홍콩에 계세요. 어머니도 며칠 있다가 오실 거니까 불편한 일은 없을 겁니다."

역시 어머니에 대한 애정도 크다. 그가 부모님을 존경하는 건 누구나 다 아는 사실이었다. 아버진 총장이고, 어머니는 유명한 요리가이자 교수이다. 두 분 다 좋은 분이지만 만나는 것은 좀 많이 꺼려졌다.

"어떻게 남의 집에 머물러요. 그것도 주인 없는 집에요."

"비상사태 아닙니까? 그리고 아주머니가 계시고, 전화로 이미 허락받았어요. 어머니가 좋으시대요. 다 왔네요."

"피해드리기 싫어요."

은행은 마지막 고집을 부리며 차에서 나가지 않으려 했다.

"방이 한둘도 아닌데 무슨 피해입니까? 며칠 있는 건데, 왜 이리 까다로워요. 도움 받고 도움 주고 사는 거지, 그게 인생이죠."

"인생 강의 듣기 싫거든요."

그가 또 웃는다, 알지도 못하면서. 은행은 투덜거렸지만 소용이 없었다.

성현은 그녀의 캐리어와 커다란 가방을 끌고, 메고 저택으로 들어갔다. 생각보다 짐을 많이 가지고 왔다. 그가 끌고 있는 캐리어도 그리고 어깨에 멘 가방까지, 척 보기에도 너무 빵빵하다. 괜히 미안함이 들자 더 짜증스러웠다. 자신이 들겠다고 했는데도 저러니까 더 그랬다.

어둠 속에서도 달빛과 조명등에 의해 3층 집이 보였다. 박공지붕에 고벽돌의 세련된 매력과 화이트 컬러로 통일해서 깔끔하고 단순한 느낌을 주는 남향의 아름다운 저택이었다. 이 집은 김성현이 어릴 때부터 살아온 집으로 이 근처에 그가 다녔던 유명한 대안학교도 있었다.

너른 마당에 텃밭이 잘 조성되어서 문지애 여사의 요리에 근원이 되고 있었다. 야산과 눈앞에 강이 흐르는 전망도 아주 좋은 곳으로 아들 셋이 모두 잘된 것이 다 이 집터 덕분이라는 소리가 있었지만 현재 은행은 김성현 때문에 속이 뒤틀렸다.

"안 들어올 거예요?"

성현이 현관문에 서서 물었다. 그녀는 더 고집부릴 수도 없어서 마지못해 안으로 들어갔다. 넓은 거실은 천장이 높고 서까래가 노출되어 있으며 벽난로가 운치를 더해줬다. 주방은 미닫이문으로 거실과 연결되어 있고, 2층으로 가는 계단은 고급 자재인 에쉬목으로 되어 있었다. 보기만 하면 견적이 나오는 것도 직업병의 일종이었다.

"제가 안내할 테니까 그냥 쉬세요. 저는 내일 아침 다시 서울 가야 되니까 신경 쓰지 않으셔도 돼요."

성현이 일하는 아주머니에게 정답게 말한 후 쭈뼛쭈뼛 인사하는 그녀를 2층으로 데려갔다. 그 무거운 가방을 양손에 단박에 들면서.

"여기서 지내요. 손님방이라서 불편한 점은 없을 테니까 편하게 쉬어요. 난 내일 일찍 서울 가봐야 하니까 신경 쓰지 말고, 며칠 있다 봅시다."

그는 자기 말만 하고 나갔다. 부드럽고 느릿하지만 은근히 독단적인 면이 숨어 있었다. 자기가 하고 싶은 것은 다 하고야 만다. 그러니까 들꽃사무소가 더 크지 못하긴 해도, 환경적으로 도움이 되는 사무소가 되어가는 것은 사실이다. 콘크리트보다는 목재로 집을 짓는 집념의 사나이가 아닌가. 야심보다는 이로운 사람이 되어 유유자적하는 걸 더 좋아하는 인간의 전형이었다. 제대로 야심만 있었으면 외모도 그렇고, 태도도 그렇고, 완전히 로맨스 주인공일 텐데.

"아, 무슨 생각을 하는 거야."

은행은 자기 생각이 해로운 것마냥 털어버리고 큰 침대에 컴퓨터와 TV 그리고 화장실까지 붙어 있는 호텔 객실 같은 방을 둘러보았다. 다른 점이 있다면 호텔 객실과 달리 편안하고 아늑하다는 것이었다.

"휴우."

작은 소파에 앉아 휴식을 취했다. 문득 이 소파가 김성현이 만든 것임을 깨달았다. 그가 만든 것은 냄새도 좋았다. 무엇이든 천연으로 하는 편이라서. 그녀는 천연 염색으로 만든 소파에 코를 대고 킁킁거리다가 김성현이 주는 스트레스로 인해 다시 툴툴거렸다.

〈주은행, 왜 전화했어?〉

강하리의 전화였다. 다짜고짜 묻는다. 까랑까랑하면서도 정돈된 목소리, 포스를 대놓고 뿜는 그녀이지만 사실 나쁘진 않다.

"으응, 왜 전화했더라?"

〈너, 정신 어디에다 두고 사냐?〉

"그러게. 아, 생각났다. 별것은 아닌데……."

〈별것 아니면 묻지 마.〉

"넌 중요한 것만 얘기하고 사냐?"

은행이 소리치자 강하리의 웃음소리가 들렸다.

〈알았다, 말해봐라.〉

"2년 전 소개팅에서 내가 차려고 했던 남자한테 차였잖아. 주위에서 워낙 좋은 남자라고 난리 치는 바람에 소개해 준 친구한테 미안해서 억지로 기회를 주었다가 몇 번 만나고 차였잖아. 내가 너무 따지고 부담스럽다고. 자기 부모님 부자라 그 돈으로 레스토랑한다고 난리 친 인간한테 몇 번 지적도 못하냐. 내가 찼어야 됐는데 차여가지고 엄청 심란했는데. 하여튼, 기억나냐? 그때, 술 마시고 너한테 주정 부린 적 있었지?"

〈으응, 알아. 기억나. 네가 그런 적이 별로 없어서 그런 날은 세월이 흘러도 기억나지.〉

"그때 내가 필름이 끊겼는데, 그 후에 아무 일도 없었지?"

〈무슨 일? 야, 왜 2년 후에야 그걸 물어보냐? 더럽게 할 일 없다. 집 짓는데 그렇게 시간도 남아도니.〉

"아니, 그게 아니고. 그때 나 네가 데려다 준 게 아니라 김성현 소장이 데려다 준 거야? 아니지?"

〈내가 얘기 안 했던가?〉

가슴이 쿵 하고 내려앉았다.

"뭐야?"

〈아, 깜빡했나 보다. 그때 네가 대리 운전 기사를 부르려다가 번호 잘못 눌러서 김 소장이 받았고, 근처에 있어서 왔거든. 나 혼자, 술에 완전 취한 널 데리고 가기 힘들었는데 집에까지 너 옮기는 거 도와줬어. 널 거실에 두고 바로 가더라. 뭐, 자기 온 거 굳이 얘기할 필요 없다고 하던데. 그래서 안 한 것은 아닌데, 깜빡했어. 참, 네가 그 사람 옷에 오바이트까지 했는데.〉

"야! 그걸 지금 말하면 어떡해?"

〈나, 출장 가느라 잊어버렸지. 스캔들 연달아 터져서 정신도 없었고.〉

여기서 스캔들이란 박서준 사장과 여배우의 스캔들을 말한다. 그걸 수습하는 것이 부사장 강하리의 몫이기도 했다.

"몰라, 몰라."

〈왜 2년이나 지나서 난리야. 야, 그렇게 안 봤는데 김성현 소장 뒤끝 있네. 쿨한 척하더니. 그냥 양복 하나 사줘라.〉

"강하리, 너 때문에 미치겠다."

〈참, 너 2년 전에 나한테 고맙다 안 했지?〉

"고맙다. 너무 고마워서 아주 눈물이 앞을 가리네. 됐냐? 끊어."

〈그래, 들어가라.〉

은행은 두 손으로 머리를 쥐었다. 그러다가 밖에서 부스럭거리는 소리가 나자 깜짝 놀랐다. 가만히 들으니 다시 소리가 잦아들었다.

"어떡하냐. 왜 난 김성현한테 못난 모습을 이리 많이 보여준 거야. 그리고 왜 하필 서진우는 김성현의 절친인 거야. 환장하겠네."

그녀는 그날 밤 잠을 이루지 못했다.

4

은행은 이제 인테리어 작업에 들어갔다. 이미 시공이 들어가기 전에 전기 배선과 콘센트 위치 등을 정해야 하므로 거의 대강 윤곽은 그려놓았다. 그래도 약간의 변화는 줄 수 있었다.

"단순한 것이 좋겠어요. 뭐, 큰 장식은 필요 없고요."

"그럼, 붙박이 가구로 맞추시죠. 그것이 자투리 공간도 효율적으로 쓰고 보기에도 좋아요. 공간에 따라 가구 모양도 정하고요."

"네, 그게 좋겠네요."

"그럼, 마감재는 최소화하고 벽지 색상도 통일하는 것이 좋겠네요."

진우는 그녀의 의견에 전적으로 동조했다. 바닥은 시공 전부터 온돌마루로 정했다. 주방 역시 그녀에게 전적으로 맡겨졌다.

"주방은 잘 몰라서요. 주 실장님의 안목을 믿습니다."

은행은 주방의 상부 장은 두지 않기로 했다. 그곳에 작은 창을 두는 것이 훨씬 효과가 좋았다. 음식을 만들면서 바로 전망을 볼 수 있고 바람을 쐴 수도 있다. 대신 수납장은 옆의 구석 공간에 높게 제작하고 주방 옆에 다용도실을 창고처럼 잘 활용할 수 있게 작은 선반을 제작하기로 했다. 서랍장은 문과 선반만 달아서 효과를 높였다. 커다란 식탁과 아일랜드 식탁을 같이 마련해서 손님들과 파티를 자연스럽게 할 수 있도록 만들고, 남향이라서 밝은 주방은 일하는 사람이 기분 좋게 일할 수 있게 편의를 위주로 할 것이다.

가구들이나 소품들도 투박하고 새것 같지 않은 빈티지한 느낌이 나게 정했다. 베이지 컬러의 따스하고도 세련된 분위기에 맞는 소품들도 제작하기로 했다. 서진우는 최신 트렌드에 맞춘 인테리어는 원하지 않았다. 그것은 서울 아파트에서도 충분히 느끼고 있던 바라서 여기선 편안함과 아늑함을 주고 싶다고 했다.

그렇게 오늘도 은행은 기술자 아저씨들과 마무리 작업을 하고 있었다.

따스하고 기분 좋은 훈풍이 불었다. 결실의 냄새가 과일 향을 타고 돌았다. 그 속에서 서진우와 시선이 마주치면 그녀는 마치 그가 쳐다본 것을 몰랐다는 듯이 살짝 놀란 표정을 지어 보였다. 적당한 가식은 나쁜 게 아니다. 이것은 만고의 진리다. 그런가?

"그냥 보고 있는 거예요."

진우가 말했지만 목소린 거의 나오지 않고 입모양으로 그렇게 말하고는 방해되지 않는 방향으로 자리를 바꾸었다.

"이거, 선물이에요."

작업이 끝나고, 진우가 벤치에 그녀를 이끌고 앉아서 빵을 건넸다. 빵집에서 파는 흔한 크림빵이었다.

"고마워요."

그의 장난에 피식 웃으며 빵을 먹고 있는데, 그가 종이 하나를 더 내밀었다. 그녀가 뭔가 하고 쳐다보자 그가 눈을 찡긋거린다.

"일하는 모습이 아름다우세요."

"이게 저예요?"

그가 그녀를 그린 스케치를 은행은 한참을 바라보았다.

"안 닮았어요?"

"아니요……."

선이 날렵한 눈썹과 크고 동그란 눈, 낮지만 반듯한 작은 코와 흐릿한 인중 그리고 뚜렷한 입술 선까지 잘 묘사되었다. 사실, 많이 놀란 것은 아니다. 이미 서진우가 그림도 잘 그린다는 정보는 입수된 지 오래였다. 아는 사람만 아는 사실이다. 그녀는 사랑할 사람에 대한 정보를 기자가 사건을 취재하기 위해 모으는 정보량만큼 가지고 있어야 안심하는 여자였다. 그게 나쁜 것은 아니지 않은가. 다만, 그가 자신의 그림을 그리는 걸 보니 정말로 딱 찍은 남자가 자신에게 빠지고 있구나 하는 실감이 텍사스 소떼가 몰려오는 것처럼 감동으로 밀려왔기 때문에 잠시 숨을 돌렸다.

"사실, 반도 못 담았어요. 살아 있는 아름다움을 종이에 완전히 그릴 수는 없더라고요."

"뻔한 멘트이지만 그림이 마음에 들어서 그냥 넘어갈게요."

"원래 진심은 뻔할 때가 있어요."

진짜 이 남자, 나한테 반하고 있는 중이구나.

은행은 갑자기 불안함이 밀려오는 걸 느꼈다. 지금까지는 늘 연애에 완벽함을 추구했지만 그리 완벽한 연애를 못했다. 그런데 지금, 그 완벽한 순간이 펼쳐지고 있었다. 바로, 마법 같은 순간인 것이다. 이럴 땐 어떻게 해야 하지. 그녀는 머릿속을 굴리고 있지만 그저 멍했다. 사랑하기 위해선 뭔가 똑똑한 짓을 해야 한다. 강박은 멈추지 않았다.

"무슨 고민 있어요?"

진우가 다정하게 물었다. 그는 그녀의 옆에 앉아 그녀의 손가락이 벤치를 두드리는 리듬에 맞춰 발장난을 치고 있었다.

"이런 순간에 무슨 말을 해야 할지 모르겠어요."

갑자기 솔직해지고 싶었다. 그런 충동이 생기는 대로 말이 술술 나올 때였다. 그의 휴대폰이 참으로 시끄럽게 울렸다.

"성현이에요. 이놈의 자식, 분위기 깨는 데 선수라니까요."

그가 휴대폰을 받았다.

"왜?"

친근하게 전화를 받는 진우를 은행은 살며시 관찰했다. 그의 표정만 봐도 알 수 있었다. 얼마나 친한 친구인지.

"이 자식아, 내가 알아서 한다. 그래, 으응, 염려 마. 네 어머니는 내 어머니나 다름없어. 으음, 그래. 일주일 후에 보자."

진우는 전화를 끊으려고 하다가 다시 받았다.

"알았어. 은근히 챙기시네. 걱정하지 마. 바로 옆에 계시다. 주실장 잘 있냐고 묻는데요. 잘 있다고 대강 말하고 그냥 확 끊어버려요. 물 가지고 올게요."

엉겁결에 그가 넘겨준 휴대폰을 받아 들었다.

"어……."

말을 못하고 있을 때 특유의 다정하지만 퉁명한 어조가 물어왔다.

〈전화가 왜 안 돼요?〉

"충전해야 돼요."

〈걱정했잖아요.〉

"걱정을 왜 하세요?"

은행이 쌀쌀맞게 받아쳤다.

〈불편하진 않죠?〉

"네, 근데 너무 신세지는 것 같아서 곧 옮길 거예요."

이 말은 당신의 어머니가 오시기 전에 떠날 거라는 얘기였다.

〈어머니 일주일 후에 오신다고 했으니까 너무 서두르지 말아요.〉

"네, 그럼……."

〈잘 있었냐고 안 물어봐요?〉

이 남자, 안 하던 짓 하고 있어.

"왜 그러세요? 어디 아프세요?"

〈다시 한약 먹는 게 틀림없어.〉

짜증이 확 밀려왔다. 그 순간 뭐라고 말을 하려고 했는데, 갑자기 2년 전 사건이 떠올랐다. 강하리가 뒤늦게 말해준 그 사건. 양복에 오바이트까지 했다니, 미치겠네.

"저기요, 미…… 미…… 잘 들어가세요. 건강하시고요."

은행은 그가 뭐라고 하기 전에 전화를 끊어버렸다. 진짜 나중에 양복 상품권 하나 쏴야 되는 것 아니야? 그녀는 기억났다는 걸 김성현에게 들키고 싶지 않지만 또 그냥 넘어가기엔 찝찝했다.

"여기요."

서진우가 생수병 하나를 내밀었다.

"성현이가 주 실장님 많이 아끼나 봐요."

"제가 좀 오래된 직원이니까요."

"원래 성현이가 기질이 바뀐 뒤로는 차분해졌어요. 사교적인 성향이 달라지는 게 일순간이더라고요. 지금은 옹고집이 되어서 사람들을 잘 받아들이지 못하고 자기가 옳다는 일에만 전념하니까요. 그래서 주 실장님이 좋은 분이란 증거인 것 같아요."

"그냥, 뭐 오래되어 아주 편해져서 그렇겠죠."

은행은 문득 김 소장의 기질이 왜 바뀌었는지 궁금해졌다. 그 이유는 며칠 후에 들을 수 있었다.

두 사람은 쉬는 시간에 들길을 산책 중이었다. 가을이 깊어지고 있었다. 이젠 하루에 두 계절이 마주하고 있었다. 아침과 저녁은 쌀쌀하고 낮엔 따스한 햇빛이 풍성하게 내리쬐었다. 아마 이런 따스함은 긴 꼬리를 남기지 않고 또 갑자기 사라질 것이다. 하지만 숲의 생명들은 이 순간을 바삐 즐기고 있는 듯 보였다.

그들도 그랬다. 언제 갑자기 사라질지 모를 가을을 그저 누리고 있었다. 떨어진 낙엽이 수분을 잃고 사각거렸다. 걸을 때마다 나무 향기가 짙어지고 있었다. 그 사이로 산들바람이 불고 있고, 그 바람에 따라 아직 떨어지지 않은 이파리들이 살랑거렸다.

숲은 그 어느 때보다 아름다웠다. 색색들이 물든 얇아진 잎사귀에 투영된 햇빛이 숲을 더 아름답고 밝게 만들고 있었다.

울창한 소나무와 넓은잎나무들이 사이좋게 분포되어 있는 숲길 오른편 아래쪽으론 편백나무 군락지가 있었다. 겨울 숲이 되면 소나무와 함께 잿빛 속에서 푸르름을 유지할 것이다. 좁은 오솔길에 다다르자 그들의 걸음은 느려졌다. 연둣빛, 검붉은 열매들이 도처에서 고개를 내밀고 있었다.

"어린 시절이 생각나네요. 방학 때면 기숙사에서 나와 성현이와 성현이 집에서 지내곤 했거든요."

진우가 주위를 둘러보며 생각에 잠긴 채 말했다.

"어릴 때 어떤 아이였어요?"

"은행 씨는요?"

"전 지금 모습 그대로예요. 친구들이 변한 게 하나도 없다고 그래요."

그것은 예전에도 계획 세운다고 난리 쳤다는 것이다. 아주 어릴 때부터 그놈의 운명을 찾겠다고 분주했다. 매번 실패한 것은 서진우를 만나기 위해서인가. 그녀는 스물여덟 살 늦가을, 초겨울이 다가오는 이 계절에도 운명을 굳게 믿고 있었다.

"상냥하고 열정적이고 생각이 깊은 아이였군요."

"아니, 뭐…… 그렇게 보셨다면 굳이 덧붙이지 않겠습니다."

진우가 은행의 말에 웃었다.

"진우 씨는요, 어떤 아이였는지 얘기 안 해주실 거예요?"

"저는 은행 씨와 반대예요. 지금하고 많이 달라요. 말이 없고 날이 선 그런 청소년기를 보냈죠. 명랑할 때도 있었지만 대부분 들쑥날쑥이었어요."

"상상이 안 되는데요."

"그렇죠. 근데, 사람이 확확 바뀌더라고요. 친구는 성현이밖에 없었어요. 아버지는 늘 바쁘시고 할아버지는 할아버지대로 제가 나쁜 길로 빠질까 봐 걱정하셨나 봐요. 그래서 점점 폐쇄적인 아이가 되어갔는데, 중학교 때 짝꿍인 성현이와 어울리고 방학엔 성현이네 집에서 살다시피 하면서 지냈죠. 성현이는 내가 되고 싶은 모습이었어요. 자신만만하고 야심도 크고. 또 사교적이고 오만하지 않고 진취적이었어요. 전교회장이었죠. 나름 닮으려고 얼마나 노력했는데요."

은행의 입이 벌어졌다.

"동명이인 아니고요?"

"네에?"

"아니, 지금의 모습과 매치가 안 돼서요."

들을 때마다 실감이 안 난다. 그래도 김성현 얘기는 이 정도에서 끝내야 한다. 그러고도 싶었다. 지금은 서진우에 대해서 하나라도 더 알고 교감해야 할 때가 아닌가. 영화에서 나왔던 '교감', 그 교감을 하려고 하는데 자꾸 김성현이 야심, 자신만만, 사교적이었다는 사실을 믿을 수가 없어서 묻게 되었다. 궁금하면 못 참는 기질 때문에 중요한 시간을 낭비하고 있었다.

"성현이가 그때 이후로 변했어요. 라이벌이자 친한 1년 선배가 있었는데, 둘이 티격태격하면서도 어릴 때부터 친했어요. 미술이나 피아노도 같이 배우고, 경연대회에 나가면 1등, 2등 나란히 하고 왔죠. 경쟁 의식이 장난 아니었는데, 그때 그 선배가 좋아하던 여자가 성현이를 이용해서 질투심을 유발하려고 했죠. 당연, 성현이는 흔들리지 않았는데 하여튼 좀 복잡하게 꼬였어요. 그래도 다 해결되고 둘이 다시 친해졌는데, 경쟁 심리는 남아 있었는지 강가에서 수영 내기를 하다가 선배의 다리가 풀과 진흙에 휘말려 성현이가 겨우 데리고 나와서 인공호흡도 하고 최선을 다했지만 죽고 말았어요. 그때 성현이가 제정신이 아니었죠. 네 잘못이 아니라고 했는데도 성현은 반대로 알아들은 듯이 굴었어요. 그때부터 김성현이 맛이 갔죠. 사랑하던 여자하고도 칼같이 헤어지고 자기 내부로만 숨어들더라고요. 그게 대학교 때 일인데, 엄청난 트라우마죠. 얘기 안 하려고 했지만 은행 씨는 아무래도 성현에겐 동지 같은 존재니까 알아도 좋을 것 같아서요. 그 얘기하면 정색하고 굳어지니까 내가 얘기한 건 말하지 마세요."

"네, 그럴게요."

은행은 김성현에 대한 새로운 사실을 알게 되어 충격을 받았다. 자꾸 김성현의 마음이 어땠는지 헤아리려는 자신을 마주하고 깜짝 놀랐다. 그래서 더 우중충해졌다. 괜히 기분이 상하자 코를 찡긋거렸다.

"너무 분위기 우울해졌죠."
"그러네요. 그럼 이번엔 진우 씨 어린 시절 얘기해 주세요."
"재미있는 게 없는데."
"작가가 된 계기, 그런 것 얘기해 주시면 안 돼요?"
"돼요."

그가 웃었고, 그녀도 따라 웃었다.

"그냥 쓰게 되었어요. 고등학교 때 써둔 것이 제 첫 소설이에요."

"알아요. 읽었거든요."

"정말요?"

"제가 작가님 팬이라고 했잖아요. 전 입 발린 소리 안 해요."

입 발린 소리를 했다면 실천에 옮기는 스타일이지. 하지만 그의 소설은 정말로 재미있고 유익해서 예전부터 즐겨 읽었다. 문제는 첫 번째 소설은 읽은 지 꽤 되어서 잘 기억이 나질 않는다는 거다.

"읽으셨다면 눈치채셨겠네요."

"네에."

뭔지 모른다. 그래도 절대로 끝을 올리면 안 된다. 의문문이 되어선 안 된다. 근데, 무슨 말을 하는 거지?

"후기에서도 말했듯이⋯⋯."

미쳤다. 후기는 전혀 모르겠다.

"제 친구 첫사랑 얘기니까요. 성현이가 화 많이 냈지만 이젠 포기 상태예요."

김성현 얘기 좀 그만했으면⋯⋯ 좋겠다.

두 사람의 막 싹트는 애정에 자꾸 불청객인 김성현이 끼어든 기분이었다. 게다가 아까 들은 김성현에 대한 얘기가 마음 구석진 곳에 콕 박혀 점점 스멀스멀 코끝까지 올라와 기분을 흔들어놓으려고 한다. 지금, 상당히 로맨틱하고 업된 기분을 망칠 수 없었다. 김성현을 이 자리에서 몰아내야 했다.

"자신의 얘기는 안 쓰세요?"

은행이 슬쩍 물었다. 방향을 틀면 또 서진우는 잘 따라온다.

"잘 안 쓰게 돼요. 사실, 연애담이 별로 없어요. 금세 좋아지고 금세 식어지는 병이 있거든요. 어릴 때의 변덕이 이런 식으로 남았나 봐요. 주위에서 고치라고 난리이긴 하죠."

이건 안 좋은 건데, 그녀는 미간이 찌푸려지는 걸 억지로 폈다. 포커페이스를 유지해야 손해를 보지 않는다. 은행은 무심한 표정을 지으려고 애썼다.

"하지만 정말 운명을 만나면 달라지겠죠. 믿습니다."

진우가 힘차게 말했다.

"그러시겠죠."

그가 은행을 쳐다본다, 그것도 진지하게. 그녀는 모든 생각을 밀어내고 그의 눈빛을 수줍게 마주쳤다. 여기서 몇 초만 더 흐르면 된다. 뭔가 확실히 잡히는……

띠리리링, 띠리리링.

이놈의 벨소리, 그녀의 것이다.

"네에, 주은행입니다. 네에, 정말로요. 감사합니다. 지금 준비하고 갈게요."

그녀가 신나서 대답했다.

"누구예요?"

진우가 호기심 어린 미소로 물었다.

"펜션에서 왔어요. 방 생기면 바로 연락해 달라고 했거든요."

"왜요? 성현이네 방 많잖아요. 불편하세요?"

은행은 약간은 정색을 했다, 엄연히 남의 집에 그렇게 오랫동안 지내는 여자가 아님을 나타내기 위해서. 그렇다고 부드러움을 잃지는 않았다.

"네에, 아무래도요. 신세를 지는 것이 익숙지 않아서요."

"지금 옮길 거예요?"

"네에."

그녀가 고개를 끄덕거리자 그가 앞장섰다.

"도와줄게요."

"안 그러셔도 되는데요."

"아니에요. 뭐 그리 힘든 일도 아닌데다가 그 핑계로 은행 씨와 좀 더 같이 있으면 나야 좋죠."

그녀가 피식 웃었다.

"고맙죠?"

"고마워요."

애교 섞인 어조가 나왔다. 그렇다고 과하진 않았다. 그 정도 조절 못하는 주은행이 아니다. 연애 초기를 엄청 많이 겪어보지 않았던가. 깊은 관계가 뭔지 몰라서 그게 문제지.

그가 은행을 쳐다보았다. 아무래도 서진우가 그녀에게 단단히 반한 것 같았다. 금세 반하고 금세 식는다는 것은 아주 안 좋은 성향이지만 솔직하게 고백하고, 진정한 짝을 찾겠다는 마음은 좋은 징조다.

진우는 은행을 자기 차로 데려다 주었다. 저택에 도착해 들어가자 일하는 아주머니가 아닌 우아한 60대 중반의 여성이 그들을 맞이했다. 올림머리에 편한 정장 차림은 마른 몸매에 헐렁하지만 뭔가 기품까지 주었다. 그 갸름한 미인형의 얼굴에 환한 미소가 번졌다. 은행은 순간 한숨을 내쉬었다.

"오셨어요, 어머니!"

진우가 반갑게 인사하며 포옹했다.

"진우 왔구나. 반갑다."

"언제 오셨어요? 여행은 즐거우셨어요?"

"방금 왔어. 여행은 그렇지, 뭐. 신경 쓸 것이 한두 가지여야지. 총장님도 신경 써드려야 하고 내 일도 봐야 하고 말이야. 참, 우리 주 실장도 왔네요."

"네에, 안녕하세요."

은행은 상냥하게 인사했다. 속마음은 안타깝기 그지없었다. 조금만 일찍 왔다면 짐을 들고 펜션으로 직행할 수 있었는데, 그랬다면 문 여사님을 만나지 않았을 것이다.

"우리 주 실장, 자주 놀러 오라고 그리 신신당부를 해도 매번 바쁘다더니 일이 있으니까 이렇게 오네. 진우야, 우리 주 실장 일도 잘하고 사람이 참 괜찮지 않니?"

"네, 어머니."

"내가 며느리로 점찍었단다."

이런 연유로 그녀와 만나기 꺼려한 것이다. 더군다나 서진우과 함께는 결코 만나지 않으려고 했는데, 이 완벽한 사랑의 진입에 큰 고비가 나타났다. 바로 김성현의 어머니다, 그녀를 김성현의 아내감으로 생각하는.

"네가 보기에도 야무지고 똑똑하게 생겼지. 인상이 참 좋아. 난 너무 튀는 스타일은 싫거든. 적당히 얼굴도 예쁘고, 아담하고 선한 데가 있으면서도 나름 포스도 있고 말이다. 내가 마음에 두고 있단다, 우리 둘째 아들 신부감으로."

둘째 아들은 바로 김성현을 의미한다. 그것도 당사자인 주은행이 물 먹으러 간 사이 저렇게 대놓고 품평회를 하면서 칭찬을 하고 있었다. 그것도 며느리 감으로, 서진우 듣는 데서 말이다. 이게 말이 되는 소리인가.

미치겠다. 미치겠네.

물을 마시고 돌아온 은행의 입가는 경련이 일 정도로 은은한 미소를 띠우고 있었다. 위기일수록 차분해야 한다. 흥분하면 진짜로 말려들 수 있었다.

"잠깐만, 나 외투 좀 놓고 올게."

어머니가 방으로 간 사이 그녀도 재빨리 방으로 가서 언제 갈지 몰라 미리 챙겨놓은 가방을 끌고 나왔다.

"벌써 가려고요?"

"인사드리고 가려고요. 내일 찾아와서 얘기해도 되고요."

가는 것이 급하다. 은행은 진우에게 상냥하게 말했으나 그 바람은 바로 벽에 부딪치고 말았다.

"주 실장, 가방은 왜 가지고 나와요?"

끙끙거리며 가방을 메고 끌고 나오던 은행은 문 여사의 포스와 마주쳤다. 눈썹이 살짝 모아지면서 여자 교장선생님과 부딪친 기분에 정신을 차리려고 애썼다.

"네에, 저기 펜션에 방이 생겨서요. 계약하고 왔거든요."

계약했다는 말을 강조했다.

"말도 안 되는 소리. 우리 집이 있는데, 어딜 가요."

씨알도 안 먹힌다. 그래도 그대로 눌러앉을 수는 없었다. 은행은 성현의 어머니가 무서웠다. 상냥하고 다정하고 그녀를 좋아해

주시지만 왠지 모를 포스로 상황을 좌지우지하는 힘을 대할 때마다 겁이 났다. 자신이 생각지도 못한 상황으로 빨려들지도 모른다는 압박에 정신이 혼미할 지경이었다.

"하루 이틀도 아니고 앞으로 공사 때문에 한 달 넘게 있어야 하기 때문에 죄송스러워서요."

참으로 예의 바르면서도 불편하다는 중의가 들어 있는 말이 아니던가. 하지만 그것도 문 여사에겐 소용이 없는 듯하다. 그녀의 콧김이 좀 세게 나오고 콧구멍이 살짝 커졌다. 기분이 상했다는 즉각적인 반응이었다.

"우리 집이 불편하구나. 내가 깐깐하다고 느끼는 모양이야. 젊은 사람들에겐 말이 많은 노인네가 껄끄러울 수 있지……."

문 여사는 나이에 비해 아주 활기차고 젊고 아름다웠다. 노인이란 소리를 듣기 싫어하면서도 꼭 자신에게 유리한 쪽으로 쓰는 저 비법, 배워야 하나. 은행은 이미 백기를 드는 마음을 무시하지 못했다.

"그게 아니고요……."

"난 주 실장 좋은데, 주 실장은 내가 싫은가 보다. 젊은 사람들이 나이 든 사람들을 불편하게 여기는 걸 깜빡 잊곤 해. 그게 섭리이기도 하지만 왜 알면서도 이리 섭섭한지 모르겠어. 슬퍼지네."

은행은 두 손을 경박하게도 빨리 흔들었다.

"아니에요. 그래서가 절대 아니고요, 불편하실까 봐요. 신세 끼치는 것이 정말 죄송해서, 그 때문에 그래요. 다른 건 없어요."

"내가 괜찮다면 주 실장도 괜찮은 거지?"

"그, 그, 그럼요."

"됐네, 그럼. 빨리 다시 가방 제자리로 놓고 와야죠."

"그, 그래야겠죠. 감사합니다."

우중충한 얼굴로 아주머니와 함께 가방을 다시 방으로 올려다 놓았다. 진우는 화장실 간 사이라 도와줄 수가 없었다. 아주머니가 나가고, 은행은 한동안 작은 소파에 털썩 주저앉아 움직일 줄 몰랐다. 문 여사는 그녀를 둘째 며느리로 점찍고 만날 때마다 아들의 장점을 늘어놓았다. 문 여사의 마음을 상하지 않으면서 이 고비를 어떻게 타개할 수 있을까. 머리를 뜯어도 답이 나오지 않았다. 언제까지 이 방에 앉아만 있을 수 없어서 밖으로 나와 계단을 천천히 내려갔다.

"어머니, 남녀 관계는 억지로 되는 게 아니잖아요. 어머니답지 않게 왜 이렇게 밀어붙이세요?"

서진우의 목소리가 들리자 은행은 그 자리에 멈춰 서서 벽에 몸을 바짝 기댔다. 여기선 그들의 목소린 선명히 들리고 모습은 보이지 않았다. 남의 대화를 엿듣는 것은 예의 없는 짓이란 걸 충분히 인지하고 있지만 정보 수집의 기회를 놓칠 수는 없었다.

"내가 얼마나 답답하면 이러겠니."

"두 사람 진전은 있어요?"

"진전이 있으면 내가 이럴까. 그냥 내버려 두지. 근 6년인가, 소 닭 보듯 해요. 한민아와 헤어지고 나선 여자한테는 관심이 없는지, 이러다가 한민아 같은 타입을 데리고 오면 어떡하니. 내가 다른 아들들한테는 일절 연애에 간섭을 안 하지만 성현이가 그 상처를 입고 확 바뀐 다음엔 어디로 튈지 몰라서 더 걱정이다. 이럴수록 야무진 아이가 옆에서 딱 잡아주면 좋으련만."

"민아가 그리 나쁜 애는 아니잖아요, 어머니."

"동창이라고 편드니? 난 그런 타입 딱 질색이야. 차라리 나쁘면 대놓고 미워하기라도 하지. 그렇게 사람을 들었다 났다 해야 직성이 풀리는 타입은 진짜 싫다. 뭐, 그래도 이젠 미국으로 갔으니 상관 안 해도 되지만 말이다. 연애할 때도 요란했잖니. 물론 어릴 때 일이지만 그래도 이젠 완전히 끝났나 싶어서 마음 놓고 있으니까, 연애도 안 하고 혼자 유유자적 살다 죽을 모양이야. 난 야심찬 아들이나 태평한 아들이나 다 괜찮은데, 좋은 사람 안 만나고 저렇게 혼자 나이 드는 것은 싫다."

"좋은 사람 만나겠죠."

"그러겠지. 문제는 남자는 첫사랑을 못 잊는 경우가 허다하다는 거야. 그래서 그런 비슷한 유형을 데리고 오면 어떡하니. 그러니 내가 주 실장과 연결시켜 주려고 하는 거지. 당사자들은 관심도 없지만 말이다. 주 실장도 우리 아들 마음 없어 하고 우리 아들은 그런 좋은 사람은 자기 같은 사람 만나면 손해라는 헛소리만 해대고. 근데, 진우야. 둘이 아까 분위기 좋더라. 혹시 주 실장 좋아하니?"

진우의 굵은 웃음소리만 들린다. 은행은 맥박이 빨리 뛰는 것 같아 숨을 몰아쉬었다.

"청춘 남녀 붙여놓으면 연분이 안 나겠어? 김성현이 바보천치지. 근데, 정말 사귀는 거야? 본격적으로 말이다."

"아니에요. 사귀지 않아요, 아직은요……."

"아직은?"

"좋은 분 같아서 호감이 있는 거죠."

문 여사의 한숨 소리가 여기까지 들린다.

"그게 시작이지."

"그런가요."

그가 웃음이 섞인 목소리로 답했다. 엿듣고 있던 은행은 괜히 설레는 기분이 들어서 발가락을 꼼지락거렸다.

"너도 문제야. 너무 유명해지고 무지 바빠서 그런가. 왜 이리 정착을 못하고 그러니. 남자라도 결혼 적령기라는 것이 있는 거야. 서른네 살이면 늦은 거란다."

"그러니까요. 그래서 이젠 마음을 잡으려고요."

"그래, 그래라. 하지만 주 실장은 내가 둘째 며느리로 점찍었는데."

진우는 또 웃음소리를 냈다.

"그래, 잘해봐라."

"모르죠. 사람 일은 어떻게 될지 모르겠어요. 다만, 잘되면 좋죠."

"넌 너무 잘나서 문제다. 그래서 여자가 너무 적극적이다 보니 금세 시큰둥해지는 거야. 여자가 좀 줏대도 있고 영리해서 밀당을 제대로 해야 하는데."

"어떻게 그렇게 잘 아세요, 어머니?"

"내가 널 모르니. 사춘기 때부터 내가 키우다시피 했는걸."

그들의 화기애애한 대화는 너무도 흥미롭고 유익했다. 은행은 다시 자신이 머무는 2층 방으로 올라갔다. 그리고 자신이 들은 것을 다시 돌이켜 보았다.

"근데, 왜 이렇게 하나도 안 떠오르지."

너무 많은 정보가 머릿속에 들어왔는지 복잡하고 멍했다.

'서진우는 정착하지 못했다. 문제는 너무 잘나서다. 근데 이젠 정착하고 싶다. 주은행에게 관심 있다.'

뭐, 대충 이런 정보가 떠돌다가 겨우 머릿속에 걸려들었다. 그런데 그와 함께 김성현의 첫사랑 얘기도 같이 끼어들었다.

"몰아내, 몰아내. 필요 없는 거야."

필요 없는 정보를 머릿속에 두면 정말 필요한 정보가 소홀해질 수 있다고 셜록 홈즈가 친히 알려주지 않았던가.

"김성현의 첫사랑이고 나발이고 중요한 것은 서진우야."

근데 문제는 사람은 호기심의 동물이라는 거다. 늘 태평하고 무심하기까지 한 온화한 김성현의 예전 이야기들이 처음엔 그러려니 지나쳐도 자꾸 궁금해진다. 짜증 나게.

"주 실장, 식사해요."

"네에, 내려갈게요."

문 여사의 말에 깜짝 놀라 은행은 자리에서 서둘러 일어났다. 식당은 상당히 크고 아늑했다. 아일랜드형 식탁과 함께 나무 식탁이 길고 넓게 자리 잡고 있었다. 한쪽엔 그릇장이 놓여 있고 그릇들이 빼곡하게 채워져 장식처럼 빛났다. 텃밭에서 키운 싱싱한 야채들이 바구니에 가득하고, 문 여사는 그 호박과 무를 가지고 직접 된장찌개를 끓이고 있었다.

은행은 음식 만드는 데 젬병이고, 게다가 문 여사는 식품영양과 교수이자 전문가인데, 도움을 주는 것은 말도 안 되지만 그래도 어르신인데 일하시는 모습을 우두커니 볼 수만은 없었다.

"앉아 있어요, 주 실장. 아줌마가 다 해놔서 찌개만 끓이면 돼. 그리고 거치적거려요. 요리도 전혀 못하면서 뭘 도와주려고 그래."

여사님, 왜 이러시나…….

"요리 못하시는구나."

서진우가 수저를 가지런히 놓고 나서 자리에 앉으며 말했다.

"요리할 시간이 없어서요. 앞으로 배울 생각……."

말을 다 하기도 전에 다시 문 여사의 목소리가 주방을 평정했다.

"주 실장은 요리도 못하고 바느질도 못하지. 손재주가 가구하고 설계도면 하는 것 외엔 전혀 없어. 악기도 못 다루지. 참, 뜨개질도 전혀 못하고 말이야."

서진우가 장난인지 진심인지 고뇌의 표정을 지었다. 여기서 일하는 아줌마가 반찬을 눈 깜짝할 사이에 차려주는 동안에도 은행의 단점은 문 여사 입에서 쉴 새 없이 나왔다.

"일할 때는 언성이 높아지기도 하고 말이야."

"어머니!"

다급한 나머지 그녀의 입에서 어머니라는 단어가 나왔다.

"으응, 그래. 난 주 실장한테서 어머니 소리 듣고 싶어. 근데 그게 마음대로 안 되고, 늘 다급할 때만 나오니 이제 그만해야겠다. 난 먹고 왔으니 식사 느긋하게 하도록 해요. 오늘은 그만 괴롭힐게."

문 여사가 밖으로 나가고 두 사람은 식사를 시작했다. 은행은 자신을 보고 마치 사랑에 빠지기 일보 직전인 남자를 보았다. 눈동자가 별처럼 빛나고 있고, 입술은 계속 웃고 있었다. 그러나 그녀는 쉼표를 주듯 음식 얘기를 했다.

"된장찌개를 좋아하시나 봐요."

"어머니가 해주신 것은 다 맛있어요."

"맞아요."

김성현 어머니가 해주신 음식은 다 맛있다. 아들 사무실에 있는 냉장고를 항상 음식으로 가득 채워놓고 같이 나눠 먹으라고 하시는데, 그 음식은 정말 그녀가 맛본 어떤 음식보다 맛있었다.

하지만 지금은 맛있는 음식보다는 서진우에게 집중하고 싶었다. 물론 그에게 그리 내색하지 않으면서. 아무래도 이번 연애는 더디게 나가야 할 것 같았다. 왜냐하면 인간은 학습의 동물이고, 그녀는 유달리 학습효과가 좋은 편이 아니던가. 누가 정보를 주면 그걸 머리에 각인하는 것이 좀 심각할 정도였다.

'빨리 사랑에 빠지고 빨리 식는다.'

그 역시 자신의 맹점을 잘 알고 있었다. 자신뿐만 아니라 다른 이들까지 그런 단점을 안다면 이것은 조금 심각하다. 그렇다고 그를 포기할 정도는 아니었다. 그렇다면 어떻게 해야 하는가.

주은행이란 인간이 상당히 어렵고 오묘하다는 걸 느끼게 해줘야 한다. 그것이 진짜가 아니더라도. 생각보다 주은행은 어렵지도 오묘하지도 않으니까. 뭐, 그렇다 해도 그녀 역시 연애 중간 단계에 갖가지 생각으로 인해 지치고 상대에 대한 과대한 기대로 망친 연애 경험이 산더미이기 때문에 이번에는 서두르지 않을 것이다.

식사를 마치고 그들은 문 여사에게 끌려 나와서 벽난로 앞에서 오순도순한 모습을 자아내려고 노력하고 있었다. 분명 문 여사와 같이 있는 것은 결코 편할 수가 없었다. 여기선 은행 외에 두 사람만 아늑하고 편안해 보였다.

"주 실장, 진우와 성현이 학창 시절 앨범 본 적 없죠?"

"네."

"보여줄까?"

그것은 질문이 아니었다. 이미 문 여사가 책장 서랍에서 앨범을 가지고 왔다. 은행은 몸이 앞으로 쑥 나가려는 자신을 가까스로 자제했다.

"오늘따라 우리 주 실장, 참으로 참하네. 이런 모습 새롭긴 하다. 난 주 실장이 활달해서 좋아하는데, 마치 비글 같은 그런 활달함이 있지."

비글이라니…….

"어머니!"

자기도 모르게 또 그 말이 나왔다.

"주 실장한테 어머니 소리 들으려면 좀 못살게 괴롭혀야겠다."

은행은 아닌 척하면서도 얼른 서진우의 안색을 살폈다. 다행히 그는 문 여사가 없는 얘기로 장난친다고 생각하는 듯했다. 하여튼 문 여사의 얼굴에 점잖음과 상반된 장난기 어린 표정이 스칠 때마다 가슴이 철렁거린다. 머리에 쥐가 날 것 같다.

"어머니, 이 사진 아직도 가지고 있으세요? 버리신 줄 알았는데."

진우의 말에 문 여사의 표정이 굳어지고 금세 언짢음이 스며들었다. 은행은 그 사진에 시선이 갔다.

"버리고 싶었지. 하지만 난 과거를 중요하게 생각한단다. 아무리 마음에 안 들어도 어쩌겠니. 내 아들과 또 내 아들 같은 너의 청춘 시절인데. 이 아이도 너희들의 친구이고, 성현이의 첫사랑이고. 사실, 워낙 어릴 때 만나 오랫동안 사귀어서 결혼까지 할 줄 알았지. 우리 아들들이 그놈의 첫사랑에 약하잖아. 무슨 첫사랑은 이루어지지 않는다는데 왜 이리 첫사랑하고 둘 다 연결되었는지. 그렇다고 싫다는 얘기는 아니야. 나는 내 첫째 며느리와 셋째 며느리를 사랑하니까. 단점이 없는 것은 아니지만 장점이 더 많은 아이들이고. 온통 좋지는 않아도 그만하면 사랑하려고 노력하는데 그리 힘들지는 않거든. 나도 요즘 시어머니가 가져야 할 수칙 정도는 안다고. 연락하고 가고, 자고 오지 않고, 뭐 그런 것 말이다. 그래도 애들이 착해서 불편함은 없어. 나도 예의를 차리고. 난 내가 많이, 그것도 아주 많이 좋아하는 사람한테만 귀찮게 하니까."

여기서 은행을 보며 슬쩍 미소를 짓는 문 여사로 의해서 은행은 다시 가슴이 철렁거렸다. 호러영화 속 주인공이 된 기분이었다. 문 여사는 말을 계속 이어나갔다.

"하여튼, 우리 둘째도 그럴 줄 알았는데 말이다. 뭐, 지금 생각하면 그 애하고 안 된 것이 천만다행이긴 하지만 우리 둘째가 안 좋은 일 겪은 걸 생각하면 가슴이 아프지. 내가 어떻게 아들 연애사를 자세하게 알겠니. 게다가 그놈은 제 엄마한테 단답형으로 말하는데. 다만 가장 힘들 때 떠났다는 사실은 가슴이 아프고 좀 그렇단다. 못된 것 같으니. 뭐, 지난 일이니까 그만 얘기하자꾸나. 미안하다. 네 친구이기도 한데 말이다. 미국에선 가끔 만난다면서?"

"네. 어머니, 민아 그리 나쁜 애 아니에요. 아시잖아요? 김성현 한 번 고집부리면 누구도 못 말리잖아요. 김성현이 혼자 있었다면 지가 혼자 있고 싶어서도 한몫한 걸 거예요. 같이 있고 싶으면 가만있는 놈은 아니니까요. 갖고 싶으면 엄청 질겨지는 놈인데요."

진우가 부드러운 어조로 문 여사의 손등을 가볍게 터치했다.

"그래, 네 말이 맞다만 나한테 한민아는 그리 좋은 아이는 아니구나. 노력해도 안 되는 것이 있단다. 하지만 그게 무슨 상관이겠니, 이제 이미 다 지나간 일인데."

그들의 대화를 들으면서 은행은 사진을 뚫어지게 바라보았다. 고등학교 때의 성현과 진우 사이에 키 크고 이목구비가 뚜렷한 여자가 웃고 있었다. 세 사람은 동갑내기로 보이고, 밝고 희망차고 활기 있어 보였다. 어깨동무하는 그들의 웃음은 닮았다.

김성현의 여자친구.

굉장히 미인이고 자신감 있어 보였다. 스무 살 정도로 보이는데도. 그러고 보니 여자가 김성현 쪽으로 몸이 많이 기울어진 상태다.

김성현, 되게 눈이 높았구나.

은행은 괜히 툴툴거리다가 사진으로 다시 눈을 돌렸다. 성현과 진우는 절친이 맞았다. 사진마다 형제나 친구들이 더해지거나 달라졌지만 두 사람은 변함없이 같이 있는 경우가 많았다. 그 여자친구라는 사람도……

눈빛만 봐도 서로 사랑하고 있음을 알 수 있었다. 어린 나이에 저 확고한 사랑의 표정이라니. 근데 깨진 걸 보니 역시 어렸나 보다. 하여튼, 놀라운 것은 김성현이 저렇게 활기차고 역동적인 표정을 잘 짓던 사람이었나 하는 것이었다. 그리고 그가 피아노를 치는 사진에서 좀 놀랐다. 피아노를 치는 줄은 몰랐다. 색다르긴 하군. 그렇게 잠시 김성현에게 정신이 팔려 있다가 그런 자신을 깨닫고 얼른 서진우에게로 시선을 돌렸다. 허튼 것에 신경 쓰는 것은 시간 낭비다.

서진우.

내성적인 미소년, 총명해 보이는 눈빛, 안경에 가려져 있지만 우울한 눈에 총기가 보였다. 지금은 라식을 해서인지 안경을 쓰지 않고 있다.

정말 운이 좋았다. 사랑할 남자에 대해 초반에 이렇게 많이 알기는 쉽지 않았다. 그런데 그녀는 서진우란 남자에 대해서 거짓말 조금 보태서 논문을 쓰고도 남을 정도로 알고 있지 않은가. 정말 배부른 상태다.

밤이 깊어지자 서진우는 일어섰다. 은행은 진우가 차 타는 데까지 나갔다. 창문으로 둘의 모습을 예의 주시하는 문 여사의 눈빛을 느끼면서.

"잠깐만요."

전화가 오자 그가 받았다. 그의 목소리가 확 달라졌다. 편해졌다고 할까.

"진짜 왜 그래? 자기가 내 매니저이지 감시원이야. 연애를 또 하면 어떻게 할 건데. 왜 이렇게 따지냐, 짜증 나게. 누구랑 있냐고? 멋진 여성 분이랑 있다. 왜 그러냐? 알았어. 잔소리 그만해."

진우가 은행에게 다짜고짜 휴대폰을 건네주었다.

"받아보세요."

"네에?"

"받아보시면 알아요."

"여보세요?"

〈주 실장님이구나. 주 실장님, 저 김유영이에요.〉

"아, 네. 김유영 씨, 오래간만이네요."

영상통화로 보이는 김유영은 은행이 작년에 그녀의 언니 집을 지어줘서 친분이 좀 있었다. 김성현이 하라고 해서 한 일인데, 꽤 즐거운 작업이었다. 김유영은 그녀 또래의 여성인데 매번 청바지만 입고 헤어 스타일은 늘 사내마냥 숏커트지만 그래도 귀엽게 생겼다. 좀 거칠게 말하는 성향이 있었지만 매력 있고 인간미가 넘친다고 할 수 있었다. 그때, 분명 유명 인사의 매니저로 일하는데, 누구인지 말할 순 없어도 사람은 좋고 괜찮은데 너무 제멋대로라 늘 조바심이 난다는 말을 했었다.

〈주 실장님, 놀라셨죠? 저, 저 인간 매니저예요. 안 지는 꽤 됐고요, 매니저는 6년 됐어요. 여자들을 얼마나 기 빠지게 하는데요. 근데, 요즘 마음 잡은 것 같아서 주 실장님 같은 분 만났으면 좋겠어요.〉

다행히 진우는 차로 먼저 가서 김유영의 목청 큰 소리를 듣지 못했다. 은행은 어색한 웃음소리만 냈다. 이게 어떻게 돌아가는 상황인가.

〈저, 며칠 후에 별장 완성되면 갈 것 같아요. 그때까지 다른 여자 못 붙게 해주세요. 제발, 정착 좀 하라고 해주세요. 그럼, 안녕.〉

김유영은 좋은 사람이고, 아군이다. 게다가 은행과는 짧은 시간에 친해질 뻔했는데 둘 다 바빠서 그럴 기회가 없었다. 이번 기회에 친해지면 생각지도 못한 정보를 얻게 될 것이 분명했다. 이게 웬 행운인가.

그날 밤, 잠들 때도 서진우에 대해서 얻은 모든 정보들을 머릿속에 나열시켜 갔다. 행복한 작업이었다. 다만, 김성현의 첫사랑과 그의 어린 시절 모습들이 간혹 끼어들어 시간을 낭비했지만 대체적으로 순조로웠다.

서진우.

34세. 9월 28일생. 천칭자리.

천칭자리 특징.

엘리트 의식. 섬세하다. 내성적. 꼼꼼하다. 마음이 약하다.

속박하는 걸 싫어한다. 평화주의자. 대립을 싫어한다. 품위와 위엄. 융합. 칭찬. 화합.

애정운이 매우 좋다. 많은 여성과의 사귐. 차분하고 꼼꼼. 신사적이다. 문란하지 않다. 로맨틱한 분위기에 약하다. 매너 좋다.

감수성. 예술적 재능. 감동적. 독특하고 순수한 아름다움. 내면적 감수성 구속받기 싫어한다. 화합. 균형.

혈액형은 믿지 않아서 그런 건 상관없다. 그래도 말하자면 O형이다. 좋아하는 색은 청색, 블루 계통을 좋아하고 빵에 약하다.

별자리에 대한 것을 아주 믿지는 않더라도 아무리 생각해도 그는 별자리 특징과 많이 부합되는 사람이었다. 정보는 아주 중요하다, 사소한 것이라도.

이 남자의 이상형은 종잡을 수가 없었다. 어느 땐 화려하고 매혹적인 모델이고, 또 어느 땐 머리도 잘 빗지 않는 예술가 타입이기도 했다. 하지만 문제는 최근엔 진짜 쭉쭉빵빵한 여자들만 사귀었다는 것이다. 워낙 유명해서 잡지만 봐도 그의 연애사를 알 수가 있었다. 뿐만 아니라 예쁘지 않은 여자를 사귀었을 때조차 특이해야지 평범하진 않았다. 한마디로 그는 잘난 여자를 좋아하는 것 같았다. 외모든, 감성이든.

물론 주은행도 평범하진 않다. 이 젊은 나이에 상도 많이 받고, 창의적이고 감성적인 설계는 자타가 공인하고 있지 않은가. 게다가 외모도 훌륭한 편이라 주장하면 받아들일 수 있지 않은가. 키는 작지만 얼굴도 작고 비율도 좋다. 눈도 크고. 다만 타원형으로 크지 않고 너무 동그랗게 크다는 것이 좀 불만이긴 하다. 너무 동그랗기 때문에 섹시한 느낌이 없고 귀여운 인상이다. 그러나 코는…… 한숨만 나온다. 낮고 작다. 물론 반듯하긴 해서 얼굴의 균형감을 유지하긴 하지만. 입은 참으로 너무 작다. 크면 웃을 때 무지 섹시할 텐데. 그래도 이만하면 대충 미인 소리는 듣고 산다. 문제는 그녀보다 더한 미인이 이 세상에 너무 많다는 것이었다. 특히 한국에.

하지만 그녀는 자신에 대한 애정이 깊었다. 그것 하나로 빛이 날 수 있다고 생각한다. 어찌 됐든 자부심으로 똘똘 뭉쳐 있으니까. 뭐든 잘할 자신이 있다. 그동안 연애가 잘 안 풀린 것은 운명을 못 만났기 때문이다.

시간이 흐르고 은행은 점점 머리가 아파왔다. 그들의 연애는 호감에서 그다지 진전이 없었다. 서진우는 충분히 그녀의 외모와 조건으로 공략할 수 있는 대상이다.

갑자기 한숨이 나왔다. 사랑이 영화처럼 그렇게 술술 풀리면 좋으련만, 그녀의 사랑은 매번 공부해야 하고 집중하고 공략해야 하는 걸까 한심하기까지 했다. 그것도 잠시 사랑은 최대한 노력해야 한다고 다시 자신을 다독였다.

은행은 그가 좋아하는 것들을 하나씩 머릿속에 각인시켰다. 이것도 잡지와 김성현, 어머니에게 들은 것이다. 신빙성은 모른다. 많은 잡지에서 얻은 것이지만 믿을 수 없는 것이 잡지이고, 문 여사는 그녀를 좋아하나 짓궂으신 분이다. 자신의 아들이 아닌 이성과의 연결을 방해할 수도 있었다.

하지만 그녀가 정보를 알 수 있는 것은 한정되어서 어쩔 수 없었다. 믿을 수밖에.

서진우가 좋아하는 것은 크림빵, 요거트 아이스크림, 아메리카노, 감기 기운 있을 때만 라떼, 순대국, 순두부 등이다.

예를 들어, 같이 순두부찌개를 사 먹었을 때, 그가 밥을 뚝배기에 넣고 거기다 김치까지 섞는다는 걸 문 여사의 혼잣말로 알게 된 것을 십분 활용했다. 그녀가 먼저 똑같이 선수 친 것이다. 진우는 자신과 비슷하다고 놀라고 좋아했다. 사실, 김성현이 이렇게 먹는데 그녀는 국물 넘친다고 투덜댄 적이 많았다. 쓸데없는 기억, 지우자.

그래도 그와 아이스크림을 먹으며 작품 얘기를 할 때는 많이 가까워진 기분이었다. 이젠 연애를 하고 결혼을 하고 가정을 이룰 것이다. 완벽한 가정, 그 누구도 깨뜨릴 수 없는 가정. 하지만 남자들에게 부담을 주면 완벽한 사랑은 우르르 무너질 수도 있다.

남자들이란 상당히 나약한 족속일 때도 있으니까. 그놈의 압박을 무진장 싫어한다. 아무리 훌륭하고 멋진 남자라고 해도 말이다. 슬픈 일이다. 주은행은 반대다. 사랑이 완벽하지 않으면 도망간다. 이것도 슬픈 일이다.

"반가워요."
진우가 환하게 웃으며 말했다. 청색 재킷에 회색 면바지를 입은 그 모습은 연예인 부럽지 않았다.
"그러게요. 잘 지내셨죠?"
은행은 너무 반가워하진 않으려고 노력하며 말했다. 진우는 별장이 완성될 때까지 지켜보더니 잠시 가구를 만들려고 공방으로 간 그녀가 돌아오자 직접 차로 마중 나와서 같이 문 여사 집까지 가는 중이었다.
"가구 잘 나왔던데요."
그는 이미 가구를 확인했나 보다.
"생각보다 잘 나왔어요."
은행은 자신의 작품에 대해서 그리 겸손하지 않았다. 진우는 그런 그녀가 마음에 들었는지 미소가 더 밝아졌다.
"두 달 더 있게 되어서 다행이에요."
진우가 말했다. 그녀는 이 지역 복지회관을 개축하는 일을 하기로 했던 것이다.
"문 여사님께서 특별히 부탁하셔서요."
문 여사가 봉사활동하는 곳이고, 그리고 은행 역시 김성현과 문 여사 때문인지 덕분인지 자연스럽게 봉사활동을 하게 되었다. 물론 진우와 계속 가까이 있을 수 있다는 것 때문에라도 하게 되겠지만 그것이 아니더라도 문 여사가 봉사하고자 부탁하는데 거절은 하지 않는 편이었다.

사실, 한 가지 궁금한 것은 문 여사의 마음이었다. 자신을 도와주려는 것 같기도 하고, 방해하는 것 같기도 하다. 하루에도 몇 번씩 바뀌어서 정신이 하나도 없었다. 서진우의 기호를 알려주기도 하고 그에게 자꾸 주은행의 본모습을 말해주려는 충동도 참지 못했다. 다행히 진우는 장난으로 여기는 것 같았다.

그 덕분에 문 여사는 고마운 존재가 되어버렸다. 부담스럽긴 해도.

지금도 진우와 은행을 저녁 식사에 정식 초대해서 새로운 요리를 선보인다고 했다. 대신 설거지는 그들이 하기로 하고. 대찬성이다. 같이 설거지하면 더 친해지겠지. 게다가 서진우는 이번 잡지 인터뷰에서 이런 말을 했었다.

—어머니 마음에 드는 여자와 결혼하고 싶어요.

어떤 여자와 결혼하고 싶냐는 질문에 이렇게 대답했다. 기자가 반문했다.

—어머님 돌아가시지 않았나요?

잔인한 질문이다. 그가 울컥했을 것 같다.

―네, 중학교 때요. 하지만 저에겐 어머니 같은 분이 또 한 분 계세요. 제 친구 어머니이시죠. 그분은 명랑하고 활기차세요. 그분이 괜찮다고 하면 괜찮은 거예요. 사람을 정말 아끼고 사랑하시는 분이거든요.

이 잡지는 정보가 풍성하다.

"왔구나."
문 여사가 직접 맞이했다.
"냄새가 좋아요, 어머니."
진우가 어머니에게 과일상자를 차 안에서 꺼내주며 말했다.
"그렇지. 근데, 뭘 가지고 왔니. 잘 먹을게. 참, 주 실장, 작은 테이블 정말 고마워. 너무 마음에 들어요."
문 여사가 테이블이 하나 있으면 좋겠다고 해서 직접 제작해서 어제 배달을 보냈다. 사실, 예전부터 지인들이 원하면 작은 가구를 만들어 선물하곤 했고 문 여사에게도 종종 몇 번 해왔지만 지금은 딴마음이 있어서 긴장됐다.
"참, 음식 냄새가 괜찮은가 모르겠네. 젊은 사람들 입맛보단 내 식으로 하니까."
"맛있을 것 같아요."
"배고프면 다 맛있지만, 내가 특히 신경 쓴 거니까 더 맛있겠지."
그들은 식사를 시작했다. 갈치조림과 고구마줄기볶음, 가지나물, 애호박나물에 메밀전 그리고 각종 김치와 콩나물국까지 음식들은 깊은 맛과 감칠맛이 있었다. 매실주는 정말 그윽했다.

"난 잘 먹는 사람들이 참 좋더라."

문 여사는 즐거워했다. 진우도 잘 먹지만 은행도 잘 먹는 편이었다. 그리고 오늘따라 음식이 너무 맛있어서 못 먹는 척을 할 수가 없었다. 그래도 너무 흉하게 먹는 것이 아니니 다행이라 여기면서 열심히 먹었다. 집 안은 아늑하고 음식 냄새가 기분 좋게 풍기고 있는데 갑자기 폭우가 내렸다. 굵은 빗줄기들이 세찬 바람을 타고 창가를 두들기고 있었다. 이런 날씨엔 어디 안 나가고 집에 콱 박혀 있는 것이 순리였다.

"오늘은 자고 가라, 진우야. 이런 날씨엔 운전하면 안 되겠다."

"네, 그럴게요. 참, 어머니, 집 완성되면 파티할 거니까 오세요."

문 여사는 고개를 절레절레 흔들며 손사래를 쳤다.

"너희 친구들로 북적일 텐데 젊은 사람들끼리 놀아야지. 난 나중에 구경 가마. 주 실장이 하나씩 설명해 줘요."

"네에."

그렇게 화기애애한 분위기가 흐를 때였다. 갑자기 벨소리가 났다. 일하는 아줌마가 문으로 가서 확인했다.

"누가 왔나. 누구예요, 아줌마?"

"둘째 아드님이 오셨어요."

"이 폭우에?"

깜짝 놀란 문 여사가 식당에서 나가 현관으로 서둘러 나갔다. 그리고 잠시 후 터져 나오는 문 여사의 놀란 소리에 은행과 진우도 얼른 일어서 나왔다.

"세상에, 성현아, 이게 무슨 일이냐?"

문 여사 앞, 현관에선 흠뻑 젖은 두 사람이 있었다. 한 명은 180㎝가 넘는 마른 체격의 훈남 소리 꽤 듣는 김성현이 물에 빠진 동물마냥 머리카락이 작은 머리통에 딱 붙어 있었고, 옷도 마찬가지였다. 그리고 옆에 여자는…… 그래, 여자였다. 짧은 단발머리가 뚜렷한 이목구비의 얼굴에 달라붙어 있었다. 비에 젖어도 미모와 몸매는 그대로 살아났다. 한민아, 김성현의 첫사랑이 아니던가.

은행의 동그란 눈이 더 동그래졌다.

5

그날 밤, 폭풍우 치던 날의 기억은 일주일이 지났지만 아주 선명했다. 하나하나 소소한 것까지 머릿속에 박혀 버릴 만큼 놀라운 일이었다.

김성현은 아주머니가 가져다준 수건을 한민아에게 주고 나서야 남은 수건으로 대강 머리를 닦았다. 그래도 얼마나 폭우를 맞았는지 그의 머리카락은 물기를 뚝뚝 떨어뜨리고 있었다. 주위 사람들이 지금 이 상황에 얼마나 놀라고 있는지 전혀 알아차리질 못하는지 아니면 접수하지 않기로 했는지 성현은 부스스한 머리로 어울리지 않게 상당히 담담하게 말했다.

"민아가 미국에서 방금 왔어요. 고향을 오래 떠나 있었기 때문에 시간 날 때 사람들을 만나기 위해서 무작정 왔답니다. 잠시 동안 머물 예정이래요."

김성현의 젖은 얼굴은 이렇다 저렇다 할 표정이 보이지 않았다. 그렇다고 늘 습관적으로 사람을 지루하게 만드는 세상 다 산 노인 같은 온화한 미소도 없었다. 무심한 모습 그 자체였다. 입술만 움직여서 말하는 느낌. 미소가 보이지 않으니까 이상하게 사람 신경을 건드리는 그 무언가가 있었다.

"어머니, 오랜만에 봬요. 그동안 잘 계셨어요? 이런 꼴 보여 드려서 죄송해요. 제가 워낙 즉흥적이기도 하잖아요. 게다가 갑자기 폭우가 쏟아지는 바람에 정신이 없었어요. 도중에 성현이 만나지 못했으면 큰일 날 뻔했어요."

여자는 사진처럼 늘씬하고 키가 크고 옷이 비에 다 젖어서 그런지 볼륨감이 장난이 아니었다. 빅토리아 시크릿 모델 같은 그런 분위기가 있었다.

"들어가도 돼요, 어머니?"

여자는 쑥스러움이나 눈치 같은 것은 전혀 보지 않는 스타일이었다. 주눅이란 것이 뭔지 모르는 사람이 이 세상에 있긴 있는가 보다.

"들어오던지. 하지만 우리 집은 호텔이 아니라서 준비된 손님방이 있을지 모르겠구나."

확실한 거부 반응을 보인 문 여사를 보고도 여자는 얼굴에 환한 웃음을 거두지 않고 안으로 들어왔다. 하이힐을 벗었는데도 여자는 컸다. 그렇다고 무지막지하게 큰 것이 아니라 훤칠하게 컸다. 눈대중으로 봐도 172~174㎝ 정도 되어 보였다.

"오늘 하루만 묵게 해주세요. 내일 근처 숙소로 옮길 거예요. 그래도 고향에 있는 동안 가끔 놀러 와도 혼내지 마세요."

이목구비가 굉장히 시원했다. 은행은 커다랗고 동그란 눈 빼놓고는 뭐든지 작았다. 그런데 한민아란 여자는 치켜 올라간 길게 빠진 큰 눈과 높은 코 그리고 커다란 입까지, 작은 얼굴에 이목구비들이 큼지막하고 시원하게 들어차 있었다. 게다가 팔다리까지 길쭉길쭉했다. 은행도 비율이 좋고 팔다리가 긴 편이지만 키 큰 사람에 비할 바가 못 됐다.

"그러고 싶다면야……."

"네에, 어머니."

"놀러 와도 좋아요. 잠시 동안 머무는 거니까. 하지만 날 어머니라고 부르지는 말아요. 그건 아주 가까운 사람들의 호칭이니까. 아무나 부르는 것은 신경이 쓰이네요."

문 여사의 분노 지수 최대급을 보여주는 차갑고도 교양 있는 태도에 주위 모든 사람들이 숨을 참고 긴장하는 데도 한민아는 안색 하나 변하지 않았다. 문 여사는 마음에 든 사람에게는 수다스럽고 다정하고 짓궂기까지 하지만 싫어하는 사람에겐 참으로 차갑고 정중하고 말 한마디에도 뼈가 숨어 있었다. 그러나 싫어하는 사람은 극히 드물어서 은행도 이런 문 여사의 모습은 처음 보는 거였다.

"주의하겠습니다."

"아줌마, 손님 방 준비해 줘요. 너무 거창하게 준비할 건 없고, 내일이면 다른 숙소로 갈 손님이니까."

문 여사는 자기 방으로 가기 전에 둘째 아들을 노려보며 말했다.

"내 방에서 나 좀 보자."

한동안 성현은 어머니 방에서 나오지 않았다. 그 방문이 열렸을 때, 들어갈 때와 별다름 없는 표정으로 그가 나왔다.

"밤이 깊었으니까 오늘은 각자 방에서 쉬는 게 낫겠지."

진우가 말했다.

"성현아, 저 작고 귀여운 분 누구야? 친척이신가."

아주머니가 가져다준 따스한 물을 마시며 민아가 말했다. 그녀는 지금 완전 헝클어져 있었다. 수건으로 머리를 아무렇게나 말려서 단발머리가 온통 부스스했다. 그래도 미모는 여전했다. 머릿발과는 상관없는 미모라니……. 은행은 김태연을 대할 때의 짜증이 밀려왔다. 친한 친구이지만 완벽한 미모를 대할 때 오는 갑갑함은 여전했다. 문제는 태연은 가끔씩 만나는 고등학교 동창, 친구이고 게다가 자신의 연애에 아무 상관이 없었다. 그러나 한민아란 이 여자는 다르다. 아무래도 계속 눈에 얼씬거릴 것 같은 예감이 뒷목을 따끔하게 했다.

"옷이나 갈아입자. 내일 소개할게. 감기 걸리겠다. 아주머니 따라가. 내일 보자."

"그럴까."

그들은 각자 방으로 갔다. 은행은 그날 밤 잠을 이루지 못했다. 세상에, 아는 척도 안 하다니. 인사도 무시한 김성현의 태도가 계속 심기를 불편하게 했다. 우물거리며 인사했다 하더라도 분명 자신을 봐놓고 휙 자기 방으로 가버리다니, 아무리 첫사랑을 다시 만나도 그렇지, 괘씸하다는 생각이 머릿속에서 떠나지 않았다.

"흥, 흥, 흥."

은행은 콧방귀를 뀌며 뒤척이다가 겨우 잠이 들었다. 한데 다음 날엔 더 어이없는 상황이 기다리고 있었다. 김성현과 한민아가 사라진 것이다. 무슨 야반도주도 아니고, 기가 막혔다. 근데, 잠시 후 문 여사의 명령인 것을 알았다. 누가 말해주지 않아도, 문 여사는 어젯밤보다 나은 표정으로 식사 내내 중얼거렸다.

"내가 충격을 받으면 혈압이 올라가고 위험해진단다. 지금은 건강이 좋지만 어릴 때부터 예민해서 잔병치레를 많이 했었지……."

아마도 이 사실로 보아, 정확히 말해서 엄살로 둘째 아들을 압박했다는 걸 알 수 있었다.

"손님을 밤새 있게 하면 됐지, 내가 불편하다는 말을 그렇게 했으니 둘째도 알아들었겠지. 진우야, 성현이가 일내지는 않겠지?"

그래도 일말의 불안감을 드러냈다.

"그럼요, 어머니."

그들은 고개를 끄덕이며 동감했다. 그러나 표정은 그것과 사뭇 달랐다. 마치 김성현이 어디로 튈지 모른다는 듯.

"파티에서 다시 보게 될 거예요. 그동안 잘 있어야 해요."

진우는 바로 다음날 그녀에게 작별 인사를 하며 말했다. 잠시 며칠 미국에 있다가 올 예정이라고 했다. 워낙 유명한 작가이니 친분도 세계적이라 그럴 수밖에 없는 모양이었다. 대신, 별장에 가구가 들어올 때는 그의 비서인 김유영이 귀국해서 감독을 했다. 김유영은 성격이 시원시원해서 마찰도 없었고, 은행과는 금세 친해졌다.

김유영은 은행 정도면 서진우와 사귀고 결혼까지 가도 어울린다고 보는 것 같았다. 은행이 눈치가 밝아서 괜히 그들을 의심하지도 않고, 또 상냥하고 사리분별도 뛰어나니 피곤할 일이 없다고 생각하는 것 같았다.

"여자가 자기 일에 매진할 때 미치는 것 같아요. 근데, 자기한테 목숨 걸고 달려오면 도망가죠. 아주 바람둥이의 전형적인 모습을 보이긴 하는데, 그래도 또 어느 땐 순정파예요. 그 사이를 줄다리기 하니까, 머리가 엄청 좋은 여자는 서진우를 확 잡고 놔주지 않을 수 있을 거예요."

그 사람이 바로 주은행이란 듯이 눈짓을 주었다. 은행은 유영이 그동안 서진우의 여자들로부터 오랜 여자 매니저란 이유로 의심과 안달 속에서 스트레스가 많았다는 사실을 느낄 수 있었다.

"얼마나 꼬치꼬치 물어대는지, 미치는 줄 알았다니까요. 그리고 나만 보면 왜 이렇게 세모꼴 눈들이 되는지. 참, 그리고 나 때문에 깨지지도 않았는데 꼭 내 탓을 해요."

은행은 아군과 적군을 구별하지 못할 정도로 어리석지 않았다. 그녀는 유영이 계속 말하게 내버려 두었다. 김유영은 말하는 걸 좋아했다. 그리고 자신의 상사를 보호하고 인간적으로 좋아라 한다. 그래서 서진우가 글 쓸 때 혼자 오두막을 빌려서 글 쓰다가 벌레가 많다고 멀리 떨어진 자신에게 전화해서 어쩔 수 없이 벌레 잡는 업체를 불러준 적이 있다는 일화도 말해주었다.

은행은 김유영과 함께 서진우가 좋아할 가구들의 위치를 정하고 인테리어를 하면서 더욱 친해졌다. 그가 뭘 좋아하는지 기가 막히게 알고 또 알려주고 싶어 하는 그녀와 함께 일하는 건지 노는 건지 구별 안 가는 일을 하고 나서, 은행은 유영이 파티 준비에 여념이 없을 때 그녀 스스로도 파티 준비를 하러 서울로 갔다.

은행은 기분이 좋아 노래를 흥얼거리며 쇼핑한 옷들을 하나씩 몸에 대보았다. 그리고 그중에서 가장 무난한 브라운과 청색이 혼합된 미니 원피스를 입고 머리를 귀엽게 올렸다. 옷을 고르면서 한쪽에 쌓아둔, 부모가 선물한 것들을 포장지도 안 뜯고 놔둔 것을 발견해서 좀 기분이 우울하려고 했지만 오래 우울해하진 않았다.

부모님을 미워하지 않는다. 부모 관계이지만 그저 서로 사랑하지 않을 뿐이니까. 각자 가정이 있고, 그 가정이 가장 소중한 부모님이고, 그녀 또한 부모님 대신 조부모님이 그 자리를 대신했었다. 하지만 이미 외할아버지, 할머니는 돌아가셨다.

"네, 전 잘 지내요. 할아버지도 건강하셔야 해요……."

은행은 생각날 때마다 친할아버지에게 전화를 하곤 했다. 친할머니는 그녀가 어릴 때 돌아가셨다. 친할아버지는 해외에 있는 작은아버지 댁에 계셨고, 지금도 여행을 즐겨 할 정도로 기력이 좋으셨다.

〈그래, 내 걱정하지 말고. 남 피해 주지 말고 처신 잘하고. 알았지?〉

"넵."

할아버지와의 전화는 좀 살벌할지 몰라도 은행을 사랑하셨다, 자식보다도. 멋대로 결혼하고 첫 자식을 나 몰라라 했다고 아주 괘씸해서 자산가인 그들은 유산 상속도 첫 번째 손녀인 은행을 제일 많이 챙겼다. 한마디로 불쌍했던 것 같다. 잔정이 없으신 분이지만 그래도 그녀를 자기 식대로 예뻐하는 분이었다. 고민들을 늘 의논하진 않았지만 그저 찾아가서 얼굴 보는 것만으로 많은 힘이 돼주셨다.

〈사랑한다.〉

이 말을 참으로 힘들어하는데 요즘은 하려고 노력 중이신 듯하다.

"저도 많이많이 사랑해요."

전화를 그렇게 하고 나니 기운이 자연적으로 충전되었다. 그녀는 예쁘게 치장하고 거울을 보며 확인했다.

"예뻐."

이 정도면 어느 누구에도 꿀리지 않을 것이 분명했다. 작달막하지만 비율 좋은 몸매, 일자 쇄골, 팔다리도 긴 편이고 허리는 가늘고 히프는 작지만 볼륨 있다. 은행은 거울을 보고 유혹적인 표정을 지어 보이며 씩 웃었다. 자신감은 파티 갔을 때까지 유지되었다. 아니, 정확히 말해서 파티에 김성현과 그의 짝이 올 때까지.

자신감이란 내가 남보다 잘났다는 감정은 아닐 것이다. 어디에 있어도 내 존재감이 흐려지지 않을 거라는 뚜렷한 확신, 그게 주은행, 그녀에게 있었다. 그게 흔들리면 몸에 힘이 들어가고 무리하게 눈에 힘을 주고, 생각이 막힌다. 그런 경험을 한 적은 그리 없었다. 오늘을 위해서 아껴둔 모양이다. 이런…….

하여튼 처음엔 훌륭했다. 저택부터 근사했다. 누가 구상하고 설계하고 지휘하고 감리하고 인테리어했단 말인가. 이것은 미술가나 작가가 자신의 작품을 보고 이렇게 말하는 것과 같다.

내 자식, 내 작품.

삼각 지붕과 아기자기한 작은 창들이 동화처럼 많은 집. 1, 2층 테라스조차 화려하기보다 튼튼하고 소박하고 투박하다. 마치 사람들 손때가 묻은 것같이 편안하고 아늑하고. 남자 집으론 안 어울린다고 말할 수도 있지만, 노출 콘크리트 작업이 남자 취향이라고 단정 짓고 싶지 않았다. 조금만 있다 보면 이 집이 왜 별장이고 휴식의 공간인지 알게 된다. 목조 대문과 창문은 도시의 현란함이 묻은 사람들의 지친 모습을 위로하고 있었다. 힐링을 따로 할 필요가 있단 말인가. 이런 집에서 창문을 열고 얼굴을 내밀어 자연의 향기를 느끼는 것 그 자체가 바로 휴양이고 힐링이지.

은행은 널따란 거실과 바로 연결된 주방을 휘둘러보았다. 널찍한 주방은 식당처럼 크고 많은 사람들과 만찬을 할 수 있었다. 아일랜드 식탁엔 뷔페로 커다란 접시에 다양한 음식들이 가득 담아져 있었다. 그것을 덜어서 커다란 메인 식탁에 앉아 식사할 수도 있고, 창가 앞 나무 난간에서 이 집을 둘러보며 담소하면서 시간을 보낼 수도 있었다.

여자들은 나뭇결이 살아 있는 작은 가구들을 감탄하며 쓰다듬었다. 어디서 산 것인지 궁금해하자, 편한 청바지에 셔츠 차림인데도 멋진 진우가 은행 옆으로 와서 와인잔을 티스푼으로 쳐서 많은 손님들을 집중시키며 말했다.

"이 모든 가구는 이 별장을 기획하고 진두지휘하신 주은행 실장님이 만든 겁니다. 굉장하죠. 이 집의 아름다움을 논하기 전에 그것을 만든 주 실장님에게 박수 한 번 쳐주세요."

은행은 사람들의 박수와 감탄 어린 환호에 잔잔한 미소로 답해주었다. 사람들은 그녀에게 관심을 보였다.

"명함 좀 받을 수 없을까요. 저도 집을 짓게 되면 꼭 이런 분위기를 내고 싶거든요."

그녀는 지갑에서 명함을 꺼내 사람들에게 건네주었다. 그러나 상담은 다음에 하겠다고 정중하게 거절했다. 엄연히 일로 온 것이 아니기 때문에. 사람들은 점점 자신들의 대단한 친구 서진우가 주은행이란 건축가를 건축가로서만이 아니라 여자로서 상당히 소중하게 대한다는 걸 느끼고 호기심을 보였다. 기분 나쁘지 않은 수군거림도 들렸다. 그들이 곧 사귈 거라는 암시가 여기저기 풍기는 모양이었다. 은행은 당황한 척했지만 진우는 오히려 그런 그녀를 보호해 주었다.

유영은 멀찍감치 떨어져 있어서 파티가 잘되어 가는지 살펴보고 있었다. 정말로 매니저로서 실력이 뛰어난 그녀는 무엇이 필요하면 뚝딱 가져오는 재주가 남달랐고, 진우도 인간적으로 많이 의지하는 것이 보였다. 유영은 은행과 시선이 부딪치자 윙크를 하며 잘해보라는 무언의 응원을 해주었다.

주위에도 응원군이 있고, 정말 운명은 운명인가 보다.

은행은 진우와 마주 보는 다정한 눈빛이 오래가자 점점 뺨이 붉어졌다. 뿐만 아니라 바라보지 않아도 의식하는 것이 많아지고 있었다. 슬쩍 닿는 손등의 감촉, 그리고 발을 떼는 속도, 웃음소리, 말을 하기 전에 호흡의 떨림이 상대에게 고스란히 다가왔다. 이렇게 연애가 시작되려는 순간이었다. 살랄라 하는 음악마저 들릴 것 같은 이때, 발자국 소리가 거칠게 들리더니 불청객 두 명이 떡하니 나타났다.

"성현아, 왜 이리 늦었어? 민아도 왔구나. 두 사람 이제 붙어 다니기로 한 거야? 어머니 걱정은 알지만 보기는 좋은데."

서진우가 그들에게로 다가갔다. 은행은 뒤에 남겨진 채 그들을 구경했다. 파티에 초대된 다른 이들과 함께.

김성현은 평소와 다를 것이 없었다. 셔츠는 두 개 정도 단추가 풀어져 있었고, 재킷과 바지는 낡은 티가 여실했다. 좀 헐렁거리고 별다를 것이 없는데, 오늘따라 확실히 좀 달라 보이긴 하다.

그전에는 괜찮게 생겼음에도 잘생겼다는 생각을 안 했는데 오늘따라 잘생겨 보이는 것이었다. 아마도 옆에 훤칠하고 세련된 모델 같은 여자가 있어서 그렇게 보이는지도 모른다. 착시현상, 게다가 그 여자가 김성현이 굉장히 멋진 남자인 것처럼 쳐다보고 있어서 더 그런지도 모른다.

은행은 미간을 찌푸렸다. 온통 모든 시선들이 한민아에게 모아졌다. 짙은 회색 셔츠에 검은색 바지를 입어서 은행처럼 치마 자락을 휘날리는 여자들을 단박에 유치하게 만들어놓는 재수 없는 포스가 있었다.

"소개시켜 주지 않을 거야?"

그 여자가 은행을 눈썹으로 가리키며 말했다. 눈썹을 저리 자유자재로 움직이는데도 하나도 흉하지 않다니, 짜증 난다.

"이쪽은 주은행 씨, 내 여자친구가 될 사람이야."

은행도 깜짝 놀랐다. 진우는 그녀의 작은 손을 잡았다. 그리고 윙크를 하며 미소를 지었다. 가슴이 콩닥거렸다. 그런데 김성현은 왜 자꾸 인상을 쓰고 있는 걸까. 너무 티 나게 그러니까 기분이 이상하다.

"여자친구 또 생긴 거야? 야, 이번이 몇 번째냐?"

한민아가 찬물을 확 끼얹었다. 직설적으로 말하는 것이 쿨하다고 생각하는 사람들을 은행은 지금 이 순간 혐오했다.

"또 맞아. 그런데 이번엔 달라. 그래서 시간이 많이 걸릴 것 같은데, 그것이 나쁘지는 않은 것 같다."

"그래 보인다."

시니컬하게 한민아가 맞장구쳤다.

이게 칭찬인가, 욕인가. 은행은 구별이 안 갔다.

"안녕하세요. 한민아예요. 이 두 사람과 어린 시절부터 친구이고, 지금은 친구보다 못하죠."

한민아가 한숨을 내쉬다가 큰 입으로 활짝 웃었다.

"주은행이에요. 반갑습니다."

"반가워요. 머무는 동안 친하게 지내요. 내가 원래 여자친구가 별로 없어요. 마음은 안 그런데 말들이 좀 재수 없게 나오는 스타일이거든요. 그쪽은 여자친구들이 많을 것 같아요. 그렇죠? 부럽다."

이거 칭찬인가? 비꼬는 건가?

은행이 갈피를 못 잡고 웃을 듯 말 듯한 얼굴이 되고 있을 때 민아가 갑자기 얼굴을 확 찌푸렸다.

"야, 네 매니저는 왜 이렇게 나만 보면 화들짝 놀라면서 싫어하냐? 김유영이지? 진짜 왜 그래? 자기 스타의 오랜 친구구만. 미국에서도 그러더니."

"내가 너랑 사귈까 봐 그래. 너의 화려한 이력을 다 아니까."

"흥. 원래 바람둥이끼리는 어울리지 않아요."

민아가 김유영에게 말했지만 소용없었다. 유영은 민아가 아주 못마땅한지 툴툴거리며 주방으로 음식이 충분한지 보러 갔다.

"아, 참, 분위기 좋게도 만들어놓네. 뭐, 그래도 괜찮은데 음식도 많고, 사람도 많고, 와인 한잔해야겠네."

민아가 주방으로 가고 나자 혼자 덜렁 남겨진 성현이 계속 두 사람을 쳐다보았다.

왜 자꾸 이러는 거야? 미치겠네.

은행은 습관처럼 소장인 김성현이 만만했다. 아무래도 뭐라고 한마디 해야겠다고 생각할 때였다.

"정말 사귀어요?"

성현이 은행에게 퉁명하게 물었다.

"왜 사귀면 안 되냐?"

진우가 끼어들었다.

"그리고 앞으로 사귈 거라고 했지. 아직 사귀는 것은 아니야."

"너랑은 안 어울려."

성현이 툴툴거리며 다른 쪽으로 가버렸다.

이게 무슨 소리야.

은행은 심각해졌다. 그러나 진우는 웃음을 터뜨렸다.

"자식, 내가 은행 씨랑 사귈 거라니까 괜히 심술 났나 봐요. 성현이가 자기 사람 건드리는 것 싫어하거든요. 죄송합니다. 건드린다는 저급한 표현을 써서요. 성현이가 그래요. 내 주위 사람 건드리지 마, 이러거든요. 내가 바람둥이 이미지가 있어서 본의 아니게 그렇게 됐어요. 유명세로 행동한 대가인 것 같네요. 멋진 여자들이 너무 많잖아요. 지금도 난 멋진 여자가 좋아요. 그러니까 은행 씨한테 관심을 보이죠. 다만 이전과 다르게 사귀고 싶어요. 대화도 많이 하고, 알아가고, 그렇게 부담 없이 서로가 서로에게 맞는 사람인지 다가가는 거죠. 조심스럽게요."

그의 말을 숨죽이며 듣고 있었다.

그들은 저택을 나와 정원을 거닐고 있었다. 그 모습을 심술궂은 표정으로 성현이 보고 있다는 걸 두 사람은 몰랐다.

"은행 씨, 탐색전 어때요?"

"탐색전 같은 거 잘 못해요."

사실, 그녀도 이런 가식 떠는 게 쉽지만은 않았다. 하지만 노력하면 된다.

"이번에는 진지하게 하고 싶어요. 욕도 안 먹고요."

"그러지 말고 우리 친구해요."

은행이 속마음을 가리고 말했다. 그의 의중을 확실히 하는 데 이보다 좋은 방법이 또 있겠는가. 그녀는 청순한 표정을 지어 보였다. 그때, 테라스에 서 있는 김성현과 눈이 딱 마주쳤다. 그가 심술궂은 표정으로 보고 있었다. 그녀 속을 다 안다는 듯.

왜 저래. 저리 비켜.

은행은 테라스 쪽은 결코 보지 않기로 마음먹었다.

"친구는 싫습니다."

"친구도 나쁘지 않아요. 친구가 되고 진전이 되면 또 그렇게 흘러가는 거죠."

이것은 진심이다.

"미안해요. 내 기질을 내가 잘 아니까, 확 내 사람 만들고 싶은데, 그러다가 상처 줄까 봐서 이렇게 못난 수를 쓰네요."

"걱정하지 마세요. 그리고 저도 그쪽이 좋아요. 하지만 아직 진지한 관계로 가야 될지는 모르겠어요. 뭔가 이 사람이다 하는 게 있어야 하거든요. 아무리 좋은 사람을 만나도요. 제가 좀 구식이라서요."

구식이란 것은 그만큼 자신이 쉽지 않다는 뜻이고, 잘났다고 하는 표현이다. 그렇게 사실을 바탕으로 한 연막작전을 펼쳤다. 운명이어야 사귀는 것은 맞지만, 이미 확신이 있었다. 서진우는 그녀의 운명이다. 운명을 운명으로 만들기 위해선 이런 전략이 필요한 것이다. 전혀 낭만적이지 않지만. 그를 돕는 일이 될 수도 있다. 변덕을 뚫고 그 역시 운명을 알아봐야 한다. 그러기 위해서 상대가 만만치 않고 그에게 안달나지 않았음을, 그게 사실이 아니더라도 그런 척이라도 해야 한다.

"좋아요. 친구가 된 기념으로, 그것도 연인이 될 수 있는 친구가 된 기념으로 우리 내일 같이 식사하는 것은 어때요? 내가 여기 강가 근처에 아주 좋은 곳을 알거든요."

"그래요, 부담 없이."

"친근하게도 덧붙이죠?"

"친근하게, 좋죠."

은행은 순수하게 웃었다. 그가 다른 친구에게 불려갔을 때 겨우 그 순수한 웃음에서 벗어날 수 있었다. 너무 순수하게 웃었더니 입가에 경련이 일어날 것만 같았다. 입을 풀고 있는데 시선이 느껴졌다.

"아직도 저러고 있네."

은행은 2층 테라스에 기댄 채 자신을 응시하고 있는, 아니, 노려보고 있는 김성현과 또 시선이 마주쳤다.

'무시해 버려. 무시해 버리라고.'

은행은 오히려 자신의 마음속 경고를 무시하고 그에게로 가기로 했다. 그리고 가는 중에 주방에 들러 와인 한 잔을 들이켰다. 한 잔 정도는 괜찮다. 맨 정신이면 괜히 말을 돌려서 할 것 같았다. 이번에는 망신당하지 않고 간단하고 솔직하게 말할 것이다.

주방에서는 유영이 와인을 홀짝 거리며 계속 한민아가 싫다고 투덜거리고 있었다. 한민아가 자기 친척 오빠와 잠깐 사귄 적이 있었던 모양이다. 그녀한테 잡혀 잠깐 들은 바로는, 한민아가 자신보다 나이가 엄청 많은 갑부를 꼬신다는 얘기도 있었다. 무조건 저런 여자가 서진우 옆에 어른거리는 것이 정말 싫다고 난리다. 스트레스 지수가 높아졌는지 두통이 오는 유영을 은행은 위로해 주고 직접 생수를 챙겨준 후 2층으로 올라갔다.

다행인지 불행인지 유영한테 오래 잡혀 있었는데도 2층에 올라가 보니 정원에서 봤던 자세 그대로 김성현이 아직 있었다. 은행은 그의 옆 난간에 기대어 같은 곳을 보며 물었다. 진우와 같이 있었던 그 자리, 지금은 다른 이들이 모여 있었다.

"저한테 불만 있으세요?"

"주 실장한테요?"

"네에."

그들은 사람들이 아직도 저택에 감탄하는 모습을 바라보았다. 진짜 오늘 끝내주는 날인데 왜 이렇게 김성현한테 신경을 써야 한단 말인가.

"글쎄요."

성현은 미간을 찌푸리며 애매하게 말했다.

"아니, 싫어하잖아요. 내가 친구랑 사귀는 게 싫어요?"

직구를 날렸다.

"그렇다면요?"

"왜 싫은데요?"

은행은 몸을 돌려 성현을 보았다.

"아직 정확히 모르겠어요. 왜 두 사람이 사귀려는 게 싫은지. 무엇이 문제인지. 내 감정에 무언가가 침입했는데 그게 뭐고 어떤 건지 아직 확인 중이에요. 기다려 봐요, 곧 답이 나올 것 같으니."

이 남자, 이 말을 남기더니 일언반구 없이 정원에 있는 친구들의 알은척에 손을 들어 반응하고는 그녀를 스쳐 가버렸다.

"뭐야, 왜 그러는 건데."

은행은 머리가 아파왔다. 이상한 소리에, 전에 없이 심각한 표정을 하니까 찜찜하기 그지없었다. 6년 이상 알고 지냈던 남자가 익히 보지 못한 모습을 드러내니 혼란스럽기까지 했다.

"무슨 생각을 그렇게 해요?"

진우가 은행에게 다가와 물었다. 그녀는 깜짝 놀랐다. 태연한 척하기 위해 몸에 힘이 엄청 들어갔다.

"아니에요."

"심각해 보여요."

진우가 다정하게 살피며 말했다.

"내일 기대돼서요."

거짓말은 아니지만 찔리는 이 기분은 뭘까. 잘못한 것도 없는데, 김성현 때문에 골치가 아프다.

"진짜요? 그건 아닌 것 같은데요?"

역시 작가라 다르구나. 은행은 별일 아니라는 듯 미소만 잔잔하게 지었다. 사실, 이런 혼란은 없어지는 데 얼마 안 걸린다. 그런 걸 굳이 내색한 것은 바보나 하는 짓이다.

"은행 씨 속을 알 수가 없어요. 그래서 더 궁금한 거 있죠. 나에게 주은행 씨는 알 것이 산더미 같은 사람이에요."

그의 말로 인해 김성현의 이상한 행동을 잊을 수 있었다.

"저 단순해요."

"나한텐 그렇지 않아요."

은행은 남자에게 다소 복잡한 것은 나쁘지 않다는 생각에 눈빛이 총총 빛났다. 그러나 그때 진우 어깨 너머의 성현과 눈이 마주쳤다. 성현은 그녀를 보며 미간을 찌푸리며 고심한 얼굴로 쳐다보고 있었다.

김성현에게 저렇게 날카로움이 있었던가.

늘 눈이 마주치며 헤헤거릴 정도로 속 터지게 온화한 사람이 아니었던가.

은행은 그의 태도에 당혹한 채로 시선을 돌렸다. 옆에 있는 보석에게 집중하자. 이 문학적인 남자에게, 그녀를 알고 싶어 하는 이 남자에게, 갑자기 이상해져서 머리 구석진 곳을 박박 긁어대는 잡풀 같은 김성현이 아니라. 다행히도 그다지 노력하지 않아도 서진우에게 집중할 수 있었다.

"내일 강가 레스토랑보다 그 주변으로 소풍 갈까요? 요즘 날씨가 때답지 않게 너무 따뜻해서 소풍 가도 좋을 것 같은데. 거기 풍경이 참 좋아요. 은행 씨와 어울리는 장소인데. 작고 예쁜 꽃들도 많고, 어릴 때 가장 좋아하는 곳이에요."

"그럼, 도시락도 까먹어요."

은행이 말했다.

"싸가지고 갈까요?"

"네, 서로 준비하기. 뭘 준비할지는 비밀이에요. 그래야 열어봤을 때 재미있죠."

"알았어요. 실력 발휘 좀 해야겠네요."

은행은 너무 목매는 느낌을 주지 않으려고 애쓰면서도 내일이 너무 기대되었다.

모든 것이 완벽한 날이었다. 마치 하늘도 은행을 도와주는 것 같았다. 구름 한 점 없는 하늘에 따스한 늦은 가을 훈풍에 단풍이 떠돈다. 아침저녁으로 쌀쌀하지만 낮엔 예전보다 더 따뜻해서 마치 막 여름이 끝난 날인 것 같은 착각에 휩싸였다. 강물은 깊이를 알 수 없게 흘러가고 비목나무의 노란 단풍 색은 옆의 푸른 잎과 함께 풍성한 번짐으로 다가왔다. 여기저기 담쟁이덩굴이 빛을 따라 올라가는 것도 보이고, 바닥에도 푸른 조릿대의 잎사귀들이 넓게 퍼져 나갔다.

그곳에서 돗자리를 깔고 모양은 제각각이지만 도시락 김밥을 서로 나눠 먹는 남녀라면 오늘 이 순간 그 진전이 엄청나게 빠를 수밖에 없는 아름다운 날이 될 것이 분명했다. 물론 두 사람만 있었다면.

주은행과 서진우는 이런 완벽한 날에 완벽한 연인이 될 수도 있었다. 그것도 빠르게. 그들을 방해하는 인간들만 아니면 말이다.

"이 좋은 날 왜 그렇게 표정이 안 좋아요?"

알면서 묻긴. 짜증이 밀려왔지만 은행은 꾹 참았다.

"뜻밖에 사람들을 만나면 당황스럽지 않겠습니까?"

"우리가 뜻밖의 사람입니까?"

김성현이 뻔뻔스럽게 되물었다. 여기선 우리란, 김성현과 한민아를 말했다. 그들이 분위기 좋은 은행과 진우가 있는 이곳에 그것도 우연히 들이닥친 것이다. 그것도 서로의 김밥과 유부초밥을 먹여주려는 짜릿한 순간에.

"친한 사람이라도 예측하지 못했던 장소에서 보면 놀라지 않을까요."

"그런가요."

성현은 밉살스러운 표정으로 말하면서 은행이 직접 싼 김밥을 입안 가득 볼이 터지게 먹고 있었다.

"주 실장 타고났네요."

"그렇게 맛있어요?"

"아니요, 타고나길 음식 솜씨가 없다고요. 되게 맛없어요."

벌써 다섯 개째 처먹으면서 불평을 해대다니, 그녀의 눈동자에서 레이저광선이 쏟아져 나올 것처럼 분노의 지수가 올라갔다.

"그러면서 왜 자꾸 먹는데요?"

"배고파서요. 아침부터 아무것도 안 먹었거든요."

성현이 소년처럼 순수한 표정을 지어 보였다. 그럴듯하게 보여서 은행은 더 짜증이 나서 씩씩거렸다.

"데이트하려다가 방해가 되니까 뿔난 거죠?"

성현이 밉살스럽게 아는 체했다.

"잘 아시네요."

은행은 김성현에게 어떤 도움도 받지 않을 거라고 결심했다. 아니, 아예 같이 어울리지도 않고 일 이외에는 말을 섞지도 않을 것이다.

"근데, 첫사랑하고는 왜 떨어져 있어요?"

주은행은 일 외에 결심이 오래간 적이 없었다. 그도 그럴 것이, 김성현의 첫사랑은 지금 강물 상류에서 단풍잎을 띄우며 예전에 못했던 짓을 하고 싶다고 저러고 있었다. 서진우는 펜션에 담요를 빌리러 갔다. 은행이 춥다고 해서……

괜히 말했다. 왜냐하면 서진우가 펜션으로 가서 돌아올 줄 모르고 있었기 때문이다.

"첫사랑인 줄 어떻게 알았어요?"

성현이 화내지 않고 물었다.

"여사님께서 사진을 보여주셨어요."

은행이 퉁명하게 대답했다.

"남 일 신경 쓰지 맙시다."

그의 지적에 그녀의 눈이 날카로워졌다.

"제가 하고 싶은 말이에요."

누가 누구한테 할 소리인지. 하지만 은행도 약간 민망해졌다.

"그러니까요, 왜 안 하던 짓을 내가……"

성현은 말을 끝내지 못했다. 진우가 소리치며 강둑을 내려오고 있었다. 은행은 일어나서 손을 흔들었다. 그리고 사고가 일어났다. 진우는 손을 흔들다가 그 자리에서 갑자기 일어나는 한민아와 부딪치는 바람에 균형을 잃고 강에 빠졌다. 민아가 구해준다고 손을 내밀다가 그녀도 발을 헛딛고 같이 빠지는 바람에 진우는 나오지 못하고 민아부터 밖으로 밀어냈다.

성현도 얼른 달려가서 민아를 잡아당겼다. 민아는 무사히 올라올 수 있었다. 그러나 진우는 거센 물살에 밀려 좀처럼 나오지 못하고 허우적대고 있었다. 그 모습을 보던 은행이 발을 동동거리고 어쩔 줄 몰라 했다.

"뭐 하는 거예요? 도와줘야죠."
"야, 서진우, 장난치지 말고 나와."

은행의 재촉에도 성현은 강물에 들어갈 생각은 하지 않고 고함만 질러댔다. 그는 한민아가 괜찮은지 한 번 본 뒤였다.

"무슨 친구가 이래요."

은행은 성현이 말릴 새도 없이 강물로 뛰어들었다. 그리고 어느새 가라앉은 그를 찾으려고 헤엄치며 고개를 이리저리 둘러보았다. 하지만 물살에 은행의 작은 몸이 자꾸 떠밀려갔다. 수영은 할 줄 알았지만 물살이 생각보다 세 방향 감각을 잃게 만들었다.

"야, 자식아, 이런데도 안 뛰어드냐. 그놈의 트라우마는 언제 깰 건데. 피아노도 안 치고, 수영도 안 하고, 이제 너도 서른넷이다. 그만 좀 해라."

진우는 자신의 꼼수가 틀키자 강물에서 바로 나와 성현에게 소리쳤다.

그리고는 민아를 보고 조금 작은 목소리로 말했다.

"아, 추워. 근데 민아야, 아무리 그래도 좀 말하고 밀어. 깜짝 놀랐잖아. 김성현은 아무리 해도 절대 깰 생각이 없나 보다. 펜션으로 가서 옷이나 갈아입어야겠다."

진우가 민아에게 말을 하는 순간 성현이 강으로 뛰어들어 갔다. 민아는 펜션으로 가는 길에 놀라 벌어진 입을 주체 못했고 진우도 마찬가지였다. 둘 다 아래쪽으로 내려갔던 터라 강물에 뛰어든 은행을 미처 보지 못했다.

물살을 헤치고 가까스로 성현은 손을 뻗어 주은행을 잡았다. 그는 그녀의 목을 단단히 손으로 잡아당기더니 이젠 가슴 아래로 내려 꽉 잡고 앞으로 나아갔다. 긴 팔로 하도 꽉 붙잡아서 뼈가 당기는 고통이 느껴졌다.

"나도…… 수영…… 할…… 줄…… 알아요."

푸푸거리며 그녀가 말했다.

"그러니까 얼른…… 서진우…… 씨나…… 구해요."

"시끄러워요."

성현은 은행을 다짜고짜 끌고 강가를 나오려고 했다. 그들은 하류까지 가서야 뭍으로 나올 수 있었다.

"난 괜찮아요. 수영할 줄 안다구요. 물살에 밀려갔을 뿐이에요. 진우 씨는요?"

은행이 물살과 사투 아닌 사투를 해서 기운이 빠진 채로 고꾸라질 뻔한 몸을 일으켜 세우고는 서진우 걱정에 안절부절못했다.

"저기 씩씩하게 오고 있잖아요. 둘 다 수영 잘해요."

"네에?"

은행은 휘청거렸다. 눈앞으로 달려오는 두 사람의 모습이 신기

루처럼 보이기까지 했다.

"걸을 수 있겠어요?"

곧 쓰러질 듯 휘청대면서도 연신 괜찮다고 손을 내젓는 은행을 성현은 한 번에 안아 들었다. 두 사람에게서 물이 뚝뚝 떨어졌다.

"뭐, 뭐, 하는 거예요?"

은행이 추위에 떨면서도 소리쳤다.

"펜션으로 가는 겁니다. 병원은 안 가도 될 것 같지만 지금은 따듯하게 해야 할 것 같으니까요."

"걸을 수 있다고요."

그의 젖은 품에 있는 것이 엄청 불편했다.

"시끄러워요. 나도 힘드니까 입 다물고 갑시다. 강물에 푹 젖어서 배로 무겁고만 힘들게 하지 마요."

은행은 김성현의 낮은 목소리엔 실린 묘한 카리스마에 눌려 더 이상 소리를 내지 못하고 입술만 삐죽거렸다. 만약 여기서 억지로 소리를 낸다면 킥킥거리는 음성이 나올 것 같았다.

"은행 씨, 어떻게 된 겁니까? 나 때문에 물에 뛰어든 거예요? 그거 김성현 트라우마 깨려고 한 건데."

"시끄러워, 이 새끼야. 미친 새끼. 머저리 같은 놈아. 할 짓이 있고 안 할 짓이 있지."

"10년 넘게 지났잖아. 이젠 더 이상 물 두려워하지 말아야지. 그리고 여긴 안전한 곳이니까 그런 짓 한 거야."

진우 말대로 여긴 사건사고가 한 번도 안 일어났던 곳이었다.

"너 머리가 가끔 안 돌아가냐? 내가 너 한때 수영선수였던 걸 모르겠냐?"

"중학교 때 수영선수 잠깐 한 거고, 그래, 너도 아니까 한 거지. 이젠 겁내지 말고 들어오라고."

서진우가 폼 안 나게 기어들어 가는 목소리로 중얼거렸다.

"여기서 네가 수영선수였다는 사실 모르는 이가 주 실장밖에 더 있냐, 이 머저리야. 저리 비켜."

김성현이 이렇게 화내는 모습을 은행은 처음 보았다. 그것도 그의 품에서 목의 힘줄이 파닥이고 거친 호흡을 바로 눈앞에서 대하자 기분이 이상했다.

"성현아, 미안해. 그리고 진우 욕하지 마. 그냥 내가 충동적으로 한 거야. 진우는 어제 내 생각 알고 하지 말라고 했어."

민아는 김성현에게 나약한 표정을 지었다. 마치 이 남자가 대단한 포스를 풍기는 것처럼 말이다. 그건 아닌데.

"한민아, 나중에 얘기하자. 좀 비켜줄래. 나 힘들고 춥거든. 그리고 기분 안 좋으니까 따라오지 마. 너희들은 저 아래 펜션으로 가라. 꼴 보기 싫어."

성현이 은행을 다시 추켜 안았다. 은근히 무겁다는 티를 팍팍 내면서. 그것도 서진우 앞에서 자신을 안고 이게 무슨 추태람.

그들이 길을 비켜주자 성현의 걸음이 빨라졌다. 그 뒤에서 진우의 목소리가 날아 들어 왔다.

"너, 트라우마 깬 거야. 강물에 그 일 이후 처음 들어간 거잖아."

"죽을래!"

성현이 뒤돌아보지도 않고 소리 질렀다. 그 통에 은행이 고막이 터질 뻔했다.

"미안해요."

움찔하는 그녀를 보고 그는 사과했고, 펜션으로 곧장 가더니 이 광경을 보던 아주머니가 문을 열어주자 안으로 들어가서 소파에 바로 쿵 하고 내려놓았다. 무슨 물건도 아니고, 하나도 고맙지가 않다.

"아휴."

무겁다는 말을 굳이 하진 않았지만 온몸에 티가 팍팍 났다.

"나 안 무겁거든요."

은행이 삐죽한 입술로 항의했다. 물에 젖어서 더 무겁다는 것을 충분히 알지만 너무 그러니까 그만 그 말이 불쑥 나왔다.

"50킬로 넘어요?"

그가 툭 던지듯 물었다.

"키가 156㎝도 될까 말까인데 50이 넘겠어요? 딱 봐도 45도 안 되는구만."

"그렇구나. 알았어요."

성현이 피식 웃었다.

"짜증 나."

"사장님, 여자 옷 좀 빌려주세요. 물에 빠졌거든요."

은행의 툴툴거림에 아랑곳없이 여주인이 오자 성현이 부탁했다.

"아이고, 세상에, 푹 젖었네. 날은 따스해도 강물은 엄청 찰 텐데, 이게 무슨 일이에요. 남자 옷도 가져올게요."

성현을 잘 아는 펜션 여주인이 얼른 수건과 갈아입을 옷들을 가지고 왔다.

"이쪽으로 오세요."

은행은 아주머니가 안내한 방으로 가서 몸을 닦고 옷도 갈아입었다.

"괜찮아요? 몸에 조금이라도 이상 있으면 지금이라도 병원 갑시다."

사람들은 왜 이렇게 다들 클까, 이 생각을 하며 헐렁한 옷을 치렁치렁 입고 나온 은행에게 다짜고짜 다가온 성현이 말했다. 그가 너무 가까이 와서 말하는 통에 깜짝 놀랐다.

"괜, 괜찮다니까요. 나도 수영할 줄 알아요. 유일하게 하는 운동이 수영이라고요. 아까도 말했지만 불어난 물살이 좀 거세서 방향을 잃었을 뿐이라고요."

"조그만 사람이 장정을 구하겠다고 다짜고짜 뛰어들어요?"

성현이 화를 내며 말했다. 언성도 높이지 않았는데 되게 무섭네. 빌려 입은 셔츠와 바지가 이상한데도 하나도 웃기지 않은 것은 너무도 진지하게 화낸 그의 얼굴 때문이었다.

"사람이 위험했으니까요. 소장님이 빠졌어도 마찬가지라구요."

그녀의 말에 그의 기세가 좀 누그러졌다.

마찬가지라니까 기분은 좋은가 보네. 작은 사람한테 바라는 것도 많아요.

"그리고 진우 씨가 물에 빠져 안 보였다고요."

그녀가 덧붙였다.

"진우는 수영을 잘해요."

그가 단어 하나하나에 힘을 주며 말했다.

"그땐 몰랐으니까요. 소리 좀 높이지 마요. 귀가 윙윙거려요."

"다쳤어요?"

성현이 깜짝 놀라 그녀의 귀를 들여다보았다. 숨결이 뺨에 닿았다.

"아무렇지 않아요."

그녀가 한 걸음 뒤로 물러서며 말했다. 그러자 그가 그녀가 물러선 만큼 다가와서 뚫어지게 쳐다보았다.

"왜 그래요?"

마치 레이저광선 같았다.

"내 눈으로 확인하는 거예요."

"뭘요?"

"주 실장이 괜찮은지."

갑자기 숨이 콱 막혀왔다. 은행은 이 남자가 왜 자꾸 안 하던 짓을 하는지 갑갑했다. 그의 눈동자가 짙어졌다. 원래 눈동자가 이렇게 갈색이 전혀 없이 검기만 했는지 궁금했다. 불편하다. 왜 이러지. 김성현은 늘 만만한 존재였는데, 뭔가 뜻대로 되지 않는 기분이다. 그가 계속 보는데도 시선이 돌려지지 않았다. 이런 느낌, 거북하다.

"괜.찮.다.고.요."

이상한 느낌을 깨기 위해 더 박력 있게 말했다. 다행히 그가 한 발짝 물러났다. 살 것 같다. 김성현하고 남녀 사이의 긴장이 도니 낯선데다가 불편하다. 남과 여니까 그런 감정이 한두 번 들 수도 있겠지만 조심해야 한다. 이런 감정이 아무하고나 드는 것은 주은행이 생각하는 사랑에 대한 정의 안에 없는 거니까.

"펜션 사장님한테 부탁했으니까 밥 먹고 쉬다가 와요. 몸에 이상이 있으면 나한테 연락하고요."

성현은 당부하고 현관으로 향했다.

"나도 갈래요. 진우 씨도 걱정할 텐데 여기 어떻게 있겠어요."

그녀는 한 걸음도 더 옮기지 못했다. 그가 너무도 무섭게 쳐다보았다. 사람 바짝 긴장하게 만드는 시선으로. 무슨 큰 잘못을 한 것처럼 보니 자꾸 자신의 행동을 돌아보게 된다. 근데 뭘 잘못했는지 모르겠다.

왜 저러는 거야?

불만은 많은데 그의 기세에 눌러 몇 마디도 못하고 속으로 웅얼거렸다.

"밥 먹고, 쉬고 나서 연락해요, 데리러 올 테니까."

성현은 자기 말만 반복하고 나갔다.

"왜 저래."

하지만 은행은 얌전하게 담요를 뒤집어쓰고 앉아 있었다. 문득 그가 10년 넘게 강물에 들어가지 않았다는 말이 떠올랐다. 그렇게 상처가 컸나 보다. 마음이 쓰이자 괜히 인상이 써졌다.

6

"괜찮은 거예요?"

"괜찮아요."

은행은 서진우의 별장 거실에서 무릎엔 담요를 덮고, 두 손은 따스한 차가 든 컵을 쥐면서 그의 관심을 온통 받고 있었다.

진우가 성현보다 먼저 와서 그녀를 데리고 왔다. 상황이 여의치 않아 성현에게 미안해서 은행이 먼저 간다는 짧은 문자메시지를 보냈다. 그랬더니 답변으로 말줄임표가 왔다.

〈……〉

그냥 쉬어요, 하면 될 걸 또 그 생각을 하니 골치가 아프다. 은행은 울렁거리는 마음을 눌러댔다.

"미안해요."

"이제 그만 사과하셔도 돼요. 정말 괜찮으니까요. 근데, 조금은 속상하네요. 수영을 그렇게 잘하는지도 모르고 강물에 뛰어들었으니, 바보처럼 보였을 거예요."

진우가 손을 내저었다.

"그렇지 않아요. 오히려 그 용기에 반한걸요. 제가 바보죠. 민아도 함께요. 그런 속임수를 쓰다니. 사실 해선 안 되는 장난이지만 트라우마에 빠진 김성현을 건지고 싶었나 봐요. 하여튼, 미안해요."

"네에."

"그래도 깨달은 게 있습니다. 은행 씨는 특별한 사람이에요. 대단하세요."

"그 정도는 아니에요. 그냥, 본능적으로 뛰어든 거예요. 김 소장님처럼요."

"성현이 얘기는 이제 그만하죠. 김성현에게 우리 엄청 혼났거든요. 그렇게 화난 성현이는 오래간만에 봐요. 민아야, 넌 어떻게 네가 하자고 했으면서 끽 소리도 못하냐. 내가 더 민망하더라. 친구잖아."

진우가 소파에서 떨어진 메인 식탁 의자에 발을 건들거리며 앉아 있는 민아에게 고개를 돌렸다.

"무서워. 난 이 세상에서 김성현이 제일 무서워. 차가운 종자야. 어떻게 사랑했나 싶어. 원래 화나면 누구도 못 말리긴 했지만, 사람 기죽게 만드는 데 뭐 있어. 내가 잘못했지. 그 사건으로 김성현이 바뀌었는데, 내 인생도 바뀌었고, 갑자기 모든 게 바뀌었으니까. 그래도 그 정도로 그친 게 다행이야. 어찌 됐든 성현이가 그

사건 이후 처음으로 강물에 들어간 거니까……."

민아의 얘기를 은행은 가만히 듣고 있었다. 김성현은 어떤 사람인가. 그 생각이 문득 들었다. 그때 한민아의 시선이 느껴졌다.

"은행 씨를 많이 아끼나 봐요."

민아가 소파로 오면서 불쑥 말했다.

"뭐, 놀라셨겠죠."

"성현이 놀라긴 놀란 것 같더라고요."

민아는 우울하게 중얼거렸다. 기분이 안 좋아 보였다.

"전 이만 가볼게요."

은행은 한민아가 풍기는 심각한 모습이 불편했다. 마치, 자신의 기분을 해치는 것이 주은행이라고 말하는 것 같았다.

"좀 있다 가요. 나도 엄청 놀랐어요. 은행 씨가 괜찮은지 계속 내 눈으로 인지해야 마음이 놓일 것 같다고요."

진우의 말에 은행이 상냥하게 미소를 지었다.

"서진우, 너 연애할 때 되게 오그라든다. 그런데도 여자가 넘어오니 신기하다. 그래서 남자는 성공을 해야 돼. 저런 방식을 쓰는데 여자들이 좋아하는 걸 보면 역시 열쇠는 성공이야."

"너나 잘해라."

민아의 말에 진우는 미간을 찌푸렸지만 워낙 오랜 친구라 가볍게 응수했다. 민아의 빈정거림이 은행의 가슴에 쿡 박혔다.

왜 저래…….

하지만 너무 티가 나면 좋을 것이 없기에 얼른 한민아의 말을 무시하려 애쓰며 담요를 한쪽에 곱게 개어놓았다. 곧 갈 준비를 하려고, 때를 봐서 일어설 생각이었다.

"너무 늦었어요. 갈게요."

"그럼, 좀 기다려요. 지금 택시 부를게요. 차를 아저씨가 가져가서요."

"내가 데려다 줄게. 나도 가야 하니까. 나랑 가도 되죠? 이 주스 마실 때까지 기다려요. 그럴 수 있죠?"

민아가 주스를 들어 올리며 말했다.

"그러죠. 감사합니다."

은행이 내키지 않지만 대답했다. 눈썹이 비뚤어졌다. 은행의 마음이 울퉁불퉁해서 눈썹도 따라 움직였다.

"은행 씨는 감정을 못 숨기는 편인가 봐요. 얼굴에 다 쓰여 있네. 한민아, 재수 없어. 자기가 뭔데 명령조야."

한민아가 심술궂은 예쁜 마녀처럼 말했다.

"아니거든요."

"어, 난 장난친 건데, 그렇게 정색하는 것 보니 진짜인가 보네."

"그만해, 민아야."

진우가 울리는 휴대폰을 받으며 말렸다. 유영이 비서로서 여러 가지 일들을 보고하고 있는 모양이었다. 모든 잡다한 일들을 도맡아서 하기에 김유영은 늘 바빴고, 보고는 이렇게 전화로 하는 경우가 많았다. 그는 김유영이 없으면 못 살 거라는 말을 아무렇지 않게 했다.

사실, 김유영이 매니저로서 야무지게 하지 않았다면 그가 이렇게 올라오지 못했을 것이라는 것은 다 아는 사실이었다. 유영은 서진우의 집안과 친한 집안이자 초등학교 후배로 그의 소설을 들고 미국 출판사를 이리저리 뛰어다니며 힘들게 출판 시킨 장본인이었다. 또한 서진우도 그녀가 꼼꼼하게 봐주지 않으면 세금도 제대로 내기 힘들 만큼 숫자엔 젬병이었다.

"넌 그래서 문제야. 김유영한테 너무 의지해. 그러니까 너랑 사귄 여자들이 김유영을 괴롭히지. 은행 씨도 좋아하는 남자가 자기 비서한테 너무 기대는 거 싫지 않아요? 이해 못 할 일이지. 대부분 그러더라."

"아니요."

"지금은 그렇지만 나중엔 마찰 있을걸요. 원래 은행 씨같이 성격 좋아 보이는 여자들이 나중에 좀 마찰이 있더라고요."

은행은 김유영이 좋았다. 그리고 한민아가 싫었다. 마찰은 어디에 있을까.

"전 유영 씨 좋아요. 성격도 잘 맞고요."

"둘 다 좀 뒤끝 있던데."

"아니거든요."

"나는 싫어하죠?"

한민아가 직통으로 물었다. 아마도 아니라고 할 줄 알았나 보다.

"네, 날 싫어하는 사람을 좋아하진 않죠."

"난 은행 씨 싫어하지 않아요."

"그래요? 아니면 너무 좋아하나 봐요. 둘 중 하나 같은데, 남자아이 같은 성향이 있는 것 같네요. 마음에 들거나, 안 들거나 마구 괴롭히는 것."

남자의 세계에서 살아남은 첫 번째 철칙이자 본능은 싸움을 걸어오면 절대로 물러서지 않는다는 것이었다. 은행은 으르렁거릴 만반의 준비가 되어 있었다.

"두 사람 왜 그래요?"

진우는 전화기를 멀리하며 말했다. 지금도 두 여자는 서로에게서 시선을 떼지 않았다. 진우는 민아 때문에 부드럽고 청순한 은행 씨까지 무서워지는 걸 원치 않았다. 다행히 뜯어말리기도 전에 민아가 웃었다.

"미워하려고 해도 미워할 수가 없네. 내 스타일이네. 은행 씨 마음에 들어요."

"정말요? 난 민아 씨 아직인데……."

은행의 말에도 뭐가 좋다고 민아가 웃으며 가까이 다가왔다.

"우리 그 기념으로 말 놔요. 으응, 으응."

이 여자 무섭게 왜 이래?

"그럼, 민아 씨가 손해 아니에요? 나보다 나이가 위잖아요."

"난 신경 안 써요."

"그래도 불편해요. 존대하면서도 친할 수 있죠."

"그럼, 우리 친하게 지내요. 약속!"

"뭘 약속까지 해요?"

은행은 어쩔 수 없이 새끼손가락을 걸어주었다. 그러나 속으론 '저 여자 조울증이 분명해'라고 생각했다.

"미치지 않았어요. 걱정하지 말아요."

"헉."

은행의 숨소리가 새어 나오고 말았다.

"놀라긴. 단순하시네."

"네에."

은행은 진우를 뒤늦게 의식하고 다시 차분하게 돌아갔다.

"야, 전화 좀 바꿔. 김유영 지금 내 욕하고 있지."

민아가 새어 나오는 전화 목소리에 신경을 곤두세우더니 서진우에게 손을 내밀었다. 진우는 은행이 사나워지는 것은 반대지만 유영과 민아가 싸우는 것은 상관없는 모양이었다. 전화를 건네주는 걸 보면.

"김유영, 너 정말 내 욕 좀 그만하자. 그래, 나 네 사촌 오빠랑 사귀었고 내가 찼어. 그게 지금 몇 년 전 일인데 아직도 그러냐. 감정이 식었는데 어떡하라고. 그리고 난 서진우한테 관심이 없어요. 얘는 나한테 남자가 아니야. 난 친구하고 안 사귄다고. 김성현은 예외였지만. 됐냐? 아, 시끄러워. 김유영, 이 진드기야. 그래, 나도 나한테 좋은 소리 안 하는 사람한테 좋은 소리 못해. 아주 생각지도 못한 남자한테 발목 잡혀서 내내 편치 않은 결혼이나 해라."

민아가 악담을 하고 진우에게 휴대폰을 넘겨주었다.

"왜 그러냐?"

진우가 어이없는 얼굴로 말했다.

"나한테 욕하잖아. 짜증 나. 나도 한때 순정파였어. 첫사랑 후에 사람이 확 바뀌어서 이렇게 바람둥이가 된 거지. 아, 몰라."

진우는 화난 유영을 달래지도 않고 재미있어하며 전화를 마무리 지었다. 은행은 한민아가 첫사랑 후에 바람둥이가 되었다는 말에 괜히 신경이 쓰였다. 첫사랑이 김성현이 아닌가. 그래서 그 생각에 빠져 버렸다. 그것도 모르고 두 사람은 아무렇지 않게 대화를 이어나갔다.

"참, 한 달 후에 있는 달음박질 대회에 참가할 거야?"

민아가 발로 진우의 발을 툭 치며 물었다.

"당연히 해야지. 매년마다 좋은 취지로 하는데. 왜, 너도 참가하려고?"

"으응."

"갑자기 할 수 있겠어? 근 6년인가 안 했잖아."

"미국에서 쭉 해왔어. 야, 내가 이 나이에 아직도 20대 중반으로 보이는 이유가 뭐겠냐?"

"20대 중반은 아니다. 좋게 봐도 20대 후반이지."

"그래, 너나 성현이는 딱 제 나이로 보인다. 30대 중반, 알았냐?"

은행은 두 사람의 대화를 듣고 있다가 민아와 눈이 마주쳤다.

"참, 은행 씨, 하프 마라톤 해봤어요?"

"네에?"

"정식은 아니고, 거의 산악을 끼고 동네 도는 거라서 힘들긴 해도 재미있을 거예요. 약해빠지지만 않으면 할 만은 해요. 힘들면 걸으면 되니까. 복지관 아이들 돕는 건데, 마음만 있으면 못할 것도 없죠. 사실 체력보다는 마음이죠. 참가비 내고 하는 건데, 많은 사람들이 참여하거든요."

은행은 민아를 종잡을 수 없었다. 하지만 한 가지는 분명했다. 자신을 떠보고 약 올리려고 한다는 것. 그녀는 그런 것에 넘어갈 만큼 바보가 아니다.

마라톤 비슷한 걸 어떻게 하라는 거야. 미치지 않고서야 그걸 준비도 없이 어떻게 해.

"야, 은행 씨 괴롭히지 마. 그런 행사는 힘들어서 우리끼리 하는 게 나아. 우리들의 행사에 왜 은행 씨까지 힘들게 하니."

"그렇지, 너와 나와 성현이의 연중행사였지. 아, 그때가 그립다. 어렸을 때 많이 했는데. 몇 년째지?"

우리들의 행사라······.

"은행 씨는 못하죠?"

"은행 씨는 안 한다니까."

민아의 확인에 진우가 대신 대답했다.

"아니에요. 괜찮아요. 원래 달리기 좀 했었어요. 저도 참여하고 싶어요."

이런. 죽어라, 주은행.

서진우의 말에 자신도 모르게 민아가 원하는 말을 하고 말았다.

"멍청하긴."

"······."

김성현이 그녀 앞을 지나가면서 한 말이다. 보통 이런 말을 들으면 화가 나고 어처구니없어 마구 따지게 된다. 당연하다. 그렇지만 한 열 번째 이 소리를 같은 인간에게 들으니 대꾸할 말이 없었다. 뿐만 아니라 한동안 김성현이 계속 이 말을 할 것이 분명했다. 게다가 혼잣말처럼 툭 내뱉고 쌩 하게 지나간다.

"아, 진짜 누가 멍청한 줄 모르나."

은행은 겨우 혼잣말을 뒤늦게 토해냈다. 스스로도 멍청하다고 느껴서 사실 더 짜증 났다. 하지만 주은행이 누구인가. 긍정적 인간형이 아니던가.

좀 쌀쌀한 날씨에도 복지관 아이들은 쉴 새 없이 소란스럽게 수다를 떨었다. 매순간 즐거워하는 그들을 보니 기분이 조금 풀렸다. 풍선들이 여기저기 날아다니고 잔칫집마냥 음식들이 넘쳐 났다. 그리고 이곳을 후원하는 사람들이 제각각 운동복을 입고 몸을 풀고 있었다. 엄격하게 규격 대회가 아닌 것만으로도 다행이라고 그녀는 자신을 위로하고 있었다.

"아무래도 민아가 성현과 진우를 저울질하고 있는 것 같다. 솔직히 한민아는 키도 크고 굉장한 미인이니 아무리 30대 초반이라고 해도 남자들 마음을 잡고 흔들고도 남지 않겠니."

문 여사는 어제부터 비슷한 얘기를 계속 하고 있었다. 주은행을 내세워 자신의 아들을 지키려고 하지만 은행은 김성현을 남자로 생각하지 않았다. 물론 요즘 심란한 것은 김성현이 갑자기 심술을 부리는 바람에 잠시 혼돈이 온다는 것이다.

"진우 씨와 민아 씨는 편한 친구 사이예요."

"주 실장, 그러니까 자신이 좋아하는 진우는 민아하고는 친구일 뿐이니까 성현이하고 잘되면 좋겠다 이 뜻이군. 정말이지, 내가 내 아들이지만 괜찮은 사람인데 말이지. 주 실장, 섭섭하네."

문 여사는 조금 불퉁해져서 은행의 곁을 떠났다. 달음박질을 준비해야 하는 마음이 천근만근 무거워졌다. 게다가 한쪽에선 김유영과 한민아가 대판 붙었다. 더 정확히 말하자면 절대로 차분함을 잃지 않은 한민아가 미소를 지으면서 김유영이 흥분하는 것을 가지고 놀았다는 것이 맞았다.

김유영은 심기가 불편해서 괜히 가만히 있는 서진우의 팔을 주먹으로 꽝 치고 시야에서 사라져 버렸다. 진우는 유영의 이런 모습에도 그러려니 했다.

하여튼 여기 여자들 모두 엄청나게 예쁜 한민아에게 스트레스를 받고 있었다. 심지어 복지관 원장님조차 민아의 직설적이고 쏘는 듯한 말투에 적응이 안 되어 어쩔 줄 몰라 했다. 문제는 그런 스트레스를 모두들 주은행, 자신에게 푼다는 것이다. 당사자에게 신경질을 내는 것이 아니고, 은행에게 한민아가 왜 그러냐고 물어댔다. 마치 은행이 다 아는 것처럼.

한민아가 주은행이 마치 십년지기 친구라도 되는 양 친근하게 대하자 그런 현상은 커져 버렸다. 또한 여자들의 공공의 적이 된 민아는 사람들이 있을 땐 은행에게 엄청나게 친근하게 굴다가도 둘만 있으면 은근히 이상하게 굴었다. 이런 식이었다.

"은행 씨가 이런 달리기가 생소한 것은 아니라고 하지만 내가 보기엔 좀 힘들어 보이는데, 맞죠?"

"……."

아니다, 맞다, 라고 딱히 말할 수가 없었다. 이미 서진우에게 할 수 있다고 장담을 한 상태이지만 그녀의 몸 어디에도 잔 근육은 볼 수가 없었다. 그저 마르고 말랑말랑한 상태, 헬스하고도 친하지 않았다. 사실, 여름이었으면 짧은 체육복을 입었을 것이고, 그랬으면 일자 근육 대신 판판하고 뽀얀 배의 형태에 주위에서 놀랐을지도 모른다. 여름이 아닌 걸 다행으로 알아야 한다.

"사실, 난 은행 씨 운동 좋아한다고 할 때 깜짝 놀랐어요. 처음에 딱 보면 견적 나오듯이 사람에 대해서 눈썰미가 좋은 편인데, 난 은행 씨, 마른 체형이라 딱히 운동과 안 친하고 다이어트라고 해도 저녁 굶는 것으로 해결하는 그런 타입일 줄 알았거든요. 뭐,

눈썰미가 매번 좋을 수는 없겠죠. 하지만 내가 워낙 운동 체질이라 운동 좋아하는 사람들을 딱 보면 알긴 해요."

은행은 괜히 찔릴 필요 없다고 마인드컨트롤을 하고 있었다.

"정 힘들면 출발하고 바로 포기해요. 아무리 운동을 했다 해도 은행 씨처럼 말랑말랑하고 작은 사람은 픽 쓰러질 수도 있잖아요."

기분 나쁘게 기다란 손가락까지 거들며 쓰러지는 시뮬레이션을 나타낼 필요까진 없잖아.

"맞아요. 무리하지 말고 힘들면 포기해요. 포기하는 게 창피한 건 아닙니다. 근데 은행 씨, 이런 운동 싫어하나요?"

민아에 이어 진우가 어느새 다가와 끼어들었다. 서진우는 운동을 무지 좋아하는 사람이다. 그리고 지금 눈빛에서도 그런 점을 읽을 수 있었다. 사귀고 싶은 사람에 대해서 이런 면을 가지고 있었으면 하는 소망 같은 것을. 그녀가 이상형에 대해 오만가지를 원하듯이 말이다. 그 오만가지를 다 가지고 있는 서진우를 위해서 몇 가지를 갖춘 척하는 것은 연애를 위한 미덕이 아닐까.

"아니요, 사실, 이런 것을 몇 번 해본 적도 있어요."

"정말로요?"

"정말이요?"

이런······.

두 사람의 반응이 동시에 터져 나왔다. 말도 거의 같지만, 그러나 거기에 담긴 감정은 판이하게 달랐다. 한민아는 의심, 서진우는 감탄이었다. 뭐, 말도 안 되는 거짓말에 감탄하는 사람이 관심 많은 남자라 다행이긴 하다.

"거짓말이죠?"

그래도 한민아가 다른 사람들 안 들게 출발선 앞에서 은행의 귓가에 속삭였다. 대답할 때까지 연속해서 말이다.

"네에, 잘하진 못해요. 그래도 조금은 할 수 있어요."

은행은 솔직하게 말했다. 그러나 실상 이것도 거짓말이다. 민아의 추측대로 운동엔 젬병이다. 운동을 잘하지 못하고 하기도 싫어한다. 수영은 어릴 때 억지로 배운 것이고, 게다가 햇빛 아래에서 운동하는 것은 일할 때 빼놓곤 싫었다. 일할 때도 햇빛 아래에서 하는데 취미생활은 실내에서 편한 게 최고가 아닌가.

"조금은 무슨……."

어느새 옆으로 온 김성현이 비꼬듯 툭 던지곤 다른 쪽으로 가버린다.

"아하……."

뭐라고 말을 못하는 것은 김성현이 그녀가 얼마나 운동을 하기 싫어하는지 잘 알기 때문이다. 그동안 아이들 돕기 행사에도 매번 기부만 하고 거절했었다. 왜 남을 돕는데 땀을 뻘뻘 흘리며 무작정 뛰어야 한단 말인가.

"출발!"

은행은 상념을 뒤로하고 신호에 따라 달리기 시작했다. 이 마을 어귀를 한 바퀴 돌고 완만한 산의 언덕을 가로질러 가서 다시 시내로 접어들어 돌아오면 된다. 말은 참 쉽다.

마을 어귀를 한 바퀴 돌고 나면 스티커를 옷에 붙여준다. 진행요원이 곳곳에 드문드문 있었다. 산 어귀, 동네, 시내 돌 때마다 스티커를 붙여준다. 그러니까 스티커를 모두 다섯 개 받아야 한다는 것이다. 은행은 아직 스티커를 하나도 받지 못했고, 이 산속을 빠져나가야 받을 수 있었다. 벌써 많은 이들이 우르르 몰려 나가서 숲 여기저기 코스를 돌아다니며 웅성거리다가 빠져나가고 있었다.

아마도 사람들은 아름다운 자연을 바라보며 스티커를 붙이는 것에, 그것도 땀을 흘리며 달리는 것에 무한한 행복을 느끼고 있었다. 살아 있다는 축복. 주은행만 빼고.

"헉헉헉."

숨소리가 터질 듯이 나왔다. 아무래도 포기해야 할 것 같았다. 남자 마음 잡겠다고 싫어하는 운동을 하는 것은 옳지 않다. 수영도, 그것도 실내 수영장에서 억지로 배운 거라서 그리 즐기지 않았다. 아무리 사랑에 올인하는 스타일이지만 지금은 보류다.

"힘들죠? 숨소리 거친데요."

앞서 가던 진우가 다시 돌아와서 물었다. 그는 아주 멀쩡해 보였다. 자세도 반듯하다. 어쩌면 저렇게 청색 츄리닝 복이 세련되어 보이기까지 할까. 게다가 얼굴에 미소까지 있었다. 오만상 찌푸림에 허리가 굽어지면서 다리가 벌써부터 후들거리는 그녀와는 차원이 달랐다.

"간만에 해서 그런가 봐요."

"조금만 나랑 같이 뛰어요."

진우가 옆에 뛰어주는 것은 도와주는 것이 아니다. 그걸 모를 뿐이다. 어쩔 수 없이 은행은 죽을힘을 다했다. 그러나 다행인지 불행인지 서진우는 이런 작은 것에 승부욕이 타오르는 사람이었다.

"저기 앞에 성현이가 선두로 있는 것 같은데. 내가 이번에는 꼭 김성현을 이겨야 하거든요. 매번 지니까 친구 알기를 만만한 동생으로 알더라고요. 먼저 가도 될까요?"

"그러세요."

제발, 그래 주세요. 빨리 가줘요.

"은행 씨, 우리 시내 진입로에서 만나요. 거기서 휴식할 수 있거든요. 10분 무조건 휴식이에요. 거기서 봐요."

"네에."

"파이팅!"

"파이팅!"

곧 쓰러질 것 같은 체력을 숨기고, 경련이 일 것 같은 얼굴로 화사한 웃음을 띠며 그의 파이팅에 답례하느라 체력이 거의 다 방전되고 있었다. 서진우는 또 다른 친구와 함께 김성현을 이기려고 달려 나갔다. 그가 시야에서 사라지자마자 은행은 달음박질을 포기하고 걸었다. 곧 쓰러질 것만 같았다. 초반에 너무 뛰었다. 그러나 그와 약속을 한 것이 기억났다. 못해도 시내까지 가야 된다. 그러니까 산 둘레를 돌고 동네로 접어들어 시내까지 가면 된다. 그 정도는 할 수 있을 거란 그의 생각을 충족시켜 줘야 한다.

천생연분은 노력해야 된다.

그것도 얼마 못 갔다. 체력이 안 따라주는데 무슨 노력이고 나발이겠는가. 그녀는 휘청거리고 말았다.

"천생연분이 뭐라고 이게 뭔 고생이야."

산속에 들어와서 그녀는 헤매다가 바닥에 주저앉았다. 안전요원은 산속이 아니라 산속 진입로와 출구에만 있는 모양이다. 사람이 안 보였다. 아니면 길을 잃었는지 사람을 찾기가 너무 힘들었다. 벌써부터 발바닥에 물집이 생겨서 걸을 때마다 아팠다. 그동안 며칠 연습한다고 좀 뛰어다닌 것도 무리가 온 모양이었다.

"스티커 하나는 받자."

호언장담하는데 하나는 받을 수 있을 것 같았다. 아니, 받아야 되지 않겠는가. 어쨌든 이 산만 벗어나자라는 생각으로 일어났다. 그러다가 다시 주저앉았다. 발목이 부어올랐는지 걸음을 뗄 때마다 시큰거렸다.

"아프다, 잉잉잉."

일하면서 우는소리 낸 적 없는 주은행이 아닌가. 왜 연애만 하면 이 짓인가. 주도면밀한 방식이 옳지 않은 걸까. 몸이 힘드니 확신도 흔들렸다. 길을 단단히 잘못 든 모양이다. 사람이 여전히 보이지 않았다. 나뭇가지 밟히는 소리만 들려 무섭기까지 했다. 그때 뭔가 싸한 느낌이 났다.

"헉."

김성현이 자신을 내려다보고 있었다. 진짜 이 표정은 평생 잊지 못할 것 같았다. 한심하고 꼴 보기 싫다는, 거기에 동정 1%가 보였다 안 보였다 했다. 무서운 그의 모습을 보니 은행은 깜짝 놀랐다. 그가 엄청 욕을 할 것 같았다. 모든 이치가 그렇지 않은가. 그냥 비가 올 때도 많지만 천둥번개가 치면 비가 반드시 온다. 마른번개도 있다지만 보통은 그렇다. 저런 얼굴 표정을 했다면 욕이 사발로 쏟아져야 그것이 이치인 것이다. 은행은 그의 표정을 보고 다음 일어날 행동을 예측하고 움찔했다. 그런데 갑자기 그가 뒤돌더니 몸을 낮추고 등을 들이밀었다.

이게 뭐야.

"뭐 해요?"

성현이 짜증을 부렸다.

"어떻게 하라고요?"

"업히라는 소리잖아요."

그의 목소린 여전히 울퉁불퉁했다.

"됐어요."

말도 안 되는 소리다. 이 나이에 누구한테 업히냐. 어릴 때 부모님한테도 업힌 적이 없던 독립적인 삶을 살아온 주은행인데. 하지만 그는 그녀가 업힐 때까지 계속 그 자세를 유지할 생각인지 꼼짝도 하지 않았다.

"저리 가요."

그녀가 그의 등을 피하기 위해서 한쪽으로 몸을 돌리고 우뚝 일어났지만 발바닥의 수많은 물집과 부은 발목으로 인해 앞으로 고꾸라지고 말았다. 그 바람에 제때에 방향을 바꾼 그의 넓은 등에 바로 코를 박고 말았다. 남자 냄새가 물씬 났다. 땀 냄새, 비누 냄새, 스킨 냄새······.

"미안······."

사과하고 그에게서 떨어져 나오려고 했으나 이미 김성현은 그녀의 엉덩이를 팔로 받치고 벌떡 일어난 뒤였다.

"내려놔요."

은행이 소리쳤다.

"발목 삔 것 같은데 목소리는 여전하네요, 우렁찬 것이."

그가 빈정거렸다.

"혼자 갈 수 있어요."

"혼자 갈 수 없어요."

"혼자 갈래요."

"바보 같은 소리 하지 마요. 한 번 더 하면 여기다 내팽개칠 거니까."

그의 말이 끝나자마자 발목이 더 욱신거렸다.

"괜찮다니까요."

그녀가 작은 소리로 중얼거렸다. 누가 볼까 봐 여기저기 고개를 돌리면서 연신 걱정스런 얼굴로 어떻게든 이 위기를 넘기려고 했다.

"시끄러워요."

김성현은 단호했다. 다시 침묵에 휩싸였다. 이 남자 이러지 않았는데, 왜 이렇게 사람을 꼼짝 못하게 하는 걸까. 한편으론 짜증 나고 한편으론 긴장되었다. 이 남자가 마구마구 풍기는 카리스마 비스무레한 것에 다소 영향받아 잠시 찍소리 않고 있었다.

이런, 이런…….

이렇게 쫄아 있는 것은 주은행이 아니다. 그리고 소장의 등에 자꾸 작지 않은, 그렇다고 크진 않지만 하여튼 가슴이 닿는 촉감이 참으로 불편했다. 한시라도 그의 등에서 빠져나와야 한다.

"죄송합니다만, 내려주세요. 정중하게 부탁하는 겁니다, 소장님!"

"죄송합니다만, 가만히 있어주세요. 정중하게 부탁하는 겁니다, 실장님!"

"지금 놀리는 거예요? 내가 어린애도 아니고 이 상황이 웃긴단 말이에요. 벌써 두 번째잖아요. 아니, 강가까지 해서 세 번째인가……."

"기억나는 구나. 맞죠? 2년 전에 술 마시고 나한테……."

"죄송합니다."

그녀가 얼른 말을 끊고 대답했다.

"그냥, 고맙다고 해요."

"양복 하나 사드릴게요. 얼마 전에 기억났어요. 그리고 고마워요."

그가 피식 웃었다.

"그래요."

"그러니까 빨리 내려주세요."

"아이고, 이 상황이 웃기다는 것은 알고 있군요. 남자 하나 때문에 콩마녀가 이게 뭡니까? 전설이 깨지는구만."

그가 틱틱거렸다. 뭐라고 쏘아붙이고 싶었지만 그 말이 다 사실이라서 그녀에게 나오는 말은 이게 전부였다.

"뭐라고요? 내려주세요."

"다 왔어요. 산길만 벗어나면 바로 내려드릴 겁니다."

"됐거든요."

"꼼지락대지 마요. 거참, 신경 쓰이네."

그의 말에 그녀가 움직임을 멈추었다. 민감한 부분이 접촉되면 성인 남녀가 좋을 것이 없기 때문이다.

"이곳에 산짐승이 있다고요. 콱 물리면 어떻게 할 거예요?"

김성현이 또 장난질을 친다. 요즘 들어 뭘 잘못 먹었나.

"지금 그 말을 나보고 믿으라는 거예요?"

"믿든 안 믿든 주 실장 마음이지."

성현은 걸음을 갑자기 멈추었다.

"결정해요. 나머지도 계속 업혀서 갈 건지, 아니면 혼자 갈 건지."

답은 뻔했다. 하지만 그가 살며시 덧붙였다.

"들개도 있다고 하던데."

컹컹컹. 어디선가 개소리가 들리긴 했다. 산에서 들으니 무척이나 크게 들려서 집에서 키우는 개가 결코 아닌 것 같았다.

이런…….

6년을 같은 직장에 있다 보면 서로에 대해 어느 정도 알게 된다. 무서울 것 없어 보이는 울림통 좋은 주은행이 개를 무서워한다는 것도.

"그, 그럼, 숲 속만 벗어나면 혼자 갈 거예요. 소장님도 달리기 계속 해야 하니까요."

"그래요."

"그렇다고 그 산짐승 있다는 말은 믿지 않는다고요."

"그렇겠죠. 주 실장은 매우 용감하니까."

은행은 김성현이 자신을 놀리는 걸 막을 도리가 없었다. 예전에 공사 도중 개가 쫓아와서 겁나게 도망간 적이 있었다. 그때를 생각하면 아직도 등에 한 줄기 땀이 흘러내릴 것만 같았다. 무슨 개가 이빨을 드러내며 그녀에게 달려들듯이 뛰어오는지, 김성현이 목줄을 잡지 않았다면 그 개는 그녀를 꽉 물었을 것이 분명했다. 그럼에도 성현은 반가워서 그렇지 물지 않는다는 주인의 말을 지지해 주었다. 그게 말이 되는가.

"그래도 들개는 있을 거예요. 컹컹컹."

"마음대로 놀리세요."

생각해 보면 그 개가 너무 발랄한데다 덩치도 커서 그녀가 착각한 것일 수도 있었다. 그래도 아찔했다.

성현은 뭐가 좋다고 웃고 있었다. 웃음소리가 상당히 가깝게 느껴졌다. 이 남자 온몸으로 웃는 스타일인가 보다. 몸이 흔들려서 그녀까지 같이 흔들리는 것을 보면. 따스하고 넓은 등은 그가 발걸음을 옮길 때마다 꿈틀거렸다.

"되게 무겁네, 주 실장."

말은 그렇게 했지만 그의 발걸음은 하나도 끌리거나 무겁지 않고 가볍고도 힘찼다.

"이제 내려주세요. 다 왔잖아요."

그의 어깨 너머로 산길이 좁아지고 거기서 무언가 희끄무레한 형체들이 보였다 안 보였다 하자 은행은 서둘러 말했다.

"아직 다 안 왔거든요. 좀 남았어요."

"무겁다면서요?"

"무거워도 할 건 해야죠."

갑자기 끙끙거렸다.

"혼자 갈 수 있다니까요."

"싫습니다. 난 한다면 합니다. 에잇, 무거워."

그녀를 추켜 업었다. 아니, 이 사람이.

"누누이 얘기하지만 난 40킬로 갓 넘는다고요. 얼마나 가벼운데요. 날 무겁게 여긴다는 것은 그만큼 허약 체질이라고 할 수밖에 없네요."

은행은 자신만큼 그도 이런 말을 들으면 발끈할 거라고 생각했다. 아니, 발끈하라고 한 말이었다. 그러나 이 남자는 킥킥거리며 웃기만 한다.

"난 주 실장이 화날 때가 제일 좋아요."

이런, 환장할 일이 있나.

"다 왔네요. 빨리 내려요. 앞에 사람들이 우글거려요."

그의 말에 그녀가 서둘러 내리느라 넘어질 뻔했지만 그가 얼른 잡아줬다.

"사람들 없네."

그녀는 멀찌감치 보이는 형체들에 안도했다.

"미안해요, 거짓말해서. 아까도 그렇고."

"아까 처음에 무슨 거짓말을 했는데요?"

은행은 괜히 업어준 그의 얼굴을 맞대는 것이 어색해서 퉁명하게 물었다. 사실, 그다지 궁금하지도 않았다. 또 무슨 장난을 치려고 그러는지.

"사실, 하나도 안 무거워요. 깃털 같았어요."

그녀의 눈이 동그래졌다.

"정말이에요."

"무슨 깃털 오만 개가 추가 달려서 모인 것도 아니고, 왜 그러세요?"

성현은 가까이 다가와 머리에서 풀을 떼어주고 퉁명스럽게 말했다.

"내가 그렇게 느낀 걸 어떻게 하라고요."

마침 안전요원이 그들에게 다가왔다.

"무슨 일 있습니까?"

"전 이분과 갈게요. 소장님은 계속 뛰세요."

은행은 민망함에 더는 김성현과 있기 싫어서 중년 여성과 함께 숲 밖의 차로 갔다. 그가 어떤 모습인지 돌아보지 않을 거라고 마음먹었지만 차에 타자 고개가 자동으로 돌아갔다. 그는 그녀가 안전하게 차에 탄 것을 확인하고 동네에서 시내로 뛰어가기 시작했다. 금세 시야에서 사라졌다.

"피곤할 텐데, 되게 빠르네."

은행이 혼잣말로 중얼거렸다. 안전요원이 계속 물을 권하고 발목 상태를 봐주었다. 그러나 그녀의 머릿속에는 '깃털 같다'는 해괴한 그의 말이 자꾸 떠돌았다.

"왜 저러는 거야."

괜히 머릿속이 간질거렸다.

"괜찮아요."

다시 복지관으로 돌아와서 다친 것 아니냐는 걱정 섞인 물음이 쏟아지자 은행은 아니라고 대답하느라 정신이 없었다. 그 와중에 사람들이 여기저기 일하느라 동분서주하는데, 자신이 아프다고 하면 모두 집중할 것 같아서 가만히 구석진 곳에 콕 박혀 있었다. 좀 있으면 나아질 것 같기도 했다.

이렇게 앉아 있으니 사람들의 움직임이 한눈에 보였다. 여기에 있는 진행도우미들은 참가자들을 맞이하기 위해 분주했다. 타월과 생수 등이 겹겹이 쌓여 있고, 한쪽에서 음식을 준비하고 과일을 나르는 모습을 보다가 자꾸 눈이 감겼다. 좀 뛰었다고 많이 피곤했다. 다리도 약간 욱신거리고, 아무래도 치료를 받아야 되나,

하는 생각이 들었다. 그래서 조용히 일어나려고 하는데, 다리에 힘이 쭉 풀려 주저앉고 말았다.

"다쳤구나."

문 여사가 사람들을 진두지휘하며 음식 놓는 위치를 바꾸다가 그녀를 보고 한걸음에 달려왔다.

"괜찮아요. 별것 아니에요."

문 여사는 발목을 만져 보고 부었다고 목소리를 높였다. 아무리 괜찮다고 해도 소용이 없었다. 그때 1등으로 들어선 선수가 보였다. 서진우였다. 아이들에게 둘러싸인 진우의 행복한 웃음이 바람을 타고 퍼졌다.

진우는 매년마다 이 대회를 위해 일찍 들어와 시차 조절까지 했다. 큰 대회는커녕 동문 출신이나 후원자와 마을 사람들 위주의 아주 작은 대회이지만 그에겐 어린 시절의 추억처럼 소중했다. 그런데 늘 성현에게 지고 말았다. 그러나 이번은 아니었다. 환호성을 지르고 있다가 시야에 은행이 들어왔다. 그녀에게 달려가 이 기쁨을 같이하려고 하는데 부은 발목이 눈에 들어왔다.

"다쳤어요?"

"괜찮아요."

"병원 가야겠다."

문 여사까지 거들었다.

"제가 갈게요."

누가 말릴 새도 없이 진우가 손을 잡아당겼다.

"좀 쉬세요. 그렇게 달려와 놓고 어딜 간다고 하세요. 전 괜찮아요. 찜질 좀 하면 돼요."

진우는 숨을 거칠게 쉬면서도 그녀 걱정에 여념이 없었다. 근처에서 파전을 먹고 있는 김유영에게 어떻게 해보란 눈짓을 하자 그저 어깨만 으쓱거린다. 참 알다가도 모를 일이다. 알뜰하게 보좌할 땐 언제고 가끔은 소 닭 보듯 하니. 잘해보란 듯이 씩 웃기까지 한 김유영보다는 땀을 뻘뻘 흘리면서 그녀와 같이 당장 병원 가겠다고 고집부리는 서진우가 더 감당이 안 되었다.

"지금 당장 움직이는 건 안 좋을 것 같아요."

겨우 시간을 벌면서 좀 쉬겠다고 했다.

왜 주변 남자들은 하나같이 고집이 센 걸까? 다행히 서진우는 김성현만큼은 아니었다. 대신 그녀 옆에 딱 붙어 있었다. 옆에서 물을 벌컥벌컥 마시면서. 은행은 찜질을 하며 서진우의 걱정을 한몸에 받았다.

'괜찮다니까요. 뭐 이 정도 가지고 그리 난리입니까?'

이런 말이 나올 뻔했다. 아마도 서진우가 아니라 눈앞에 김성현이 있었다면 그러고도 남았을 것이다. 김성현 앞에선 본성을 숨길 필요가 없었으니까.

잠시 후 쉬고 나서, 은행은 진우와 밴을 탔다. 운전기사 아저씨는 그들 말고도 병원에 가야 할 몇 명을 더 태웠다.

그들이 막 떠나려고 할 때 김성현이 지친 상태로 들어오고 있었다.

"너 나한테 졌다."

진우가 미소 지으며 성현에게 창밖으로 얼굴을 내밀며 말했다. 이 대회를 두고 말하는 진우와 달리 김성현의 표정은 진우만큼 단순하지 못하고 복잡했다. 차는 바로 떠났지만 진우의 옆에 은행이 있다는 것을 알아채고 발이 땅에 붙어버린 듯 잠시 꼼짝도 안 했다.

　은행은 한숨 자고 일어났다니 더 몸이 묵직해졌다. 머리가 어질어질한 것이 컨디션이 안 좋았다. 조심스럽게 방에서 나와 물이라도 먹을 생각으로 1층으로 내려왔다. 고요한 정적이 흐르는 것을 보니 한밤중이거나 새벽인 듯싶어서 벽시계를 보니 새벽 두 시였다.
　병원에서 치료받고 약까지 먹고 나니 뒤늦게 몸살 기운이 덮쳐와서, 식사를 거르고 한숨 자고 깨보니 새벽이었다.
　"별로 도움도 안 되고 주책만 부렸네."
　뒤늦게 온 한민아가 그녀를 보고 비꼬듯 말한 것이 떠올라 은행은 혼잣말로 중얼거렸다.

　"어머, 드라마 주인공 같다. 주은행 실장은 마치 착하지만 주위의 도움을 엄청 받는 민폐 주인공 같아."

　뭐라고 쏘아붙일 수 없었던 것은 그 말이 사실이라기보다는 그냥 좀 찔린 것뿐이었다.
　그래도 뭐, 주인공은 주인공이잖아.
　은행은 물을 마시고 다시 2층으로 올라갔다. 그때 서재에서 불빛이 흘러나온 것이 보였다.
　"누구지?"
　거기는 지금 누가 있을 시각이 아니라서 발걸음을 옮겼다. 오늘은 이 집에 아주머니와 그녀밖에 없었다. 문 여사님도 복지관에 하루 있다가 오겠다고 했었다. 손잡이를 잡고 좀 망설이다가 문을 열었다. 놀랍게도 아무도 없었다. 그러나 방금 있었던 사람의 존재가 온기로 느껴졌다. 뿐만 아니라 책상 위에 스케치북도 있었다.

"아하, 김성현이네."

자기도 모르게 그 말이 튀어나와 깜짝 놀랐다. 아무리 김성현 대표에게 대들고 큰 소리 내도 꼭 소장님은 붙이는데 말이다. 아무래도 기강이 빠진 모양이다. 사실, 예전의 김성현이 아니긴 하다.

"느낌은 있네."

퉁명스럽게 말했지만 김성현의 스케치는 독특했다. 섬세하고 강약이 있었다. 예전에 이런 것에 속이 터졌다. 스케치부터 너무 정성을 들였다. 돈보다는 과정에 심취해 있었다. 낭만적이고 운동과 봉사활동에 빠져 살았다. 가끔 미술관이나 회관 등 큰 기획안을 맡기도 했지만 작고 자연적인 것에 빠져 신념대로 움직여야 직성이 풀리는 인간형이었다. 그렇다고 그의 일을 그녀에게 미루지는 않지만 옆에서 보는 직원으로 속 터지는 것은 어쩔 수가 없었다.

"좀만 다르게 생각하면 멋있다고 할 수 있는데."

자기 혼잣말에 놀라 고개를 저었다. 그러다가 책장에 등을 부딪쳤다. 자기 생각을 혼내려는 듯, 그러다가 뭔가 등에 걸려서 돌아보니 책이 한 권 삐져 나왔다. 또 이런 것은 그냥 못 넘어가는 성격이 아닌가.

"뭐야."

갑자기 책장이 빙 돌아갔다. 그 바람에 책장에 몸이 기댄 채로 같이 돌아가고 말았다. 영화에서나 봤던 일이 일어나니 황당했다. 어떤 원리인지는 알지만 그걸 적용해 본 적은 없었다. 책장이 벽처럼 닫히고 작은 휴식 공간이 나왔다. 긴 소파와 TV가 있고 창문은 작게 하나 나 있을 뿐이었다.

"누구 방이야?"

답변을 해주는 것처럼 욕실로 보이는 문이 덜컥 열리더니 실 한 오라기 걸치지 않은 맨몸의 남자가 눈앞에 서 있었다.

"아악!"

그녀가 눈을 감고 소리를 질렀다.

"지금 뭐 하자는 거예요?"

"지금 뭐 하자는 거예요?"

"미쳤어요?"

"미쳤어요?"

이 남자가 앵무새마냥 자신의 말을 따라 하자 은행은 얼굴이 붉어지는 것도 상관치 않고 팔짝 뛰었다.

"김성현 씨, 당장 뭐라도 걸쳐요. 아니면 소리 지를 거예요."

은행은 눈을 뜨고 그의 얼굴을 쳐다보았다. 굳이 눈을 내리깔지 않아도 그의 하체가 보이는 것 같았다. 아니, 이미 봤나. 하지만 그것은 부지불식이었지 결코 의도한 것은 아니었다. 자신은 그런 점에 철저한 여자가 아닌가.

"이미 소리 지르고 있잖아요. 사실, 소리 질러도 상관없지만, 방음 장치가 완벽하게 되어 있거든요. 어떤 소리를 질러도 원체 안 들려요."

김성현이 악마 같은 말을 했다. 그러곤 바로 뒤돌아서 가운을 걸쳤다. 심장이 쾅쾅거렸다. 남자의 벗은 몸을 영화에서나 봤지 실제로는 본 적이 없었다. 그 흔한 야동도 그다지 안 당겼다. 낭만이 결여된 그런 행위만을 위한 행위로 흥분한다는 것은 몰상식과 같다고 은행은 누누이 생각했다. 하여튼 김성현의 그것에 대한 충격과 함께 고르지 않지만 노동으로 단련된 근육 진 몸을 본 충격은 쉽사리 가시지 않았다.

"왜 홀딱 벗고 있는 거예요?"

그녀의 목소린 옥타브가 되어 점점 높아졌다.

"내 공간에서 내가 씻고 나서 옷을 입기 전에 그럼 홀딱 벗지, 뭐 여러 겹 끼어 입고 있어요?"

할 말이 없었다. 맞는 말이니까. 근데, 왜 자꾸 그의 맨몸을 본 충격을 그에게 따지고 싶은 걸까.

"한데 여긴 어떻게 온 겁니까? 내 비밀 휴식처인데."

성현은 안락의자에 앉아 작은 그녀를 올려다보며 물었다. 아무런 당혹함도 없이 담담하기 그지없었다.

"그러니까, 실수로 온 거예요."

사과할 사람은 그녀인 것이다.

"미안합니다. 그럼 갈게요."

은행은 그제야 자신도 헐렁한 면바지에 낡은 셔츠 차림인 걸 인지하곤, 얼른 한 사람만의 공간에서 나가고자 돌아섰다. 하지만 책장을 아무리 눌러도 안 열렸다. 분명 아까는 책 하나로 핵 돌아갔는데 말이다.

"왜 안 되는 거지?"

"들어올 때는 마음대로 들어와도 나갈 때는 그게 안 되는 법인 걸 똑똑한 주 실장이 모르다니 안타깝네요."

두 사람 눈이 마주쳤다. 그는 심각해 보이진 않았다. 오히려 오랜 습관인 손장난까지 치고 있었다. 하지만 그 속에서 심각한 불씨가 보였다.

"왜 자꾸 이러시는 거예요?"

"내가 뭘요?"

"안 하던 짓을 왜 갑자기 하시냐고요?"

"그 안 하던 짓이 뭔데요?"

이 남자 왜 이리 끈질긴 거야. 이 정도면 알아들어야지. 그녀는 화도 나고 당황도 되어서 호흡이 자꾸 엉켰다.

"알잖아요."

"말 안 해주는데 어떻게 알아요?"

고집부리는 모습에 머리통을 한 대 콩 하고 치고 싶었지만 이상하게 그에게서 알 수 없는 포스가 느껴지기도 했다. 하지만 포스고 나발이고, 빨리 해결하자는 심산에서 은행은 하기 싫은 말을 내뱉었다.

"나 좋아하는 척하는 거 말이에요."

그의 얼굴에서 짓궂음이 사라졌다.

"맞잖아요. 내가 서진우 씨 하고 잘되려고 노력하니까 그 짓이 재미있어서 자꾸 놀리고 심술궂게 구는 거잖아요."

그가 콧방귀를 뀌었다.

"지금 뭐하는 거예요?"

"주 실장 참 똑똑한 줄 알았는데 아니네요. 주 실장 바보고 멍청하네. 남의 마음 완전 못 읽네요, 자기 마음도."

"뭐라고요?"

"들었잖아요?"

"뭐라고요?"

"그 말밖에 못합니까?"

김성현이 다그치니 머리가 윙윙거렸다.

"어이가 없어서 그렇잖아요."

"뭐가 어이가 없는데요. 사람이 사람을 좋아하는 건데요."

그가 자리에서 일어났다. 그리고 창밖을 바라보는가 싶더니 그녀를 똑바로 바라보았다.

"사람도 사람 나름이죠."

"왜요? 나는 주 실장 수준에 안 맞아서요?"

은행은 이 남자의 말뿐 아니라 자꾸 다가오는 걸음이 거슬렸다. 그렇다고 아직까지 위협적이진 않았다. 그의 머릿속에 위험한 생각은 없는 듯 표정이 부드럽고 진지했다. 하지만 일말의 날카로움도 존재했다.

좀 떨어져서 말해라.

너무 가까이 와서 말하고 있다. 그 때문에 호흡과 표정이 자꾸 각인되고 있었다. 의식하고 있는 남자가 아니더라도 이런 간격은 누구나 좀 아슬아슬하다. 은행은 일부러 삐딱하게 서서 거리를 만들려고 했다.

"아니요. 내 말은 우리에게 이 상황이 안 어울린다는 거예요. 내 마음을 내가 못 읽는다고 하셨죠. 난 그렇게 생각 안 해요. 난 내 마음을 잘 알고 있어요. 소장님도 아시잖아요. 난 계획주의자예요. 모든 걸 계획에 맞춘다고요. 마음도요. 그러니까 잘못 읽은 것은 내가 아니라 김성현 소장님이라고요."

"그래요? 난 내 감정의 변화를 믿는데요."

"네에?"

"어느 날, 화가 나면 소리부터 지르던 사람이 갑자기 보약 얘기를 하면서 기질이 원래 부드러웠다고 박박 우길 때부터 시작된 것 같아요."

왜 또 보약 이야기야, 그녀의 얼굴이 화끈거렸다. 그는 그녀를 쳐다보는 데 있어 한 치의 막연함도 없이 뚜렷하게 쳐다보았다.

"너무 웃겨서 그 말이 계속 생각나더라고요. 그때부터 그 여자를 관찰하는 내 자신을 발견했어요. 원래 딱 부러진 사람이라고 여겼는데 그게 아니었어요. 왜 이렇게 일할 때와 다른지. 연애한다면서 그 나이 될 때까지 뭐 했는지, 어설프고 말도 안 되는 짓을 서슴지 않는지······. 그 모습을 보니 마음이 계속 쓰이던데요."

"그건 호감도 사랑도 아니에요."

은행은 그의 낮은 음성에 실린 말들이 주는 파동을 잘라 버리려는 듯 강하고도 확실하게 말했다. 그러나 심장박동은 갑자기 높아졌다.

"그래요? 주 실장 앞에 서면 가슴이 막 뛰는데요. 내가 어쩔 수 없을 만큼 난리 나요. 주 실장을 보고 있지 않아도 자꾸 눈에 어른거려요. 그리고 괜히 걱정되고 미치겠어요. 아무것도 아닌 일인데 주은행과 연관되면 심각해지거나 실실 웃는 나를 발견해요. 친한 친구가 호감 갖는 여자인데, 마치 내 것을 빼앗긴 기분이라고요. 나도 미치겠어요. 이게 호감이나 사랑이 아니면 뭐죠?"

입이 바짝 말라서 뭐라고 대답할지 은행은 머뭇거렸다. 생각이 바로 떠오르지 않았다. 뭐라고 해야 되지? 뭐든 빨리 말해야지.

"난…… 난……."

"모르는 일이라고 하지 말아요. 내 존재가 지금 주 실장에게 신경 쓰이고 있다는 것 알아요. 생각해 봐요, 난 짝사랑은 죽어도 못하니까."

그가 다가왔다. 마치 그녀를 안을 듯이. 깜짝 놀란 눈으로 그를 쳐다보았다. 가까이 올수록 키 차이가 많이 났다.

"아악."

"뭘 생각 해요? 난 제대로 시작하기 전에 함부로 행동하는 놈은 아니에요. 나름 점잖다고요……."

성현은 은행의 어깨 너머로 책장의 어느 책을 빼냈다. 그러자 책장에 붙어 있던 그녀가 같이 돌아갔고 그가 시야에서 사라졌다. 다시 서재로 돌아온 것이다, 그녀 혼자만. 이 무슨 일인가. 상당히 머리가 어지러웠다.

7

    은행은 센터 맞은편 오래된 건물의 리모델링을 맡았다. 대대적인 공사가 아니더라도 신경 쓸 것이 한두 가지가 아니었다. 상하수도 상태부터 도시가스 그리고 전선까지 다 체크하고, 또한 오래된 건물이라 벽체에 단열을 기대하기 힘들어서 따로 난방을 확실하게 해야 했다. 공사에 들어가기 전에 선생님들, 아이들과 대화를 많이 해서 의견들을 최대한 살리기로 했다.

    슬라이딩 도어를 설치해서 그 안에 선반을 놓아 수납 공간을 많이 만들고, 자투리 공간 또한 모두 수납을 할 수 있게 정했다. 책장뿐 아니라 작은 주방과 가구 모두를 직접 만들기로 했다. 거친 질감과 빈티지한 매력을 한껏 살리면서도 푹신한 의자를 장난감처럼 놓아서 재미있게 놀게 하고, 또한 아이들이 쉴 수 있게 다락방을 만들어서 잠깐 낮잠을 잘 수 있게 공간을 분리하는 것으로 의견을 맞추었다.

이런 모든 기금들은 문 여사가 회장으로 있는 자선단체에서 내고 은행 역시 무보수로 참가했다. 은행은 일할 땐 늘 그렇듯 만족할 만한 성과를 내기 위해서 깐깐하고 철저한 주 실장이 되지만 서진우의 별장을 만들 때만큼이나 지금도 상태가 영 이상했다.

"분명 술을 마신 거야."

"술 냄새가 안 났다 해도 제정신에 그런 말을 했을 리가 없잖아……."

"아침에 일어나서 기억을 못했을 거야."

"그게 정답이야."

작업이 한창인 가운데 은행은 그렇게 쉴 새 없이 혼잣말을 했다. 기술자들이 그런 콩마녀를 신기하게 보다가 어디 아프냐고 묻자 그녀는 화들짝 놀랐다.

"당연 괜찮죠? 왜요?"

"아니, 계속 혼잣말을 하기에 우리 콩마녀가 뭐, 잘못 드셨나 했지."

"내가 언제요?"

"지금 내내 그랬다니까."

"그냥 공사에 관한 거예요."

"아닌 것 같던데. 무슨 곤란한 일 있어요?"

"안 바쁘세요?"

겨우 기사 아저씨들을 몰아내고도 가슴이 철렁했다. 혼잣말이 너무 쉽게 나온다. 의식적으로 안 하려고 해도 정줄을 놓으면 또 이렇게 된다. 자신의 혼란 상태가 그대로 입으로 줄줄 새어 나오다니, 아무래도 뇌손상에 버금가는 충격을 받은 것이 분명하다. 하지만 정신을 차려야 했다. 왜냐하면 진우가 활짝 미소를 지으며 세련되고 편안한 옷차림으로 다가오고 있었기 때문이다.

은행은 걱정할 필요가 없다고 자신을 다독였다. 어찌 됐든 그런 일이 있은 후 며칠 동안 김성현의 형체도 보지 못했다. 그도 아마 이것은 아니다 싶었을 것이다. 실수하고 창피해서 마주하지 않으려는 것이 분명하다고, 그녀는 혼란한 마음을 달래려고 필사적이었다.

사실, 김성현은 출장 중이었다. 재개발 지역 주민들을 용역으로부터 지키며 회사와 최대한 기본권을 지키기 위한 협상을 도와주는 사회단체 회원이기 때문이다. 남 위하는 일엔 정말 필사적이다. 사람 마음은 천지개벽으로 뒤집어놓고 남을 위해 떠나다니, 이런 돌아버릴 일이 있단 말인가.

그 정도로는 뒤집어지지 않았어.

괜찮아. 괜찮아. 괜찮아.

마음을 계속 다독이니 훨씬 나아졌다. 진우와 대면하기에 멀쩡할 정도로 겨우 마음을 가라앉혔다.

"어쩐 일이세요?"

은행이 상냥하게 물었다.

"나도 여기 봉사회원이에요. 어머니가 끼워주셨어요. 도와주려고 왔습니다."

"도와주시지 않아도 되는데요."

"아니요, 핑곗거리가 있어야죠."

"네에?"

"은행 씨 보려면요."

참으로 설레는 말이 아니던가. 아무런 걱정 없이 이 말을 들으면 순도가 높았을 텐데 말이다. 이런 좋은 말을 들었는데도 좋은지를 모르다니 슬프다.

"핑곗거리 없어도 돼요."

은행이 상냥하게 말했다. 기술자들은 아직도 제자리걸음인 그들의 연애에 한심스럽다는 표정을 지었다. 그녀는 아직도 초입인 것에 대한 불안보다 김성현이 주는 불안이 더 커서 그런 것에 신경 쓸 여지가 없었다.

"정말요?"

그가 씩 웃으며 소년처럼 그녀의 손을 슬쩍 잡았다가 놨다. 기분이 포근하고 좋았다. 이런 평화스럽고 따스함은 사람을 편안하게 한다. 잠시 온화한 기류가 그들 사이를 오갔다. 그러나 그것도 얼마 못 갔다.

김성현의 차가 보이자 은행은 깜짝 놀랐다. 그가 차에서 내리자 불안으로 인해 심장이 쿵쾅거렸다. 게다가 이 남자, 직선으로 다가오는 것이 아닌가.

터벅터벅. 터벅터벅.

가까이서 보니 턱에 수염도 나고 조금 초췌해 보였지만 눈빛은 너무도 또렷했다. 자기가 한 일들을 모른 척할 눈빛이 절대 아니다. 한 번 결심한 것은 기어코 결판을 지을 무시무시한 광채가 흘러나왔다.

"김성현! 왔냐. 일은 잘 풀려가? 용역 상대하려면 만만치 않을 텐데, 다친 데 없고 괜찮은 거야?"

"괜찮아. 아직 대치 중이야. 다시 가봐야 돼. 뭐, 쇼핑몰 짓겠다는 회사하고 협상을 해야 하는데 그쪽이 워낙 힘으로 누르려고 해서 쉽지는 않아. 근데 방송도 타고 게다가 그 회사 관련 뭐, 이미지 사업 때문이라도 이번 건은 다른 때처럼 밀어붙이지 못할 거라 어렵지는 않을 것 같기도 한데, 그래도 만만치는 않다."

"그렇구나."

"나 잠깐 주 실장하고 얘기 좀 할게. 나 좀 봐요."

성현은 은행에게 눈빛을 짧게 보내고 건물 뒤로 갔다.

"일 때문인가 보네. 가봐요."

"네에."

은행은 진우의 말에 억지웃음을 지으며 일 때문에 간다는 부산한 표정을 하고선 건물 뒤로 따라갔다.

"정말 왜 이래요?"

그녀가 최대한 목소리를 낮추며 따졌다.

"알잖아요, 왜 그러는지."

김성현이 이렇게 집요한지 몰랐다. 또한 뻔뻔함이 나날이 발전한다.

"난 서진우 씨를 좋아한다고요."

"알아요."

"아는데 그래요?"

"누구나 진우를 좋아해요."

"그런 식 말고요."

"남자와 여자로 깊게는, 내가 보기에 그건 착각 같아요."

성현은 일말의 주저함도 없이 말했다.

"착각 아닙니다. 그리고 착각이든 아니든 내 자유예요. 그러니까 그쪽은 나한테 뭐라고 할 자격이 없다고요."

불만이 깃든 표정으로 성현이 그녀를 쳐다보았다. 숨이 갑자기 막혀왔다. 얼굴 근육이 잘 발달되었는지 표정이 다채로운 편이긴 했지만, 그것으로 자신을 압박하려는 태도는 용납할 수 없었다.

"더 이상은……."

"주 실장이 날 조금은 좋아하는 거 알아요."

더 이상은 이런 말 하지 말라고 하려는 순간 그가 또 해괴한 말을 했다. 얼굴 표정은 장난기가 전혀 없었다. 아니, 오히려 고집이 느껴졌다.

"누가 그래요?"

은행은 겁에 질려 물었다.

"내가요."

"시끄러워요."

머리가 지끈거리기 시작했다.

"일주일간 시간을 줄게요."

성현이 인내심을 발휘한다는 듯 차분하게 말했다.

"왜요?"

"자신을 들여다봐요. 주 실장은 진우가 좋은 사람이라 그냥 좋아하는 거지 사랑은 아니에요. 진우도 마찬가지고. 은행 씨의 실력과 다정함에 마음이 쏠린 거라고요. 그냥 서로 호감 갖는 거예요."

"그게 사랑의 시작이잖아요."

"우린 코앞에 있는 사람을 못 알아봤다고요. 나라도 먼저 깨우쳤으니까 주 실장도 얼른 생각해 보란 말이에요. 운명이 누군지를. 그리고 솔직히 주 실장 아무렇지 않다고 할 순 없잖아요. 진우를 좋아한다 하더라도 나한테 흔들리고 있어요."

"결단코 아닙니다. 왜 그러세요? 그건 김성현 소장님의 망상이에요. 아니면 아주 못된 장난이겠죠."

"누가 지금 말하래요? 일주일 후에 듣겠다고요."

주은행의 눈이 더 커졌다. 당혹스럽기까지 했다. 그리고 그가 몰아붙일수록 더 방어막이 쳐졌다.

"웃기지 마세요. 그리고 친구 분이잖아요. 가장 친한 친구가 사귀려는 여자한테 이러는 게 말이 돼요. 친구를 속이는 짓이잖아요?"

"누구는 뭐 마냥 신나는 줄 압니까. 나도 운명이고 자시고, 이 상황이 힘들어요. 장난질하는 게 아니라는 겁니다. 두 사람이 지금 초기 단계라 이 짓하고 있는 거예요. 그리고 내가 보기엔 두 사람, 서로 너무 간만 보고 있어요. 그건 사랑이 아니에요. 사랑이란 적어도 위험부담 안고 뛰어드는 거지. 하여튼, 지금이라도 확 터뜨려서 치고받고 하고 싶지만 그래도 주 실장 오래 봤고, 그래서 생각의 여유를 주는 거예요. 생각해 봐요."

"치고받고라니요?"

그녀가 으스스함을 느끼며 물었다.

"말 그대로 하겠다는 게 아니라……."

좀 안도를 하려는데 폭탄을 터뜨리고 간다.

"전면전을 하겠다는 거죠. 진우하고 얘기해서 누가 떨어져 나 갈지 토론해 봐야죠. 시간 갑니다. 빨리 생각해 봐요."

김성현은 그 말을 던지고 시야에서 멀어졌다.

"미치겠네."

다시 성현이 나타났다. 그녀는 진심 화들짝 놀랐다.

"그리고 뽀뽀하지 마요."

"네에?"

"형수님 소리 들을 사람한테 뽀뽀하면 되겠냐고요. 이치가 그렇잖아요. 곧 내 사람 될 거니까 조심해요."

김성현이 다시 사라졌다. 심장은 터질 것 같고 두통은 심해졌다. 명이 짧아질 것 같다. 어릴 때부터 주위 아이들과 달리 은행은 무병장수가 꿈이었다. 지금도 그 꿈은 여전하다. 하지만 무병장수는 그 사람 명도 명이지만 주위의 여건이 도와줘야 한다는 걸 새삼 깨달았다.

"심각한 얘기였어요?"

"아, 아니에요."

갑자기 다가온 진우 때문에 경기가 날 뻔했다.

"성현이가 요즘 일이 많은가 봐요. 정신이 없어 보여요. 내 눈도 안 보고 그냥 휙 하니 가버리네요."

"그, 그렇죠."

은행은 한숨이 나오고 그 숨결이 떨리는 걸 가까스로 눌렀다.

"참, 우리 넷이 같이 식사 한번 해요. 민아도 일이 있는지 계속 전화하는 걸 보니 곧 미국으로 뜰 것 같은데, 그전에 단합 차원으로 어때요? 마라톤 끝나고 뭉치지 못했잖아요. 뒤풀이해야죠."

"네에."

"그럼, 하는 거예요?"

계획이 다 엉망진창이다. 김성현 때문에 이게 웬일인가.

"잠깐만요. 전화가 왔네."

진우가 전화를 받았다. 상대는 여자였다. 어떻게 아냐고? 영상통화를 하는데 상당한 미인이 그와 친근한 대화를 하고 있었다.

다행이다.

신경 쓰이기는커녕 안심이 되었다. 김성현과의 일이 들킬까 봐서.

서진우는 워낙 유명인사라 하루에도 여자로부터 몇 번씩 전화가 오곤 한다. 하지만 사람 자체가 튼실해서 그런지 문어다리 느낌은 전혀 없었다. 그저 성격이 좋아서 많은 이들과 친분을 가진 것이 죄라면 죄겠지.

"안 물어요?"

"네에?"

"전화 누구냐고 물을 줄 알았어요."

진우가 전화를 끊고 옆으로 와서 슬쩍 말을 건넸다.

"아시는 분이겠죠."

"아무렇지 않아요?"

"네에? 네에."

"섭섭하다."

진우가 웃으며 말했다.

"뭐가요?"

"난 은행 씨가 나 많이 좋아하는 줄 알았는데…… 나 혼자만 좋아하나."

"아니요. 쌍방이 합의하에 좋아하죠."

그가 킥킥거렸다. 웃을 때도 잘생겼다. 저렇게 투정하는데도 하나도 느끼하지 않고, 이런 남자를 앞에 두고 집중을 못하다니, 이건 죄악이다.

"뽀뽀하지 마요."

이런 개뼈다귀 같은 말이 다시 떠오른다.

"우리 오늘 같이 저녁 먹을래요?"

"네에."

모든 걸 잊고 무드 있게 저녁을 먹자. 그러나 그것도 마음대로 되지 않았다. 아는 사람들이 얼마나 많은지 합석을 하느라 무드는 다 날아가 버렸다. 그래도 사람 많은 곳에 같이 있는 게 편하긴 했다. 이런 찜찜한 상태로 누군가를 마음껏 좋아할 수가 없었다.

은행은 문 여사와 마주치지 않고 2층 방으로 조용히 가길 바랐지만 그것도 희망사항에 지나지 않았다. 문 여사는 이제 자신의 아들과 연결될 수 없음을 알았는지 진우와 잘되어 가냐고 물었다. 그녀가 웃자 둘이 잘 어울려 보인다는 덕담까지 해주었다. 겨우 방으로 와서 김성현에게 전화를 걸었다.

〈왜요?〉

"김성현 씨는 소장님일 뿐입니다. 됐나요? 제발, 부탁이에요.

이상한 짓 좀 하지 마세요."

〈저기요, 일주일 후에 들을 생각입니다. 그리고 먼저…… 괜찮아요. 괜찮아요. 저기, 여기 좀 혼잡하거든요. 그러니까 나중에 전화해요.〉

괜찮다는 말은 그녀가 아닌 다른 사람에게 한 것 같았다.

"어디 다쳤어요?"

〈별거 아니에요.〉

하지만 통화 속에서 지혈 확실히 하라는 다른 소리가 났다.

"피 흘려요?"

〈넘어졌어요. 아무렇지 않아요. 그냥 딴생각하다가…… 왜, 걱정돼요?〉

"사람이 다쳤다니까 그렇죠. 나는 지나가는 똥개가 다쳐도 걱정하는 사람이에요. 왜 그러세요?"

웃는 소리가 들렸다.

"다치지 말고요. 건강하고요. 그리고 헛소리하지 마세요. 끊어요."

〈뽀뽀하지 마요.〉

또 그 개뼈다귀 같은 소리를 하고 있다.

"이보세요……."

이미 전화는 끊어졌지만 마음이 뒤숭숭했다.

〈뽀뽀하든 말든 쓸데없는 소리하지 마세요. 확실히 했어요. 난 서진우 씨와 사귈 겁니다. 예의를 지키세요.〉

참 많이도 써서 보냈다. 그러자…….

〈뽀뽀하면 슬플 거예요.〉

은행은 더는 문자를 보내지 않았다. 이제 김성현이 무슨 헛소리를 해도 신경 쓰지 않을 거라며 다시 명상에 들어갔다. 그리고는 서진우에 대한 사랑을 꽃피우기 위한 일념을 담은 자신의 계획 노트를 보며 다시 마음을 다잡았다.

그들은 저녁에 식사하기로 하고 헤어졌다. 그러나 은행은 엄마의 전화를 받고 잠깐 만나느라 데이트 준비도 제대로 하지 못했다.

"아무래도 미국으로 이민 갈 것 같다. 남편 직장도 그쪽으로 옮길 예정이고 아이들 교육도 그렇고. 한동안 널 못 볼 것 같은데, 시간 나면 미국으로 놀러 와도 돼. 넌 나 그리 안 좋아하잖아. 서운하진 않지?"

50을 앞두고 있지만 40대 초반처럼 보일 정도로 젊고 아름다운 여자가 은행을 커피잔 너머로 건너다보며 말했다. 고급스런 정장과 풍성하게 부풀린 머리는 부자 사모님의 전형이었다. 이목구비는 그녀와 비슷했다. 가끔 은행은 자신과 눈앞의 여자가 많이 닮았다고 하지만 하나도 닮지 않은 것 같다는 생각이 들었다. 뒤늦게 정착해서 얻은 자식에겐 엄청 극성을 부릴 정도로 열심인 것을 친척들한테 들어서 알고 있었다. 자식 정이 많지만 그녀에겐 없었다. 너무 일찍 낳은 자식이라 그런가 보다. 은행은 그다지 개의치 않았다.

"네, 서운하지 않아요."

"가기 전에 연락하마."

"그러세요."

"난 네 걱정 안 한다. 유산도 많이 받았고, 부모 없이 컸을 뿐 부족함은 없었으니까. 성공해서 네 앞가림도 잘하고 있잖니."

은행의 엄마는 늘 솔직한 속내를 털어놓는다. 사실 돌려서 말해도 알아들을 만큼 충분한 시간을 할애하지 못했다.

"네, 나도 엄마 걱정 안 해요. 돈 많고 자상한 남편에다가 아이들 낳고 잘살고 있으니까요."

은행도 사실대로 말했다. 그것이 그들 모녀가 그나마 소통하는 방법이었다. 그것도 짧게 끝나지만. 엄마는 그녀를 의무적으로 1년에 몇 번 보지만 그 시간은 합쳐서 반나절을 넘지 못했다. 불편한 모양이었다.

"고맙구나. 그럼, 잘 있어라."

"네에."

엄마가 먼저 일어나 계산하고 가는 뒷모습을 보며 은행은 갑자기 다가갔다.

"엄마!"

"왜?"

"건강하세요."

"그래, 너도."

은행은 카페 창가에서 엄마가 차를 타고 가는 모습을 바라보았다. 충격을 받지는 않았다. 엄마의 가족엔 그녀는 없으니까. 그렇다고 불행한 것도 아니었다. 할아버지, 할머니가 그녀를 사랑으로 키웠고, 엄마 말대로 많은 재산도 물려주셨다. 근데, 왜 자꾸 멍한지 모르겠다.

창가에서 그렇게 아무것도 못한 채 시간을 보내고, 데이트 시간이 다 되어서야 헐레벌떡 약속 장소로 갔다. 다음에 만나자고 하면 되지만 엄마의 이민 소식에 충격도 받지 않았는데 이미 있던 약속을 미루고 싶지 않았다. 게다가 기대된다는 서진우의 문자에 취소하기도 힘들었다. 그들은 막 사귀려고 하는 그런 사이니까.

"여기, 생각보다 별로네. 그렇죠?"

"네에?"

은행은 깜짝 놀랐다. 그제야 자신이 서진우를 보고 있어도 그의 말을 듣고 있지 않음을 깨달았다.

"이 레스토랑 분위기 말이에요. 너무 소란하잖아요. 은행 씨, 무슨 생각 했어요?"

"아니요. 아무것도 아니에요. 가끔 이래요."

은행은 서진우란 멋진 남자를 앞에 두고 집중하지 못한 것이 속상했다. 왜 이렇게 심란하고 기운이 풀리는지 모르겠다. 자꾸 외롭기도 하고 슬프기도 하고 화나기도 하고 이유 없이 멍하기도 했다.

"내가 딴사람하고 전화해서 화난 줄 알았어요."

"아니에요."

"앞으로 줄일게요."

"그러지 마세요."

은행은 서진우가 자기 때문에 변하면 좀 부담스러울 것 같았다. 그는 문학계의 스타이니까. 그녀는 연애를 계획적으로 찬찬히 완벽하게 하고 싶어도 누군가를 자기 식대로 바꾸는 것은 또 잘 못하는 편이었다. 문제는 자기도 변하지 못한다는 것이다. 척은 해도 뼛속까지 변하진 못한다.

"우리 가벼운 것만 먹고 나갑시다. 데이트라고 생소한 데 가는 게 아니었어요. 단골집이 최고예요."

은행은 최선을 다해 웃었다. 얼굴이 욱신거렸다. 하지만 레스토랑을 나오면서 그가 손을 잡자 다시 기분이 나아졌다. 서진우는 멋진 사람이다. 옷도 잘 입고, 참 누구와 다르다. 오늘도 블랙 셔츠에 회색 바지를 입었다. 멋을 굳이 내려고 하지 않아도 멋이 나는 사람이었다. 제멋대로 며칠씩 같은 옷만 입는 인간과는 다르다. 왜 중요한 순간에 자꾸 김성현을 비교하지? 게다가 또 그 개뼈다귀 같은 말까지.

"뽀뽀하지 마요."

조짐이 안 좋다는 직감을 무시하고 은행은 저녁 어둠 속에서 듣기 좋은 진우의 목소리에 귀 기울였다. 진우는 자신의 얘기를 부담스럽지 않고 부드럽게 잘하는 편이었다. 그렇다고 강압적인 태도도 아니다. 상냥하고 부드러웠다.

"앞으로는 달달한 연애소설에 도전해 보려고요. 지금까지 너무 딱딱한 얘기만 한 것 같아서요. 원래 내키는 대로 쓰는 편이라서요."

"기대되는데요."

"사인본 보낼게요."

은행이 웃었다.

"은행 씨는 왜 건축가가 되었어요?"

"집 짓는 걸 어릴 때 본 적이 있거든요. 근데, 그게 너무 좋았어요."

"어떤 집을 짓고 싶어요?"

"사실, 작은 집을 좋아해요. 커다란 집도 많이 지었지만 좋아하는 것은 작은 집이에요. 친환경적이고 살기 편안한 집, 오밀조밀한, 뭐 그런 거죠."

"아, 그래서 성현이 밑에서 일하는군요."

"그래도 난 큰 프로젝트도 해야 한다고 생각해요. 사람이 하고 싶은 것과 도전하는 것이 균형을 이루어야죠."

은행은 다시 그들의 대화에 김성현이 불쑥 끼어들었음을 깨달았다. 이상하게 김성현이 들어가면 성향이 들쑥날쑥해진다. 사람을 욱하게 하는 존재였다. 아니, 그녀한테만 그런 존재인지도.

"나는 부드러우면서도 고집이 센 사람들이 좋아요. 그래서 은행 씨에게 끌리나 봐요. 그런 사람들한테 약하거든요. 그것이 사랑이든, 우정이든."

"전 그렇게 고집불통은 아니에요."

김성현과는 다른 사람이라는 걸 말하고 싶었다.

"은행 씨는 어릴 때 어땠어요?"

"네에?"

"궁금해요. 전에도 물었는데 그냥 지금과 비슷하다는 말만 했잖아요."

 순간 은행은 말문이 막혔다. 뭐라고 해야 되지? 사실 못할 것도 없다. 그녀가 어떻게 살았는지는 김성현도 알고 있다. 부모 대신 조부모와 살았고, 손녀에게 유산을 많이 주고 자식들에게 인색하자 사이가 더 멀어진 현실을. 근데 이상하게 서진우 앞에선 자신의 얘기를 다 하기 힘들었다. 아직은 좋은 모습만 보이는 것이 더 편했다.

 "부유하게 자랐어요."

 "근데, 성현이는 나보고 은행 씨하고 난 안 어울린다고 하더라고요. 은행 씨의 외롭고 모난 점을 이해 못한다나요?"

 "네에?"

 은행은 아련한 감정이 일시에 깨지고 독한 표정이 되었다. 김성현 때문에 평생 할 고민을 올해 다 하는 기분이었다.

 "내가 막 물어봤거든요. 근데 원래 남의 말 잘 안 하는 스타일이라서 그 말밖에 안 했어요."

 "조부모님 밑에서 자랐어요."

 "그랬구나. 부모님이 바쁘셨나 봐요."

 "네에? 네에."

 "힘들었겠어요."

 "아니, 부모님이 바쁘셨어도…… 사랑 많이 받고 자랐어요."

 거짓말을 하고 싶었다. 부모 사랑 모르고 자랐다고 생각할까 봐 그랬나, 하여튼 아직 약간의 허울이 필요한 모양이다.

 "나도 아버지가 바쁘셔서 외롭게 자란 면도 있어요. 우리 공통점도 많은데, 안 그래요?"

"그런가요."

은행은 서진우에 대해서 기자처럼 잘 알고 있었다. 그의 어머니는 일찍 돌아가셨지만 자식을 사랑했고, 아버지 또한 바빠서 다른 사람들 손을 많이 탔지만 그래도 부자 관계가 원만하고 평범하다고 들었다. 평범한 부모와 자식 관계, 그것이 참 부럽다. 김성현의 부모님처럼 그렇게 좋은 부모님이 아니더라도.

"성현은 제가 바람둥이라 걱정되나 봐요."

진우가 어느새 멀어진 그녀의 손을 다시 잡으려다가 허공을 헤맸다.

"전 진우 씨가 바람둥이라고 생각 안 해요."

그 점은 단호했다. 사람 눈을 보면 안다. 감정적이라서 연애가 파란만장할 순 있지만 사람 가지고 놀 사람은 결코 아니었다.

"그렇죠?"

"네에."

두 사람은 의기투합했다.

"그 사랑에 충실한 것뿐이죠. 마음이 식은 건 어쩔 수 없잖아요."

은행은 잘생긴 서진우를 바라보았다. 늘 성격 좋고 충실한 사람보다 눈에 띄는 사람이 좋았고, 자수성가한 화려한 경력에 눈길이 갔다. 스물여덟 살이면 성숙한 나이이지만 연애에선 10대 시절의 확고한 신념을 가지고 있었다. 자신의 이상형을 만날 것이고 완벽한 연애를 해서 멋진 가정을 가질 거라는.

한데 그런 완벽한 사람을 사랑했는데 마음이 변하면…….

근데 은행은 아직 서진우를 보면 가슴 아플 만큼 저리는 감정이 아닌 즐겁다는 마음이 컸다. 마치, 팬이 스타를 사랑하는 것처럼. 하지만 그녀는 자신의 사랑은 충분히 현실적으로 융합될 수 있다고 생각했다.

"그리고 운명을 만나면 달라지겠죠."

"맞아요."

진우가 동의했다. 하지만 그들은 매번 운명 타령만 했지 두 사람 사이는 그렇게 가까워지지 못하고 있었다. 은행은 이것이 모두 김성현 탓 같았다. 진우는 김성현의 사람으로 그녀를 보는 경향이 있었다. 애인이 아니라 그쪽 사람 같은, 그래서 그들의 터치는 손잡는 것 이상으로 발전하지 못했다.

"성현이는 내가 너무 감정적이라 좋은 사람 상처 줄 거라고 예전부터 장난처럼 말했는데, 요즘은 정색하면서 말해요. 가끔 그런 생각이 들어요. 김성현 이 자식, 혹시 은행 씨 좋아하는 것 아닌가 하는……"

은행의 동그란 눈이 더 커졌다.

"아니에요."

"은행 씨는 김성현 안 좋아하죠?"

진우가 농담처럼 물었다. 그러나 진담보다 더 파괴력이 느껴졌다.

"그럼요. 6년을 보고 지냈는데, 소장님도 저 안 좋아하거든요. 그냥……"

"그냥?"

"그냥, 놀리는 걸 좋아하죠. 원래 그러세요."

잠시 정신 나가서 좋다고 하는 거지.

김성현이 초겨울을 앞두고 더위 먹어서 이상한 생각에 사로잡힌 것뿐이다. 문제는 그 생각에 그녀의 머릿속이 복잡해졌다는 걸 누구에게도 들키고 싶지 않았다.

"난 은행 씨 마음이 중요해요. 은행 씨가 아니라면 아닌 거죠. 사실 성현이한테도 물었어요, 은행 씨 좋아하냐고……."

은행은 신경이 쪼개지는 착각에 빠져들었다.

"그래서요?"

"궁금해요?"

서진우의 눈을 가느다랗게 뜨며 물었다.

"……."

"왜요? 무슨 폭탄선언이 있을까 봐 놀라는 거예요?"

"……."

왜 자꾸 숨이 막혀서 말이 제대로 나오지 않는 걸까.

"입술만 쭉 내밀고 툴툴거리던데요. 유치하게시리."

은행은 여전히 눈동자를 굴렸다. 극도로 불안한 상태임을 말해 주는 것으로, 머리 상태가 제대로 돌아가지 않았다.

"놀라지 말아요. 김성현, 가끔 유치하고 짓궂게 굴어요. 그냥 자기 사람 좋아한다니까 계속 못마땅한 거예요. 성현이가 은행 씨 많이 아끼나 봐요. 내가 상처 줄까 봐서 요즘 전전긍긍이에요. 사실, 나도 내 기질 때문에 은행 씨한테 조금씩 다가가고 있지만요. 이번엔 정말 잘하고 싶어서요."

그녀는 오만가지 생각에 사로잡히려는 것을 가까스로 방어했다.

"천천히 다가가도 그 자리에 있을 거죠?"

"네에."

다짐했다. 이 남자에게 충실할 거라고. 더 이상 연애하다 그만두는 행위는 없다.

두 사람은 계속 산책하듯 길을 걸었다. 저녁 공기는 맑았고, 차도 많지 않고, 소리도 그들의 대화를 방해하지 않았다. 초겨울 진입이지만 아직 춥지 않았다. 그들은 음식 냄새가 풍기는 식당 골목길로 들어섰다. 그는 놓친 그녀의 손을 다시 잡았다. 차갑고 따스한 기운이 넘나들었다.

"여기 좋죠?"

은행이 고개를 끄덕였다.

"마음이 편해지고, 욕심이 덜어져요. 도시도 좋아하니까 완전히 떠나고 싶진 않지만 가끔은 여기로 도망치듯 오고 싶어요."

"도시와 시골의 균형이 필요한 것 같아요."

은행이 말했다. 그녀도 앞으로 결혼하면 전원주택에서 살고 싶었다. 남편과 아기, 그녀는 문득 이 남자가 자신의 남편이 될 것임에 믿어 의심치 않았지만 현실감은 없었다. 사실, 상상이 안 되긴 했다.

"맞아요. 우리 둘 잘 맞는 것 같네요. 은행 씨."

"그러니까 그 힘들고 느린 연애를 하고 있죠."

'잘될 거야.'

은행은 속으로 중얼거렸다. 걱정할 필요 없다. 자꾸 김성현의 얼굴이 아른거리는 것은 다 그가 한 고백 때문이다. 하지만 영향받을 필요는 없었다. 왜냐하면 김성현은 지금 김성현이 아니니까. 제정신으로 돌아올 것이다. 진심도 아니고, 만약 장난이 아니라면

단지 착오일 것이다. 시간이 조금만 지나면 웃음으로 그날의 행동을 흘려버릴 것이다. 그러므로 조금이라도 혼란스러움을 나타내면 내내 놀릴 것이 분명하다. 절대로 책잡히면 안 된다. 그러니까 당황하지 말고 밀고 나가면 된다.

이 정도면 미인이라 할 수 있고 예쁘장하다는 말을 아름답다는 말 대신 곧잘 들었지만 두 남자가 동시에 좋아한 적은 없었다. 물론 지금 이 상황이 뭔가 왜곡되었다고 생각하지만 심장 떨리는 것은 어쩔 수 없었다. 무늬만 삼각관계도 이리 힘든데 진짜 삼각관계에 놓인 여자들은 무슨 배짱일까. 이것도 보통 마인드 가지고 하기 힘든 일이다. 얼른 정리하고, 정리할 것도 없지만, 빨리 연애에 매진해야 할 때다.

"뽀뽀하지 마요."

이 거지 같은 말도 머릿속에서 아예 없애 버려야지.
"무슨 생각 해요?"
"옳은 생각 해요."
"네에?"
"아무것도 아니에요."
은행은 얼른 자신도 모르게 나온 말을 수습했다.
"기분 나쁘네요. 나랑 있으면서 딴생각하고요."
"알았어요. 1분 1초도 딴생각 안 하도록 할게요."
장난처럼 말했지만 그것은 자신과의 다짐이었다.
"그건 아니에요……."

두 사람은 같이 웃었다.

"다 왔네요. 어, 성현이랑 민아도 와 있네요. 며칠 뒤에 같이 식사하자고 했는데, 오늘 하게 생겼네요."

이런.

은행은 얼른 몸을 돌렸다.

"저기요, 우리 딴 데 가요. 두 사람 할 얘기 있어 보여요."

어떡하든 성현과 대면하지 않으려고 애썼다. 그러나 그녀의 시선은 머리와 마음을 무시하고 그들을 보고 있었다. 그 바람에 한민아에게 들키고 말았다. 은행의 눈동자에서 무엇을 봤기에 저런 심각한 표정을 한민아가 짓고 있는 것일까. 김성현도 돌아봤다. 성현은 오래된 잠바에 청바지고, 민아 역시 편안한 니트에 바지 차림으로 두 사람이 탁자를 사이에 두고 마주 앉아 있었다.

"이미 늦었네요. 합류하죠."

진우가 그녀의 손을 잡고 들어갔다. 막걸리 주점으로 편안하고 생각보다 넓었다.

"둘이 다시 사귀냐?"

진우가 성현 옆에 앉으며 농담처럼 툭 건넸다.

"사귀긴, 우연히 만났다. 그것도 내가 억지로 끼어들어서 쓴소리나 하고 있었다. 우리가 아니라 그쪽 두 사람이 사귀는 것 같은데, 진전이 있는 거야?"

민아가 맞받아쳤다.

"그렇게 보이냐?"

진우는 민아 옆에 앉은 은행에게 물을 따라주었다. 은행은 그런 그에게 미소 지었다. 뭐 먹겠냐고 묻자 괜찮다고 했다. 이들과 오래 있고 싶지 않았다. 하지만 진우는 아까 레스토랑에서도 부실하게 먹었다면서 모듬전과 막걸리를 더 시켰다. 그리고 술이 약한 그녀도 좋아할 거라고 말했다. 은행은 진우를 보며 미소 지었다. 자꾸 한쪽 뺨이 따가웠다. 슬쩍 고개를 트니 웃음기 없는 김성현이 그녀를 바라보고 있었다. 지금처럼 이렇게 고심 많은 그를 본 적이 있었던가.

분명 자신을 놀리는 마음이 조금은 있을 거라고 확신했던 은행도 움찔할 정도였다. 숨이 콱 막혔다. 잠깐 마주친 눈빛은 마치 카운트다운을 하는 것만 같았다. 분명 김성현은 서진우에게 말하고 말 것이다. 그러면 서진우는 오해할 것이다.

주은행이 양다리 걸쳤다고.

은행은 지금껏 연애를 하면서 늘 진지한 관계 문턱에서 흐지부지되는 경우가 많았지만 단 한 번도 삼각관계나 양다리를 해본 적이 없었다. 연애도 학구열로 임했던 그녀가 아닌가. 이 남자다 싶으면 아닌 것으로 단정될 때까지 오로지 하나만 바라보는 그녀인데, 김성현이 그런 신념에 누를 끼치려 하고 있었다.

제발 괴롭히지 좀 마.

은행은 진우가 한 말을 김성현을 의식하느라 놓쳐 버렸다. 말도 안 되는 일이다. 그녀는 김성현에게서 시선을 떼고 진우의 말에 열중했다. 진우는 작품 얘기에 몰두했다. 은행은 지금 이 순간 서진우만이 보이는 것처럼 반응했지만 집중도가 떨어지면 눈빛이 어지럽고 흐려졌다.

"손 좀 씻고 올게요."

"나도 같이 가요."

은행이 일어서자 민아도 따라나섰다. 친근한 태도는 화장실에서 각자 일 보고 손을 씻을 때까지였다.

"은행 씨, 괜찮은 사람인 줄 알았는데, 보니까 아니네요. 실망이에요."

"뭐가요?"

은행이 깜짝 놀라 고개를 들었다. 거울 속에서 눈빛이 차아악 소리를 내듯이 부딪쳤다.

"이미 알고 있잖아요."

"뭘 알고 있다는 거죠?"

"솔직해지라고요. 다 보여요."

좀 찔리는 것은 사실이다. 하지만 사람을 함부로 판단하듯 팔짱을 낀 채로 큰 키로 내려다보는 시선이 무척이나 짜증 났다.

"민아 씨는 사람 황당하게 만드는 재주가 있네요."

만만치 않은 은행을 보고 피식 웃던 민아가 다시 정색했다.

"밀당은 한 사람한테만 해요."

"네에?"

은행은 그 말에 놀라 어쩔 줄 몰랐다. 솔직히 말하자면 정곡을 찔렸다고 할까. 근데, 문제는 밀당은 그녀도 오직 한 사람한테만 했다. 김성현에겐 연애의 밀당을 쏘지 않았다. 떨어진 화살을 지가 알아서 주워 가슴에 찌르고 찔렸다고 생난리를 피운 것을 어떻게 하란 말인가. 많은 말들이 머릿속에 지나갔다. 하지만 입 밖으로 내뱉을 말은 아니었다.

"무슨 근거로 그런 말을 하시는데요?"

고작 뱉은 말은 이것뿐이었다.

"서진우한테만 하라구요. 김성현한테는 그러지 말고."

"뭔가…… 오해를 하신 것 같네요."

다른 사람 눈에 그렇게 보였다면 자신이 김성현에 여지를 준 것일까. 이게 무슨 시츄에이션이란 말인가.

"아니라고요?"

민아가 앙칼지게 반문했다.

"당연히 아니죠. 김 소장님과는 회사 대표와 우수 직원 사이일 뿐이에요."

그 와중에도 우수라는 단어를 꼭 붙이는 것은 자기 능력에 대한 커다란 자부심 때문이었다.

"내가 잘못 느꼈나요?"

민아는 사나웠던 표정을 언제 그랬냐는 듯 일시에 풀고 생각에 잠겼다.

"확실치 않은 것에 대해서 함부로 추측하지 말아주세요."

은행은 야무지게 말했다. 그런데 왜 속이 찔릴까. 자신의 말에 스스로가 확신이 없는 상태가 오자 오히려 목소리를 드높였다.

"부탁입니다."

"나 심리학 전공이에요. 어느 정도는 사람 속을 알 수 있다고요. 열 길 물속은 알아도 한 길 사람 속은 모르겠다는 말은 나에게 안 통해요. 척 보면 안다니까."

문득 은행은 자신의 상태를 상담받고 싶은 충동이 일었다.

정말로 주은행이 지금 잘못을 저지르고 문제가 있는 건가요. 뭐가 잘못된 거죠?

이렇게 말이다. 순간 더위 먹은 소리가 나올 뻔했다. 그것도 초겨울에. 그녀는 자신의 약점을 들키지 않기 위해 방어막을 곤두세웠다.

"심리치료사이지 점술사는 아니잖아요."

"그렇죠."

민아가 웃었다. 한민아가 심리치료사라는 것도 어울리지 않았다. 하지만 가끔씩 번쩍이는 눈빛은 따스한 사람이 아니라도 심중을 잘 파악해서 그 사람이 뭔가에 사로잡혀 있고, 맹점이 뭔지 알아내어 치료할 수 있음을 말해주고 있었다.

"맞는 말이네. 나는 점술사는 아니니까. 사과는 나중에 할게요. 아직 살펴보는 중이니까."

민아가 웃으면서도 살벌하게 말했다. 아니, 그냥 장난 같은 건데 죄지은 놈이 제 발 저린 것일까. 한데 무슨 죄를 지은 거지?

"내가요, 김성현과 아주 예전에 사귀는 사이였는데, 상처를 줬거든요……."

막걸리를 좀 많이 마신 듯 뺨이 붉어진 민아는 화장실에서 할 소리가 아닌 소리를 하기 시작했다.

"많이 사랑하다 보니 안달 부린 죄가 있죠. 하여튼, 그것 때문에 김성현은 힘들고 또 나중엔 여러 관계에 휘말리고, 걔 잘못도 아닌데 그렇게 되었어요. 선배 죽고, 하여튼 힘든 시간이었죠. 지금은 사랑이 아닌 우정이 강해요. 나랑 걔랑. 그래서 나 같은 여자가 김성현 옆에 있는 게 참 싫어요. 난 이미 포기했으니까 괜찮은데 감정 가지고 노는 사람 참 별로거든요. 그 예전의 나처럼. 근데 주은행 씨가 그런 것 같아서…… 내가 오해한 거면 나중에 사과할게요. 먼저 갈게요."

민아가 또각 소리를 내며 화장실을 떠났다. 은행은 한동안 화장실을 떠나지 못했다. 분노가 터져야 정상인데 그녀의 기분은 그저 가라앉기만 했다.

왜 자꾸 생각이 깊어지는 거야.

혼란함을 애써 감추고 은행은 화장실을 나와 밖으로 걸음을 옮겼다. 찬바람을 맞고 가면 좀 나아질 것 같았다. 다행히 화장실이 밖으로 바로 연결되어 내부에서 보이지 않았다. 그때, 정문으로 나가는 김성현이 보였다. 택시를 잡으려는 뒷모습이 눈에 들어왔다. 그러나 번번이 택시를 잡지 못하는 모습에 은행은 미간이 찡그려졌다. 택시를 잡아도 느려 터진 동작에 새치기 당하기 일쑤였다. 그래도 따지지 않고 내버려 둔다. 보는 사람 속 터지게 하는 데 참 재주 있는 사람이었다.

"택시."

은행이 뛰쳐나가서 택시를 잡았다.

"자, 타세요."

그리고는 성현을 택시에 등을 밀어서 태웠다. 엉겁결에 그는 좌석에 앉았다.

"속 터져요, 속 터져. 제발, 사람 힘들게 하지 마세요."

성현은 장난기 하나 없는 얼굴로 은행을 보며 뭔가 말하려 했지만 그녀가 그의 행선지인 기차역을 말했다. 멀리 가서 당분간 보이지 않았으면 하는 생각도 있었다. 그러나 막상 그가 탄 택시가 보이지 않자 괜히 마음이 안 좋았다. 그때, 문자가 왔다.

〈잘 자요. 그리고 일주일 후에 봅시다. 난 최선을 다할 겁니다. 그리고 그동안 뽀뽀하지 마요.〉

"아, 짜증 나."
은행은 자신의 머리를 쥐어뜯기 일보 직전이었다.
"완전 민폐 여주야. 흥."
뒤에서 난 소리에 고개를 돌리니 한민아가 노려보며 툭 내뱉고 나선 바로 택시를 잡고 사라졌다.
"민폐 여주라고······."
어이가 없었다.
"민폐 남주겠지. 아니, 남조, 아니, 모르겠다."
은행이 중얼거렸다.
"알지도 못하면서······."
그럼에도 정말 자신의 행동이 뭔가 잘못된 것이 아닌가 하는 생각을 지우지 못했다. 은행은 안으로 들어갔다. 친구들이 바쁘다며 갔다고, 은행 씨도 간 줄 알았다고 툴툴대는 진우의 말을 들으면서 심각하게 속으로 자문 중이었다.
"저기요. 김 소장님이 이상한 소릴 해도, 그러니까······."
"성현이가 은행 씨 좋아하는 거요?"
"어떻게 아셨어요?"
은행이 깜짝 놀랐다. 조금은 알 수도 있다고 생각했다. 그런 뉘앙스도 있었다. 다만 이렇게 확신에 차서 말하자 가슴이 덜컥했다.

"내가 성현이와 몇십 년 친구인데요. 아까는 죄송해요. 그냥 성현이 감정 모른 척하고 괜히 떠봐서. 가끔 내가 못나게 굴어요. 뭐, 그건 성현이도 마찬가지지만요."

은행은 계속 놀람의 연속이었다.

"그놈은 감정을 질질 흘려요. 누굴 좋아한 적이 극소수라서 한 번 좋아하면 티가 확 나죠. 사실 예전부터 내가 주 실장 모르고 있을 때도 그놈이 주 실장 얘기할 때 보면 존중하는 티가 많이 나긴 했죠."

진우가 웃다가 진지해졌다.

"김 소장님이 자기감정을 착각하는 것 같아요. 몇 년을 같이 지냈는데요. 아무래도, 혼돈하신 것 같아요. 사실, 제가 진우 씨한테 좋은 모습만 보이려고 하다 보니 그런 것에 뭐가 착각을 하신 게……."

참, 이런 말을 점잖고도 이성적으로 하려니까 머리에 스팀이 올라왔다. 그러고 보니 교양 있는 여자는 아니다. 감정적인 여자이지. 주은행 바로 자신 말이다. 하지만 그런 척하는 교양이 서진우에게 먹혔다. 다행이다. 그가 웃었다.

"성현이는 내가 바람둥이 근성이 있어서 이번에도 그럴 거라고 생각하니까요. 그리고 난 성현이 감정은 신경 안 써요. 우린 우정이 깊지만 여자 관계는 순전히 상대의 감정이 중요해요. 뭐, 그동안 겹친 적은 없었는데. 하여튼 은행 씨는 성현이한테 전혀 감정 없죠?"

갑자기 총구가 그녀에게로 향해졌다. 그러니까, 지금까지 김성현만 욕하면 됐는데 이젠 온전한 그녀의 문제가 된 것이다.

"그럼요."

너무 크게 말했다. 이상하다. 왜 서진우는 안심하는데 자신의 마음은 철렁하는 걸까? 심장이 약해졌다. 아무래도 양파즙을 먹어야겠다. 심장에 양파즙이 좋다고 하니까.

"그럼 된 거예요."

진우가 다정하고도 확신에 차서 말했다.

은행은 그가 데려다 준 성현의 부모님 집 앞에 혼자 남았다. 그리고는 바로 짐을 싸고, 밖으로 나왔다. 다행인지 문 여사와 부딪치지 않았다. 여기 있으면 김성현은 계속 착각할 것이다. 그리고 그녀도 괜히 혼란스런 기분에 젖어들 것이고. 이건 아니다.

하지만 그냥 떠날 수도 없었다. 문 여사에게 아무 연락 없이 간다는 것은 그녀 마음이 허락지 않았다.

―여사님…… 그동안 잘 돌봐주셔서 감사합니다.

감사 편지를 쓰고 나왔다. 그리고 문자를 날렸다.

〈……시간 나실 때 식사 대접하게 해주세요.〉

바로 전화로 답장이 왔다.

제법 긴 통화가 되었다. 그녀는 회관 근처 펜션으로 옮기는 것이 시간을 단축하는 일이라는 걸 설득하느라 진땀을 뺐다. 20분이 넘게 걸렸다. 20분은 어찌 보면 정말 짧디짧은 시간이다. 하지만 문 여사를 설득하기 위해 쉼 없이 떠든 20분은 상당히 땀나는 긴

"내가 성현이와 몇십 년 친구인데요. 아까는 죄송해요. 그냥 성현이 감정 모른 척하고 괜히 떠봐서. 가끔 내가 못나게 굴어요. 뭐, 그건 성현이도 마찬가지지만요."

은행은 계속 놀람의 연속이었다.

"그놈은 감정을 질질 흘려요. 누굴 좋아한 적이 극소수라서 한 번 좋아하면 티가 확 나죠. 사실 예전부터 내가 주 실장 모르고 있을 때도 그놈이 주 실장 얘기할 때 보면 존중하는 티가 많이 나긴 했죠."

진우가 웃다가 진지해졌다.

"김 소장님이 자기감정을 착각하는 것 같아요. 몇 년을 같이 지냈는데요. 아무래도, 혼돈하신 것 같아요. 사실, 제가 진우 씨한테 좋은 모습만 보이려고 하다 보니 그런 것에 뭔가 착각을 하신 게……."

참, 이런 말을 점잖고도 이성적으로 하려니까 머리에 스팀이 올라왔다. 그러고 보니 교양 있는 여자는 아니다. 감정적인 여자이지. 주은행 바로 자신 말이다. 하지만 그런 척하는 교양이 서진우에게 먹혔다. 다행이다. 그가 웃었다.

"성현이는 내가 바람둥이 근성이 있어서 이번에도 그럴 거라고 생각하니까요. 그리고 난 성현이 감정은 신경 안 써요. 우린 우정이 깊지만 여자 관계는 순전히 상대의 감정이 중요해요. 뭐, 그동안 겹친 적은 없었는데. 하여튼 은행 씨는 성현이한테 전혀 감정 없죠?"

갑자기 총구가 그녀에게로 향해졌다. 그러니까, 지금까지 김성현만 욕하면 됐는데 이젠 온전한 그녀의 문제가 된 것이다.

"그럼요."

너무 크게 말했다. 이상하다. 왜 서진우는 안심하는데 자신의 마음은 철렁하는 걸까? 심장이 약해졌다. 아무래도 양파즙을 먹어야겠다. 심장에 양파즙이 좋다고 하니까.

"그럼 된 거예요."

진우가 다정하고도 확신에 차서 말했다.

은행은 그가 데려다 준 성현의 부모님 집 앞에 혼자 남았다. 그리고는 바로 짐을 싸고, 밖으로 나왔다. 다행인지 문 여사와 부딪치지 않았다. 여기 있으면 김성현은 계속 착각할 것이다. 그리고 그녀도 괜히 혼란스런 기분에 젖어들 것이고. 이건 아니다.

하지만 그냥 떠날 수도 없었다. 문 여사에게 아무 연락 없이 간다는 것은 그녀 마음이 허락지 않았다.

―여사님…… 그동안 잘 돌봐주셔서 감사합니다.

감사 편지를 쓰고 나왔다. 그리고 문자를 날렸다.

〈……시간 나실 때 식사 대접하게 해주세요.〉

바로 전화로 답장이 왔다.

제법 긴 통화가 되었다. 그녀는 회관 근처 펜션으로 옮기는 것이 시간을 단축하는 일이라는 걸 설득하느라 진땀을 뺐다. 20분이 넘게 걸렸다. 20분은 어찌 보면 정말 짧디짧은 시간이다. 하지만 문 여사를 설득하기 위해 쉼 없이 떠든 20분은 상당히 땀나는 긴 시간이었다. 겨우 이해시키고 이틀 후 문 여사랑 데이트하기로 약속하고서야 문 여사의 기분을 해치지 않을 수 있었다.
"힘들다."
기 빠진 기분이었으나 이제 어느 정도는 정리된 느낌도 들었다. 다행히 펜션엔 방이 있었고, 주인하고도 안면이 있어서 편했다. 이제 정말 정신을 바짝 차려야 할 때다. 정신을 차리면 문제없을 것이다.

8

"난 며칠 전까지만 해도 주 실장이 내 둘째 며느리가 되길 원했거든. 사실, 내가 보기엔 주 실장은 우리 성현이 짝으로 딱 어울리니까. 두 사람이 깨닫지 못한 거라고 여겼지. 근데 6년이나 깨닫지 못했으면 앞으로도 영원히 깨닫지 못하겠다는 생각이 들더군. 게다가 내 아들만큼 귀한 진우가 주 실장을 좋아하고, 주 실장 역시 그런 눈치가 역력한데 어쩌겠어. 남녀 관계는 나이 든 사람의 선견지명보다는 서로 눈이 맞아야 하니까. 그게 바로 섭리고 이치지."

확실한 결심을 하자 일이 술술 풀렸다. 문 여사까지 그녀의 마음을 이해해 주었다.

기뻐해야 한다.

은행은 문 여사와 한식 레스토랑에서 품위 있게 식사 중이었다.

시간이었다. 겨우 이해시키고 이틀 후 문 여사랑 데이트하기로 약속하고서야 문 여사의 기분을 해치지 않을 수 있었다.

"힘들다."

기 빠진 기분이었으나 이제 어느 정도는 정리된 느낌도 들었다. 다행히 펜션엔 방이 있었고, 주인하고도 안면이 있어서 편했다. 이제 정말 정신을 바짝 차려야 할 때다. 정신을 차리면 문제없을 것이다.

8

"난 며칠 전까지만 해도 주 실장이 내 둘째 며느리가 되길 원했거든. 사실, 내가 보기엔 주 실장은 우리 성현이 짝으로 딱 어울리니까. 두 사람이 깨닫지 못한 거라고 여겼지. 근데 6년이나 깨닫지 못했으면 앞으로도 영원히 깨닫지 못하겠다는 생각이 들더군. 게다가 내 아들만큼 귀한 진우가 주 실장을 좋아하고, 주 실장 역시 그런 눈치가 역력한데 어쩌겠어. 남녀 관계는 나이 든 사람의 선견지명보다는 서로 눈이 맞아야 하니까. 그게 바로 섭리고 이치지."

확실한 결심을 하자 일이 술술 풀렸다. 문 여사까지 그녀의 마음을 이해해 주었다.

기뻐해야 한다.

은행은 문 여사와 한식 레스토랑에서 품위 있게 식사 중이었다.

레스토랑은 보통 빌딩 건물 2층에 위치해 옛날 인테리어 소품들을 많이 활용하여 고풍스러운 분위기를 자아냈다. 다양한 나무로 마감을 해서 색상의 차이가 있고, 서까래가 드러난 천장과 격자 문양의 창과 한지와 들창으로 고유한 멋을 냈다.

식사는 호박죽으로 시작되어 정찬 코스를 밟아서 산적, 나물 등 줄줄이 먹음직한 음식들이 나왔다. 다행히 한식 레스토랑이라고 해서 너무 퓨전으로 넘어가지 않고 우리 식감을 잘 살렸다고 문 여사는 만족스러워했다. 대화는 계속 이어졌다.

"주 실장은 진우의 어떤 점이 그렇게 좋아요?"

문 여사가 궁금하다는 듯 물었다.

"좋은 분이잖아요."

말문이 막힌 은행은 겨우 작은 소리로 대답했다.

"좋은 사람은 많다니까. 이 세상에 못된 인간들이 수두룩한 것 같아도 찾아보면 괜찮은 사람이 상당하지. 진우가 주 실장의 이상형인가 보다. 그래요?"

"네에."

"두 사람 곧 커플 되겠구나. 그래, 우리 진우가 좋은 사람이고말고. 진우도 아들 같은 존재니까 기쁘네. 고등학교 때부터 얼마나 우리 집에 자주 놀러 왔었는지……. 다른 사람들 손에 맡기고 그러다 보니 아이가 잔정을 못 느껴서 그런지 그렇게 우리 집에서 내가 하는 밥을 먹길 좋아했어요. 했던 말인가? 그래도 이 나이 되면 계속 추억을 곱씹게 되더라고……."

레스토랑에서 나와 택시를 타고 도중에 내려 센터까지 같이 걸어와 벤치에 앉아서도 이런 얘기 저런 얘기가 오갔다.

"진우는 온화하지만 외로운 아이였지. 성현이 만나서 많이 활기찬 아이가 되었어. 성현이가 그렇게 끌고 다니면서 놀러 다녔는데. 성현이가 어릴 때 착하면서도 장난이란 장난은 다 치고 다녔지. 얼마나 이곳을 뛰어다니며 장난을 쳤는지 눈에 선한데, 벌써 시간이 이렇게 흘러가 버렸다니. 지금도 눈을 감으면 아이들의 모습이 바로 엊그제처럼 보이곤 해요."

문 여사가 추억에 잠기더니 사진까지 보여주었다. 늘 문 여사의 지갑 속에 있는 낡은 사진들. 그것은 어린 시절의 가족사진이었다. 그들의 삼 형제가 젊은 아버지와 어머니 주위로 우르르 서 있었다. 아버지와 어머니를 닮아 삼 형제는 키가 크고 눈이 옆으로 길쭉했다. 자세는 반듯했지만, 그중에서 둘째인 성현만이 삐딱하게 서서 친구인 진우와 손을 잡고 있었다.

"형제 같았지……. 뭐, 워낙 성현이가 사교성이 좋아서 친구들이 많았지만."

문 여사가 성현의 친구들 얘기를 하기 시작했다. 문득 은행의 뇌리 속에 두 아이가 그려졌고, 그중에서 장난 심하고 발랄한 아이 쪽으로 기울어졌다. 모를 일이다. 안 된다 하니까 머릿속에서 더 지랄이다. 이럴 때가 있다. 하지 말라고 하면 더 하고 싶은 것. 아마도 그런 마음이 또 이상한 짓을 잠시 하는 것 같다.

내가 원하는 남자는 서진우다.

그녀는 속으로 중얼거렸다가 눈을 떴다.

"어머니, 은행 씨……."

역시 운명이군.

레스토랑은 보통 빌딩 건물 2층에 위치해 옛날 인테리어 소품들을 많이 활용하여 고풍스러운 분위기를 자아냈다. 다양한 나무로 마감을 해서 색상의 차이가 있고, 서까래가 드러난 천장과 격자 문양의 창과 한지와 들창으로 고유한 멋을 냈다.

식사는 호박죽으로 시작되어 정찬 코스를 밟아서 산적, 나물 등 줄줄이 먹음직한 음식들이 나왔다. 다행히 한식 레스토랑이라고 해서 너무 퓨전으로 넘어가지 않고 우리 식감을 잘 살렸다고 문 여사는 만족스러워했다. 대화는 계속 이어졌다.

"주 실장은 진우의 어떤 점이 그렇게 좋아요?"

문 여사가 궁금하다는 듯 물었다.

"좋은 분이잖아요."

말문이 막힌 은행은 겨우 작은 소리로 대답했다.

"좋은 사람은 많다니까. 이 세상에 못된 인간들이 수두룩한 것 같아도 찾아보면 괜찮은 사람이 상당하지. 진우가 주 실장의 이상형인가 보다. 그래요?"

"네에."

"두 사람 곧 커플 되겠구나. 그래, 우리 진우가 좋은 사람이고말고. 진우도 아들 같은 존재니까 기쁘네. 고등학교 때부터 얼마나 우리 집에 자주 놀러 왔었는지……. 다른 사람들 손에 맡기고 그러다 보니 아이가 잔정을 못 느껴서 그런지 그렇게 우리 집에서 내가 하는 밥을 먹길 좋아했어요. 했던 말인가? 그래도 이 나이 되면 계속 추억을 곱씹게 되더라고……."

레스토랑에서 나와 택시를 타고 도중에 내려 센터까지 같이 걸어와 벤치에 앉아서도 이런 얘기 저런 얘기가 오갔다.

"진우는 온화하지만 외로운 아이였지. 성현이 만나서 많이 활기찬 아이가 되었어. 성현이가 그렇게 끌고 다니면서 놀러 다녔는데. 성현이가 어릴 때 착하면서도 장난이란 장난은 다 치고 다녔지. 얼마나 이곳을 뛰어다니며 장난을 쳤는지 눈에 선한데, 벌써 시간이 이렇게 흘러가 버렸다니. 지금도 눈을 감으면 아이들의 모습이 바로 엊그제처럼 보이곤 해요."

문 여사가 추억에 잠기더니 사진까지 보여주었다. 늘 문 여사의 지갑 속에 있는 낡은 사진들. 그것은 어린 시절의 가족사진이었다. 그들의 삼 형제가 젊은 아버지와 어머니 주위로 우르르 서 있었다. 아버지와 어머니를 닮아 삼 형제는 키가 크고 눈이 옆으로 길쭉했다. 자세는 반듯했지만, 그중에서 둘째인 성현만이 삐딱하게 서서 친구인 진우와 손을 잡고 있었다.

"형제 같았지……. 뭐, 워낙 성현이가 사교성이 좋아서 친구들이 많았지만."

문 여사가 성현의 친구들 얘기를 하기 시작했다. 문득 은행의 뇌리 속에 두 아이가 그려졌고, 그중에서 장난 심하고 발랄한 아이 쪽으로 기울어졌다. 모를 일이다. 안 된다 하니까 머릿속에서 더 지랄이다. 이럴 때가 있다. 하지 말라고 하면 더 하고 싶은 것. 아마도 그런 마음이 또 이상한 짓을 잠시 하는 것 같다.

내가 원하는 남자는 서진우다.

그녀는 속으로 중얼거렸다가 눈을 떴다.

"어머니, 은행 씨……."

역시 운명이군.

서진우가 그들 쪽으로 걸어오고 있었다. 마침 전화가 왔다. 문 여사는 잘해보라는 듯 진우의 어깨를 툭툭 친 후 전화를 받으며 센터 쪽으로 갔다. 그녀가 앉았던 자리에 진우가 어느새 와서 다정하게 앉았다. 그리고 문 여사가 깜빡하고 놓고 간 사진을 보더니 씩 웃었다.

"어머님은 추억을 항상 간직하세요. 아, 중학교 때네. 내가 어릴 때는 좀 침울한 아이였죠. 성현이 심술궂게 웃는 것 좀 봐요. 아, 진짜 이 자식, 엄청난 장난꾸러기였는데. 내가 심리적으로 좀 안 좋을 때 이놈이 날 지켜줬는데 말이에요, 정작 이놈이 힘들 때는 난 글 쓴다고 도와주지도 못했어요. 갑자기 명성을 얻으면서 내 삶에 취해 있었죠. 내가 잘못했네."

"진우 씨도 좋은 친구예요. 어릴 때부터 계속 관계가 유지된다는 것은 쉽지 않잖아요. 한 사람만의 노력으로 되는 것이 아니니까요."

"은행 씨는 날 너무 좋게 보네요."

진우가 벤치에 놓인 그녀의 손등을 토닥이며 말했다.

"유명세에 좌지우지되긴 해요."

은행이 농담을 하자 진우가 웃음을 터뜨리다가 갑자기 아련한 눈빛으로 추억이 새겨진 눈앞의 장소들을 바라보았다.

"예전이 그리울 때가 있어요. 지금의 내가 스스로도 대견하고 만족스러우면서도 그래요. 그럴 때가 있잖아요. 은행 씨는 어때요?"

"어린 시절이 그리울 때가 있지만 그래도 지금이 더 좋아요."

"어릴 때 난 참 우울한 놈이었어요. 만날 죽을상을 하고 다녔으니까요. 계속 그런 날 툭툭 건드린 놈이 그 녀석이에요."

"네에?"

"성현이요."

서진우는 다소 착잡한 기분으로 말을 이어나갔다.

"그 녀석과 엄청 싸웠거든요. 제 뜻대로 안 하면 가만두질 않았죠. 혼자 있지 못하게 하고 꼭 운동경기를 하면 끼워주려고 애쓰고. 얼마나 고집이 센지……."

진우는 은행을 보며 일부러 김성현에 대해서 얘기했다. 김성현은 그에게 가장 친한 친구이고 중요한 존재이고 여자 문제로 엉킨 적이 한 번도 없었다. 그리고 김성현은 늘 서진우에게만은 관대했다. 하지만 요즘 성현이 달라졌다. 자기 것을 지키려고 했다. 마치 주은행이 원래 자기 것인 양.

가장 친한 친구가 마음에 둔 여자와 연애하는 것이 마음이 아프기도 하지만, 더 아픈 건 그 여자가 조금씩 흔들리고 있다는 것이다. 그 여자가 자신에게 말하지 않고 정리하길 바랐다. 그 정도로 미세하고 약한 것이길 바랐다.

성현은 센터 일 점검차 서울에서 급히 오는 중이었다. 일만 챙기고 올 생각이었지만 마음이 이끄는 대로 주은행을 찾고 있었다.

오랜만의 감정이었다. 선배가 죽기 전엔 늘 자기가 원하는 걸 가장 중요시했다. 하고 싶으면 해야 했다. 그래도 자신은 상식을 지키는 인간이라 욕구에 치우쳐 사는 삶이 괜찮다고 생각했다. 물론 늘 인기가 좋았고 남의 마음 해치는 일은 결코 없었지만 자기가 먼저였다. 오해를 풀려는 행동을 했으나 충분치 않았다. 선배 서진우가 그들 쪽으로 걸어오고 있었다. 마침 전화가 왔다. 문 여사는 잘해보라는 듯 진우의 어깨를 툭툭 친 후 전화를 받으며 센터 쪽으로 갔다. 그녀가 앉았던 자리에 진우가 어느새 와서 다정하게 앉았다. 그리고 문 여사가 깜빡하고 놓고 간 사진을 보더니 씩 웃었다.

"어머님은 추억을 항상 간직하세요. 아, 중학교 때네. 내가 어릴 때는 좀 침울한 아이였죠. 성현이 심술궂게 웃는 것 좀 봐요. 아, 진짜 이 자식, 엄청난 장난꾸러기였는데. 내가 심리적으로 좀 안 좋을 때 이놈이 날 지켜줬는데 말이에요. 정작 이놈이 힘들 때는 난 글 쓴다고 도와주지도 못했어요. 갑자기 명성을 얻으면서 내 삶에 취해 있었죠. 내가 잘못했네."

"진우 씨도 좋은 친구예요. 어릴 때부터 계속 관계가 유지된다는 것은 쉽지 않잖아요. 한 사람만의 노력으로 되는 것이 아니니까요."

"은행 씨는 날 너무 좋게 보네요."

진우가 벤치에 놓인 그녀의 손등을 토닥이며 말했다.

"유명세에 좌지우지되긴 해요."

은행이 농담을 하자 진우가 웃음을 터뜨리다가 갑자기 아련한 눈빛으로 추억이 새겨진 눈앞의 장소들을 바라보았다.

"예전이 그리울 때가 있어요. 지금의 내가 스스로도 대견하고 만족스러우면서도 그래요. 그럴 때가 있잖아요. 은행 씨는 어때요?"

"어린 시절이 그리울 때가 있지만 그래도 지금이 더 좋아요."

"어릴 때 난 참 우울한 놈이었어요. 만날 죽을상을 하고 다녔으니까요. 계속 그런 날 툭툭 건드린 놈이 그 녀석이에요."

"네에?"

"성현이요."

서진우는 다소 착잡한 기분으로 말을 이어나갔다.

"그 녀석과 엄청 싸웠거든요. 제 뜻대로 안 하면 가만두질 않았죠. 혼자 있지 못하게 하고 꼭 운동경기를 하면 끼워주려고 애쓰고. 얼마나 고집이 센지……."

진우는 은행을 보며 일부러 김성현에 대해서 얘기했다. 김성현은 그에게 가장 친한 친구이고 중요한 존재이고 여자 문제로 엉킨 적이 한 번도 없었다. 그리고 김성현은 늘 서진우에게만은 관대했다. 하지만 요즘 성현이 달라졌다. 자기 것을 지키려고 했다. 마치 주은행이 원래 자기 것인 양.

가장 친한 친구가 마음에 둔 여자와 연애하는 것이 마음이 아프기도 하지만, 더 아픈 건 그 여자가 조금씩 흔들리고 있다는 것이다. 그 여자가 자신에게 말하지 않고 정리하길 바랐다. 그 정도로 미세하고 약한 것이길 바랐다.

성현은 센터 일 점검차 서울에서 급히 오는 중이었다. 일만 챙기고 올 생각이었지만 마음이 이끄는 대로 주은행을 찾고 있었다.

오랜만의 감정이었다. 선배가 죽기 전엔 늘 자기가 원하는 걸 가장 중요시했다. 하고 싶으면 해야 했다. 그래도 자신은 상식을 지키는 인간이라 욕구에 치우쳐 사는 삶이 괜찮다고 생각했다. 물론 늘 인기가 좋았고 남의 마음 해치는 일은 결코 없었지만 자기가 먼저였다. 오해를 풀려는 행동을 했으나 충분치 않았다. 선배의 여자가 자신을 이용해 질투라는 장난질을 했을 때 아니라는 말만 하고 선배의 마음을 헤아리지 못했다. 그토록 오랜 우정을 나눠왔음에도. 오히려 자신에게 자꾸 들이대며 경쟁하려는 선배가 괘씸하기도 했다. 그래서 늘 상대해 주었다.

미친놈이었다, 김성현 자신은. 자신만만하고 최고이고 성격까지 좋다고 내세웠지만 어릴 때부터 같이 배우고 경쟁한 사람의 마음이 곪아가게 내버려 두었다. 오해를 풀었으니 거기에 대해선 더이상 상관하지 않았다. 내가 아니면 아니라는 생각이었다.

선배가 죽은 후 성현은 다신 욕구대로 살지 않겠다고 결심했다. 그리고 자신의 성향과 반대인 삶이 마치 자신의 기질처럼 느껴졌었다. 이제까지는 그랬다. 그런데 주은행이 그에게 예전의 욕구를 다시 일으키고 있었다. 예전부터 괜찮은 사람이라고 생각했지만 자신의 짝이 되기엔 너무 영리하고, 귀엽고, 앙증맞고, 진취적인 여자라고 단정 짓고 그렇게 보아왔다. 근데 그녀가 사랑을 위해서 머리 쓰는 모습에 확 말려들어서 정신을 못 차리더니, 이젠 그것이 그의 심장 속도를 좌지우지했다. 여러 가지 주은행의 모습에 그만 사랑에 빠진 것이다.

이 나이가 되면 이게 사랑인지 아닌지 모를 정도로 바보는 아니다. 문제는 사랑이라고 인정하고 나니 주은행에 대한 모든 감정이 달아올랐다. 그중에 가장 기본적인 것, 보고 싶은 마음에 갑자기 먼 거리라도 달려갈 수 있었다.

그렇게 얼굴만이라도 보고 싶었다. 그런 마음이 강해질수록 가까이에 있으면 가까이 있다는 직감이 발동하곤 했다. 사실 주은행과는 6년 동안 그런 적이 꽤 있었다.

성현은 걸음을 재촉하다가 문득 그대로 멈추었다. 센터 뒤편 계단 중간에 앉은 남녀를 보고 그 어울림에 숨이 탁 막혔다. 다정한 뒷모습과 서로에게 열중하듯 머리를 가운데로 기울이는 태도가 굳이 아니더라도 은행의 잔잔한 미소가 그의 치달았던 마음에 한 방을 깊숙이 먹이고 말았다.

"젠장."

형제 같은 친구와 동지 같은 여자다. 그런데 요새 친구는 연적이 되었고 까칠한 동지는 사랑이 되었다. 동지였을 때도 아무렇지 않을 만큼 털털한 사이는 아니었다. 은행은 김성현이란 존재가 무지 편한 상대였는지 모르겠지만 그는 달랐다. 무언가 신경을 건드리는 것이 늘 존재했다. 그것이 내재되어 있다가 폭발한 것 같기도 했다. 하지만 자신의 감정이 최고조라고 해도, 이것은 아닌 것 같다는 생각이 다시금 고개를 들었다.

또 그렇게 자신의 감정만 내세우면 안 된다는 경고음이 울렸.

정말 그들이 들뜬 감정에 의해 머리로 인지한 짝이 아니라 진정 사랑한다면 지금처럼 진지하고 설레는 그 모습 그대로 놔둬야 하는 것이 아닐까.

'두 사람은 가짜 감정에 스스로 속고 있다.'

이런 생각은 이제 버려야 한다. 가슴이 아프지만 그들의 사랑을 의심하고 깨려는 짓은 못할 일이었다. 성현은 숨을 크게 들이마시고 뒤돌아섰다. 순간의 깨달음으로 애써 폭주하는 마음을 눌러버리려고 하니 마음이 좋지 못했다.

속상하네.

이런 사랑의 감정이 또 올 줄 몰랐다. 아니, 마치 처음 같았다.

의 여자가 자신을 이용해 질투라는 장난질을 했을 때 아니라는 말만 하고 선배의 마음을 헤아리지 못했다. 그토록 오랜 우정을 나눠왔음에도. 오히려 자신에게 자꾸 들이대며 경쟁하려는 선배가 괘씸하기도 했다. 그래서 늘 상대해 주었다.

미친놈이었다, 김성현 자신은. 자신만만하고 최고이고 성격까지 좋다고 내세웠지만 어릴 때부터 같이 배우고 경쟁한 사람의 마음이 곪아가게 내버려 두었다. 오해를 풀었으니 거기에 대해선 더 이상 상관하지 않았다. 내가 아니면 아니라는 생각이었다.

선배가 죽은 후 성현은 다신 욕구대로 살지 않겠다고 결심했다. 그리고 자신의 성향과 반대인 삶이 마치 자신의 기질처럼 느껴졌었다. 이제까지는 그랬다. 그런데 주은행이 그에게 예전의 욕구를 다시 일으키고 있었다. 예전부터 괜찮은 사람이라고 생각했지만 자신의 짝이 되기엔 너무 영리하고, 귀엽고, 앙증맞고, 진취적인 여자라고 단정 짓고 그렇게 보아왔다. 근데 그녀가 사랑을 위해서 머리 쓰는 모습에 확 말려들어서 정신을 못 차리더니, 이젠 그것이 그의 심장 속도를 좌지우지했다. 여러 가지 주은행의 모습에 그만 사랑에 빠진 것이다.

이 나이가 되면 이게 사랑인지 아닌지 모를 정도로 바보는 아니다. 문제는 사랑이라고 인정하고 나니 주은행에 대한 모든 감정이 달아올랐다. 그중에 가장 기본적인 것, 보고 싶은 마음에 갑자기 먼 거리라도 달려갈 수 있었다.

그렇게 얼굴만이라도 보고 싶었다. 그런 마음이 강해질수록 가까이에 있으면 가까이 있다는 직감이 발동하곤 했다. 사실 주은행과는 6년 동안 그런 적이 꽤 있었다.

성현은 걸음을 재촉하다가 문득 그대로 멈추었다. 센터 뒤편 계단 중간에 앉은 남녀를 보고 그 어울림에 숨이 탁 막혔다. 다정한 뒷모습과 서로에게 열중하듯 머리를 가운데로 기울이는 태도가 굳이 아니더라도 은행의 잔잔한 미소가 그의 치달았던 마음에 한 방을 깊숙이 먹이고 말았다.

"젠장."

형제 같은 친구와 동지 같은 여자다. 그런데 요새 친구는 연적이 되었고 까칠한 동지는 사랑이 되었다. 동지였을 때도 아무렇지 않을 만큼 털털한 사이는 아니었다. 은행은 김성현이란 존재가 무지 편한 상대였는지 모르겠지만 그는 달랐다. 무언가 신경을 건드리는 것이 늘 존재했다. 그것이 내재되어 있다가 폭발한 것 같기도 했다. 하지만 자신의 감정이 최고조라고 해도, 이것은 아닌 것 같다는 생각이 다시금 고개를 들었다.

또 그렇게 자신의 감정만 내세우면 안 된다는 경고음이 울렸.

정말 그들이 들뜬 감정에 의해 머리로 인지한 짝이 아니라 진정 사랑한다면 지금처럼 진지하고 설레는 그 모습 그대로 놔둬야 하는 것이 아닐까.

'두 사람은 가짜 감정에 스스로 속고 있다.'

이런 생각은 이제 버려야 한다. 가슴이 아프지만 그들의 사랑을 의심하고 깨려는 짓은 못할 일이었다. 성현은 숨을 크게 들이마시고 뒤돌아섰다. 순간의 깨달음으로 애써 폭주하는 마음을 눌러버리려고 하니 마음이 좋지 못했다.

속상하네.

이런 사랑의 감정이 또 올 줄 몰랐다. 아니, 마치 처음 같았다.

중학교 때부터 시작된 사랑의 감정이 대학교 때 자꾸 시험에 들게 한 민아에 의해 옅어졌다 또 선배가 사고를 당한 후엔 사랑이든 기질이든 일거에 바꾸고 싶었다. 민아를 내치고, 쳐다도 안 보고, 그냥 싫어졌다는 말만 했다. 그것이 지금에서야 미안했다.

"서울 가려고?"

역으로 가는 길에 민아와 만났다. 성현이 역으로 가는 걸 본 센터 사람들과 도중에 만나 그를 보려고 헐레벌떡 달려온 모양새였다.

성현은 거친 숨을 몰아쉬는 민아를 눈짓으로 의자에 앉히고 자신은 그냥 서 있었다.

"으응. 뭐 하러 왔어?"

"볼 수 있을 때 많이 보려고. 왜, 안 돼?"

"주점에서 얘기 다 했는데, 이젠 충분하잖아."

민아는 입술을 삐죽거렸지만 금세 고개를 끄덕거렸다.

"그렇긴 하지. 충분하진 않지만 그래도 고맙게 생각해. 확 잘라 버렸다가 지금에서야 그때 네 감정 얘기해 준 것 말이야. 그냥 그 땐 싫다는 말밖에 안 했지만 상황을 봐서 네 심정을 알 수 있었어. 그래도 네 입으로 우리 사이가 왜 이렇게 됐는지 듣고 싶었거든. 근데, 지금에서라도 말해준 거 고맙다."

"감정 식은 거 구태여 얘기할 필요 없잖아. 원한다니 구질구질하게 말한 거지."

성현은 담담하지만 그 안에 냉기가 가득 들게 말했다.

"넌 그게 문제야. 그렇게 좋아하다가 상대가 잘못하면 그냥 무시하고 전 애인으로서 존중을 안 해줘."

"친구로 인간으로 대해주면 됐지, 전 애인으로 존중을 해줘야 돼? 정신 차려, 한민아. 사랑은 그렇게 매번 떠보는 게 아니야. 그리고 그게 아니더라도 어릴 때 사랑한 것이 커서까지 가긴 힘들었어. 네가 사랑이 식는 걸 너무 두려워했잖아."

성현이 그녀를 내려다보며 말했다.

"널 잃을까 봐 그랬지……."

"그래서 친구로 좋을 게 뭐냐? 애인 사이 끝나도 우린 친구로 지속될 수 있었어. 어릴 때부터 본 사이 아니야?"

"그게 너랑 나의 차이점이야. 사랑이 끝나고 널 친구로 보기가 힘들었다고. 게다가 그렇게 칼처럼 잘라 버리다니. 물론 내가 잘못한 거 알아. 그 선배의 여자처럼 자기 사람한테 사랑을 확인받으려고 딴 남자 좋아하는 척한 것은 무지 잘못했어. 하지만 넌 너무 한꺼번에 잘랐어. 그냥 네 감정이 어땠는지 설명해 주고 그때 그랬으면 좋았을 텐데."

"나 그렇게 완벽한 놈 아니야. 많은 걸 바라지 마. 그래도 네가 곧 결혼한다고 하니까 친구로 돌아가기 위해서 하기 싫은 그때 이야기한 거야."

"순전히 나 때문이라고?"

민아가 콧방귀를 뀌었다. 그가 어깨를 조금 들썩거렸다. 별로 티도 나지 않게.

"아니면 좋아하는 사람 생겨서 불편한 감정 이제야 정리하려는 게 아니고?"

"시끄러워. 빨리 네 애인한테나 가."

"연락할 때까지 기다릴 거야. 감히 날 두고 결혼할지 말지 고민

중학교 때부터 시작된 사랑의 감정이 대학교 때 자꾸 시험에 들게 한 민아에 의해 옅어졌다 또 선배가 사고를 당한 후엔 사랑이든 기질이든 일거에 바꾸고 싶었다. 민아를 내치고, 쳐다도 안 보고, 그냥 싫어졌다는 말만 했다. 그것이 지금에서야 미안했다.

"서울 가려고?"

역으로 가는 길에 민아와 만났다. 성현이 역으로 가는 걸 본 센터 사람들과 도중에 만나 그를 보려고 헐레벌떡 달려온 모양새였다.

성현은 거친 숨을 몰아쉬는 민아를 눈짓으로 의자에 앉히고 자신은 그냥 서 있었다.

"으응. 뭐 하러 왔어?"

"볼 수 있을 때 많이 보려고. 왜, 안 돼?"

"주점에서 얘기 다 했는데, 이젠 충분하잖아."

민아는 입술을 삐죽거렸지만 금세 고개를 끄덕거렸다.

"그렇긴 하지. 충분하진 않지만 그래도 고맙게 생각해. 확 잘라 버렸다가 지금에서야 그때 네 감정 얘기해 준 것 말이야. 그냥 그땐 싫다는 말밖에 안 했지만 상황을 봐서 네 심정을 알 수 있었어. 그래도 네 입으로 우리 사이가 왜 이렇게 됐는지 듣고 싶었거든. 근데, 지금에서라도 말해준 거 고맙다."

"감정 식은 거 구태여 얘기할 필요 없잖아. 원한다니 구질구질하게 말한 거지."

성현은 담담하지만 그 안에 냉기가 가득 들게 말했다.

"넌 그게 문제야. 그렇게 좋아하다가 상대가 잘못하면 그냥 무시하고 전 애인으로서 존중을 안 해줘."

"친구로 인간으로 대해주면 됐지, 전 애인으로 존중을 해줘야 돼? 정신 차려, 한민아. 사랑은 그렇게 매번 떠보는 게 아니야. 그리고 그게 아니더라도 어릴 때 사랑한 것이 커서까지 가긴 힘들었어. 네가 사랑이 식는 걸 너무 두려워했잖아."

성현이 그녀를 내려다보며 말했다.

"널 잃을까 봐 그랬지……."

"그래서 친구로 좋을 게 뭐냐? 애인 사이 끝나도 우린 친구로 지속될 수 있었어. 어릴 때부터 본 사이 아니야?"

"그게 너랑 나의 차이점이야. 사랑이 끝나고 널 친구로 보기가 힘들었다고. 게다가 그렇게 칼처럼 잘라 버리다니. 물론 내가 잘못한 거 알아. 그 선배의 여자처럼 자기 사람한테 사랑을 확인받으려고 딴 남자 좋아하는 척한 것은 무지 잘못했어. 하지만 넌 너무 한꺼번에 잘랐어. 그냥 네 감정이 어땠는지 설명해 주고 그때 그랬으면 좋았을 텐데."

"나 그렇게 완벽한 놈 아니야. 많은 걸 바라지 마. 그래도 네가 곧 결혼한다고 하니까 친구로 돌아가기 위해서 하기 싫은 그때 이야기한 거야."

"순전히 나 때문이라고?"

민아가 콧방귀를 뀌었다. 그가 어깨를 조금 들썩거렸다. 별로 티도 나지 않게.

"아니면 좋아하는 사람 생겨서 불편한 감정 이제야 정리하려는 게 아니고?"

"시끄러워. 빨리 네 애인한테나 가."

"연락할 때까지 기다릴 거야. 감히 날 두고 결혼할지 말지 고민하다니, 지가 갑부면 다야? 나이도 나보다 훨씬 많은 게 신경질 나."

"그 남자 재혼이라면서? 그럴 수 있겠지. 하지만 널 사랑하고 너도 그렇고. 그럼 뭐가 문제냐? 잘 대화하면 되지."

"그래, 그렇긴 하지만, 우리가 이렇게 딴사람한테 안달 날 줄 어떻게 알았니. 속상하다. 넌 안 속상하니?"

"아, 뭔 소리야?"

그의 미간이 확 좁혀졌다.

"너, 주은행 좋아하잖아. 그것도 진우가 찍은 여자를 말이야. 미쳤다."

"원래 내 사람……."

성현은 말을 멈추었다. 이미 단념하기로 결심했는데도 쉽지 않았다. 원래 내 사람이었다는 말이 나올 뻔했다.

"이제 그만하자. 갈게. 그리고 한동안 보지 말자. 골치 아프다."

"주은행이랑 사귀지 마."

"뭐?"

그가 완전히 인상을 팍 쓰자 민아가 생글거렸다.

"또 그 말은 싫은가 보네, 너는 누굴 좋아하면 완전 속이 보여요."

"끼어들지 마."

"나보다 나은 여자를 사귀었으면 좋겠단 말이야. 나처럼 간보고 떠보고 이간질하고 그런 여자 말고. 넌 나의 소중한 첫사랑이잖아."

"고맙다, 첫사랑이라고 특별하게 위해줘서."

"빈정거리지 말아줄래."

"주 실장 그런 사람 아니야. 좋은 사람이야. 함부로 말하지 마."

성현이 진지하게 말했다.

"나는? 나는 나쁜 사람이고?"

"너도 가끔은 좋은 사람이야. 친구로 잘 지내려면 예의 지켜줘. 이상한 짓 하지 말고. 그리고 너, 이번에는 행복해라, 좀. 나도 내 첫사랑이 잘살았으면 좋겠다."

성현이 그 말을 남기고 뒤도 돌아보지 않고 기차 승강장으로 갔다. 민아는 의자에 그대로 앉아서 한숨을 팍팍 쉬었다.

연애를 많이 했었지만 가장 사랑했던 남자는 지금 자신을 힘들게 하는 약혼자였다. 복잡한 인간만 사랑하다니. 사실 김성현은 지나간 남자다. 그럼에도 가장 뼈아픈 놈이긴 했다.

10대 중반부터 20대 초반까지의 사랑, 딴사람이 끼지는 않았는데도 실시간으로 마음이 식는 걸 보는 연인의 아픔은 당하지 않으면 아무도 모른다. 그래서 질투심을 이용하려다가 끝장이 났지만.

선배의 여자가 똑같이 선배의 마음을 잡으려고 질투심을 이용해서 성현에게 좋아하는 척하다가 성현이가 그런 여자들에 대해 정 떨어지게 만들었다. 선배가 오해를 풀었지만 그래도 계속 이기려고 내기를 하다 사고로 죽자 모든 게 끝나 버린 것이다. 그의 기질도 야망도 식어버린 사랑도 다 끝났다.

민아는 김성현이 사랑에 빠지는 걸 지켜보는 것이 옛사랑으로서 기분 더러우면서도 한편으론 짜증 나게 다행이란 생각도 들었다.

"짜증 나네."

하다니, 지가 갑부면 다야? 나이도 나보다 훨씬 많은 게 신경질 나."

"그 남자 재혼이라면서? 그럴 수 있겠지. 하지만 널 사랑하고 너도 그렇고. 그럼 뭐가 문제냐? 잘 대화하면 되지."

"그래, 그렇긴 하지만, 우리가 이렇게 딴사람한테 안달 날 줄 어떻게 알았니. 속상하다. 넌 안 속상하니?"

"아, 뭔 소리야?"

그의 미간이 확 좁혀졌다.

"너, 주은행 좋아하잖아. 그것도 진우가 찍은 여자를 말이야. 미쳤다."

"원래 내 사람……."

성현은 말을 멈추었다. 이미 단념하기로 결심했는데도 쉽지 않았다. 원래 내 사람이었다는 말이 나올 뻔했다.

"이제 그만하자. 갈게. 그리고 한동안 보지 말자. 골치 아프다."

"주은행이랑 사귀지 마."

"뭐?"

그가 완전히 인상을 팍 쓰자 민아가 생글거렸다.

"또 그 말은 싫은가 보네, 너는 누굴 좋아하면 완전 속이 보여요."

"끼어들지 마."

"나보다 나은 여자를 사귀었으면 좋겠단 말이야. 나처럼 간보고 떠보고 이간질하고 그런 여자 말고. 넌 나의 소중한 첫사랑이잖아."

"고맙다, 첫사랑이라고 특별하게 위해줘서."

"빈정거리지 말아줄래."

"주 실장 그런 사람 아니야. 좋은 사람이야. 함부로 말하지 마."

성현이 진지하게 말했다.

"나는? 나는 나쁜 사람이고?"

"너도 가끔은 좋은 사람이야. 친구로 잘 지내려면 예의 지켜줘. 이상한 짓 하지 말고. 그리고 너, 이번에는 행복해라, 좀. 나도 내 첫사랑이 잘살았으면 좋겠다."

성현이 그 말을 남기고 뒤도 돌아보지 않고 기차 승강장으로 갔다. 민아는 의자에 그대로 앉아서 한숨을 팍팍 쉬었다.

연애를 많이 했었지만 가장 사랑했던 남자는 지금 자신을 힘들게 하는 약혼자였다. 복잡한 인간만 사랑하다니. 사실 김성현은 지나간 남자다. 그럼에도 가장 뼈아픈 놈이긴 했다.

10대 중반부터 20대 초반까지의 사랑, 딴사람이 끼지는 않았는데도 실시간으로 마음이 식는 걸 보는 연인의 아픔은 당하지 않으면 아무도 모른다. 그래서 질투심을 이용하려다가 끝장이 났지만.

선배의 여자가 똑같이 선배의 마음을 잡으려고 질투심을 이용해서 성현에게 좋아하는 척하다가 성현이가 그런 여자들에 대해 정 떨어지게 만들었다. 선배가 오해를 풀었지만 그래도 계속 이기려고 내기를 하다 사고로 죽자 모든 게 끝나 버린 것이다. 그의 기질도 야망도 식어버린 사랑도 다 끝났다.

민아는 김성현이 사랑에 빠지는 걸 지켜보는 것이 옛사랑으로서 기분 더러우면서도 한편으론 짜증 나게 다행이란 생각도 들었다.

"짜증 나네."

※

　은행은 일을 마치고 숙소인 펜션으로 갔다. 진우는 그녀에게 면역 효과을 주려는 것처럼 김성현 얘기를 많이 했다. 면역은 되었지만 그와 함께 별도로 왠지 애잔한 기분이 침입했다. 이 모든 것이 뭔가 감기 걸리는 것과 흡사했다.

　그녀는 생각들을 털어버리고 서류들을 훑어보았다. 서울로 올라가서 해야 할 일까지 점검했다. 센터 일을 마치면 밀린 일부터 시작해서 엄청 바쁠 것이다. 게다가 사장인 김성현이 재개발 지역 주민을 위해 일하느라 자신이 소장 몰래 그가 해야 할 일까지 해야 할 판이었다. 어찌 됐든 실리를 챙겨 회사가 돌아가게 해야 되니까. 근데 문제는 그 소장이 고백한 통에 심기가 혼란스럽고 어색하다는 것이었다. 차라리 빡세게 일하다 보면 다시 예전으로 돌아갈 수도 있을까.

　"아, 머리 아파."

　마음처럼 쉽지 않다. 연애도 뒤죽박죽, 똑똑한 머리가, 연애에 대해서 늘 계획을 철두철미하게 세웠던 그 머리가 뒤죽박죽이다. 답이 확실한데 왜 이런 기분일까. 죄 없는 자신의 머리를 뜯었다. 그때 휴대폰이 울렸다. 김성현이었다. 다시 가슴이 쿵 하고 내려앉았다.

　"네, 주 실장입니다."

　은행은 괜히 사무적으로 말했다. 심장이 고장 난 것처럼 엇박자로 뛰어서 기분이 안 좋아 목소리가 더 퉁명해졌다.

〈미안합니다.〉

분명 김성현 목소리다. 근데 앞뒤 다 자르고 그 말이다.

"네에?"

요즘 이 남자가 하는 짓을 통 알 수가 없다.

〈주 실장, 사적으로 안 괴롭힐게요.〉

"……."

〈그러니까 주 실장 포기한다고요.〉

무슨 바보한테 설명하듯이 성질을 낸다.

"네에, 고맙습니다."

누가 누구한테 성질이야. 은행은 퉁명스럽게 맞받아쳤다.

〈스카웃 제의 많이 오잖아요. 불편할 테니 큰 데로 가요. 그동안 너무 의리 챙기면서 작은 데 오래 있었어요.〉

"싫은데요."

좀 더 생각할 문제다. 옮길 수도 있다. 그런데 왜 그 말이 불쑥 나왔는지 그녀도 자신이 이해가 되지 않았다. 왜 이러지.

〈안 불편해요?〉

"불편할 게 뭐 있겠어요? 해프닝에 불과한데. 소장님도 금세 웃게 될 거예요. 어이가 없어서요."

〈남의 감정 함부로 진단하지 맙시다.〉

김성현이 낮은 목소리로 성질을 냈다.

"그러니까 소장님이 꼬리를 내리신 거죠, 아닌가요?"

〈난 주은행 실장을 진심으로…… 아니에요. 그리고 내가 불편하니까 큰 회사로 가요. 부탁할게요.〉

"싫어요."

＊

　은행은 일을 마치고 숙소인 펜션으로 갔다. 진우는 그녀에게 면역 효과를 주려는 것처럼 김성현 얘기를 많이 했다. 면역은 되었지만 그와 함께 별도로 왠지 애잔한 기분이 침입했다. 이 모든 것이 뭔가 감기 걸리는 것과 흡사했다.

　그녀는 생각들을 털어버리고 서류들을 훑어보았다. 서울로 올라가서 해야 할 일까지 점검했다. 센터 일을 마치면 밀린 일부터 시작해서 엄청 바쁠 것이다. 게다가 사장인 김성현이 재개발 지역 주민을 위해 일하느라 자신이 소장 몰래 그가 해야 할 일까지 해야 할 판이었다. 어찌 됐든 실리를 챙겨 회사가 돌아가게 해야 되니까. 근데 문제는 그 소장이 고백한 통에 심기가 혼란스럽고 어색하다는 것이었다. 차라리 빡세게 일하다 보면 다시 예전으로 돌아갈 수도 있을까.

　"아, 머리 아파."

　마음처럼 쉽지 않다. 연애도 뒤죽박죽, 똑똑한 머리가, 연애에 대해서 늘 계획을 철두철미하게 세웠던 그 머리가 뒤죽박죽이다. 답이 확실한데 왜 이런 기분일까. 죄 없는 자신의 머리를 뜯었다. 그때 휴대폰이 울렸다. 김성현이었다. 다시 가슴이 쿵 하고 내려앉았다.

　"네, 주 실장입니다."

　은행은 괜히 사무적으로 말했다. 심장이 고장 난 것처럼 엇박자로 뛰어서 기분이 안 좋아 목소리가 더 퉁명해졌다.

〈미안합니다.〉

분명 김성현 목소리다. 근데 앞뒤 다 자르고 그 말이다.

"네에?"

요즘 이 남자가 하는 짓을 통 알 수가 없다.

〈주 실장, 사적으로 안 괴롭힐게요.〉

"……."

〈그러니까 주 실장 포기한다고요.〉

무슨 바보한테 설명하듯이 성질을 낸다.

"네에, 고맙습니다."

누가 누구한테 성질이야. 은행은 퉁명스럽게 맞받아쳤다.

〈스카웃 제의 많이 오잖아요. 불편할 테니 큰 데로 가요. 그동안 너무 의리 챙기면서 작은 데 오래 있었어요.〉

"싫은데요."

좀 더 생각할 문제다. 옮길 수도 있다. 그런데 왜 그 말이 불쑥 나왔는지 그녀도 자신이 이해가 되지 않았다. 왜 이러지.

〈안 불편해요?〉

"불편할 게 뭐 있겠어요? 해프닝에 불과한데. 소장님도 금세 웃게 될 거예요. 어이가 없어서요."

〈남의 감정 함부로 진단하지 맙시다.〉

김성현이 낮은 목소리로 성질을 냈다.

"그러니까 소장님이 꼬리를 내리신 거죠, 아닌가요?"

〈난 주은행 실장을 진심으로…… 아니에요. 그리고 내가 불편하니까 큰 회사로 가요. 부탁할게요.〉

"싫어요."

은행은 자기 입술을 이로 뜯으며 말했다.

〈주은행 실장…… 정말 아주…… 못된 여자네요.〉

그의 말에 깜짝 놀랐지만 태연한 척했다.

"원래 그러잖아요. 못된 마녀, 콩지랄, 콩마녀. 그리고 좋아한다고 심술부린 건 그쪽이라고요."

〈주 실장은 아주아주 못되고 못된 여자예요. 눈 깜짝할 새에 금방 잊을 겁니다.〉

성현이 전화를 끊었다. 술 처먹었나.

"뭐 하자는 거야?"

은행은 전화를 끊고도 씩씩거렸다.

"자기 혼자 북 치고, 장구 치고 다 해놓고 못된 여자라니. 이럴 거면 왜 고백하고 난리를 쳤던 거야. 사람 심란하게."

그동안 심란했던 것이 억울했다.

"하여튼, 이제 끝났네. 다행이다."

말처럼 그렇게 단순하진 않았다. 분명 끝났는데 왜 오히려 더 혼란스러운지 모르겠다. 은행은 작은 방 안에 무수한 발자국을 남기며 혼자 꿍얼댔다. 그러다 괜히 옷장을 발로 차다가 아파서 침대에 쓰러져 웅크리고 계속 씩씩거렸다.

"내가 나쁜 여자인가?"

그 생각이 떠나질 않는다. 나쁜 여자면 어때? 김성현한테만 그런 건데. 김성현은 그녀의 인생에서 중요하지 않다. 원하는 남자한테만 좋은 여자가 되면 그만이다.

"잘된 거야."

그날 밤, 그녀는 자다 깨다를 반복했다.

그와 마주치면 말싸움이 날 거라고 예상했다. 왜냐하면 김성현은 주은행을 못된 여자라고 단정하고, 그걸 부인 못하면서도 그녀는 화기가 가라앉지 않았다. 그런 두 사람이 좁디좁은 건축사무실에서 마주치면 난리 날 거라고.

"팔은 왜 그래요? 뺨도 그렇고. 다쳤네요······."

사무실에서 부딪치자마자 성현에게 무작정 따지려는 마음을 잊어버린 것은 그의 상처들 때문이었다. 팔엔 붕대가, 얼굴엔 스크래치가 선명했다.

"아무것도 아니에요."

손을 뻗는 은행을 성현이 멀쩡한 팔로 막으며 가까이 오지 못하게 했다.

"아무것도 아니긴요. 조합 때문이죠? 협상을 해야죠. 용역들하고 그냥 몸으로 붙으면 어떡해요? 누가 손해겠어요. 언론에도 도움 청하고 그렇게 영리하게 굴면 되잖아요."

"그러고 있어요. 지금 최대한 버티는 거예요. 그래도 다른 곳보단 운이 좋은 편이에요. 언론이 관심도 가지고 있고, 협상으로 해결될 조짐이 있다고요. 그러니까 지금 최대한 버티는 거고. 그러고 이건 그냥 넘어진 탓도 있어요. 술 취해서 해롱거리다가······."

"조심해야죠, 다치잖아요."

은행은 속상한 마음을 숨기지 못했다.

"주 실장 문제 아니니까 걱정하지 마요. 뭔 상관입니까?"

"뭔 상관이냐고요?"

"그래요."

"동지, 의리. 뭐, 하여튼 6년 넘게 같이 일했잖아요. 대표와 아주 유능한 실장으로 그렇게 오랜 세월 지냈는데 아무것도 아니라고요?"

은행이 씩씩거렸다.

"동료, 뭐 그런 거라도 걱정은 그 정도로 해요. 더는 접수 안 해요. 남 일처럼 대해요. 참 쉽잖아요."

"사람이 어떻게 그래요?"

그가 성큼성큼 다가왔다. 가슴이 철렁거렸다.

"맞아요. 사람이 그렇진 않죠. 6년이나 같이 일했고, 주 실장에게 내가 많이 일적으로나 인간적으로 의지했으니까요. 근데 이젠 난 주 실장에게 그런 것 원하지 않아요."

"……"

"단념했어도 쉽지 않다고요. 노력이 필요해요. 그러니 주 실장도 도와줘야죠. 아니라고 해도 마음이 그렇게 딱 무 자르듯 쉽지 않아요."

침묵이 흘렀다.

"그 얘긴 끝낸 것 아니에요?"

그의 사랑 고백은 해프닝으로 끝내기로 했지 않은가. 하지만 그의 눈빛엔 해프닝의 조짐도 보이지 않았다. 이상하지만 거기엔 상처받은 남자가 있었다.

"끝냈죠."

"그런데 왜 이러세요?"

"그래도 편했던 사이로 돌아갈 수는 없어요. 불편하면 주 실장이 떠나요."

"난 절대 안 떠나요."

"……"

"왜요? 또 너무너무 못된 여자라고 하려고요?"

"네에, 술 취해서 한 말인데……."

술 처먹어서 한 말이 맞군. 못된 여자라고 한 거 없던 일로 해야겠다.

"미안해요. 근데 주 실장 너무너무 못된 여자 맞아요."

"네에?"

"주 실장은, 나한테만 못된 여자라고요. 좋은 사람인데 내가 가질 수 없으니까 그렇죠. 그리고 주 실장 마음 편하게 하려고 내가 장난친다고 생각하지 말아요. 나 많이 힘들어요. 즉흥적으로 고백했다고 하는데, 그것은 감정이 터진 거고, 또 단념하려고 한 것은 그래도 제정신일 때 가까운 사람 상처 덜 주려고 그래요. 둘이 진짜 좋아할 수도 있다는 생각이 갑자기 들었어요. 내가 주 실장 좋아하지 않아서 단념하는 게 아닙니다. 그러니까 좀 도와줘요. 눈앞에 계속 있으면 마음이 누그러들지 않는다고요."

은행은 그의 진지한 고백에 어쩔 줄 몰라 했다.

"들꽃사무소 떠나기 싫어요. 또, 김 소장님하고 완전 남남처럼 안 볼 수도 없잖아요. 그러기는 너무……."

말을 끝맺을 수가 없었다. 숨이 차고 가슴이 울렁거렸다.

"그럼, 시간을 주던지요. 좀 편하려면, 그것도 거짓말처럼 그렇게 되려면 시간이 있어야 할 것 아니에요. 그전까지 남처럼 굴어요. 부탁입니다."

 성현이 자기 일로 돌아갔다. 그녀는 한동안 말을 잃고 그 자리에 서 있었다. 머리가 띵했다. 겨우 정신을 차렸을 때는 그는 이미 나간 뒤였다.

 주은행은 똑똑한 여자다. 그것은 주위 사람들뿐 아니라 그녀 자신도 의심한 적이 없었다. 하지만 연애에 대해선 바보다. 늘 이론과 계획에만 빠삭하지 실전에선 융통성이 없어 실패를 거듭했다. 이젠 절대 그래선 안 된다. 그런데 상대에 대한 실망도 변덕도 없는데, 왜 그런 적 없던 삼자 때문에 잡념에 시달리는 건가.
 제대로 된 사랑을 하고 싶다.
 그녀는 눈앞에 이상형을 두고 있었다.
 늘 떠들어댔던 것 아닌가. 자수성가에 눈빛이 또렷하고, 정석 미남에 큰 키 그리고 자신감 있으면서도 겸손하고, 솔직하고 세련되면서도 여자에게 연애의 주도권을 넘겨서 편안함까지 보너스로 주는 남자.
 바로 눈앞에 있다. 그뿐인가. 낭만적인 재즈 연주가 흘러나오고 있다. 그것도 그녀가 설계하고 진두지휘한 이 별장 거실에서 서진우가 선물한 꽃향기를 맡으며 다정한 어조로 조곤조곤 말하는 남성적인 목소리를 듣고 있지 않은가.
 해가 막 저문 저녁의 맑은 공기가 창가를 통해 코끝을 맴돌고, 남자의 좋은 냄새가 스며든다. 분위기가 무르익고 있었다. 대화들도 술술 나오고 있었다. 근데 머릿속은 지금 앞에 있는 남자와 함께 다른 존재가 불순물처럼 섞여 있었다.

몰아내자, 몰아내자.

그럴수록 김성현이 지금 용역과 대치 상태에 있지 않을까 걱정이 되었다. 그런 걱정이 점점 손쓰기 힘들 정도로 커졌을 때 부드러운 입술이 다가왔다. 생각 따로, 말 따로, 행동 따로 지금 그녀가 하는 짓이다.

그들은 별장 정원의 나무와 꽃에 대해서 얘기하고 있었다. 겨울에 푸른색을 유지하는 노간주나무와 박태기나무 등등. 조경에 대한 지식은 없지만 그래도 조경비를 싸게 하느라 직접 나무를 나르고 심고 해서 그런 얕은 지식이 생겼다. 그 얘기를 하고 있는데 옆에 앉은 진우가 그녀의 얼굴에 뭐가 묻었는지 닦아주다가 점차로 천천히 다가온 것이다.

그들의 첫 키스였다.

혀가 부드럽게 들어오고 있었다.

"뽀뽀하지 마요."

그 순간 바로 떨어졌다. 은행이 몸을 뒤로 확 뺀 것이다. 진우는 은행을 진지하게 쳐다보았다. 그 눈빛엔 근심이 섞여 있었다.

"뽀뽀하지 마요."

자꾸 그 말이 주문처럼 떠오른다. 기분이 이상했다. 마치 해선 안 되는 상대와 입을 맞춘 느낌이었다. 설레기는커녕 죄의식이 드는 것은 모두 이 주문 같은 말 때문인 것 같았다.

김성현의 주문 같은 말, 뽀뽀하지 마요. 주옥 같은, 아니, 지옥 같은 말이다.

"뭐가 잘못되었나요?"

진우가 부드럽게 물었다.

"아니에요."

은행이 당황해서 고개를 저었다.

"내 키스가 형편없었나 봐요, 도중에 멈춘 걸 보면."

"아니요, 근사했어요. 지금까지 키스한 것 중에서 제일 좋았어요."

당황해서 해서 머리를 거치지 않고 그냥 되는대로 입에서 술술 나왔다. 그가 웃었다. 그녀도 같이 따라 웃다가 울상이 되었다.

"내가 문제예요."

"제발, 다른 남자 때문이라고 하지 말아줘요."

진우가 부드럽고 슬픈 어조로 말했다. 매번 연애가 거듭될수록 허한 기분에 휩싸였으나 이번엔 느낌이 좋았다. 주은행이 운명 같았다. 하지만 그녀의 눈동자는 시간이 지날수록 자신을 보고 있지 않았다. 내부에 떠도는 사람에게 자꾸 흔들렸다. 오랫동안 보아오고, 의지하고 지탱해 준 사람.

"당연히 아니죠."

진우가 한숨을 내쉬자 확실히 덧붙였다.

"저 양다리 걸치는 그런 여자 아니에요."

분명 사실인데, 왜 마음이 뜨끔한 것일까? 김성현과 사귄 적도 없고 좋아하지도 않는다. 다만, 김성현의 고백 때문에 골치가 너무 아파서 집중하기 힘들 뿐이다. 성현의 힘들다는 말에 가끔 울컥하기도 한다. 이 미친 증상은 무슨 증상일까. 감기라면 완전 신종 독감임이 분명한데 말이다.

"알아요. 다만, 사람 마음은 누구도 어쩔 수 없는 거니까요."

그동안 수많은 연애를 한 것은 감정 변화 때문이고, 그것을 당연한 이치처럼 진우는 받아들였다. 그처럼 은행의 감정 변화 또한 그렇게 받아들일 수밖에 없다는 사실로 인해 안타까움이 스쳤다.

"다른 남잔 없어요. 제가 좀…… 그러니까 바빠서요…… 사실, 좀……."

은행은 자신도 모르게 이렇게 말할 뻔했다.

'좋아하지 않는데 김성현 때문에 머리가 아파서요……. 김성현이 무슨 말을 할 때마다 뇌리에 자꾸 박혀요. 무슨 가시도 아니고.'

"아직 누굴 사랑하기에 제가 좀……."

말이 계속 엉겼다. 서진우를 밀쳐 내는 것이 얼마나 안타까운 일인지 그녀도 뼈저리게 안다. 하지만 이렇게 복잡한 상태로 누군가와 연애하는 것은 신념에 맞지 않았다. 조금이라도 바람피우는 느낌은 용납할 수 없었다. 부모님이 쌍으로 바람을 피워서 가정을 파토 낸 것이 영향이라면 영향일 수도 있었다. 마음이 아프지만 서진우를 포기해야 한다. 억장이 무너지는데도 결심은 생각보다 흔들림이 없었다.

"딴 남자가 있다고 해도 돼요. 그럴 수 있으니까요. 그게 김성현만 아니면 좋겠어요."

"네에?"

은행은 당황한 빛을 미처 숨기지 못하고 허둥대느라 앞에 있는 물컵을 쏟을 뻔했다. 겨우 잡고 물을 마신 후 정신을 가다듬었다.

"성현과 애정 문제로 싸우기 싫거든요. 김성현과 제대로 싸워서 이긴 적이 드물어서요. 그놈 마음만 먹으면 무서워지니까. 성현이는 은행 씨 좋아하는 것 같지만 은행 씨만 아니면 상관없죠. 은행 씨 마음이 성현에게 있지 않다면 성현이도 덤벼들지 않을 테니까요. 그래 본 적도 없는데 성현이와 사랑 때문에 싸우긴 싫어요."

진우가 은행을 응시하며 담담하게 말했다.

"다른 사람 때문이 아니에요. 그냥…… 제가 누굴 사랑하기에 지금 상태가 명료하지 못해서…… 그래서 그래요."

설명을 할수록 이상해졌다. 그녀는 김성현을 좋아한다고 생각하지 않았다. 하지만 흔들림이 말이 거듭될수록 묻어났다. 어쩔 수 없다, 입을 다물 수밖에. 그래도 이 말은 해야 한다.

"미안해요."

은행은 차마 그의 눈을 보지 못하고 웅얼거렸다.

좋다고 수많은 계획을 세우고, 좋아한다는 뉘앙스를 그리 많이 던져 놓고 중요한 순간에 이 지랄이다. 사실 놀랍지도 않았다. 늘 그래 왔지 않는가. 그래서 아직 무경험이고. 그래도 키스하자마자 이건 아니라고 생각한 적은 없어서 당혹스러웠다. 자신을 탓하는 소리가 커지고 있었다.

'멍청이, 어떻게 이런 남자를 놓치려고 하니?'

그것도 다른 사람을 좋아하는 것도 아니고, 단지 혼란스럽다는 그 이유만으로 말이다.

"왜 이렇게 슬픈 얼굴이에요? 차인 건 난데, 안 그래요?"

진우가 부드러운 표정으로 그녀를 들여다보았다.

"그러니까요. 왜 난 이런지 모르겠어요."

그것은 자신에게 하는 말이었다. 왜 이러는지.

"은행 씨, 정말 괜찮아요?"

"안 괜찮아요. 속상해서 그래요. 내가 만난 남자들 중에 서진우 씨가 가장 최고인데 왜 이렇게 난 집중을 못하는지……."

"뽀뽀하지 마요."

또 그놈의 그 말. 안 해, 안 해.

그녀가 울컥했다. 그가 어깨를 토닥여 주었다. 누가 이 광경을 본다면 정말로 그녀가 차인 줄 알겠다.

"김성현이 그렇게 좋아요?"

진우가 담담한 어조로 물었지만 그 안에 속상한 감정이 조금은 묻어 있었다. 시선이 마주쳤다. 그는 잘못된 착각을 하고 있지만 본질은 비슷했다. 어찌 됐든, 김성현 때문이니까.

"솔직히 말할까요?"

은행이 한숨 후에 말했다.

"가슴 아프지만 지금은 그게 좋을 것 같아요."

이 순간 은행은 계획과 생각을 잠시 내려놓았다. 이런 좋은 남자에게 오해를 하게 할 수는 없었다.

"사실, 김성현 씨 때문에 머리가 좀 뒤죽박죽이에요."

"고백받고 나서요?"

"네에, 근데 김 소장님이 나한테 고백한 건 어떻게 아셨어요?

김 소장님이 말했어요?"

"눈치챈 거예요. 김성현이 야심만만했을 때조차도 제일 못했던 것이 속마음 숨기는 거예요. 그래서 흔들린 거예요?"

은행이 손사래를 쳤다.

"아니에요, 사귈 생각도 없는데요. 좋아하지도 않아요."

좋아하지도 않다는 말이 거짓말처럼 느껴져서 얼른 물을 마셨다. 사실, 전혀 좋아하지 않는다고 할 수 있나. 모르겠다.

"하여튼 그냥 불편하고 거슬려서요. 이게 계속되니까 누굴 사귀는 데 방해돼요. 시간이 지나면 나아지겠지만 지금은 복잡해요. 단순명료해야 연애를 할 수 있거든요. 속상해요. 물론 연애할 때 가식적일 때도 있지만 지금은 그럴 머리가 안 돌아가요. 그러니까 불안하고요."

진우는 웃기도 하고 찡그리기도 했다.

"당신이 정말 좋아요. 그래서 걱정이에요."

"뭐가요?"

"은행 씨가 깨어날까 봐요."

진우는 성현의 고백에 은행도 휩쓸렸다는 걸 안다. 지금은 아니라고, 혼란일 뿐이라고 하지만 김성현 존재를 입에 올릴 때마다 그녀의 눈빛이 자꾸 희끄무레해지는 걸 보았다. 그리고 음성까지 조금씩 떨리는 것도. 그것이 무엇을 말하는 것인지 진우는 이미 알았다. 하지만 자신이 좋아하는 사람이 친구에게, 그것도 가장 친한 친구에게 빠지는 걸 보기는 싫었다. 그래서 그녀가 자각하지 말길 바랐다.

"네에?"

은행은 이해하지 못했다. 그때, 휴대폰이 울렸다. 유 비서였다.

"네에? 소장님이 다쳤다구요? 어디인데요? 지금 갈게요."

서진우에게 설명할 여유도 없이 허둥댔다.

"같이 가요."

그들은 다시 전화로 김성현이 크게 다친 것은 아니라는 소식을 들었다. 그러나 은행은 당황해서 입술을 뜯고 말이 많아졌다. 쓰러질 듯이 휘청대기도 하고, 마음만 급해서 몸은 따라주지 못해 앞으로 걸어가는데 몇 번씩 넘어지기도 했다.

"괜찮아요?"

"네에."

주은행은 정신이 없었다.

"타요. 같이 가요."

"네에."

그녀는 울 것 같았다. 아무리 조금 다친 거니까 그 정도는 금세 훌훌 털어버릴 거라고 말해줘도 소용이 없었다. 진우는 그때 알았다, 그녀가 완전히 깨어났음을. 그리고 이제 기회가 없어졌다는 걸.

사랑은 이번에도 떠나갔다. 자신의 변덕스런 마음 때문이 아니라 좋아하는 사람의 마음이 가장 친한 친구에게로 향해서.

성현은 멀쩡했다. 조바심 치고 온 사람이 무안할 만큼 침상에 누워 있지도 않고 다친 사람들 챙기느라 응급실에서도 분주했다.

갑자기 환자들이 몰아닥치니 인턴들이 놀랐는지 전화로 연결하더니 두 명이 더 뛰어온 모양이다. 다행히 크게 다친 사람은 없는지 인턴들은 진료 기록을 확인하고 어디가 아픈지 한 명씩 문진에 들어갔다. 손목에서 피를 뽑고 다른 데에선 상처를 소독하거나 붕대로 감았다. 그 모습 속에서 은행은 멍하게 김성현을 쳐다보았다. 얼굴에 피딱지가 있고 팔은 붕대로 감았지만 활발하게 움직이는 그를.

"왜 왔어요?"

성현이 은행을 발견하고 다가와 퉁명하게 물었다.

"걱정했잖아요."

"왜 걱정을 해요?"

"그러니까요."

은행은 응급실을 서둘러 나왔다. 그리고 멈춤 없이 밖으로 나갔다. 사람들하고 부딪칠 뻔하자 그제야 정신이 드는지 병원 벤치에 앉았다. 이렇게 가다가 계속 부딪칠 것만 같았다. 시야가 흐릿했다. 정신을 차려야 한다. 근데, 좀처럼 그게 쉽지 않았다.

바람이 불었다. 낙엽이 바람에 우수수 떨어지고 은행은 찬바람 속에 몸을 움츠리고 있었다. 괜히 울컥하는 마음이 솟아올랐다.

"왜 그래요? 나, 멀쩡하다니까요."

어느새 김성현이 쫓아왔다. 그리고는 옆에 앉았다.

"좀 혼자 있고 싶거든요."

"굳이 나 찾아와 놓고 뭘 혼자 있고 싶대?"

은행은 고개를 숙였다.

"괜찮아요?"

"……"

성현이 그녀의 얼굴을 억지로 돌렸다.

"괜찮냐고요?"

"괜찮아요."

하지만 말과 달리 그녀의 얼굴은 막 울 것처럼 울긋불긋해졌다.

"안 괜찮아 보이는데요?"

"회사 그만둘래요."

은행은 작은 소리로 중얼거렸다. 충동적이라 해도 어쩔 수 없다. 지금은 김성현에게서 무작정 도망치고 싶었다. 자신의 이상형과 거리가 먼 남자를 좋아하게 된 사실로부터 멀리 달아나야 했다.

상사와는, 자기 미운 모습 다 보인 사람하고는 절대로 연애할 수 없다.

이것은 비극이다. 좋아하게 되다니. 말도 안 돼.

"누구 마음대로."

"회사 나가라고 했잖아요."

은행이 고개를 들고 그를 똑바로 쳐다보았다.

"그건 그때지, 지금은 아니에요."

"왜요?"

"지금은 주은행이 김성현 때문에 힘들어하는 것을 방금 알아챘기 때문에 어디로 가게 할 수 없어요."

김성현이 얄밉게도 그녀의 심정을 정확히 끄집어냈다.

"뭐라고요?"

부인하기에 이미 늦었다는 걸 알면서도 은행은 박박 우기고 있었다. 모든 것이 마음대로 되지 않는 자신의 감정에 대한 마지막 항쟁이었다. 아니, 억지일 수도 있었다. 그러나 아직도 확연하게 느껴지는 감정을 모두 받아들이기 힘들었다. 반면, 김성현은 모든 것이 확실해 보였다.

"나는요, 나 때문에 힘든 사람 그냥 두고 못 봐요. 게다가 그게 주 실장이면 더욱더 그렇고요. 내가 주 실장 얼마나 아끼는지 알지 않습니까?"

"……"

아무 말도 하지 않았지만 흥 소리를 숨소리마냥 낸 것 같기도 했다. 아랑곳없이 김성현은 말을 이어나갔다.

"가장 친한 친구보다 더 아낀다는 걸 깨달았어요. 서진우, 그놈은 다 좋은데 사랑엔 변덕이 있어서 주은행이 상처받을까 봐 전전긍긍하다가 이럴 바에야 내가 책임지자고 했는데 주 실장이 날 싫다고 하니 어쩌겠어요. 포기하려고 했지. 근데 지금은 마음이 바뀌었어요. 들어갈 여지가 보이는데 미쳤다고 포기하겠습니까? 내가 바보도 아니고."

어쩌면 저렇게 망설임도 없이 저런 말을 일사천리로 내뱉을까, 은행은 놀랍기만 했다.

"왜 그렇게 봐요?"

"김성현이 너무 잘나서요."

그가 웃었다. 웃으면 장난기가 스며드는 얼굴이 누구에게나 호감이 된다는 걸 알면서 웃는 것이 분명하다고 은행은 생각했다.

"나 이제 좋아해요?"

봐라, 그러니 저런 질문을 하고 있지 않은가.

은행은 지금 순간이동을 할 수 있으면 얼마나 좋을까 하는 허무맹랑한 생각을 했다. 김성현은 늘 직설화법을 추구했다. 생각해 보니 김성현은 느려 터져도 할 말은 다 했던 것이 떠올랐다. 젠장.

"말해봐요."

"몰라요."

은행은 괜히 성질을 냈다.

"아니다, 맞다, 둘 중 하나만 택해요."

성현이 그녀의 턱을 부드럽게 잡았다. 자꾸 다른 데를 보자 시선을 맞추려는 동작이었지만 마치 키스할 것 같은 모션과 닮아 있었다. 젠장.

"모르겠다고요!"

"정말?"

역시나, 그가 가볍게 그녀의 입술에 입을 맞추었다. 거의 솜털처럼 금세 떨어져 나갔다.

"지금 뭐 하는 거예요?"

"마음이 따르는 대로 했을 뿐이에요. 주 실장 마음과 내 마음!"

그녀의 입술이 삐뚤어졌다. 하루에 각기 다른 남자와 키스, 아니, 뽀뽀라니. 이게 뭔 조화냐. 하지만 이 접촉이 이렇게 선명한 진실을 안겨줄 수 있다는 걸 알았다. 더 이상 숨길 수는 없었다.

"그래요, 좋아해요. 의지와 상관없이 이렇게 됐어요. 좋아하는 줄도 몰랐어요. 왜 좋아하는지도 모르겠고요. 하여튼, 좋아하는 것 같아요. 그렇다고 막 뽀뽀하면 안 돼요. 알아들었어요?"

은행은 고백을 했다. 거칠고 날 선 고백. 눈빛은 사나웠다. 그렇다고 해도 울퉁불퉁한 기분이 사라지지 않았다.

"그래서 싫어요?"

성현이 진지하게 물었다.

"……."

두 사람의 눈이 마주쳤다.

"기쁘진 않아요."

솔직하게 말했다. 이젠 뭐, 숨길 것도 없다.

"바보 같은 김성현을 좋아하게 돼서?"

"그렇죠. 김성현은 내 이상형이 절대 아니니까."

"슬픈 일이네."

"놀리지 마요."

그녀가 다가오는 그의 어깨를 툭 밀었다.

"나 엄청 진지해요. 그렇게 보이잖아요. 주 실장하고 당장 사귀고 싶은 마음이 지금 가득하다고요."

"아직은 그럴 생각이……."

"나 봐요."

은행은 시선을 자신도 모르게 맞추었다. 원래, 이 남자 이런 남자 아니었잖아. 왜 이렇게 포스를 뿜어대는 거야.

"난 아주 느려 터진 남자이지만 사랑에선 안 그래요. 내가 엄청 좋아하고 날 조금이라도 좋아하는 여자는 그냥 방치해 두지 않는다고요. 주 실장, 이젠 나하고 데이트하는 거예요."

"왜 그래요?"

"누가 나 좋아하래요. 내일 밥 먹읍시다."

성현이 울긋불긋한 그녀의 얼굴에, 정확히 작은 코와 작은 입술 그리고 작은 이마에 연달아 뽀뽀를 하고 일어섰다. 그녀가 파리 쫓듯 손을 내저어도 소용이 없었다. 이 남자, 조금 여지를 주었다고 여지없이 달려드는군. 고민에 휩싸인 사람 생각은 전혀 없이. 은행은 심란했다. 그런 와중에 서진우가 그들을 보고 있는 모습이 보였다. 눈을 질끈 감았다 떴다. 연애를 이딴 식으로 할 거라고 생각해 본 적이 있나. 서진우에게 뭔가 말을 해야 했다.

"잠깐만요. 진우하고 얘기 좀 하고요. 걱정 말아요."

은행은 자신이 먼저 봐야 한다고 말하려 했지만 김성현이 빨랐다. 그는 진우에게 다가갔고, 두 사람은 시야에서 사라졌다.

"난 나쁜 여자야. 팜므파탈인가 봐. 잘난 남자들을 힘들게 하고."

우울했지만 팜므파탈이란 단어에 위로가 되었다. 어찌 됐든 엄청 매혹적인 존재가 아닌가, 팜므파탈이란 것이. 하지만 가방에서 꺼낸 거울 속의 그녀 모습은 엉망 그 자체였다. 눈가는 번지고, 뺨엔 먼지가 묻어 얼룩덜룩하고 입술도 번졌다.

이런 모습을 좋아하는 두 남자라니, 제정신이야?

"에라, 모르겠다."

연애를 계획적으로 착오 없이 하겠다는 무한 의지가 사라지고 있었다. 그저 뒤죽박죽이고, 그 와중에 감정적이 되어버렸다. 김성현에게 마음을 들키고, 그 마음을 오늘에야 알았다. 그리고 앞으로 연애도 할 것 같다.

근데, 뭔 일이 이렇게 빠른가.

✽

"한 대 때릴까?"

진우가 말했다. 화가 났다. 하지만 그의 눈에 친구와 싸울 투지는 뚜렷하지 않았다. 주은행에 대해서 아주 절실하진 않았다. 사실 여자에 대해 그런 편이었다. 그럼에도 은행을 많이 좋아하고 같이 있으면 행복하고 설레었다. 운명 같은 느낌도 간혹 들었다. 이렇게 서서히 가면, 연애만 하면 변덕을 부리는 마음도 적응할 수 있을 것 같은 확신도 들기 시작했다. 김성현만 아니면……

"그러고 싶냐?"

"마음이 왔다 갔다 한다."

진우가 담담하게 대답하면서 친한 친구를 뚫어지게 바라보았다. 그의 눈빛에서 볼 수 있었다. 김성현이 얼마나 주은행을 갈망하는지. 뒤늦게 깨달아서 놓칠까 봐 안달 나고 화난 감정이 그의 표정과 어투와 태도에 숨길 수 없이 다 드러났다. 그래서 같이 있으면 불편할 정도로 그 모든 감정이 느껴졌다. 그것이 이상할 정도로 자신은 여자에게 그런 절실한 감정을 느끼지 못했다. 원하고 매혹되고 흔들리지만 늘 자신이 먼저였다. 그렇게 중심에 확 박힌 적은 없었다.

"때리고 싶으면 때려. 네가 그러고 싶다면 맞을게. 근데, 미안하지만 난 기분 좋다. 그래서 맞아도 상관없어."

김성현이 오래간만에 얄밉게 굴고 있었다. 진우의 입술 한쪽이 위로 올라갔다.

"아, 이 미친놈아!"

기분 나쁘면서도 한편으론 이렇게 감정이 살아 움직이는 김성현을 다시 보게 된 것이 얼마 만인지 되새기게 되었다. 그놈의 트라우마가 엄청 오래가는 놈인데, 사랑으로 다시 돌아오는 건가. 하필 두 사람 다 한 사람에 쏠려가지고.

"친구 여자 빼앗으니까 그리 좋냐?"

복잡한 마음 모두를 다 표시하기 전에 진우는 화부터 냈다.

"진우야! 있잖아. 근데 이상하지. 난, 내가 다시 되찾은 것 같다."

"뭐?"

사실 손만 잡고 키스도 하다 말다가 바로 차인 사이이지만 김성현의 뻔뻔함은 가히 이해 수준을 넘어섰다. 그런데 왜 그런 생각이 진우에게도 드는 걸까. 자신이 괜히 주은행을 좋아한 느낌.

"주 실장은 원래 내 사람이었던 것 같다. 뒤늦게 깨달았지만. 빼앗은 기분이 아니라 다시 복구시킨 그런……."

진우는 자신도 그런 생각이 드는 것에 짜증 났다.

"에라, 넌 좀 맞아야겠다."

진우가 그의 배를 정통으로 때렸다. 성현은 연속으로 두 대까진 맞았지만 세 대에는 진우를 껴안고 같이 뒹굴었다.

"미안하다. 빨리 깨달았으면 좋았을 텐데, 나나 주 실장이나 좀 멍청해."

"어디서 커플 놀이하는 거야?"

"그러냐?"

성현이 맞고서도 뭐가 좋다고 킥킥거렸다. 진우는 같이 웃고 말았다.

"팔은 괜찮냐?"

붕대 감은 팔에 시선이 쏠리자 진우가 물었다.

"괜찮아. 행복하다."

"치이, 네가 행복해서 다행인데, 왜 난 자꾸 널 때리고 싶을까."

늘 심중을 꿰뚫는 사랑을 못하는 진우는 약도 오르고 화도 나고 그러면서도 친구가 부럽고 뒤숭숭했다.

"고맙다, 진우야."

"뭐가?"

"때려줘서."

"더 때려줄 수도 있어."

진우가 몸을 반쯤 일으키며 말했다.

"근데, 그만 때려. 아프단 말이야."

"그래? 안 되겠다. 넌 조금 더 맞아야 돼."

진우가 아직도 바닥에 뻗어 있는 성현의 멱살을 잡았다.

"알았어."

성현이 순순히 말하자 진우가 멱살을 놓아버렸다.

"에잇, 영리한 새끼. 그래, 내가 참는다. 그놈의 우정이 뭔지."

두 사람은 서로를 보다가 씩 웃었다.

"하지만 순간순간 욱할 때 때릴 거다."

"웃기고 있네."

그렇게 서로 마음을 풀고 있는데 저 멀리서 아우성 소리가 들렸다. 그것도 한 사람에 의해서……

"어머, 나 때문에 치고받고 싸우는 거예요? 그러지 마요. 아무리 내가 치명적인 매력이 있다 하더라도 두 사람의 우정을 생각해야죠. 그래요, 이게 다 내 잘못이에요. 나도 내 자신이 미워요."

은행은 혼자 그들 앞에서 모노드라마를 찍느라 제정신이 아니었다.

"내가 좋아했고, 네가 미치게 사랑하는 저 여성은 좀 촐랑거리는 면이 있구나. 저럴 줄은 몰랐는데 말이야."

진우가 심각하게 말했다.

"그게 매력이야. 사랑스럽잖아. 저 작은 입술을 연신 오물거리는 것 좀 봐. 예쁘다니까. 예전부터 예쁘다는 건 알고 있었지만, 그래도 빨리 깨달았어야 했는데. 뭐, 지금이라도 깨달았으니까 다행이지만."

진우가 성현을 한 대 더 쳤다. 그러자 은행은 말리지도 못하고 계속 오두방정을 떨어댔고, 두 사람이 알아서 일어났을 때야 멈췄다.

9

"좀 시간이 필요해요."

이 말은 김성현의 밥 먹자는 말에 주은행이 대답한 것이다.

"내가 주 실장하고 자자고 했습니까? 뭐 이렇게 심각해요?"

김성현은 눈앞에서 왔다 갔다 하는 은행에게 사무실 책상에 몸을 앞으로 기울이며 천연덕스럽게 말했다.

"무슨 말을 그렇게 막 나오는 대로 하는 거예요?"

은행이 팔짝 뛰었다. 그녀의 눈빛이 싸해지고 목소리 톤이 올라가고 입술이 삐딱해진 걸 보니 곧 터질 것 같았다. 분노지수가 본격 작동하려는 기미가 보이는 것이다.

김성현은 주은행을 너무도 잘 알고 있었다. 분노의 싹을 바로 제거해야 후한이 없다는 것을. 게다가 며칠 전 병원에서 혼자 모노드라마를 찍은 후유증에 은행은 계속 시달렸다. 감정에 따라 그대로 움직이는 자신을 용납할 수 없다는 어려운 말을 했지만 한마디로 창피한 모양이었다.

"배고파서 같이 밥 먹자는데 그렇게 따져야 해요? 날 조금은 좋아한다면서요? 그것도 싫어요? 안 좋아하는 사람하고도 밥 먹는데, 난 왜 엄청 좋아하는 사람하고 밥 먹는 게 이리 힘들어요?"

성현이 불쌍한 표정까지 지으며 그답지 않게 징징거렸다. 왜 여자는 이럴 때 약해지는 걸까. 자기가 그렇게 좋다는데 약해지지 않으면 무쇠이긴 하지. 그것도 마음이 동한 남자가 그러면 더욱더. 주은행도 어쩔 수 없었다.

"아, 알았어요. 같이 밥 먹어요. 됐어요?"

"좋아요."

성현이 정말 행복하다는 듯 미소를 짓자 은행은 머쓱해졌다. 밥 같이 먹는 게 별것도 아니구만. 은행은 그들이 곧잘 가는 식당으로 향했다. 그가 손을 잡으려고 하자 안 잡히려고 걸음에 속도를 붙였다. 그래도 아직 연인처럼 지내는 것은 자신이 서진우를 애인으로 삼고자 그 난리 친 것을 생각하면 조금은 자중할 일이라고 생각했다. 성현은 서운한 모습이지만 그냥 지나쳐 갔다.

성현은 콩나물국밥을 아주 맛있게 먹으며 돈가스까지 시켜서 반찬으로 같이 먹었다. 기사식당은 국밥에서 돈가스까지 다양한 메뉴에 반찬들이 다양하고 양이 푸짐했다. 그녀는 국밥을 먹다가 그의 식성에 다시금 놀랐다.

"그렇게 많이 먹는데도 마른 편이에요?"

"나한테 관심 생겼어요? 기분 좋은데요."

성현이 밥 먹다 말고 고개를 쭉 내밀며 웃었다.

"좋아한다고 했잖아요. 조금은……."

은행은 괜히 투덜댔다.

"알았어요. 그리고 체질 맞아요. 먹어도 살 안 찌는 체질이에요. 우리 삼 형제가 아버지 닮아서 그래요. 뭐, 어머니도 살찌는 체질은 아니고요. 주 실장은 아니죠? 많이 먹으면 배만 볼록해지는 체질. 그래서 그렇게 천천히 조금씩 먹는 것 아닙니까?"

참으로 낭만적인 대화이군.

6년간, 무방비한 그녀의 일거수일투족을 성현은 지켜봤다. 주은행, 자신이 생각해도 꽤 괜찮은 여자다. 물론 지금 한 남자를 아프게 하고 그 친한 친구와 서로 좋아하는 아주 나쁜 짓을 저질렀지만.

'난 팜므파탈이야. 흑흑.'

하여튼, 괜찮다고 자부해 왔다. 그럼에도 단점도 장점만큼 많지 않던가. 게다가 자신의 이상형이 아니면 굳이 숨길 생각도 안 했으니. 그것이 오판이었다. 자신의 단점을 수두룩하게 아는 남자와 연애라니. 꿈같은 이상형의 키스를 받자마자 차버리고, 이게 무슨 생고생인가.

은행은 한숨을 내쉬었다.

"왜 그래요?"

"아니에요. 살찔까 봐 조심한다고요."

그녀가 얼버무렸다.

"많은 사람들이 그렇죠."

"잘난 척하지 마요. 많이 먹어도 안 쪄서 좋겠어요."

"나이 들어도 괜찮겠죠. 같이 다니면 근사한 모습일 거예요."

이 말뜻은 뭐지? 나와 평생을 같이하자는 뜻인가. 이 남자 왜 이리 앞서 가.

"저기요, 소장님!"

"이름 불러요."

"내가 편한 대로 할래요. 소장님!"

"네에?"

"그러니까, 너무 말이죠……."

"앞서 가지 말라고요?"

"네에."

"나한테는 운명입니다, 그대가!"

김성현이 진지하게 말했다. 너무 진지해서 겁이 날 정도였다.

은행은 눈을 깜빡이며 이 상황의 심각성을 인지했다. 골치가 아프다. 왜 이 남자한테 뒤늦게 홀려가지고 이게 무슨 폼 안 나고 비난까지 받을 상황이란 말인가.

주위 사람들이 뭐라고 하겠어.

김성현을 싫어했었다는 말도 이젠 가식이 될 게 뻔하다. 진짜 싫어하는 짓만 하는 남자인데, 저런 말도 얼마나 끔찍한가.

은행은 점점 인상을 썼다. 곧 정 떨어질 수도 있겠다. 저런 말을 하는 남자이니까. 그런데 왜 이 남자 뜬금없이 웃는 걸까. 그리고 웃는 게 왜 귀엽다는 생각이 드는 걸까. 김성현이 예전에도 웃는 게 꽤 괜찮긴 했었다. 입이 시원하고 눈동자가 맑아서 치아를 다 드러내 놓고 웃을 때 시선이 가는 남자가 아니었던가.

"그만 쳐다보고 밥이나 먹어요."

은행은 자신에게 해주고 싶은 말을 괜히 그에게 했다.

"알았어요. 주 실장도 그렇게 해요. 아까부터 쳐다봐서 내 얼굴 닳겠네."

진짜 얄밉다. 어쩜 남자가 저렇게 눈치가 좋을까. 이러다가 계속 마음을 들킬 텐데 말이다. 진짜 내 스타일이 아니다.

그렇게 밉다 밉다 하면서도 은행은 그의 모습을 계속 훔쳐보고 있었다.

"맛있는데 돈가스 한 조각 안 먹을래요?"

"됐어요, 살쪄요."

"에잇, 하나만 먹어요."

그가 먹여주려고 하자 어쩔 수 없이 받아먹었다.

"맛있죠?"

"몰라요."

그래 놓고 또 꼭꼭 씹어서 먹었다. 그 모습을 보며 뭐가 좋은지 김성현이 미소를 지었다. 웃는 모습에 너무 약해지면 안 되는데, 그녀는 감정을 추스르고 냉정을 찾으려고 애썼다. 너무 마음을 주지 않고 이성적인 연애를 해야 한다고 결심했다. 좀 무심하려고 했는데, 또 김성현이 도와주질 않는다. 학창 시절 야심차고 그리 똑똑했다던데, 6년간 보아온 김성현의 모습은 예술적이지만 헐렁 그 자체였다.

"내 지갑 어디 있지?"

성현이 지갑을 찾고 있었다.

"내가 낼게요."

"아니요, 내가 내야지. 내 여자 먹는 것은 내가 내야죠."

이게 무슨…….

이번에는 그냥 넘어가도록 하자.

하나하나 일일이 지적할 수도 없는 노릇이 아닌가.

"그러니까 내가 내야죠. 여기 김 소장님 지갑이 있거든요."

은행은 낡은 가죽지갑을 좌우로 흔들었다.

"언제 가져갔어요?"

"가져간 게 아니라 떨구고 간 걸 내가 챙겨온 거예요."

"고마워요."

성현이 씨익 웃었다.

"그러니까 뒷주머니에 살짝 넣고 다니지 마시라고요. 지난번에도 그렇게 해서 잃어버려 놓고 또 그래요?"

"주의하겠습니다."

미안한 표정을 자유자재로 짓는 김성현 때문에 은행은 오래 화를 내지 못했다.

"직접 내시죠."

은행이 그 허접한 지갑을 그에게 툭 건넸다. 그가 계산을 하고 난 후 두 사람은 밖으로 나왔다.

"우린 천생연분인가 봐요."

미치겠다, 이런 말도 안 되는 소리를 듣다니. 이번에도 꾹 눌렀다. 눈치를 저렇게 안 보는 사람도 있다는 게 신기하긴 하다. 그녀는 그들이 사귄다는 것을 당장 주위에 알리지 않았으면 했지만 김성현은 아닌 것 같았다.

"커피 마실래요? 라떼 좋아하죠? 샷 추가해서."

"네에."

성현은 그녀에 대해서 너무도 잘 알고 있었다. 편하긴 해도 이성으로 느끼는 사람에게 뭔가 자신과 다른 이미지를 뒤집어씌우지 못하니까 이상하긴 하다. 김성현에게 주은행이란 존재는 온전히 파악된 상태가 아닌가.

"에잇, 조심해야죠."

그가 그녀의 손을 잡고 자기 쪽으로 끌어당겼다.

"왜요? 차 지나가요?"

"아뇨. 차 지나가면 어떡하려고요? 그러니까 미리 조심하자는 거죠."

괜히 손잡으려고 저러는구나. 그가 또 웃는다. 그녀는 소년같이 웃는 그에게 이번에도 아무 말 못하고 넘어갔다. 매번 이러지는 않으리라 괜히 마음을 다잡으면서.

"참, 내일 재개관식 때 사람들 많을 건데, 괜찮아요?"

커피전문점에 앉아 각자 아메리카노와 카페라떼를 마시다가 그가 문득 물었다. 눈빛이 따스했다. 그녀에 대한 걱정이 피부에 와 닿았다. 은행은 왠지 괜찮지 않아도 괜찮다고 말하고 싶었다.

"네, 그럼요."

성현에게 의연한 모습을 보이고 싶었나 보다. 은행은 아무렇지 않게 말했다. 그는 응답 없이 그녀의 작은 손가락 마디를 손끝으로 만지작거렸다. 그러다가 새끼손가락에 끼고 있는 반지를 보고 물었다.

"이거 뭐예요? 가끔씩 끼는 것 같더니."

"학창 시절 때 교회 모임에서 마음 맞는 사람끼리 그냥 한 거에요."

그가 고개를 끄덕거렸다. 별스럽게 생각하지 않아서 다행이었다.

"긴장되면 내가 재개관식 때 도와줄게요."

"아, 괜찮다니까요. 오후에 스케줄 있잖아요. 이제 가봐야 되는 것 아니에요?"

"그럼, 복지관에서 만나요. 기대되네."

"그래요."

"걱정되죠?"

"아니라니까요. 난 걱정 많이 안 하는 사람이에요."

하지만 그날 밤부터 다음날까지 은행은 끙끙댔다. 자신만 보면 해바라기처럼 방글방글 잘 웃어대는 김성현에게 그러지 말라고 할 수도 없고, 그렇다고 서진우 앞에 아무렇지 않은 태도로 나타나기에는 강심장도 아니다. 게다가 아직 주위 사람들은 몰라도 신경 쓰인다. 나중에 알게 되면 얼마나 욕을 해대겠는가.

"염려 말아요, 아직 내색하지 않을 테니까. 너무 얼지 않아도 돼요."

"얼다니요?"

은행이 발끈했다. 하지만 차를 운전하는 그녀의 손에 땀이 차올랐다. 그는 멀쩡했지만 용역들과의 맞대응 후유증으로 인해 오랜 운전은 힘들 거라는 그녀의 걱정 아닌 걱정으로 인해 조수석으로 밀려났다.

은행은 김성현에 대한 좋아하는 감정을 걱정으로 시작했다. 그러나 그리 내색은 하지 않으려고 노력 중이었다. 그럼에도 지금처럼 그가 기침을 하면 약 사 먹으라는 말을 꼭 하고 싶었다. 반대로 김성현은 은행을 놀리고 싶은 모양이다.

"그럼, 우리 발표할까요?"

"네에?"

"그냥 지금 확 발표해 버리죠. 우리 사귄다고 해버리자고요. 놀라는 것도 몰아치는 것이 좋잖아요."

"뭘 그렇게 성급해요……."

성현이 웃었다. 아쉬움, 섭섭함이 느껴지는 것 자신만의 착각일까? 은행은 저절로 그의 안색을 살피려는 자신이 웃겼다. 조금 좋아하게 된 지도 얼마 안 됐는데 이 무슨 오버란 말인가.

"이번에는 얌전하게 있을게요. 대신 나중에 상으로 뽀뽀해 줘요."

"아직 우리 그런 사이 아닙니다. 아셨어요? 이 정신 나간 홀림이 진짜인지 아닌지 살피는 그런 시기라고요."

은행은 운전대를 꽉 잡으며 야무지게 말했다.

"그러는 게 어디 있어요? 내가 얼마나 힘들게 얻은 사랑인데, 밀고 나가야지. 그리고 왜 이렇게 조심스러워요? 우리 주 실장, 팜므파탈이잖아요."

"아, 진짜, 그땐 내가 너무 격앙되어서 그런 거고요. 차분해지면 엄연한 현실주의자입니다. 그리고 난 우리 감정에 대해 철저하게 점검할 거예요. 우리 연애는 그저 수많은 연애 중의 하나라고요. 그냥 뭐라고 할까, 서로가 맞는지 안 맞는지 보는 그런 단계라고요. 그러니까 김 소장님도 그렇게 저 많이 좋아하지 마세요. 우리 서로 맞는지 알아봐야 되지 않겠습니까."

"사랑은 발견하는 거예요. 나랑 맞는지 매번 따지는 것 아니라고 봅니다. 눈이 확 뒤집히고, 그런 깨달음을 얻는 거죠. 주 실장은 내 운명이에요. 우린 오래오래……."

은행은 휴게소에서 차를 멈추고 그를 똑바로 보았다.

"한마디만 더 하면 소장님 여기다 버리고 갈 거예요. 내 별명이 콩지랄, 콩마녀인 것 알죠? 그 기질 바뀌지 않아요."

경고가 먹혔는지 잠잠해지자 은행은 다시 출발했다.

"왜요?"

그가 들리지도 않은 소리로 투덜거린다.

"주 실장은 날 많이 사랑하지 않나 봐요."

"그걸 지금 알았어요? 내내 설명했고만."

"네에, 좋아하는 사람한테 콩지랄, 콩마녀인 걸 알리고 싶지 않아 하더니, 나한테 그런 것은 아예 없네."

"알면 됐어요."

김성현이 '허허' 하고 웃을 거라고 예상했는데 정적이 흐른다. 은행은 운전하면서 가자미눈처럼 그를 살폈다. 시무룩하다, 그답지 않게. 무슨 일이 있어도 낙천적이고 속 터지게 느려 터져야 정상 아닌가.

성현은 눈을 감고 팔짱을 끼고 있었다. 자꾸 신경을 건드리는 이 남자의 상처받은 태도에 모른 척할 수가 없었다.

"화난 거예요?"

"아니요."

"그럼 왜 그래요?"

"여자친구를 여자친구라고 할 수 없으니 속상해요."

은행이 째려보자 그가 해맑게 웃었다.

"자중해 주세요. 사귀려고 한 지 얼마 안 되는 사이예요."

"네에."

김성현은 다시 착해졌다.

이 남자, 귀엽네.

그녀가 자신의 생각에 정색했다.

뭐야? 나 왜 이러지.

김성현 때문에 기분이 롤러코스터를 탄다.

하여튼, 울렁대는 마음을 누르며 운전에 집중했다. 왜 이런 기분이 드는 걸까. 양다리를 걸친 적도 그리고 걸치지도 않았지만 별장 근처 재개관식으로 가는 그녀의 기분은 딱 그런 느낌이었다.

죄지은 기분.

재개관식에 그녀가 서진우에서 김성현으로 마음을 어찌 됐든 옮긴 것을 아는 사람은 은행 빼놓고 여기서 단 세 명이었다.

김성현, 서진우 그리고 한민아.

거기다가 곧 알게 될 보유자가 몇몇 있었다. 대표적으로 한 명을 꼽는다면 그녀 앞으로 반갑게 뛰어오는 털털하고 해맑은 여자가 되시겠다.

서진우의 비서 김유영.

숏커트 머리를 긁적이며 이젠 진우와 애인 사이냐고 자꾸 물어본다. 뭐라고 말할 수가 없어 대강 얼버무리다가 잘 안 되었다는 말을 내비쳤다. 유영은 안타까워하고 이 모든 것이 다 한민아 때문이라고 생각하는 듯했다.

"짜증 나는 사람이 있다니까요."

모든 남자들이 자신을 좋아해야 하는 병이 있다고 투덜거리며 서진우도 바보라고 욕을 거듭 했다. 그럴 때마다 은행은 그런 것이 아니라고 극구 말했지만 그녀에게는 전혀 들리지 않았다.

"정말 좋은 여자를 못 알아보네. 속상해. 난 진짜 지금까지 서진우의 여자들이 너무 싫어요. 물론 한민아는 친구지만, 하여튼 속이 뻔히 보이는 여우 짓하는 것은 딱 질색이라 좀 마음 맞는 사람이었으면 했는데, 그래서 은행 씨가 꼭 애인이 되길 바랐다고요. 정말 속상해요."

여우 짓은 은행 자신도 꽤 하는데, 유영은 그녀를 너무 모르는 것 같다. 뭐, 하지만 그 여우 짓이 그다지 성공한 적이 없는 걸 보면 다르긴 다르다.

유영이 많이 속상해하며 저 멀리에 있는 죄 없는 한민아를 째려보았다. 그리고는 위로하듯 어깨를 토닥이자 은행은 죽을 맛이었다.

담담한 서진우와 달리 한민아는 은행을 주시하며 연신 노려보고 있었다. 마치 시한폭탄 같았다. 터뜨릴 것은 분명한데, 그 시기를 언제로 할지 노리고 있는 저 눈빛. 삐딱한 태도로 은행에게 계속 압박을 가하고 있었다.

"아니, 저 여자 왜 저러는 거예요? 꼭 저래. 문제는 자기가 일으켜 놓고 꼭 남에게 잘못이 있는 것처럼 쳐다보는 저 눈빛. 울 사촌 오빠한테도 저러더니, 저 버릇 못 고치는구만. 아무래도 한마디 하고 와야겠네요."

"그러지 마세요. 제발……."

은행이 유영의 옷자락을 부여잡고 말렸다.

"알았어요. 이렇게 좋은 분위기 깨지 말아야겠죠. 조심할게요. 내가 너무 다혈질이라서 주위 상황을 못 봐요. 하지만 한민아는 진짜 한번 혼내주고 말 거예요. 우리 사촌 오빠 버리고, 이젠 주위 사람들 괴롭히는 데 맛 들였다니까. 난요, 양다리 걸치는 여자들이 제일 혐오스러워요……. 옆에 있으면 가만있지 못해요. 그래서 저런 사람들은 내가 피해 다녀야 해요. 부딪치면 큰일 내니까. 무서워서가 아니라 내가 뭔 일 낼까 봐 이런다니까요."

은행이 몸을 부들부들 떨었다.

"어디 아파요?"

"아니요."

"참, 우리 서 작가, 미국 가요. 왜 갑자기 그러는지 모르겠지만 여행 가고 싶다고 스케줄 다 빼라고 하네요. 아마도 뭔가 잘못된 모양이에요. 은행 씨랑은 한민아가 얼쩡대는 바람에 안 된 것 같은데……."

"그건 아니에요."

"네에?"

"제 문제로 인해서 그렇게 된 거라서……."

조금이라도 사실에 가깝게 말하면서도 아직 폭탄 같은 말은 피하고 싶었지만 그게 잘되지 않았다.

"은행 씨는 사람이 착해서 문제예요. 느낌이 온다니까요."

주은행이 너무 착했던 적은 없는데, 은행이 유영의 말에 반박하듯 고개를 절레절레 흔들었다.

"아니라고요? 사실, 서 작가가 한민아를 여자로 보지는 않죠. 근데, 왜 저렇게 시무룩하고 축 처져 있나."

마침, 유영의 휴대폰이 울려서 은행은 혼자 있을 수 있었다.

"어쩌지……."

서진우가 생각보다 상처가 큰 것 같아서 어쩔 줄 몰랐다.

하지만 뭐라고 하지? 미안하다고……?

막상 어떻게 해야 하는지 몰랐다. 그래도, 뭐라도 말하는 게 좋을 것 같아서 진우에게 다가갔다.

"나하고 얘기하기 싫겠지만 시간 좀 내줄래요."

은행은 진우가 누군가와 대화를 막 마치고 음료수가 있는 쪽으로 몸을 돌릴 때 등판을 보고 얼른 말했다. 그렇지 않으면 용기가 안 날 것 같았다. 그가 돌아섰다.

"으음, 싫은데요."

"네에."

어깨를 내려뜨리고 바로 받아들였다. 단박에 거절하니 은행은 할 말이 없었다.

"죄지은 것도 아닌데 왜 이렇게 쫄아 있어요? 사람 마음이 강제로 되는 것도 아닌데, 일부러 그런 것은 아니잖아요. 말해봐요, 무슨 말인데요?"

"정말 서진우 씨는 완전 좋은 사람이에요."

이런 인격체를 가진 완벽한 남자를 자신이 찼다는 것에 다시금 아연실색하면서도 왠지 슬프진 않았다. 자신의 남자는 이렇게 완벽한 남자가 아니라는 생각이 문득 들었다. 그래도 모든 여자들이 꿈꾸는 남자를 냅다 놓친 것은 사실이니, 그것도 자진해서 말이다.

"잘 알고 있어요. 김성현은 불완전한 놈이고요. 그런데 그런 놈한테 은행 씨가 끌린 거잖아요. 안 그래요?"

"바보인가 봐요."

은행은 자신이 절실히 느끼는 것을 말하고 말았다. 진짜 이것은 바보짓이다. 그런데도 되돌리고 싶지 않은 것을 보면 정말 심각한 바보다.

"그래요, 은행 씨 바보예요."

"맞아요……."

"그런데 그게 나쁘지 않죠?"

"네에."

"바보가 되어야 사랑하나 봅니다. 부러워요."

"미안해요."

은행은 정말 그 말을 하고 싶었다. 그것은 자신의 완벽성을 구하는 마음한테도 하는 소리였다.

미안하다. 이렇게 완벽한 남자를 차고, 김성현한테 마음을 돌려서.

"이젠 앞으로 미안하다고 하지 말아요."

"고마워요."

마음이 편해진다. 참, 사람은 이기적인가 보다. 미안하다는 말, 고맙다는 말, 이 모두가 그를 위해서라기보다 그녀가 편하기 위해 한 말인 걸 보면.

"미국으로 간다면서요?"

"잠시 있다가 오려고요. 실연의 아픔을 달래기 위해서 훌쩍 떠나야죠. 사실, 우리 매니저 모르게 하는 일이 있어서 잠시 있다 오는 거예요."

"잘 다녀오세요. 그리고 시간이 좀 지나면 편하게 지내요."

은행은 연애했던 남자와 절대로 친구로 지낸 적이 없었다. 하지만 그와는 그럴 수 있을 것 같았다.

"생각해 보고요. 아니다. 나 위로하는 차원에서 포옹해 주면 긍정적으로 검토해 볼게요. 어때요?"

은행은 울상으로 웃었다. 그리고 가볍게 안아주었다. 말이 안아주는 것이지, 키 작은 그녀가 몸은 그대로 둔 채 손을 쫙 뻗고 남자는 완전히 수그려야 했다. 그래도 마치 누나처럼 토닥거려 주었다.

은행은 그와 있으면 기분 좋고 설레지만 거기까지였다. 마음이 뒤집어지지는 않았다. 신념을 엎을 만큼 손도 못 쓰는 그런 감정은 결코 아니었다. 문제는 그게 김성현과 부대끼면 그런 감정을 갖게 되는 것이 마치 사랑보다는 어딘가가 고장 난 것 같았다. 이런 느낌 바란 적 없는데, 기분이 썩 좋지 않았다. 하지만 이게 뭔지는 알아야 한다. 그리고 그걸 정확히 알게 될 때까지는 딴 남자는 옆에 두고 싶지 않았다.

"성현이가 이쪽을 보네요. 더 꽉 안을게요. 놀라지 마요. 유치한 복수예요. 더는 안 할 테니 걱정하지 말고요."

진우가 그녀를 안은 채로 속삭이다가 풀어주었다.

"대신 성현과 잘 안 되면 나한테 오면 안 됩니다. 내가 약해질까 봐서요."

"네에, 안 가요."

"정말요? 너무 단호한데요."

"당연하죠. 전 친한 친구 갈라놓는 그런 사람이 아니에요. 뭐, 결과적으로 이상하게 됐지만 이것은 그냥 위급 상황이에요. 의지로 어쩌지 못하는……. 인생에 한두 번 있을까 말까 하는 그런 위급이요."

은행은 열변을 토했다. 작은 얼굴에 의지가 강했다. 그럴수록 진우는 자신을 앞에 두고 주은행이 강하게 김성현에게 끌려갔음을 인정하지 않을 수 없었다. 하지만 그는 순리를 억지로 잡아매는 사람은 아니었다.

"부럽네요. 네, 알겠습니다."

그가 웃었다. 잘 끝낸 것일까?

"갈게요."

"네에."

서진우의 뒷모습을 보니 그런 것 같기도 했다. 잘 가라는 말도 덧붙이지 못했지만 그래도 마음이 놓였다. 하지만 뒤돌아보니 반대로 다른 쪽은 심각했다. 김성현은 무지 화나 보였다. 씩씩거리지 않고 고요하기 그지없는 표정인데, 6년간 보아온 그녀는 그게 얼마나 기분이 상한 건지 딱 알 수가 있었다.

"진짜 양다리예요?"

이게 뭐야?

고개를 돌려보니 팔짱을 끼며 은행을 노려보고 있는 화려한 미인이 버티고 있었다.

길기도 길다. 한민아였다. 미치겠군.

"아니요."

"나 다 엿들었어요."

"나쁜 버릇이네요. 하여튼 아닙니다. 신경 쓰지 마세요."

은행은 사납게 말했다. 그래야 더는 캐묻지 않을 것 같아서였다. 하지만 마음은 머리를 따라주지 못하고 콩닥콩닥 부실하게 떨려왔다.

"당신은 성현에게 부족한 사람인 것 같네요. 주은행이 김성현에게 상처를 준다면 가만있지 않을 거예요. 각오해요."

민아는 그 말을 폭탄처럼 던지고 진우에게 갔다.

"뭐라고 했는데 은행 씨가 흙빛이야?"

"으음, 좀 골려줬어."

"왜?"

"얄밉잖아. 두 남자를 안달 나게 하다니, 그것도 저렇게 조그마한 여자가."

"넌 유영이는 안 골려주더라. 왜 차별 하냐?"

"걘 얄밉기만 하고 귀엽지는 않잖아. 주은행은 귀여운 데가 있어. 겁도 좀 있고. 딱 놀려먹기 좋은 상대라니까."

진우가 피식 웃었다.

"근데, 좀 말이 안 된다."

"뭐가?"

"귀엽고 예쁘장하긴 해도 화려한 미인도 아니고, 나 정도 되는 미인상이라면 두 남자가 난리 치는 것이 이해하겠는데, 주은행이라면, 왜 그랬냐?"

"그렇지. 사실 네가 이목구비만 보면 더 예뻐."

진우가 담담하게 읊조렸다.

"그래."

"근데, 전체적인 느낌으론 은행 씨가 훨씬 예뻐."

"뭐? 말도 안 되는 소리 좀 작작해라."

민아가 화가 나서 박박 소리 질렀다.

"미인 요소에 크게 봐서 두 가지가 있단 말이지. 외모와 태도. 태도에 성품이 있거든. 근데 넌 성품이 꽝이잖아. 심술궂은 표정이 완전히 박혔다니까."

"흥. 그래도 나 좋다는 남자가 수도 없이 많아."

"좋겠다."

"놀리는 건 내가 하는 거라니까."

"그래, 그렇긴 하다."

진우가 수긍하며 웃었다.

"치이, 그건 그렇고, 성현이랑 치고받고 했어?"

"아니."

"그래야지, 저 콩만 한 여자 때문에 그런다는 게 말이 되냐?"

"근데 장난처럼 비슷한 모양새는 냈는데, 진짜 할 뻔했다."

"진짜?"

"으응, 성현이 그놈이 은행 씨가 자기 것이라고 박박 우기잖아. 뭐, 잘 풀리긴 했지만."

민아가 어이없어했다. 하지만 곧 진지해진 얼굴에 회한이 스쳐 갔다.

"김성현이 사랑을 다시 하긴 하는구나. 주은행하고 어울려 보이기도 하구. 내 20대의 사랑은 이제 완전 안녕이네."

"넌 미국에 애인도 있다면서 왜 그래?"

"애인이 시원찮아."

"왜? 40대 중반이지만 잘생기고 갑부라며?"

"지밖에 몰라."

속상한 고백에 진우가 미간을 찌푸리며 웃었다.

"왜 웃냐?"

"너랑 똑같아서."

민아가 짜증 난 얼굴로 있다가 한숨을 내쉬었다.

"그래서 내가 못난 인간한테 매였나 보다. 김성현하고 잘됐으면 이런 못난 짓도 안 할 텐데, 괜히 그냥 질투심 유발을 해가지고. 됐다, 옛날 일이지."

"질투심 유발 안 해도 깨졌을걸. 사실, 성현이가 네 성격 싫어했잖아."

"그래, 사실을 인지시켜 줘서 정말 고맙다."

"미안하다."

"됐어. 이젠 주은행하고 김성현하고 잘됐는데 뭐."

"뭐라고요?"

어느새인가 김유영이 그들의 대화를 듣고 있었다.

"아, 참, 내 얘기 들었어요?"

"으음……."

불편한 소리를 내고 유영은 가버렸다.

"주은행도 좋은 시절 다 갔네. 김유영이 한 번 정 떼면 그리 지랄 맞게 구는데……."

"좀 조심하지……."

"내가 일부러 가서 말했나. 나쁜 역할은 다 나야."

민아가 투덜거렸다.

"그래도 두 사람 행복하겠지?"

뜬금없이 진우가 물었다.

"속상하냐?"

"여자친구를 빼앗겼잖아."

"너답지 않게 연애다운 연애도 안 해놓고 무슨……."

"그래도…… 김성현, 이것이 내 여자친구를 빼앗았어."

"행복하길 바라는 거야?"

"속상해도 행복하길 바란다. 행복하겠지?"

"김성현 기질 알잖아. 행복하겠지. 근데 주은행, 좀 어지럽긴 할 거야. 김성현이 몰아붙일 땐 확 몰아붙이니까. 정신없을 거다."

민아의 말에 진우는 고개를 끄덕거렸다.

은행은 유영이 성큼성큼 다가와 요상한 표정을 짓더니 다음에 얘기하자고 한 것을 그냥 넘겨 버렸다. 사실, 지금 성현에 대해서 너무 신경 쓰지 않았다면, 감정이 한데 뭉쳐서 어떻게 주은행을 봐야 할지 모르는 유영의 눈빛에 깜짝 놀랐을 것이다. 그 고뇌 섞여서 우스꽝스럽게 되어버린 표정은 상당히 심각한 상태라는 걸 말해주었다. 김유영은 이것 아니면 저것, 정확한 감정 상태를 늘 유지하기 때문이었다.

하지만 모든 일이 그렇듯이 더 큰 상황이 작은 상황을 덮어버렸다. 지금 그녀에겐 뚱하고 우울해 보이는 김성현의 존재 자체가 크게 작용했다.

"화난 거예요?"

회관 사람들이 각자 자리로 떠나고 해가 저물었을 때였다. 진우와 민아는 약속 때문에 서울로 각자 떠났다. 성현과 은행은 문 여사에게 잡혀 식사까지 마친 상태였다. 그때까지 얼마나 많은 시간이 흘렀는가. 그런데 성현은 그동안 시선뿐 아니라 말 한마디도 그녀에게 하지 않았다.

 은행이 안달이 나서 그를 찾아 이곳저곳 헤매다가 복지관 근처 작은 바위 위에서 겨우 발견하고 나서야 그가 고개를 들었다. 그것도 그녀의 물음에 무겁게 고개를 들어서 뼈아픈 한마디 했다.

 "네에."
 "왜요?"
 "알잖아요."
 "모르거든요."
 "이제 나랑 사귀니까 다른 남자랑 안지 말아요. 그것도 전 남친이랑."
 "뭐라고요? 전 남친 아니거든요. 제대로 사귀지도 못했구만. 인사차 한 거라고요. 솔직히 진지하게 사귈 뻔했고, 그걸 내가 깼으니까 미안도 하고, 또 상처 준 것도 그렇고, 하여튼 모르겠어요?"

 성현은 여전히 삐딱한 표정이었다.
 "알아요. 근데, 싫어요."
 "김성현 씨, 이상해요."
 "나 원래 속 좁아요. 무슨 의미로 하는지도 알고, 두 사람 연인이라고 부를 수 없는 사이라는 것도 알아요. 근데, 속상해요. 나는 보기도 아까운 사람인데……."

 성현은 퉁명스럽게 이 닭살스러운 멘트를 소화했다.
 미치겠구만.
 "화 풀어요."

계속 뚱하게 앉아 있는 그를 은행은 서서 바라보다가 쪼그리고 옆에 앉아 달래주려고 했다. 물론 그녀의 목소리도 불퉁거렸다.

"그게 마음대로 되는 것이 아닙니다."

"그럼 어떻게 하라고요?"

"주 실장이 노력해야죠."

성현은 눈을 말똥말똥거리며 천연덕스럽게 말했다. 해맑게 보이는 그 눈빛 아래 검은 속내가 있다는 걸 알면서도 넘어가니 미칠 노릇이다.

"뭘 노력을요? 다른 남자는 쳐다보지도 말아요?"

"아니요, 난 그렇게까지 속 좁진 않아요."

느낌이 안 좋다.

"그럼, 어떻게 해요?"

"화 풀어줘요."

그의 눈매가 아래로 처졌다.

"어떻게요."

뻔히 속이 보이는데도 계속 묻게 된다.

"뽀뽀해 줘요."

"뭐요?"

정말 예상을 빗나가지 않은 유치한 남자 같으니. 예전엔 이런 남자들과 사귈 때 질겁하고 돌아선 기억이 숱하게 많았지만 김성현은 똑같이 행동해도 뭔가 그녀를 무르게 하는 것이 있었다. 그래도 짜증은 계속 났다.

"뽀뽀."

성현이 입술을 내밀며 말했다.

"이 와중에 그게 하고 싶어요?"

"무슨 와중인데요?"

은행은 말하지 않고 삼각형을 손끝으로 그렸다. 그가 웃었다. 하지만 어쩐지 쓰디쓴 맛이 들어갔다.

"난 남의 여자를 탐낸 적이 없어요. 남의 여자가 장난질을 친 적은 있지만. 그런 오해가 있어서 대결 구도가 되어버렸고, 날 믿으면서도 불안해하는 선배가 미웠고. 그래서 농구든, 마라톤이든, 하자는 대로 다 내기했는데……. 그 선배도 알면서 그 조금의 여지가 있을지도 모른다는 생각에 늘 조바심 내곤 했죠. 하여튼 무조건 날 이기고 싶어 했어요. 그러다가 사고가 난 거죠. 나도 그땐 오만해서 나에게 도전하면 꺾어야 했으니까요. 웃기죠…… 이미 지나간 일인데, 가끔씩 아파요. 산 사람 몫이겠죠. 그래서 지금도 남의 여자는 대시 안 해요. 그래 본 적도 없고 마음 간 적도 없어요. 주 실장은 진우 여자가 아니니까요. 진우는 자기 여자를 찾겠죠. 나처럼 바보같이 6년 넘게 같이 있어놓고 모르지는 않을 테니."

"……"

"부담 갖지 말아요. 내가 원하는 것은 간단하니까."

"뭔데요?"

울컥하는 맘을 누르고 겨우 낮은 목소리로 그녀가 물었다.

"주 실장이 날 조금 더 사랑해 주는 것."

"조금은 좋아해요. 그러니까 완벽한 남자 버리고 여기서 이러고 있죠."

그가 다시 삐치려고 한다. 은행은 얼른 그의 뺨에 쪽 소리 나게 뽀뽀했다.

"됐죠?"

은행은 아무렇지 않게 말했지만 이 작은 접촉에도 기분이 이상했다.

"에잇, 그게 뭐예요?"

"뭐가요?"

"이렇게 해야지."

성현은 그녀의 작은 턱을 살짝 잡고 입술에 도장 찍듯 뽀뽀했다. 키스도 아닌데 가슴이 쾅쾅 울린다. 숨결이 맞닿으니 더 그랬다. 고개를 들어보니 그의 시선이 뜨거웠다. 뺨이 화끈거렸다. 그리고 주위의 모든 움직임이 멈추고 두 사람만이 천천히 움직이고 있는 것만 같았다. 왜 그럴까?

그가 다시 다가오더니 이번에는 입술을 가르고 혀가 깊숙이 들어와 그녀의 혀를 감고 빨았다. 이런 키스는 처음이었다, 숨이 막히고 머리까지 멍할 정도의 키스는. 눈앞에 별이 몇 개씩 뜨며 주위를 맴돌았다. 누구도, 그 어떤 것도 이 키스가 계속되는 것을 막을 수가 없을 것 같았다.

"너희들 지금 바람피우니?"

문 여사의 놀란 목소리가 그들의 딱 붙은 입술을 단박에 떨어지게 했다.

10

"준비 다 했어요?"

"네에."

"우리 주 실장, 예쁘다."

공항에서 김성현은 대뜸 은행을 한 팔로 안으며 입술에 뽀뽀하고 나서 감탄을 내뱉었다.

이 남자 왜 이렇게 진도가 빨라.

문제는 그녀 역시 그의 키스에 무방비하다는 것이다. 그의 키스는 달콤하고 강했다. 사람을 홀리게 하는 그 무언가가 있었다. 그럼에도 마음은 불편했다.

첫 키스를 한 지 정확히 이주일이 흘렀다. 은행은 그 순간을 결코 잊지 못한다. 물론 그들의 첫 키스니 그럴 만도 하지만, 더 정확히 말하면 그날 들켜서 더욱 그랬다.

아직도 문 여사의 살벌한 말들이 뚜렷하게 뇌리에 박혀 있었다. 그날의 모든 행동과 함께.

"너희들 바람피우니?"
그들은 바로 떨어졌다.
"어머니!"
낙천적인 성현도 약간 당황한 듯했다. 그도 그러한데 그녀는 얼마나 놀랄 일인가. 문 여사는 은행이 얼마나 서 작가에게 몰입하고 올인했는지 잘 아는 산 증인이 아니던가. 그런데 지금 그의 아들과 뽀뽀를, 아니, 깊은 키스를 하다니.
은행은 자신이 생각해도 웃기는 일이었다.
"주 실장, 진우하고 잘되어 가고 있었잖아."
"네에?"
은행에게서 쉰 목소리가 나왔다.
"제가 빼앗아왔어요."
성현의 선명한 말에 은행의 동그란 눈이 더욱 커졌다.
"친구의 여자를 말이냐?"
"아니요, 제 여자를 데리고 온 거예요. 원상복귀시킨 거죠."
"예전에 그렇게 어울린다고 했을 땐 나 몰라라 했잖니."
"그땐 몰랐고요. 사람이 깨닫는 시기가 있잖아요, 어머니."
"으음."
문 여사는 마땅치 않은 신음을 토해냈다.
"이해해 주세요."
"내가 많이 늦었구나······. 내 둘째 며느리로 찍어둔 사람이지만 진우 좋다고 해서 겨우 포기했는데, 갑자기 이러니 적응이 안 되네. 도통 젊은 사람들의 마음을 내가 따라갈 수가 없구나."

"……."

"주 실장, 뭐라고 말 좀 해봐요."

"네에, 그러니까……."

말이 쉽게 나오지 않았다. 그래도 뭔가 확실한 것이 필요했다.

"아드님을 진심으로 사랑합니다."

그렇다고 이것은 아니지.

근데, 주은행은 꼭 아니라는 걸 기어이 내뱉고 나서야 깨달을 때가 많았다. 이번에도 마찬가지였다. 이렇게 말할 생각이 결코 아니었다. 문 여사가 자신을 쳐다보며 빨리 말하라고 재촉하면서 눈빛이 의아해지자 그녀는 진지함을 드러내고 싶다는 충동에 마구 휩싸였다. 충동은 어떤 순간에도 안 좋은 것이다. 자신이 말하고도 헉 하고 숨을 들이쉬었다.

"으하하하, 풋풋. 미안해요. 참을 수가……."

도와주지 못할망정 김성현은 웃겨 죽으려 하고 있었다. 그녀가 옆구리를 살짝 쳐도 소용이 없었다. 오히려 그녀의 작은 어깨에 고개를 묻고 배 아프게 웃고 있었다.

도움이 안 되는군.

사실 그녀도 웃고 싶었다. 자신이 한 말만 아니라면 크게 웃을 수 있었겠지만 지금은 울고 싶었다.

"두 사람이 알아서 할 일이지. 난 자식들 사랑에 콩이야 팥이야 끼어드는 사람이 아니니까. 하여튼 요즘 젊은 사람들은 어디로 튈지 도통 모르겠어. 며칠 전만 해도 서진우를 좋아합니다, 해놓고

선. 지금은 아드님을 사랑한다니. 모를 일이야. 원하던 일인데 왜 이리 당혹스러운지……."

문 여사가 시야에서 사라지고 나서도 성현은 계속 웃어댔다.

"나 정말 그 정도로 사랑하는 거예요?"

이렇게 물으면서…….

그 생각은 시간이 지나도 울컥했다.

"앗! 또 그 생각하는 겁니까?"

은행이 이유 없이 그의 팔을 툭 치자 성현이 바로 알아차렸다.

"어떻게 웃을 수가 있어요?"

"주 실장도 웃어요. 내가 부모님 뵙고 따님 엄청나게 사랑합니다, 할 때 말이에요. 그럼 피장파장이잖아요."

"우리 부모님은 별로 관심 없을 거예요. 나 말고도 각자 자식들이 많아서요. 외가는 돌아가셨고, 친할아버지도 지금 외국에 계시니까……."

성현이 은행을 다시 꽉 껴안았다. 그가 이런 식으로 안을 땐 가슴이 콩닥거린다. 넓은 가슴에 그녀의 머리통을 큰 손으로 부드럽게 잡아 쿡 누르면 아무 생각도 안 난다. 하지만 그럼에도 이번 일은 속상했다.

"내가 있으니까 슬퍼하지 말아요."

"슬퍼한 적 없거든요. 제발 일 좀 만들지 말아요. 내가 김성현 씨 때문에 위신이 떨어지고 있어요."

은행은 김유영의 문자를 받고 더 심란해졌다.

〈그렇게 안 봤는데, 실망이네요. 좋은 사람인 줄 알았어요.〉

김유영은 자기 기분에 따라 사람을 나누는 편이지만 같이 있다 보면 진국인데, 그런 사람에게 안 좋다고 낙인이 찍혔다. 또 뭐라고 변명할 수도 없는 일이니 속상했다. 그래서 괜히 가장 가까운 사람에게 투정을 부리는 중이었다.

"난 주 실장 사랑하는 마음 그대로 움직일 뿐이에요. 그것 외에는 문제될 것 없잖아요. 걱정하지 말아요. 주 실장!"

은행은 요즘 들어 뭐가 좋다고 계속 강아지처럼 실실 웃어대는 김성현을 보면 어이가 없지만 기분이 나쁘진 않았다.

문제는 걱정거리가 한 짐이라 그렇지.

"이름 불러요."

그녀가 품에서 겨우 빠져나와 퉁명스럽게 말했다.

"으응?"

"이름 부르라고요, 내 이름!"

"아, 은행! 우리 은행 씨, 사랑하는……."

"됐거든요."

그는 너무 능청스럽다. 그래도 웃을 때 눈이 휘어지는 건 귀엽다. 또렷한 눈을 좋아했는데, 이렇게 긴 눈매도 예쁠 줄 몰랐다. 보조개 들어가는 뺨도, 새하얀 이가 드러나게 웃는 것도. 보고 있어도 또 보고 싶을 만큼 그의 얼굴 생김새가 아른거린다.

헉, 정말 내가 사랑에 빠졌나.

은행은 그 정도는 아니라는 듯 고개를 절레절레 흔들었다. 다행히 그가 보지 않았다.

"철거민 문제는 잘 해결되었어요. 물론 불리한 조건이지만 그런대로 보상은 받았으니까 다행이죠……."

그의 얘기를 들으면서 은행은 이렇게 천천히 사랑이 무르익어 갈 것 같은 예감이 들었다. 김성현의 기질도 그렇고 뭐든지 천천히 할 것이 분명했다. 하지만 그녀의 직감이 틀릴 때도 있었다.

그날, 제주도 호텔에 도착해서 세미나로 직행했다. 호텔은 공항과 가깝고 교통 편리한 시내에 위치해 있었다. 줄지은 낮은 소나무와 우뚝 솟은 야자수 나무가 시선을 잡았다.

이번 세미나는 도시 건축학의 친환경에 대한 것으로 성현이 꼭 듣고 싶어 했다. 독일 전문가들이 강사로 참여하고, 은행 역시 관심이 있었다.

작은 집은 그들이 추구하고, 아파트와 공존해야 할 생활 형태라고 생각하기 때문에 많은 사람들이 만족하면서도 어떻게 하면 다양하게 살 수 있는지에 대해 연구하는 편이었다. 성현은 책도 준비하고 있었다. 투기 대상이 아닌 살 만한 집에 대해서, 그래서 조사도 많이 하는 편으로 이번 강연도 그런 취지로 경청하고 있었다. 다양한 강사들이 각자 자기의 주장을 피력해서 시간이 오래 걸렸지만 두 사람은 꽤 열중했다.

가끔 은행은 그가 이상한 짓을 할까 봐 눈치를 봤지만 다행히 성현은 점잖았다. 그녀가 사람 많은 곳에선 애정 표현을 극구 자제해 달라는 말을 웬일로 잘 듣고 있었다. 그녀의 손을 꼼지락대는 걸 너무나 좋아하는 새로운 버릇도 보이지 않았고, 그렇다고 딱히 삐치지도 않았다. 눈이 마주치면 미소를 짓는 걸 보면, 그의 미소를 봐야 마음에 편하다니 이것도 은행의 새로운 병이 되었다.

"나, 잘했죠. 상 줘야죠."

"나중에요."

버릇을 완전히 고치긴 어려운 모양이다. 조금이라도 그녀의 마음에 드는 행동을 하면 마치 복슬 강아지마냥 상을 달라고 난리다.

"우리 둘만 있을 때요?"

"봐서요."

대답은 그렇게 해놓고 은행은 씽긋 웃었다. 단둘이 있을 때도 상인지 뭔지 줄 생각이 전혀 없었다. 지금 이 연애로 스트레스가 얼마인데, 그녀 좋다는 사람들조차도, 아니, 반장 아저씨들까지도 여자의 마음은 갈대라는 노래를 연신 부르고 있지 않은가.

"여자들 마음을 어찌 알겠어, 진짜 모를 일이야."

"휴우."

겨우 마음을 진정시키고 남자친구를 바라보았다. 아무리 생각해도 김성현은 연애에 대해선 어디로 튈지 몰라 여지를 주면 안 된다. 그걸 알면서도 은행은 자신만만했다. 당황스럽거나 곤혹스럽게 하는 경우도 있지만 똑똑한 자신이 충분히 제어할 수 있다고 생각했다. 바로 지금처럼.

"이렇게 앉으면 어떻게 식사를 해요?"

은행은 레스토랑에서 바로 옆자리에 바싹 붙은 그의 어깨를 툭 밀며 말했다.

"은행 씨 옆에 있고 싶어요."

뺨에 살짝 입 맞추며 그가 말했다.

"나, 화낼 거예요. 김성현 씨, 바로 앉아요. 빨리요."

"에잇, 나보다 확실히 사랑이 적어요."

"맞아요. 내 사랑은 현실적이에요. 그래서 늘 이성적이죠."

그가 투덜거리다가 킥킥거렸다.

"왜 웃어요?"

"웃겨서요."

"뭐가요?"

"주은행은 이성적인 사람이 아니라서요. 나한테 흔들린 것만 봐도 그렇죠."

그의 말에 화를 내려던 그녀도 피식 웃고 말았다.

맞는 말이지.

그들은 식사를 마치고 다시 강연회를 듣고 각자 숙소로 돌아가야 했다.

"그런 표정 짓지 말아요."

"어떤 표정이요?"

성현이 되물었다.

"불쌍한 표정이요. 그래도 안 돼요. 내 객실에 못 들어와요."

"알아요. 난 결코 흑심이 없습니다."

그녀가 코웃음을 쳤다. 이렇게 스킨십을 좋아하는지 몰랐다. 옆에만 있으면 자꾸 손을 잡고 뽀뽀한다. 수위가 높지는 않지만, 마음을 놓아선 안 된다. 벌써부터 그런 것에 익숙해지려고 하면 위험하다. 연애는 계획적으로는 못해도 자신의 신념까지 무너뜨릴 수는 없었다.

"주은행이 너무 좋아서 그렇지 그녀가 싫어하는 일은 안 해요."
성현은 그녀의 입술에 뽀뽀하고 시원하게 돌아섰다. 하지만 문을 닫고 들어가자마자 문자가 왔다.

〈사랑해요, 주 실장!〉

은행은 골치 아픈 표정을 지었지만 웃고 말았다.

〈알았으니 푹 쉬어요.〉

이 남자를 좋아하다니, 나의 아닌 남자인데.
문득 다른 친구들은 어떻게 됐을까. 괜히 궁금했다.
"하리야, 뭐 해?"
〈간만에 잔다.〉
피곤한 강하리 목소리가 귓전을 울렸다.
"그렇구나."
〈뭔데? 피곤해. 용건만 간단히 하자.〉
"너, 혹시 박서준 때문에 뭔가 힘들거나······."
〈박서준 때문에 늘 힘들잖아.〉
일 초의 망설임도 없었다.
"그렇지······. 근데, 그렇다. 너, 항상 박서준 존경하잖아. 그래서 우리가 뭐라고 하면 못하게 하고······ 아니야?"
은행은 괜히 이상한 기류를 잡으려고 노력 중이었다.
〈존경은 무슨? 존중이겠지. 존중도 늘 하기 힘들어. 근데, 왜 묻

는데? 너한테 무슨 일 생겼냐? 왜 자꾸 멀쩡한 나를 물고 늘어지냐?〉

역시 고단수다.

사실 은행은 누군가에게 말을 하고 싶었다. 비밀이지만 친구에게 자신의 아닌 남자와의 연애를 스스로 폭로하고 싶은 충동이 있었다.

"하리야, 이거 비밀인데, 나 김 소장이랑 사귄다."

엄청 놀랄 줄 알았다…….

〈둘이 어울려.〉

"진짜?"

〈으응, 그림 나오네.〉

"그래?"

〈너의 아닌 남자는 멀쩡하니까.〉

"어?"

〈내 말에 신경 쓰지 말고, 매사 정신 차려라.〉

"왜?"

〈김 소장, 보통내기 아닌 것 같으니까 조심하란 뜻이지. 넌 확 휘말릴 수 있어. 내가 관상 좀 본다.〉

"야, 나 주은행이야."

내가 얼마나 야무진데…….

〈너 주은행이니까 조심하라고, 이 무늬만 똑똑아.〉

"잠이나 자라. 잘 자."

〈그래.〉

은행은 하리와 통화를 끝내고 태연에게도 문자를 보냈다.

〈아닌 남자 조심할 것.〉

그러자 전화가 왔다.
〈어떻게 알았어?〉
"뭔 소리야? 너 주신노랑 사귀냐?"
〈아니.〉
"그래, 넌 아니다. 그냥 조심하라고. 조심해서 나쁠 것 없잖아."
〈넌 아닌 남자랑 사귀냐?〉
"아니."
〈그렇지. 시간 날 때 만나자.〉
"으응."
사귄다고 하려고 했는데, 태연이 펄쩍 뛰는 바람에 거짓말을 하고 말았다.

주신노랑 사귀나. 에잇, 그럴 리가. 그럴 수는 없지.

둘 다 얼마나 극과 극인지 모르는 동창은 거의 없었다.

은행은 하정에게도 안부 문자를 남기고 잠자리에 들었다. 다들 아닌 남자하곤 상관이 없나 보다. 그녀만 아닌 남자를 만나고 있군. 하지만 싫지 않았다. 그때, 익숙한 문자가 와서 깜짝 놀랐다.

〈주 실장, 진짜 우리 아들 사랑하는가.〉
〈무지 사랑합니다.〉

은행은 잠자리에서 벌떡 일어나 문자를 보내고 한숨을 내쉬었다. 이게 몇 번째인가. 아, 스트레스······.

문 여사가 심심하면 보내는 문자에 스트레스를 엄청 받고 있었다. 하지만 아무리 생각해도 그렇게 아들 어떠냐고 할 때 무관심하며 서진우 좋아한다고 난리 치다가 아들과 키스를 했으니 얼마나 당혹한 일이겠는가. 그렇기 때문에 문 여사의 의문을 지우고 확신을 주기 위해 문자가 올 때마다 그녀는 늘 성실하게 임했다. 김성현의 집요함이 아무래도 모친의 유전형질에서 온 것이 아닌가 싶을 정도다.

뭐, 어쩔 수 없지.

그래도 지금 연애가 잘 돌아가고 있다.

잘하고 있어.

은행은 이상하게 자신의 연애에 대해서 확신이 들었다. 계획대로 되지 않고 뭔가 엉킨 것 같은 느낌마저 들지만 이게 진짜이고, 오래갈 것임을.

이 낯선 느낌의 사랑을 천천히 진행시킬 생각이고 자신의 주도로 이끌어갈 자신감도 충만했다. 그런데 그들을 둘러싼 운명이 그녀의 생각대로 흘러가고 있지 않다는 걸 깨닫는 데 오래 걸리지 않았다.

"꼭 가야 돼요?"

선착장 앞에서 은행은 성현의 옷자락을 잡았다. 그는 배낭을 메고 혼자 인근 섬으로 막 떠나려는 중이었다.

"내가 지은 집이니까 애프터서비스를 해야죠. 게다가 노부부만으론 그 집을 유지하기 힘들어요. 할머니도 편찮으시다니까, 내가 가서 집도 보고 힘든 일도 하고요. 자식들이 외지에 있어서 얼마나 적적해하시는데요. 아들 노릇 하러 간다고 해도 겨우 2~3일 있다 올 거니까 여기서 혼자 자유를 만끽해요. 며칠 있다 꽉 붙어서 놓아주지 않을 테니까."

그의 뒷모습을 보며 그녀는 툴툴거렸다. 연애를 해도 여전히 봉사 정신은 투철한 사람이었다.

"근데, 은행 씨……."

그가 다시 달려왔다.

"왜요?"

"잘 가라고 인사 안 해줘요?"

"했잖아요."

은행은 다시 그의 면전 앞에서 손을 흔들어 보였다.

"그거 말고요. 이게 진짜이지."

등을 구부리고 자세를 낮추더니 성현은 입술을 쭉 내밀었다.

"가요, 그냥."

"빨리 해줘요."

주위 사람들이 흘깃거리며 보는데도 요지부동이었다.

"배 떠나겠어요."

"그러니까 얼른 해줘요."

끈질긴 인간형의 전형이다.

"사람도 보는데, 진짜 진드기처럼 왜 그러는지 몰라."

"빨리요."

은행은 입술에 도장 찍듯 뽀뽀했다. 그러자 그가 다시 입술에 뽀뽀를 하고, 떠나려는 도항선를 향해 달려갔다. 겨우 타고 나서야 뱃머리 앞에서 손을 흔들었다. 은행도 같이 손을 흔들었다. 벌써부터 그가 보고 싶었다.

"이상하다."

이런 감정은 처음이다. 남자 때문에 설레고 두근거린 적은 많았다. 하지만 그런 감정은 연애에 대한 계획이 많아질수록 사라졌다. 근데 지금은 보고 있는데도, 방금 뽀뽀했는데 너무 그립다. 늘 그의 자리가 옆에 존재해 있는 것처럼 어느 때는 따스하고 또 어느 때는 그의 부재에 외로웠다.

"미친 게 아닐까."

예상하지 않은 남자를 사랑한 것도 그렇고. 사랑? 그래, 이게 사랑이지.

3일이 지났다. 아직 연락이 안 되었다. 걱정할 건 없다. 노부부만 사는 집, 겨울나기를 위해서 아들 노릇 하러 간 거니까 2~3일은 족히 머물러 있을 것이다. 게다가 비바람이 분다고 했으니까 넉넉히 5일 정도 연락 안 오는 것은 별일 아니었다. 사실, 예전에도 이런 일이 많았다. 처음엔 놀라서 연락하고 난리도 아니었다. 하지만 이런 일이 반복되자 몇 번 연락하다가 말았다. 이 정도면 충분하니까. 한데 지금은 마음이 가라앉질 않았다. 상사와 직원의 관계에서 애인 관계로 상황이 달라진 것이 이렇게 큰 것일까. 하여튼 한시도 편치가 않고 안절부절못했다.

그래서 은행은 불안한 마음을 가시기 위해 행동에 옮겼다. 그 섬으로 가기로 한 것이다.

"왜 연락이 안 되는 거야?"

"날씨 때문이야."

"이제 비바람도 그쳤잖아요."

"섬에 피해를 입어서 연락이 안 되는 걸까."

은행은 지금 혼잣말을 하고 있었다. 안정이 안 되었다. 파도가 조금만 심해도 출항을 못한다는데 언제 떠날지 몰라서 선착장에서 발을 동동거리다가 다행히 배를 타고 출발했다. 마음이 불안하고 다급하자 앉지도 않고 서서 빨리 도착하길 기다렸다. 겨우 도착하고 나서 노부부 집으로 내달려 갔다. 나지막한 산 아래로 작은 마을이 옹기종기 모여 있었다. 그중에서도 중턱에 위치한 작은 집은 이웃과 동떨어져 외로이 위치해 있었다.

다행히 노부부의 집은 멀쩡했다.

벽돌과 나무문에 기와지붕의 조화가 아름다운 집이었다. 오래된 한옥을 김성현이 개축한 것으로 그의 건축 철학이 작은 집에서도 묻어났다. 작지만 넓게 보이는 집, 보이는 집보다 사람이 먼저인 집, 최대한 뽐내지 않은 집, 그리고 손때 묻은 고풍스런 집.

안으로 들어가면 서까래와 나무 기둥이 참으로 안정감을 주었다. 주방과 화장실을 현대적으로 바꾸면서 안으로 들여왔고, 난방 공사와 누수와 단열까지 철저하게 손보았다. 기와를 살렸기 때문에 정기적으로 와서 수리나 보수를 해야 하고, 김성현은 이런 일을 알아서 잘했다.

거창한 인테리어가 필요 없는 집이었다. 격자무늬 창과 마루의 느낌이 정감 어리고, 가구는 아기자기했다. 작은 가구들이 마치 제자리를 찾아 들어간 듯 위치해서 집 안이 더 넓어 보였다. 그의 손때가 묻은 집을 보니 갑자기 마음이 뭉클해서 그를 본 것처럼 반가웠다.

"안녕하세요. 저는 김성현 소장님 회사 직원이데요, 전화 연락이 안 되어서 직접 와봤습니다."

노부부는 은행을 안으로 들어오게 해서 한과와 따스한 차를 대접해 주었다. 그러나 마음이 다급한 그녀는 잘 먹질 못했다.

"그럴 리가요. 폭풍우가 그치자마자 저 산 너머 민박집으로 간다고 했는데요. 거기선 전화가 될 텐데, 왜 연락이 안 되는 걸까. 매번 우리 집 오면 그렇게 산행을 하곤 했으니까 이번에도 그러려니 했지요."

어쩔 줄 몰라 하는 노부부를 오히려 그녀가 위로했다.

"걱정하지 마세요. 불통이 됐나 보죠. 원래 연락을 잘 안 해요. 근데, 언제 출발했나요?"

"어제 오전에 갔어요."

"아, 예. 걱정하지 마세요. 제가 알아볼게요."

휴대폰은 좀처럼 터지지 않았다.

"비바람이 불어서 여긴 요 며칠간 통신이 힘들 거예요. 그래도 시내 민박집은 전화 통화가 될 텐데. 한번 가서 알아보세요."

"네에, 그럼 안녕히 계세요."

"며칠 있다 통신되면 잘 있는지 연락 주세요."

"네, 염려 마세요."

60이 훌쩍 넘은 부부는 닮은 얼굴로 나란히 서서 그녀를 배웅해 주었다. 단아한 할머니와 말랐지만 강건한 인상의 할아버진 보기 좋았다. 저렇게 늙고 싶다는 생각이 들 만큼. 너무 앞서 가는 자신의 마음에 얼른 먼저 김성현부터 찾아보자고 나섰다. 다행히 이장 아저씨가 민박집 근처까지 태워주었다. 민박집 역시 통신 문제와 폭우에 축대가 무너져 보수공사가 한창이었다.
"김 소장은 오지 않으셨는데요."
"네에?"
은행은 당황했다. 하지만 우물쭈물할 시간이 없었다.
"아무래도 산에서 무슨 일이 있나 봐요. 산을 타고 넘어간다고 했거든요."
"그래요? 우리가 가볼게요."
민박집의 40대 중반 주인아저씨와 함께 길을 나섰다. 맨 처음은 아저씨가 다른 이와 가겠다고 했지만 그녀가 고집을 부리는 통에 같이 가기로 했다.
"산이 험하진 않아요."
아저씨는 거짓말쟁이다. 산이 에베레스트다. 산악인들에겐 동네 뒷동산 같을지 몰라도 그녀에겐 완전 험하고 위협적이었다.
"헉헉."
"그러니까 내가 민박집에 있으라고 했잖아요."
능선 포장길을 놔두고 사람을 찾기 위해서 자꾸 가파른 쪽으로 가다 보니 발걸음은 질질 끌리고 호흡은 거칠었다. 그러자 그걸 본 아저씨가 거무튀튀한 얼굴을 반쯤 찡그리며 말했다.
"폭풍으로 인해서 수리해야 할 것이 많으니까 한 사람이라도 일손을 도와야죠. 그리고 김 소장님을 잘 아는 사람이 가야 잘 찾지 않겠어요."
"그런가."
마치 인명 구조견처럼 은행은 코를 킁킁거렸다. 진짜 구조견처럼 냄새로 찾을 수는 없어도 사랑하면 직감이란 것이 작동될 수도 있지 않을까 하는 생각도 들었다. 아저씨는 김 소장을 잘 알고 있어서 여자친구라는 말에 선뜻 장정보다는 그녀와 같이 가는 게 낫다고 봤지만, 산길에 익숙지 않아 자꾸 뒤처지는 그녀를 챙기느라 산을 샅샅이 뒤지는 데 엄두도 못 내고 있었다.

"제 걱정하지 말고 먼저 가세요. 전 천천히 쫓아갈게요."

"그러세요. 길을 잃을 만큼 산이 험하진 않아요."

"길을 잃을 것 같으면 그 자리에서 가만히 서서 소리 지를게요."

아저씨는 못 미더우면서도 그렇게 하라며 먼저 앞서 갔다. 은행은 너무 다리가 아파서 바위에 앉아 쉬기로 했다. 정말 이런 산행은 그녀와 맞지 않았다.

계속 비탈길 연속인데다가 혼합림들이 빽빽이 들어차서 시야가 막히고 낙엽들이 땅에 한 몸처럼 딱 붙어 있어서 걷기가 힘들었다. 나무들의 긴 가지가 서로 엇갈리고 그 음영이 크게 그림자로 다가와 걸을 때마다 무서웠다. 가지 부러지는 소리만 나도 깜짝 놀라 뒤를 돌아봤다. 아무도 없었다. 바람 소리도 마치 생명체인 양 나뭇가지를 건드리며 소리를 냈다. 그녀는 참나무 숲을 지나 소나무 쪽으로 가면서 혼자 투덜투덜 댔다.

"김성현, 정말 이해 안 돼. 차 타고 오면 되지, 폭풍까지 불고 난 후인데 왜 이런 곳에 혼자 산행을 하는 거야. 걱정돼 죽겠네. 김성현, 이 못된 인간아! 대체 어디 있는 거야? 김성현, 어디 있냐고?"

"주 실장!"

희미한 소리가 바람을 타고 왔다.

"소장님! 소장님! 어디 있어요?"

은행은 깜짝 놀라 주위를 둘러보았다. 그때 너럭바위 아래 작은 토굴에서 부스럭거리는 소리와 함께 그녀를 부르는 음성이 들렸다.

"소장님! 소장님!"

"으응, 나예요, 김성현."

"어떻게 된 거예요."

음성을 확인하고 그녀가 토굴 안으로 기어들어 갔다. 바지에 흙이 잔뜩 묻는 것도 상관치 않았다.

"산길에 발을 헛디디며 잠깐 정신을 잃었어요. 그러다가 다리를 다친 것 같아서 여기로 기어와서 쉬고 있었어요."

그의 몰골은 참혹했다. 머리는 진흙이 묻은 채로 헝클어져 있었고, 수척한 얼굴은 며칠 못 먹어 불쌍한 강아지 모양새였다. 불쌍했다.

"나 찾은 거예요?"

"바보같이, 폭풍 온 산길을 왜 혼자 온 거예요? 다치면 어떻게 하려고…… 진짜 속상해 죽겠네. 이 몰골 좀 보세요."

"괜찮을 줄 알았죠. 전에도 그랬으니까. 주 실장 생각하느라 한눈팔아서 그렇게 됐어요."

"왜 내 생각을 시도 때도 없이 해요?"

"그러게요. 안 그럴려고 해도 그게 마음대로 안 되네요."

참, 미운 짓을 예쁘게도 하네.

"그래도 가방 속에 비상으로 먹을 걸 가져와서 괜찮았어요. 좀 쉬었다가 기어나가려고 했는데. 근데 나 걱정했어요?"

성현은 뭐가 좋은지 히죽거린다.

"그럼 걱정 안 해요? 그래도 애인인데."

"우리 은행 씨가 나 구해준 거네요. 역시, 은행 씨 없으면 난 못 살아."

 이런 거지꼴을 하고도 능청을 떨다니, 정말 김성현은 주은행이 만만한가 보다. 그래도 은행은 그런 그가 밉지 않았다. 요즘 들어 미운 구석이 줄어들고 있었다.

 "주 실장님!"

 아저씨가 부르고 있었다.

 "잠깐만요."

 성현이 그녀를 꽉 붙잡고 늘어졌다.

 "가지 마요."

 그가 놀란 강아지마냥 그녀에게 바싹 붙었다.

 "멀리 안 가요. 그러니 걱정 마요."

 "싫은데?"

 "늘 옆에 있을게요. 약속!"

 "정말?"

 "에라, 모르겠다. 정말."

 은행은 성현의 얼굴을 두 손으로 잡고 그 꾀죄죄한 얼굴에 소리 나게 뽀뽀해 주었다. 그렇게 안정시키고 밖으로 나와 아저씨에게 알렸다. 아저씨는 토굴로 와서 김성현의 상태를 샅샅이 살펴보더니 심각하지 않다는 걸 확인하고 나서 다른 사람들도 다쳤으니 먼저 사람을 부를 때까지 기다릴 수 있겠냐고 확인했다.

 "제가 옆에 있을게요."

 아저씨를 보내고 은행은 성현의 옆에 붙어 있었다. 성현은 작은 그녀에게 기대며 의지했다. 갑자기 눈물이 왈칵 쏟아지려고 하는 걸 억지로 참아냈다. 약해지면 안 되니까, 그가 쳐다볼 때마다 미소를 지었다.

"울지 마요."

"안 울어요. 웃잖아요."

"우리 주 실장, 절대 울게 안 할 겁니다."

"그래요."

"내가 고생 안 시킬게요."

"봉사활동 좀 줄일 거예요?"

"으음······."

"난 좀 돈도 잘 벌고, 그런 쪽에 영리한 사람이 좋은데······."

"으음."

"안 되는구나."

"김성현이란 인간이 많이 부족하잖아요."

"알았어요."

은행은 한숨을 내쉬었다.

"그래도 조금은 노력할게요. 우리 주 실장이 원하는데 그거 못하겠어요."

"두고 볼 거예요. 알았죠?"

"아, 주 실장 나랑 평생 살겠구나."

아픈 중에도 그의 눈빛은 순식간에 활기가 들어찼다.

"그런 것 같기도······."

속마음을 숨기지 않았다. 어떻게 해야겠다는 생각 없이 은행은 사실대로 말했다.

"주은행 씨, 자신의 말 잊지 말아요. 난 평생 안 잊을 겁니다."

끙끙거리며 아픈 남자가 아주 여지만 주면 사랑 맹세를 해서 그녀를 꽁꽁 묶으려 든다. 근데 그게 숨 막히기는커녕 왜 울컥하는 걸까. 수척한 얼굴에 흙더미가 잔뜩 묻은 옷은 그가 얼마나 사투를 벌였는지 말해주고 있었다. 물론 본인은 죽을 고비를 넘겼다고 생각하지 않고 산행 중에 겪은 일에 불과하다고 여기겠지만.

"바보 같은 김성현. 진짜, 이게 뭐예요."

은행은 그의 낡은 재킷에 묻은 먼지를 손으로 탈탈 털었다.

"미안해요……."

그가 눈을 감고 말했다. 미안하긴 미안한가 보다.

'사랑해요.'

눈을 감고 있는 걸 보면서 그녀가 소리 내지 않고 입모양으로 말했다. 그는 좀 혼나야 한다. 이젠 하고 싶다고 이렇게 혼자 막 돌아다니고 사고 내면 얼마나 그녀의 속이 썩겠는가. 확실히 못하게 하고 싶으면서도 가슴 가득 차오르는 말을 안 토해낼 수가 없어 사랑한다고 중얼거렸다.

"내가 더 사랑해요."

'헉.'

성현은 그녀의 숨결도 알아듣는 모양이다. 그는 그녀를 한 손으로 안았다. 그녀는 그가 안은 대로 그대로 안겼다.

"이젠 나한테 허락받고 가세요. 내가 가지 말라고 하면 가고 싶어도 참으세요. 알았어요?"

"네에."

"산행일지 저한테 넘기세요."

"네에."

"그리고 건축 일도 저하고 의논해서 결정해 주세요. 좀 규모가 큰 것도 이제 거절하지 말고요. 난 속물 근성이 조금은 있는 남자가 좋다고요."

"네에."

"옷도 잘 입고요."

"네에."

"지금 장난치는 거죠?"

은행이 그를 살짝 밀쳤다. 하지만 꼭 안고 있는 그 때문에 그다지 밀리지도 않았다.

그가 눈을 떴다.

"아니요."

"그럼 내 말 안 듣고 있었죠?"

"잘 듣고 있었는데요."

"내가 뭐라고 했는데요?"

"주 실장 말을 무조건 듣기, 주 실장이 하지 말라고 하면 하지 말기."

그녀가 찡그린 얼굴로 피식 웃었다.

"근데 네라고 대답한 거예요?"

"그럼요."

"그렇게 안 할 거죠?"

성현도 웃었다.

"노력할게요."

"알았어요."

그때 문자가 왔다.

"어, 휴대폰 되네."

성현의 휴대폰은 고장 났는지 아무 반응이 없었다.
은행은 문자를 확인하고 얼른 답장을 보내느라 정신이 없었다.
"뭐 하는 거예요?"

〈주 실장, 우리 둘째 아들을 진정으로 사랑하는가?〉
〈무지 사랑합니다.〉

그가 웃었다. 어머니의 장난 반, 진담 반인 문자 공세에 은행이 어쩔 줄 몰라 했다.
"또 교회 반지 했네?"
성현이 답장을 다 보낸 그녀의 손을 보며 말했다. 새끼손가락에 금으로 된 실반지가 반짝거렸다.
"아, 이거요. 교회 반지라기보다 정확히……."
"정확히 뭔데요?"
"혼전순결반지요."
"네에?"
그의 표정이 거기서 멈추었다.
"어, 우리 도와주러 오셨네요."
성현은 그녀가 한 말을 이해하려고 되뇌는 가운데 보건소로 옮겨졌다.

11

 성현은 보건소에서 치료를 받고 다시 민박집으로 왔다. 심각하진 않지만 많이 지쳤고 약간의 저체온 증상도 보이기 때문에 충분한 휴식이 필요하다는 의사 선생님의 진단에 따라 민박집에서 며칠 지내기로 했다.
 성현은 주사 몇 대를 맞고 나서는 반나절 동안 내리 잠만 잤다. 그가 얼굴이 반쪽이 되어서 잠든 모습을 은행은 우두커니 바라보았다. 아무것도 손에 잡히지 않고, 그저 얼굴 보는 것만으로 위안이 되었다.
 그들은 작은 방에 머물렀다. 이 섬은 성수기와 비수기의 차이가 없이 낚시와 사진을 찍기 위해 관광객들이 많이 찾는 섬으로 구석진 방이 있어서 그나마 다행이었다. 예약도 안 하고 올 때도 있다는 주인장의 말에 은행은 식겁했다.

방도 없으면 어쩔 뻔했나.

하여튼 사람이 다소 즉흥적이고 방랑적이라 문제다. 그의 단점은 이제 그녀가 짊어지고 가야 할 것처럼 느껴져서 뭐 하나 그냥 넘길 수가 없었다. 자신의 문제가 되어버린 것이다. 그래도 지금은 그가 무사하고 자신 옆에 있는 것만으로도 마음이 놓였다.

그래서 그런지 은행은 성현과 한 방에서 자는 것이 그다지 신경 쓰이지 않았다. 그는 지금 많이 지치고 아픈 상태이니까. 따로 방이 있다고 해도 곁에서 떠나지 못할 것이 분명했다.

민박집 아저씨를 통해서 노부부에게 무사하다는 소식을 전해드렸다. 걱정하실 것 같아 문 여사에게는 따로 얘기하지 않고 무지 사랑한다는 답장만 열심히 보냈다. 그것 외에 그다지 할 일이 없었다. 하고 싶은 것도 없었다.

그렇게 시간이 흐르고, 물안개가 창밖으로 피어오르고 있는 이른 새벽에 성현이 신음 소리를 냈다. 그와 멀찍감치 떨어져 이불과 요를 깔고 눈을 붙이고 있던 은행은 벌떡 일어났다. 그러나 그는 아직 깨어나지 않고 뭐라고 중얼거렸다. 그녀 이름을 부른 것 같기도 하고, 하여튼 그렇게 웅얼대다가 다시 잠들었다. 은행은 가만히 김성현을 내려다보았다. 그리고는 그의 뺨에 살짝 입 맞추었다. 다시 그가 웅얼댄다.

"사랑해요, 소장님!"

"사랑……."

그가 그녀의 말을 무의식적으로 따라 하려다가 다시 조용하게 잠들었다. 그녀는 그런 그의 뺨을 토닥이며 늘 옆에 있고 싶은 사람을 찾은 것에 안도했다.

"으음."

성현이 신음을 내뱉으며 깨어났다. 은행이 얼른 그의 곁으로 다가갔다.

"괜찮아요?"

그가 몸을 들척거리더니 이불을 걷어내고 일어나 벽에 기대어 앉았다.

"괜찮아요. 근데, 우리 같은 방에서 잔 거예요?"

그리고는 떨어진 이부자리를 보고 말했다. 일어나자마자 이상한 소리부터 하는 그를 얄밉다는 듯 은행이 노려보았다.

"사람 마음 걱정하게 해놓고 그런 말이 나와요? 난 진짜 간호하느라 잠도 제대로 못 잤는데……."

"미안해요."

성현은 손을 뻗으며 다정하게 말했다. 그녀가 손을 잡자 덥석 잡아당긴다.

"작으니까 품에 쏙 들어오네."

"장난치지 말고요. 배 안 고파요?"

"고파요."

"잠깐만 기다려요."

"잠깐만 기다려요."

"으응?"

자신의 말을 따라 하는 그를 올려다보았다. 그는 그녀를 품에 놓지 않으려고 꽉 안으며 사랑하는 사람의 존재를 여실히 느끼고 있었다.

"밥 안 먹어요?"

"잠시만요."

"지금 안 먹으면 못 먹어요. 그 정도로 내가 좋아요?"

"으음, 당연하죠. 하지만 밥부터 먹을래요. 배고파요."

은행이 웃으며 그의 뺨에 조르지도 않았는데 알아서 쪽 소리 나게 뽀뽀하고 나서 조르르 밖으로 나갔다.

'혼전순결반지.'

그때 은행의 말이 떠올랐다.

신념이 강한 사람이야.

성현은 은행의 신념에 감복했다. 하지만 식사를 끝나고 나서는 그 감복이 또 다른 복병으로 다가왔다.

"이것도 먹어봐요."

은행은 그의 밥 위에 생선조림을 올려주었다. 밥상은 생선조림과 김치와 나물 그리고 된장찌개가 소박하지만 푸짐했다.

"내가 애입니까?"

"신경 써주는 건데 싫어요?"

"싫긴요, 그냥 하는 말이죠. 내 여자가 신경 써주는 것 무지 좋아합니다. 무지 사랑합니다, 주 실장!"

그가 문 여사, 자신의 어머니에게 성실하게 보내는 은행의 문자를 놀렸다. 아무래도 상당 기간 놀릴 것이 분명했다. 쿨하게 넘기기로 했다.

"왜 이렇게 못 먹어요?"

언제 아팠냐는 듯 성현은 벌써 한 그릇 다 비우고 두 그릇째 먹고 있는데 그녀는 반도 못 먹고 있었다.

"걱정 많이 해서 속 타서 그렇죠. 이리저리 돌아다니느라 힘 뺐고요. 진짜, 이제 정말 안전하게 돌아다녀요."

"알았어요. 착한 애인 될게요."

"네에, 그러세요."

물을 마시는 그녀의 새끼손가락의 실반지가 자꾸 눈에 들어왔다. 반짝반짝 빛나는 것이 마치 위험한 물건처럼 느껴졌다.

"그거 언제까지 낄 거예요?"

성현이 넌지시 물었다.

"으음……."

"평생 낄 건 아니죠?"

"아니죠."

그녀가 귀엽게 웃었다.

"한데 웬 순결반지예요?"

"학창 시절에 잠깐 교회 다녔을 때 소모임 있었는데, 거기서 한 거예요."

"그걸 지금도 하고 있어요?"

"뜻이 좋잖아요. 그리고 반지도 예쁘고요. 내 학창 시절의 생각이 담긴 거니까 함부로 할 수 없죠."

"지금도 그래요?"

"그럼요, 신념이에요."

성현은 고개를 끄덕거렸다. 딱히 이해하기 힘들고 어려운 신념이지만 그에게 손해될 것이 하나도 없다고 생각하기 때문이었다.

"내 연애관이죠. 이것은 내 능력과 상관없는 거예요."

"그렇겠죠. 우리 주 실장 인기 많았을 테니까."

성현은 은행의 말을 장난과 진심 그 중간 사이로 아슬아슬하게 줄타기하며 응대했다. 그런 것에 상관없이 은행은 진지한 표정을 고수했다.

"그럼요. 나는 남녀가 서로 믿음과 신뢰를 가진 후에 사랑의 맹세를 하고 나서야 모든 걸 나눌 수 있다고 생각해요."

너무 진지해도 낯 뜨거울 수 있다는 걸 가끔 주은행은 모른다. 성현은 그런 은행을 많이 좋아했다.

"종교적인 신념이에요?

"이것은 내 신념이에요."

"그렇구나. 알았어요."

성현은 벽에 늘씬하면서 잘빠진 몸을 기대고, 사랑하는 여자를 딱 자신의 시야와 손길 아래 두며 말했다.

"우리 결혼 빨리 해야겠네. 늦어도 내년 봄에 하는 건 어때요? 염려 말아요. 프러포즈는 따로 근사하게 할 테니까."

"난 프러포즈 상관없는데……."

"그래요?"

아직도 행복한 여유감에 젖어 있었다. 성현은 식사도 끝내고 둘이 앉아서 앞으로 다가올 미래에 대한 얘기를 나누는 것이 마치 오랜 방황을 마치고 집에 돌아온 기분이었다. 그것도 아름다운 집. 하지만 모든 이치가 그렇듯이 그렇게 빨리 아름다운 집에 들어갈 수 없는 모양이었다. 약간의 고비가 있는 것이 인생이 아니던가.

"또 다른 신념, 내가 얘기 안 했나요?"

은행이 또렷한 눈빛으로 말했다.

"또 다른 신념이 있어요?"

연애엔 신념이 많을수록 골치 아파지는데, 예감이 안 좋았다.

"네에, 난 연애를 한 4년 정도는 해야 된다고 생각해요. 그래야 주변에서 공식 연인으로 인정도 받고, 또 서로에 대해서 충분히 알게 되고요. 그렇게 무르익을 때 결혼을 해야 후회가 없죠. 안 그래요?"

성현은 딸꾹질이 날 뻔했다.

"그럼, 우리도 4년 동안 순결하고 순수하게 지내는 거예요?"

"우린 다르죠."

"그렇죠."

"우린 서로의 마음을 확인했으니까, 그리고 6년 동안 서로에 대해서 많이 알았으니까 2~3년 정도 사귀면 되지 않을까요."

"우와!"

갑자기 정신이 맑아졌다. 김성현은 원래 그랬다. 어려운 고비 앞에서 정신이 바짝 차려지면서 어떻게 해야 할지 머리가 겁나게 돌아갔다.

"그 정도는 기다릴 수 있죠?"

"……."

은행이 당연하다는 듯 물었다. 이 조그마한 사람이 뭐 이렇게 신념이 많은지 그는 기함할 정도였지만 정신을 똑바로 차렸다.

"왜 대답 안 해요?"

그가 그녀의 손을 주물락거렸다.

"주 실장!"

"네에?"

"나도 신념이 생겼어요."

성현이 빙그레 웃으며 말했다.

"뭔데요?"

은행이 그를 쳐다보며 물었다. 참으로 맑은 표정이었다.

"사랑은 모든 걸 뒤엎는다."

그가 무시무시하고도 다정하게 말했다.

"뭐라고요?"

"사랑해요, 주 실장."

"알아요."

"나 사랑하죠?"

"많이 사랑하죠."

그녀가 찡그린 얼굴이지만 여전히 사랑스럽게 말했다.

"우린 말이죠, 천생연분이에요."

"그래요."

"천생연분은 신념을 뛰어넘어요."

두 사람은 딱 붙어 앉아서 다른 생각을 여실히 드러내고 있었다. 그녀는 그의 손에 깍지를 끼며 속삭이듯 말했다.

"내 신념은 욕망과 열정 위에 있어요."

"욕망과 열정은 나쁜 게 아니에요."

"나쁘다고 생각 안 해요. 다만, 때와 시기가 있는 거죠."

"……."

"난 결코 내 신념을 꺾지 않을 거예요."

"은행 씨!"

"네에?"

깍지 낀 손에 그가 힘을 주었다.

"걱정하지 말아요."

"……."

"주 실장의 뜻을 존중합니다. 그리고 억지로 마음을 돌릴 생각도 없고요."

"진짜요?"

"네에."

"그럼, 기다려 줄 거예요?"

"글쎄요."

"네에?"

"사람이란 말이에요, 환경에 많은 영향을 받게 되잖아요. 주 실장의 마음이 바뀔 수도 있는 거니까. 물론 아주 자연스럽게요."

"그럴 리는 없어요."

"그래요?"

"네에."

"그럼, 우리 주 실장 걱정하지 않아도 되겠네요."

성현은 천연덕스럽게 말하고 그녀의 입술에 살짝 입을 맞추었다. 그녀는 그의 말에 신념이 더 강해지면서도 한편으론 마음이 콩닥거렸다.

왠지 이 남자, 두렵다.

며칠 후, 건강을 금세 되찾은 성현은 은행과 함께 해안가를 거닐며 아열대 식물과 기암괴석, 가파른 해안 절벽과 쪽빛 바다를 차례로 구경하러 다녔다. 또 이런 것엔 열성적인 남자가 아니던가.

"무슨 생각 해요?"

"여러 생각이요."

"일이요?"

"아뇨, 주은행에 대한 여러 생각."

"무슨 생각인데요?"

"그냥 사랑하는 사람하고 행복하게 살아가야지, 그 생각했어요."

"진짜요?"

"그럼요. 난 주 실장 행복하게 해줄 자신이 있거든요."

그는 순결반지에 대해선 더 이상 언급을 하지 않았다. 뿐만 아니라 회복한 뒤로는 그녀 혼자 방을 쓰게 하고 자신은 친분 있는 주인아저씨와 같이 방을 쓰며 배려해 주고 있었다.

"어떻게요?"

"특별한 건 없어요. 그 사람에 대해서 내가 할 수 있는 최선을 다하는 거예요. 그렇게 한 여자의 남자로서 살아갈 겁니다."

성현이 은행의 손을 잡고 저녁놀이 지는 모습을 바라보았다.

"고마워요."

그가 뜬금없이 말했다.

"뭐가요?"

"내가 사랑하는 사람을 연구하게 해줘서요."

김성현은 가끔 의미심장한 말을 했다. 하지만 그녀는 자신만 굳건하다면 이번에는 돌발적인 상황 없이 그들의 연애가 평화롭게 진행될 거라고 믿어 의심치 않았다. 그녀의 믿음은 깨지기 전까진 늘 굳건했다. 그것이 문제라는 걸 본인만 모르고 있었다.

일주일 후.
그들은 바빴다. 작은 사무실이지만 늘 일이 넘치고, 그들을 찾는 사람은 많았다. 그 와중에 연애를 한다는 건 얼마나 부지런해야 가능하단 말인가. 은행은 연애에 대해서 자신보다 성현이 이렇게 부지런하고 성실할 줄 생각도 못했다.
"이 꽃 뭐예요?"
"내가 출근하면서 사왔어요. 직접 화병에 꽂았는데, 괜찮아요?"
"예뻐요."
분홍색, 노란색, 하얀색 장미는 그녀가 가장 좋아하는 것으로 푸른색 화병을 가득 채우고 있었다.
"아침 못 먹었죠? 거기, 빵도 사왔어요."
"고마워요."
"네에."
사실, 빵은 사귀지 않았을 때도 종종 사왔었다. 하지만 그땐 이런 아기자기한 메모가 없었다.

―천천히 먹어요.
예쁜 주 실장에게.

은행은 웃으며 샌드위치를 꺼내 먹었다. 같이 빵을 나눠 먹은 유 비서도 그들의 연애를 이미 눈치채고 있었다. 김성현은 절대로 비밀 연애를 할 사람이 못 됐다. 사랑하는 사람에게 눈짓으로 좋아한다고 자주 표시하고 그녀 옆을 지나가면 괜히 팔을 툭툭 친다. 그뿐 아니라 자꾸 머리통을 쓰다듬기도 해서 참으로 불편하지만 그래도 대체로 기분이 좋았다. 그렇게 그녀를 많이 좋아하고 있음을 숨기지 못하는 모습이 마음 설레게 했다. 그렇다고 대놓고 포옹하고 뽀뽀하고 그러지는 않았다. 사무실에서 그는 예전과 마찬가지로 그녀를 실장으로 대했지만 사랑하는 사람의 마음이 사소한 동작에서도 묻어 나왔다.

별다른 것은 아닌데, 은행에겐 큰 의미였다. 머리핀을 잃어버려서 그냥 불편한 채로 서류를 보고 있으면 언제 나갔다 왔는지 끈이 색색별로 책상 위에 올려져 있었고, 피곤해하면 그녀가 잘 먹는 커피 우유가 놓여 있었다. 사사로운 것도 이미 잘 알고 있는 성현은 그녀를 챙겨주었고, 그것이 정말 좋았다. 작은 것도 지나치지 않는 것은 마치 사랑이 생각보다 깊다는 걸 뜻하는 것 같아서 행복했다.

"결혼은 언제 해요?"

성현이 사준 우유를 마시며 유 비서가 물었다. 유 비서는 요즘 은행 때문에 먹을 복이 터지고 있었다.

"지금 막 사귀는 거라서 결혼은 먼 일이에요."

"근데, 소장님 보면 곧 결혼하실 것 같던데요."

"네에?"

"아니, 딱히 뭐라고 하시는 건 아닌데, 그런 거 있어요. 그 특유의 분위기 있잖아요. 난 임자 있는 몸이에요. 뭐, 그런 거요. 그런

티를 팍팍 남자가 내기 시작하면 바로 결혼 하더라고요."

30대 중반의 유 비서는 사람 좋은 미소를 지으며 말했다. 그녀의 말에도 은행은 끄떡하지 않았다. 게다가 일이 밀려서 제대로 그 말을 음미할 시간도 없었다. 한 마을을 전원주택 단지로 만드는 사업에 뛰어들었기 때문이다. 정말로 정신 없이 바쁜 일이었다. 이 일은 성현 역시 주도적으로 나섰기 때문에 두 사람은 이 일에 시간을 엄청나게 투자해야 했다. 데이트를 할 시간도 없을 거라고 생각했지만 성현은 조금의 틈도 그냥 보내지 않았다.

"밥 먹으러 갑시다."

그가 설계도면에 매달려 있는 그녀를 끌어내서 차에 태우고 드라이브 겸 맛집 탐방을 하러 갔다.

"레스토랑 갈 줄 알았는데……."

은행은 작은 입을 최대한 벌려 두부를 먹으며 말했다.

"이게 낫잖아요. 내가 주 실장 입맛을 다 아는데 말이지, 내 앞에서 우아 떨면서 칼질하려고요? 꿈 깨요."

말은 그렇게 해도 그녀가 가장 좋아하는 콩비지 집으로 데려갔다. 직접 두부를 만드는 곳이라 따스한 두부도 참 맛있었다.

"만두도 좋아하죠? 내가 봐둔 곳이 있으니까 다음에 먹으러 갑시다."

"소장님도 좋아하잖아요."

"쌍방이 좋아하니 오죽 좋습니까?"

"치이."

"시간 봐서 레스토랑 가서 칼질도 한번 하죠."

"그래요."

사실, 레스토랑 음식보다 한식이 더 좋았다. 완전 할아버지, 할머니 입맛을 그대로 물려받았다. 그래도 연애는 무드 있게 해야 한다는 주의이지만 김성현과는 확실히 그 방향부터 다르긴 했다. 서로가 이렇게 속속들이 잘 아는데도 무슨 마술에 걸린 것처럼 설레고 보는 것만으로도 콩닥거린다는 것이 신기했다.

"왜 이렇게 쳐다봐요. 빨리 식사해요."

"주은행이 예뻐서요."

"알아요."

"알았어요?"

"아, 진짜 당연한 이야기를 하고 있어."

그녀의 말에 그가 킥킥댔다. 그러자 그녀가 발로 그의 발을 툭툭 쳤다.

"맞아요. 당연하고말고요. 내가 주 실장 처음 봤을 때부터 그 사실이 가슴에 콱 박혔으니까."

은행의 입술이 쭈욱 나왔다.

"왜요?"

"김성현 씨, 거짓말은 하지 맙시다."

"뭐가요?"

"처음에 만났을 때부터 예쁘다고 생각했다고요?"

"그럼요. 그때부터 사랑이 싹튼 겁니다."

성현이 자신 있게 말하자 은행이 대놓고 코웃음을 쳤다.

"말도 안 되는 소리 좀 하지 마요. 처음에 앞으로의 포부에 대해서 말했을 때, 참으로 말이 많다고 했던 분이 누구신가요? 매번 내가 수주를 딸 때마다 사람이 왜 이렇게 욕심이 많냐고 한 사람이 누구죠?"

"그게 관심이죠."

이 남자 거짓말을 왜 이리 심하게 하나.

"관심 좋아하시네. 대부분 무덤덤했잖아요."

"주 실장은 날 별로라고 생각했지만 난 주 실장을 소중하게 여겼다고요. 지금도 그렇고요. 정말이에요."

"그건 내가 재능이 뛰어났기 때문이죠."

그녀가 턱을 살짝 올리며 잘난 척을 했다.

"아, 진짜, 이렇게 뻔뻔하게 말하는데도 내 눈엔 왜 이렇게 예쁠까요?"

은행은 여전히 성현의 말을 못마땅하게 생각했다.

"우리 솔직해져요. 우린 순전히 일적인 관계였다고요. 인간적으로 서로 싫어했잖아요. 난 소장님이 너무 느긋하고 태평해서 싫었고, 소장님은 내가 너무 계획적이고 치열해서 싫었잖아요."

성현은 표정 하나 바뀌지 않았다.

"난 싫어하는 사람을 옆에 두지 않습니다. 아무리 재능이 있어도 말이죠. 존중하고 싶은 사람을 옆에 두죠. 주 실장 그 자체에 조금씩 끌렸으니까, 열심히 하고 치열하고 좀 유치하고 순수하고 그 모습에 홀렸다고요. 하지만 나하고 어울리지 않으니까, 내가 부족하니까 조심한 거죠."

성현은 은행을 처음 봤을 때 매력적인 사람이라고 생각했지만, 치열한 감정에 빠져들 거라고 예상하진 못했다. 자신이 마음만 굳건히 한다면 사랑도 감정도 조절할 수 있고, 그럼 골치 아픈 일도 없을 거라고 보았다. 같이 일할 사람이니까. 그리고 자기 짝이 되기엔 그녀는 너무 활기찼다. 노력하면 평온하게 그녀를 볼 수 있었다. 하지만 깨달음은 어느 때든지 오는 모양이었다.

"김 소장님이 날 존중해 준 것은 사실이지만 이성의 호감은 아니었죠."

"……"

"봐요, 내 말이 맞지."

"아니에요. 그때부터 좋아했다니까요. 근데 뒤늦게 깨달은 거죠."

은행이 어이없다는 표정을 지었다.

"참 좋은 사람이다, 라고 생각했죠. 책임감 있고 깡 있고 성실하고 귀엽고, 그것을 다 느꼈다니까요. 나도 사람인데 왜 못 느끼겠어요. 근데 나하고 상관없다고 생각했죠. 그래서 진우에게 미안하고 고마워요. 주은행의 매력이 나하고 상관있게 됐으니까."

"……"

은행이 잠시 말을 잇지 못했다. 입술을 삐죽거렸지만 그것은 괜한 행동이고 마음은 그의 말로 감동에 젖어들었다.

"그러니까 묻지도 따지지도 않고 바로 결혼을 하고 싶죠."

성현이 대뜸 말했다.

"그래도 우린 2~3년 연애 기간을 둘 겁니다."

"알았어요."

"진짜죠?"

"노력할게요."

은행은 뭔가 미심쩍었다. 김성현은 자신이 하고 싶은 일은 결코 물러서지 않기 때문이다. 이 남자는 은행을 무지 사랑한다. 요즘 그걸 느꼈다. 자신도 그를 사랑한다, 아주 많이. 하지만 이 신념을 놓치기가 싫었다. 사람들에게 뭔가 쫓기듯 결혼하는 것이 아니라 꾸준하게 사귀는 걸 보여주고도 싶었다. 평생 같이할 사람이니.

"이제 일하러 갑시다."

성현과 함께 사무실로 가서 설계도면에 매달리고 저녁은 각자 사먹었다. 일 때문에 같이 먹을 시간이 없었다. 그래도 퇴근 시간은 그가 맞춰서 사무실로 들어왔다.

"데려다 줄게요."

"에잇, 안 그래도 되는데."

"싫으면 말고요."

"삐치기는……."

외투를 들고 서둘러 은행이 밖으로 나왔다.

"피곤하니까 내가 운전할게요."

성현은 그녀의 차 운전석에 올라탔다.

"소장님 차 안 타고요?"

"그래야 내일 주 실장 출근하는데 편하죠. 난 택시 타고 가서 다시 여기 오면 돼요."

"으음, 피곤할 텐데……."

"내가 좋아서 하는 일은 덜 피곤해요."

은행은 감동을 받았다. 진짜로 성현은 그녀의 남자로 충실했다.

그를 위해 좋아하는 음악을 틀어주고 같이 들으며 집에 도착했다. 그때 문자가 왔다. 문 여사였다. 그걸 보고 성현이 은행이 답장을 보내기도 전에 어머니에게 전화를 걸었다.

"엄마, 우리 무지무지 사랑해요. 이제 확인 문자 안 보내셔도 돼요."

성현은 급한 일엔 어머니가 아닌 엄마로 불렀다.

⟨같이 있니?⟩

"네에."

⟨그래, 주 실장에게 전해라. 이젠 가끔 안부 문자만 보내겠다고. 심심할 때 자꾸 보냈더니 이젠 습관이 되려고 하네. 그만해야지.⟩

"네에, 들어가세요. 시간 나면 찾아뵐게요."

⟨둘이 데이트 실컷 하고, 무르익을 때 같이 와라.⟩

"네에, 그럴게요."

어머니하고 전화가 끝나자마자 다시 그에게 일에 관련된 전화가 왔다. 그녀는 그사이에 문 여사에게 안부 문자를 날렸다. 바로 답장이 왔다.

⟨주 실장, 우리 아들하고 행복하게 지내요.⟩

기분 좋게 문자 확인을 끝내고 나니, 그가 전화를 끝냈다.

"주 실장, 이제 어머니가 괴롭히지 않으실 거예요."

"고마워요."

"들어가요. 문 잘 잠그고, 잘 자요. 내 꿈 꿔요."

"소장님도요."

성현은 손을 흔들며 시야에서 멀어지더니 택시를 잡았다. 은행은 그가 보이지 않을 때까지 손을 계속 흔들었다.

〈사랑해요.〉

그가 문자를 보냈다. 모든 게 포근하고 설레고 좋았다. 근데 뭔가가 빠진 느낌이었다.
그게 뭐지?
뽀뽀, 그러고 보니 요 며칠 뽀뽀를 안 하네.
이게 뭔 일이지?

"여기 그렇게 동동주가 맛있대요. 먹어봐요."
"아, 그래요."
은행이 고개를 연신 끄덕거렸다. 그녀의 적당한 술 사랑을 숨길 필요도 없으니 얼마나 다행인가.
"소장님은요?"
"난 주 실장 집에 데려다 줘야죠. 그 정도야 참지, 뭐."
성현이 사람 좋은 미소를 지었다. 그녀는 파전에 동동주를 마시며 그의 안색을 살폈다.
오늘도 뽀뽀를 안 할 생각인가.
무슨 꿍꿍이지.
성현은 회사 일에 대해서 열심히 얘기 중이었다. 사귀지 않았을 때도 그들은 회사 일에 대해 늘 많은 대화로 갈등을 유발하기도 하고 풀기도 했다. 연인이 된 뒤로도 마찬가지였다. 은행은 성현의 표정을 샅샅이 살펴보고 있었지만 다른 점을 발견하지 못했다.

"잘 자요."

주점에서 나와 은행의 아파트 앞에서 그가 그녀의 손을 잡고 따스하게 포옹해 주며 말했다. 그리고는 다시 발길을 돌렸다.

왜 뽀뽀를 안 해주냐고.

주은행의 맹점 중 하나가 너무 많이 생각하면 그것이 입으로 나온다는 것이었다. 참으로 안타까운 일이 아닐 수 없었다.

"왜 뽀뽀를 안 해줘요?"

이런…… 죽어라, 주은행.

"일부러요."

성현이 고개를 돌리고 태연하게 말했다.

"네에?"

"들었잖아요."

"그런 게 어디 있어요?"

"내 마음이죠."

"흥, 뭐, 그런다고 내 신념이 바뀔 거라고 생각하는 거예요?"

은행은 부끄러움을 이기고 따졌다. 이럴 때조차 눈을 치켜뜨지 말자고 생각하는 것은 그에게 어느 순간에도 예쁜 모습을 보이고 싶은 속내 때문이었다. 이렇게 머리 잘 굴리는 남자를 좋아하다니, 매사 조심해야겠다.

"아뇨, 그래도 노력은 해야죠."

"치사하네요."

"원래 사랑하면 속 좁고 치사할 때도 있어요. 몰랐어요?"
"흥……."
은행은 꽁해졌다.
"사실 그것만은 아니에요."
"그러면 뭐가 또 있는데요?"
"사랑하는 사람하고 뽀뽀하면 키스하고 싶고, 키스하면 자고 싶고, 자면 결혼하고 싶고, 그래서 같이 자고 일어나고 밥 먹고 그러고 싶으니까, 한번 내 자신을 실험하는 거죠. 어디까지 참아볼 수 있는지 말이에요. 사실, 지금 좀 위험한 상태거든요. 약간 화약고이기 때문에 조심해야 돼요. 그리고 내가 아무리 주 실장을 많이 사랑한다고 해도 남자이기 때문에 하지 말라면 또 하고 싶단 말이에요. 하루에도 몇 번씩 주 실장하고 자고 싶은 마음이 끓어 넘쳐요."

숨결이 느껴질 정도로 가까이 다가와 그가 속닥거렸다. 그리고는 말을 다 하고 나서 다시 거리를 유지했다. 그렇지 않으면 마치 큰일이라도 날 것처럼.

"그런 말을 너무 아무렇지 않게 하는 거 아니에요?"
"내가 느낀 점을 말하는 겁니다."
"아니에요. 아무리 생각해도 그냥 얼른 결혼해 버리려고 그러는 거죠? 소장님 나이도 있으니까."

은행이 단단히 삐쳐서 말했다.

"사람 열정을 그리 무시합니까?"
"흥."

성현이 다짜고짜 은행에게 다가왔다. 그 기세가 사뭇 위협적이었다. 그가 그녀의 나풀거리는 머리카락을 움켜쥐고 허리를 단단히 안은 채로 고개를 숙였다. 그녀의 허리가 젖혀지고 그의 품에 어느새 꼭 안기어 입술이 맞물리고 말았다. 그녀는 깜짝 놀라 그만 손 놓고 있었고 거친 호흡이 침입했다. 입술을 덮치고 혀가 부드럽게 휘말려왔다. 빨아들일 것처럼 그녀의 모든 것을 흡입하듯 소유욕 넘치는 키스가 이어졌다. 그렇게 부드럽게 그녀의 작은 입술을 빨다가 멈추었다.

"봐요, 한 번 하면 멈추기 진짜 힘들다니까요."

그가 어두운 눈빛을 뿜으면서 부드럽게 말했다. 그의 체취와 욕망에 휘말려 그녀는 숨소리마저 헝클어졌다.

"그러니까, 당장 결혼 못하면 자제해야죠. 그렇죠?"

그녀가 엉겁결에 고개를 끄덕거렸다.

"정 아이들 장난 같은 그런 뽀뽀가 하고 싶으면 조르지 말고 직접 나한테 와서 해요. 그럼 되잖아요."

"네에?"

머릿속에 생각이란 것이 지워졌다.

"잘 자요. 내 꿈 꾸고……."

그가 택시를 타고 떠났다. 은행은 붉게 달아오른 입술을 만지며 중얼거렸다.

"웃겨!"

하지만 은행은 열에 들떠서 제정신을 못 차렸다.

〈얼른 집에 들어가요. 정신 놓고 혼자 밖에 있지 말고요.〉

그의 문자를 확인하고 아파트로 쪼르르 들어갔다. 정말 그의 손바닥 위에서 놀아난 느낌이지만, 은행은 어떡하든 2년을 채울 생각이었다.

"흥."

하지만 키스 때문에 잠들기 힘들었다.

1 2

〈은행아, 생일 축하한다. 선물 보냈다. 상품권 두둑하게 보냈으니까 네가 좋아하는 것으로 사거라. 네 생일로 맞춰서 들어가려고 했는데, 그게 잘 안 되네…….〉

어제 할아버지에게서 전화가 왔었다. 은행은 괜찮다고, 감사하다고 했다. 그리고 엄마와 아빠 생일의 선물도 상품권으로 도착했다. 똑같은 상품권인데 왜 이렇게 느낌이 다를까. 그녀는 조부모님 밑에서 자라서 그런지 무뚝뚝한 할아버지의 애정이 굳이 표현하지 않아도 깊다는 걸 잘 안다. 그래도 낳아주신 부모님께 감사하다고 전화했다. 전화는 길지 않았다. 늘 그렇듯 서로가 잘 있는지만 확인하면 끝인 부모 자식 관계였다.

"이건 참 슬픈 건데……."

은행이 긍정적인 유전인자가 넘치지 않았다면 오래 슬프겠지만 부모님에 관한 섭섭함은 순간일 뿐이었다. 부모님의 관심과 사랑은 없었지만 부유한 조부모님 밑에서 잘 자랐고, 좋아하는 일을 하고 있으며, 지금껏 찾으려고 애썼던 사랑해 마지않는 반려자도 뜻하지 않게 찾게 되었다.

"으음."

만족스런 신음이 나왔다. 지금 그녀는 행복한 상태였다.

하지만 막상 생일날 당일에 피로 누적과 감기몸살까지 겹쳐서 컨디션이 안 좋았다. 푹 쉬면 좋으련만 생일 같은 특별한 날에 애인 있는 여자는 혼자 있을 수 없었다. 게다가 그게 김성현이라면 독촉전화를 무수히 받는 것은 당연한 일이었다.

〈빨리 와요…….〉

벌써 몇 번째인가.

"몸살 나서 빨리 못가요."

〈그래서 내 아파트에서 하잖아요.〉

이 남자 떼쓰는 데 일가견이 있다.

"굳이 아파트까지 가야 돼요?"

〈겁나요?〉

김성현은 은근슬쩍 그녀를 떠본다. 착했다가 능청스럽다가 만만했다가 위협적으로 순간 돌변을 잘하는 이 남자의 속성에 정신을 차릴 수가 없었다. 하지만 결론은 내린 상태다. 전혀 두렵지 않다는 것으로. 은행은 이 남자를 길들일 자신이 있었다. 그만큼 자신이 연애의 고수라는 말도 안 되는 생각을 하고 있었다.

'네가?'

이런 부정적인 생각은 빨리 지울수록 좋다.

"됐어요, 갈게요."

은행은 전화를 끊고 몸살 난 와중에도 예쁘게 치장하려고 애를 쓰고 있었다. 하루하루 시간이 가면서 자신의 남자가 너무 마음에 들었다. 그녀가 원하는 스타일이라서가 아니라 그냥 아무 이유 없이 좋았다. 괜히 웃음도 나오고…….

벌써 2월이다. 그녀의 생일이 있는 달.

"추울 때 태어난 사람들이 그렇게 미인이라면서요?"

증명도 안 된 말을 잘도 하는 김성현으로 인해 은행은 기분이 좋았다.

말도 안 되는 말을 잘도 해.

능청스러운 그이지만 근본은 착실하고 착한 남자라서 더 끌렸다. 머리도 내킬 땐 참으로 잘 굴리는 남자이지만 그리 오래 굴리지는 않는다.

은행은 그들이 사귄 3개월을 돌이켜 보았다.

특히, 뽀뽀 문제로 갈등 유발이 되었을 때를 되돌아보니 웃음부터 새어 나왔다.

사실, 그땐 당황스럽고 꽁하기도 했다.

뽀뽀 안 해주는 것으로 그녀를 안달 나게 해서 자신의 생각대로 연애를 마구 주무르려고 하다니. 이 남자는 솔직함을 무기로 능청스러움까지 덧쓰고서 그녀를 꼼짝 못하게 만드는 묘한 재주가 있었다. 그래서 더 당혹스러웠다. 그의 수를 알면서도 넘어갈 것만 같았다. 무지 심각한 일이었다. 아무리 생각지도 못한 사랑에 빠졌어도 이렇게 상대에 의해 속수무책으로 끌려가는 연애는 말도 안 된다.

며칠 냉전 기간이 있었다. 엄밀히 말해서 불안전한 냉전이긴 했다. 성현이 단기 출장을 가서 그 냉전을 그녀 혼자만 느끼고 유지하고 그가 돌아올 때까지 삐쳐 있었다. 출장에서 돌아온 그가 보고 싶었다고 덥석 포옹하자 그녀는 그만 그에게 뽀뽀를 하고 말았다. 그의 말대로 한 것이다. 뽀뽀 같은 어린애 장난을 하고 싶다면 먼저 하라는, 해달라고 투정부리지 말고. 지금 다시 생각해도 폼 안 날 뿐 아니라 얼굴까지 화끈거린다. 그래도 성현에게 통하기는 했었다.

"우리 귀여운 주 실장."

성현은 그녀에게 뽀뽀하며 말했다.

"내가 우리 주 실장을 어떻게 이기겠어요……."

성현은 언제 그랬냐는 듯 다시 다정하고 부드럽고 약간은 만만한 남자로 돌아와 있었다.

반성했군. 그래도 은행은 늘 조심했다. 그의 양면성을 봤기 때문이다. 언제라도 마음만 먹으면 포스를 팍팍 풍기며 그녀를 옴짝달싹 못하게 할 수 있었다.

그럼에도 그는 그녀의 손에 늘 잡혀주었다. 일부러 그러는 것이 티가 났지만. 대놓고 그러진 않는데, 그녀가 무슨 말만 하면 고개를 끄덕거리거나 함박웃음을 짓는 것이 아닌가. 눈가에 주름이 잡히는데도 왜 이렇게 소년처럼 보이는지.

"마누라 말에 토 하나 안 다는 착한 남편 같네. 벌써부터 쥐어 살려고 그래, 김 소장."

"우리 김 소장은 고집이 있어서 마누라한테 지는 척하면서 하고 싶은 것 다 할걸."

"그래도 김 소장이 자기 마누라 말은 잘 들을 것 같은데."
"그래, 마누라가 최고라고 생각하는 못난 남편일 것 같다. 근데, 그게 다 좋은 거야. 마누라 위에 서려는 놈이 진정 못난 거지."
어떻게 마을을 조성할 건지 회의하기 위해 건축 사무실에 모인 반장들은 아무렇지 않게 이런 수다를 떨었고, 벌써부터 마누라가 되어버린 은행은 어이가 없었다. 그래서 이렇게 소리쳐 봤지만…….
"아직 결혼 안 했다고요. 멀었단 말이에요."
소용이 없었다. 모두들 그녀가 1년도 안 되어서 김성현의 아내가 될 거라고 믿어 의심치 않았다. 아무도 모른다. 주은행의 고집이 얼마나 센지, 물론 그녀가 자기 생각에 흔들리지 않는 한 그렇다.
그래도 마음이 놓이는 것은 마을 정경과 땅의 형태를 살펴보고 관청에서 여러 가지 알아보려고 하루 같이 여관에 머물렀던 적이 있었다. 분명 같은 방을 쓰려고 머리를 굴릴 거라고 예상했지만 그는 알아서 방 두 개를 얻었고, 그녀가 안전한지 계속 문자를 날렸다. 그는 믿음직한 남자였다.
물론 사람 경기 일으킬 장난도 심심치 않게 치기는 하지만.

"고마워요."
"뭐가요?"
"신사적으로 행동해 줘서요."
"으음, 마음 놓지 마요. 기회 잡으면 확……."
"확, 뭐요?"

"으음, 거기까지."

그러고는 그녀의 뺨에 뽀뽀한다. 심장이 쫄깃해지긴 했지만, 그녀가 원치 않는 일은 하지 않을 사람이었다.

'주 실장이 싫어하는 일은 결단코 안 합니다.'

은행은 그의 말이 떠올라 감동받은 표정이 되었다. 그러다가 콧물이 나오려고 해서 얼른 휴지로 코를 풀었다.

이놈의 감기! 참으로 낭만적이다!

재촉하는 문자가 계속 왔다.

⟨보고 싶단 말이에요. 빨리 와요.⟩
⟨갑니다.⟩

은행은 코를 많이 풀어서 빨갛게 변한 얼굴을 화장으로 고치고 예쁜 무채색 원피스에 코트를 입고 밖으로 나왔다. 너무 추웠지만 그래도 몸매를 죽이는 옷을 입을 수는 없었다. 여성적인 선을 강조하는 옷을 입어야 기분이 좋아진다. 그래야 김성현이 감탄하는 눈빛으로 바라볼 테니까. 발을 동동거리며 택시를 잡았다. 오늘은 운전하지 않기로 했다. 그가 데려다 준다고 했으니까 차는 안 가지고 가는 것이 좋을 듯했다.

작은 아파트 앞에서 내렸다. 처음으로 그의 집을 가는 거라서 다소 떨렸다. 마음을 가다듬으며 아파트 마당을 천천히 걷는데 갑자기 비가 쏟아지기 시작했다. 깜짝 놀라 우왕좌왕하다가 후다닥 안으로 들어갔지만 이미 머리와 어깨가 젖은 뒤였다. 홀딱 젖지는 않았지만 예쁘게 띄운 머리는 머리통에 딱 달라붙었다.

이런, 짜증 나.

은행은 비를 피하느라 달려온 후 화장을 다시 고칠 새도 없이 그의 집 앞에서 숨을 헐떡거리고 있는데 문이 벌컥 열렸다.

"어머나!"

"왜 놀라고 그래요?"

그녀가 선물해 준 앙증맞은 앞치마를 두르고 웃던 성현이 비에 젖은 생쥐 꼴은 아니더라도 좀 비슷한 모양새인 그녀를 보고 얼른 안으로 이끌었다.

"괜찮아요, 괜찮…… 푸푸푸."

괜찮다는 말을 더 하기도 전에 그가 그녀를 다 싸매고도 남을 큰 타월을 가지고 와서 머리 꼭대기부터 둘러 싸매고 물기를 털어냈다.

"그만해요!"

겨우 소리치자 그가 멈추었다.

"난 몰라. 머리 한 시간 넘게 한 건데, 이게 뭐예요. 거지꼴이 됐잖아요."

은행이 우는소리를 내자 성현이 얼른 그녀를 이끌고 큰 거울 앞으로 데려갔다. 현관 옆에 거실 쪽으로 향한 벽에 커다란 거울이 부착되어 있었다. 거울 속의 헝클어진 모습이 그대로 적나라하게 비추었다. 너무 그가 바짝 뒤에 서 있어서 발그레한 그녀의 뺨과 엉킨 호흡까지 다 드러나 보였다. 그것을 아는지 모르는지 그가 속삭였다.

"봐요, 예쁘기만 하구만."

거울을 바라보았다. 그의 가슴에 등을 딱 댄 채로 여자가 놀란 눈으로 앞을 뚫어지게 바라보고 있었다.

"예쁘잖아요?"

"치이."

"왜 그래요?"

"눈이 너무 동그래요."

괜한 투정을 부렸다. 이런 것은 유치한 짓인데, 자꾸 그의 앞에서 그 짓을 하고 싶다.

둘만 있으니까 상관없지. 사실, 자신의 외모에 만족하면서 아쉬움은 있었다. 성숙하게 크고 긴 눈이면 좋을 텐데, 그것은 늘 드는 생각이었다.

"아뇨, 예쁘게 동그래요. 코도 예쁘게 작고…… 빨갛네."

은행이 얼른 작은 손으로 빨간 코를 가렸다.

"얼마나 코를 푼 거예요?"

"많이요."

그녀의 말에 그가 또 뭐가 좋다고 웃으면서 고개를 숙여 뺨에 뽀뽀했다. 고개 숙인 모습이, 그리고 자신에게 뽀뽀하는 모습이 왜 이렇게 섹시해 보이는지 깜짝 놀랐다. 아마도 그가 브이넥을 입어서 목이 훤히 보여 그런가 보다. 사실 그의 시원한 목선과 두드러진 목울대를 보면 기분이 이상하고 피부가 간질간질거린다.

그러고 보니, 옷 좀 멋있게 입으라고 잔소리했더니 조금씩 달라지기 시작했다. 그가 직접 산 옷인데, 황토색 얇은 니트는 마르지만 탄탄한 몸매를 상당히 돋보이게 했다. 김성현은 굳이 가르칠 필요가 없었다. 하고자 한다면 얼마든지 멋지게 꾸밀 능력이 되는 남자니까. 그동안 하지 않은 것뿐이었다.

"이제 그만해요."

성현이 너무 오랫동안 뺨에 입술을 대고 쪽쪽거려서 기분이 이상했다. 그를 밀자 또 밀쳐진다.

"알았어요. 참, 생일 축하해요."

"고마워요."

"선물은 좀 있다가 줄게요."

"그러세요."

"시간도 충분하고 날씨도 도와주고 금상첨화네요."

"네에?"

"오늘 우리 주 실장 꼼짝 못하게 해야지."

그녀는 눈 하나 깜짝 하지 않았다.

"그럼, 소장님한테 실망할 거예요."

"알았어요."

그가 그녀의 머리카락을 애정 어리게 헝클었다.

"그만해요."

은행은 얼른 거울을 보며 다시 머리를 손으로 빗느라 여념이 없었다. 예쁘게 보이려고 몸살 중에도 미용실까지 갔다 온 머리가 아닌가.

"예뻐요, 예뻐요."

마음을 아는지 그가 그렇게 말하면서 그녀를 잡아끌어 소파에 앉혔다. 고소한 음식 냄새가 거실에 퍼져 있었다. 아파트는 20평 정도도 되었고, 남자 혼자 사는 집치곤 깔끔한 편이었다. 그녀가 오기 전에 얼마나 청소를 했는지 알 길은 없었지만 예측은 되었다.

"직접 요리하는 거예요?"

거실과 연결된 주방에서 뒷모습을 보이며 성현은 열심히 무언가를 볶고 있었다. 조리대 위엔 그릇들이 어지럽게 놓여 있었다.

"그럼요. 우리 주 실장 생일인데, 내 손으로 뭘 먹이고 싶단 말이죠. 그래야 내 사람 되는 것 같기도 하고요."

"나 잡아먹게요?"

은행이 불쑥 물었다. 성현이 웃느라 어깨가 들썩거렸다. 단합 차원에서 성현과 은행 그리고 유 비서 이렇게 셋이서 술을 마셨던 한 달 전, 그가 술기운이 오르자 유 비서가 간 줄 알고 은행을 보고 이렇게 말해서 유 비서를 기함하게 했다.

"주은행, 곧 잡아먹고 말겠어……."

존경할 만한 점잖은 소장이 사랑에 빠지고 술을 마시면 가끔 돌아버린다는 걸 알게 된 것이다.

"조심하세요."

"네에, 노력하겠습니다."

성현은 국자를 들고 돌아서 한쪽 눈을 찡긋 하며 장난스럽게 말했다.

"냄새가 왜 이렇게 좋아요? 요리 정말 잘하나 보다."

하려고 하면 못하는 게 없다는, 김성현의 진가가 발휘되고 있는 건가. 가끔 그녀에게 그런 허세를 부리곤 한다. 마음만 먹으면 다 잘할 수 있다고.

"요리 전문가의 아들이잖아요. 우리 형조차 밥 차려 먹을 솜씨는 된다니까요. 우리 어머니께서 아들 셋을 어릴 때부터 철저히 부려먹으셨죠. 아들이라고 오냐오냐하면 나중에 돌아오는 것이 없다고 꼬였을 때부터 음식 심부름을 얼마나 시키셨다고요. 그

결과가 요리사와 요리할 줄 아는 두 남자 아니겠습니까?"

성현은 은행이 심심할까 봐 요리하면서도 입을 쉬지 않았다. 그의 말처럼 남동생 김성우는 호텔 요리사다. 큰형 성민은 변호사이고 집안일에 관심 없지만, 어머니의 가르침에 의해 혼자 있을 때 무언가 해 먹을 정도의 실력은 되는 듯했다.

김성현이 화목한 집안에서 자랐다는 것은 대화만 해봐도 알 수 있었다. 그것이 좋았다. 아무리 힘들어도 허물어지지 않을 버팀목이 있다는 것이 그의 표정과 태도에서 느껴지고, 그것이 그녀에게도 힘이 되었다.

좋은 남자다…….

늘 특별하고 선망할 수 있는 남자를 원했지만 진정 원하는 것은 이렇게 평범해 보이지만 비범함도 조금은 가지고 있는 남자가 아닌가 싶었다.

눈앞에 두고 몰랐다니.

그와 이룬 가정은 상당히 튼튼하고 화목할 것 같았다. 김성현은 뭐든지 쥐고 흔드는 남자가 아니라 잡혀주기도 하고, 사랑하는 사람을 위해 망가질 수 있는 사람이니까. 감동이 스멀스멀 기어오자 뭉클해졌다. 그러자 감기 기운까지 겹쳐서 다시 코를 풀기 시작했다.

"주 실장, 인중 헐겠어요."

"미안해요."

"뭐가 미안해요?"

"추한 꼴 보여서요."

"그러니까 나한테 고맙다고 해야죠. 이런 남자 없습니다."

추하지 않다는 말은 절대 안 하네.

"말이라도 못하면…… 감기 걸려 죽겠는데……."

"그러니까 빨리 내가 만든 음식 먹고 나아요. 알았죠?"

"알았어요……."

삐치려고 해도 이 남자 앞에선 그게 잘 안 된다. 어쩌면 저렇게 사람 마음을 잘 풀어주는지, 참으로 놀랍다고 그녀는 생각했다.

"짜잔."

성현은 식탁 위에 음식들을 다 놓고 손을 펼쳤다. 그녀가 음식 담는 거라도 도와주겠다고 했지만 극구 말렸다. 그릇 부딪치는 소리가 한참 들리다가 완성된 것이다. 아직 그의 손엔 흘린 것을 닦느라 행주가 쥐어져 있었다. 야무지게 담지는 못했다. 또 그것도 마음에 들었다.

"이것도 생일 선물이에요. 그러니까 주인공은 얌전히 있어요."

"고마워요."

"스물아홉 살 된 것 축하해요."

앞치마도 풀지 않은 채 자리에 앉으며 성현이 얄밉게 사실을 각인시켰다.

"그래요. 곧 서른 다섯 살 되는 아저씨!"

그가 웃으며 케이크에 불을 붙이고 축하 노래를 불러주었다. 낮은 저음에 실린 축하송은 그녀를 행복하게 했다.

"벌써 눈물 보이게요?"

"행복해서요."

"주 실장 나랑 결혼하면 내가 손에 물……."

"물 안 묻히게 해준다고요?"

거짓말이라도 그런 말을 여자는 좋아한다. 하지만…….
"아니요, 손에 물 묻히게 해준다고요."
"네에?"
"내가 요리 가르쳐 줄게요."
"치이."
"반반 나눠서 해야죠. 매일 내가 할 수는 없잖아요."
옳은 소리다.
"맞아요."
"나랑 결혼 빨리 하고 싶지 않아요?"
"이것도 술수예요?"
"이건 술수가 아니죠. 술수란 거짓인데, 난 내가 앞으로 어떻게 할지 보여주잖아요. 그래서 사람 마음을 흔들리게 하는 거죠. 어때요, 좀 흔들려요? 신념보다 행복이 우선 아니겠습니까?"

성현은 맞은편에 있는 은행에게로 몸을 기울이며 말했다. 이렇게 얼굴과 몸을 들이대면 가슴이 너무 콩닥거려서 깜짝 놀라곤 한다. 아무리 생각해도 자기 매력을 분명 아는 눈치다. 얼른 숨을 돌리고 은행은 삐죽한 태도를 취했다.

"그렇게 나랑 빨리 결혼하고 싶어요?"
"으응. 닳겠어요. 애가 탄다니까요. 주 실장 가지고 싶어서."
"으윽."
"왜요? 사람의 진심을 너무 모르네."

은행은 성현이 담백하게 생겨서 저런 말을 해도 시각적으로 완화되는 면이 있음을 다행으로 여겼다. 진하게 생겼는데 저런 말까지 하면 어쩔 뻔했나.

"하여튼, 오늘 생일 파티 고마워요."

"그래요, 더 안 조를게요. 식사합시다."

"근데, 이걸 진짜 소장님이 다 한 거예요?"

실감이 나지 않았다. 작은 식탁이라도 해도 음식들이 접시에 푸짐하고도 빼곡하게 담아져 있었다.

"넵."

양파와 양배추가 듬뿍 들어간 소불고기와 잡채, 파전, 오징어튀김 등과 함께 밑반찬들이 놓여 있었다.

"이쪽 반찬은 빼고요. 이건 어머니가 해주신 거고요."

구석에 놓인 장조림과 멸치볶음, 총각김치를 가리키며 그가 말했다.

"맛있다."

"그거 말고요. 내가 한 것 먹으라고요."

"알았어요."

"어때요?"

"으음, 짜요."

"아, 맞다. 간장을 너무 넣었다."

그가 그녀가 맛본 잡채를 먹으며 말했다.

"밥하고 먹으면 괜찮아요."

그녀가 사실을 말했다. 너무 짜지는 않으니까, 이 정도면 맛있다고 할 수도 있었다.

"파전 먹어봐요."

"이건 간이 전혀 안 됐네."

"이런, 어떡하지. 간 하는 걸 깜빡했네."

"뭘 어떡해요? 간장에다 찍어 먹으면 되지."

"그런가."

그녀가 잘 먹자 그가 씩 웃었다.

"맛있어요."

"한다고 했는데 자꾸 빼먹은 게 있어서…… 그래도 주 실장이 잘 먹으니 좋네요."

"맛있어요."

다정하게 식사를 하는 가운데 밖은 천둥번개와 비로 소란스러웠고 가끔 창가가 번쩍거렸다. 두 사람은 빗소리 때문에 같이 있는 것이 더 아늑하게 느껴졌다.

"참, 선물 깜박했네."

성현이 식사하다 말고 방으로 들어가 뭔가 가져왔다.

"뭐예요?"

"그냥 내 마음이에요."

크로키북 하나를 쑤욱 내밀었다. 은행은 그걸 받아서 겉표지를 가만히 바라보았다. 거기엔 이렇게 쓰여 있었다.

―김성현이 주은행에게.

글씨체가 참으로 멋지다. 그녀가 미소를 머금으며 한 장 넘겼다.

은행의 모습이 그려져 있었다.

작게도 그렸네.

"좀 예쁘게 그리지."

그녀가 불만을 토로했지만 콩만 한 작은 여자가 만화처럼 철모를 쓰고, 한 손에 줄자를 들고 씩씩거리며 뛰어가는 모습은 애정이 깃든 스케치였다.

"귀엽잖아요?"

"너무 귀엽게만 그렸네요."

"내 눈에 그래요."

그의 말에 밉지 않게 노려보고 나서 다시 또 넘기니 거기엔 키 큰 남자가 작은 여자에게 무릎을 꿇고 장미꽃을 머리 위로 쳐들고 있었다. 그리고 말풍선으로 이렇게 적혀 있었다.

―사랑해요, 주 실장.

"자기만 잘생기게 그리고요."

"나 잘생겼잖아요."

"흥."

은행이 다시 넘겼다.

"어어……"

거기엔 집이 그려져 있었다. 박공지붕과 나무로 된 작은 집과 주변 나무들, 그리고 아랜 이렇게 쓰여 있었다.

―그동안 주 실장이 좋아하는 집을 스케치했어요. 우리 성향은 달라도 좋아하는 집은 같잖아요. 작고 튼튼하고 널따란 정원을 가지고 있는 집.

은행이 미소 지었다. 다음 장은 집 구조에 대한 설계도였다. 그가 꿈꾸는 집이 각각 1층과 2층의 평면도로 한눈에 집 안 내부를 머릿속에 그릴 수 있도록 상세했다.
　"다음 장도 넘겨봐요."
　그의 말대로 하자 청혼의 글귀가 있었다.

　―사랑하는 주 실장, 결혼해 줘요. 물론 당신의 신념을 존중합니다. 하지만 내 간절함도 존중해 줘요. 지금 당장은 말고 내년 주 실장 생일에 어때요? 1년은 견딜 수 있습니다. 당신을 꿈꾸며 견딜게요.

　은행이 웃고 말했다.
　"어때요, 눈물겹죠."
　"네에, 웃겨요."
　"에잇, 그건 아니다."
　"조금은 감동받았어요."
　"그래서요?"
　"잘 봤다고요."
　그가 어깨를 축 늘어뜨렸다. 뭔가 자신이 원하는 명쾌한 대답이 나올 줄 알았나 보다.
　"나 이거 가져요?"
　"당연하죠, 선물이니까."
　은행은 마음이 조금 흔들렸지만 아무렇지 않은 척했다. 비가 엄청 쏟아지고 있었다. 감기약까지 먹고 나서 성현과 함께 소파에 앉아 드라마를 시청했다. 요즘 그녀가 좋아하는 드라마로 많은 역경 속의 연인들의 이야기였다. 막바지로 향하고 있어서 한순간도 놓침 없이 열심히 보고 있다가 주인공 남녀를 괴롭히는 악역이 또 나쁜 짓을 하려고 하자 흥분하며 난리를 부렸다. 성현은 웃으며 같이 공분해 주었다. 드라마가 끝나고 스포츠 채널로 돌리자 어느새 그의 어깨에 기대고 잠이 들고 말았다. 그는 그런 그녀에게 어깨를 내주고 볼륨을 낮춘 후 축구를 보았다.

은행은 꿈에서 그와 축구하는 꿈을 꾸었다. 그녀는 골키퍼인데 한 골도 막지 못하고, 그가 백 골 이상 넣고 있었다. 그리고 조그마한 아이도 같이 따라다녔다. 꿈에서 깨자 잠에서도 깨어났다. 그 꿈을 음미하던 그녀는 배시시 웃고 말았다. 그리고 옆을 돌아봤다. 성현이 소파에 머리를 젖히고 자고 있었다. 이렇게 자는데도 흉하지 않다니, 참으로 뼈대가 미남인 남자였다.

은행은 문득 신념보다 같이 있고 싶다는 생각이 더 중요하게 느껴졌다. 그의 입술에 뽀뽀하고 난 후 속삭였다.

"1년 후에 결혼해도 좋을 것 같아요."

아직 결정하지 않았지만 그렇게 생각이 많아지니 혼자 중얼거림이 나왔다.

"정말이요?"

성현이 눈을 번쩍 뜨고 물었다. 그 바람에 은행은 식겁하고 뒤로 물러났다.

"뭐예요? 깜짝 놀랐잖아요."

"방금 깼어요."

그가 두 손을 머리 위로 올려 하품을 했다.

"진짜요?"

"1분 전에 깼어요."

뭐가 좋다고 소리 내어 웃는다.

"으음."

은행은 심기 불편한 소리를 냈다.

"우리 1년 후에 결혼하는 겁니다."

"……."

"왜 대답이 없어요?"

"알았어요."

마지못해 은행이 대답했다. 자기가 한 말을 엎을 수는 없지 않은가.

"우리 주 실장, 생각보다 무르다."

"얄미워. 저리 가요."

그녀가 그를 팔로 밀었다. 그러나 마침 천둥번개가 치자 그가 그녀의 작은 품으로 안겨왔다.

"아, 무서워."

이러면서…….

"그만해요."

아무리 밀쳐도 꿈쩍하지 않았다. 역시 남자는 믿을 게 못 된다. 그녀는 한숨을 내쉬며 자세를 바로잡으려고 했지만 그것도 여의치 않았다.

"나 집에 갈래요."

"오늘 자고 가요."

"네에?"

은행이 그 자리에서 움찔하며 기겁을 했다.

"뭘 그렇게 놀라요?"

"그런 말을 너무 쉽게 하니까 그렇죠."

"그냥 여기서 이렇게 손잡고 얘기하면서 밤을 보내자는 얘기 아닙니까. 진짜라니까요. 아무 짓도 안 할게요."

"내가 그걸 어떻게 믿어요?"

"믿음은 믿지 않으면 몰라요."

"소장님! 사기꾼 같아요."

심했나, 그가 정색을 하니 좀 무섭다.

"말도 안 돼. 나는 사기 친 적 없어요. 더군다나 사랑하는 주 실장한테는 더더욱. 나 인생 그렇게 안 살았는데 너무한 것 아니에요?"

성현이 굳은 표정으로 그녀의 품에서 나와 맞은편에 가서 앉았다.

"화났어요?"

"사기꾼이라고 하는데 화 안 나겠어요?"

"미안해요. 내가 미안해요. 네에? 네에?"

은행은 옆으로 가서 고개를 숙여가며 그의 표정을 살폈다. 그러다가 그의 입술에 입을 맞추었다. 화 풀라고 한 행동이다. 그러자 성현은 그녀를 품에 꽉 안았다. 그러는 바람에 그녀는 그의 다리에 올라타는 자세가 되고 말았다.

"화 안 났어요."

성현이 헤헤거리며 웃었다.

"그럴 줄 알았어요."

"뭘 그럴 줄 알아요? 기분 풀어주려고 애써놓고선."

"사기꾼이란 말은 미안해요. 그냥 나온 말인데……."

"내가 머리 좀 쓰잖아요. 근데 그게 다 우리 은행 씨와 행복하려고 그러는 거죠. 난 우리 은행 씨와 행복해지고 싶으니까."

더 이상 말은 필요 없었다. 그가 그녀에게 키스를 했다. 그녀의 호흡이 떨려왔다. 그의 눈빛이 말하고 있었다.

내가 얼마나 주은행을 사랑하는지 주 실장이 그걸 모르는 것 같다고.

은행은 눈을 깜빡거렸다. 그가 그녀를 품에 안고 손으로 등을 위에서 아래로 쓸어내리더니 얼굴로 올라왔다. 키스는 점점 깊어졌다. 굳은살 박힌 손의 느낌이 너무 좋았다. 가구를 직접 만드는 거친 손바닥에 쓸린 피부 감촉에 소름이 돋는 것 같았다. 그의 까끌까끌한 턱의 감촉도 그녀를 한숨 쉬게 했다. 항복하고 싶었다. 탄탄한 가슴에 눌린 부드러운 가슴과 서로 꽉 닿은 배와 맞물리는 하체 느낌은 그녀를 부드럽게 녹아내리게 했다. 그러나 그녀는 살짝 그를 밀쳤다.

"큰일 나겠어요."

"……."

"으응?"

"정신 좀 차리고요."

성현이 쉰 목소리로 겨우 말했다.

"안 되겠다. 주 실장 우리 집에서 못 재우겠다. 일 저지르기 전에 갑시다, 데려다 줄게요."

"난 소장님 믿어요."

"믿지 마요. 남자는 위험합니다."

성현은 씩 웃으며 말했다.

은행은 그날 밤 잠들면서 생각했다. 이제 1년 동안 그와 예쁘게 연애하면 되겠다. 타협도 했으니 더는 위험한 요소가 없다고 생각했지만 정작 자신의 마음을 간과하고 있었다.

13

"괜찮아요?"

"견딜 만해요."

말은 그렇게 해도 초췌한 그의 모습은 보기에도 안쓰러웠다. 뺨이 푹 꺼져 버린 것이다. 그녀에게 감기가 옮고 나서 관리를 잘못한 성현은 독감이 걸린 채로 밤샘 작업을 계속해서 몰골이 말이 아니었다.

"먼저 들어가세요. 여긴 내가 알아서 할게요."

은행이 걱정스러운 어조로 말했다.

"괜찮아요."

성현은 웃었지만 많이 지쳐 보였다. 어깨도 발걸음도 무거워 보였다. 그동안 너무 무리한 것도 있었다. 대규모 마을 조성 공사의 지휘 감독을 맡았으니 쉴 틈도 없었다. 3월이 되면서 막 공사가 들어갔다. 시공업체 역시 들꽃사무소와 그동안 작업을 많이 해온 곳으로, 꼼꼼한 일 처리로 유명했다.

사실 관청이 주도하는 마을 조성이라 입찰로 정하기로 했지만 목재로 된 주택을 전문으로 시공하는 업체 중에 목조 공장을 운영하는 곳은 드물었다. 그렇게 늘 작업하던 시공업체와 큰 작업에 돌입했다. 공사비 정산 작업 등은 늘 그렇듯 유 비서와 은행이 도맡았고 나머지 일들은 은행이 보좌하고 있었다. 원래 건물의 실제적인 크기와 자재의 수치가 아니라 계산에 대해선 김성현이 골치 아파하느라 그런 일은 거들떠도 보지 않는 편이었다.

그렇게 기초공사가 시작되었다. 땅을 수평으로 만드는 옹벽공사부터 착착 진행되었다. 흙바람 날리는 가운데 철모를 쓰고 작업들을 꼼꼼히 체크하는 김성현은 피로 누적이 부른 감기몸살과 독감에 쓰러지기 직전이었다.

"괜찮다니까요."

말은 그렇게 해도 건들면 바로 쓰러져 잠들 것 같은 모양새였다.

"이제 오늘 큰일은 다 끝났으니까 집에 가는 길에 꼭 병원 들르세요."

"알았어요."

"어서요."

작업 끝나고 은행이 남은 자잘한 일들을 하기로 하고 성현을 먼저 보냈다. 여러 일정으로 공사가 며칠 지연되는 바람에 본의 아니게 쉴 수 있게 되었다. 공사로 치면 다행은 아니지만 그래도 성현이 요즘 너무 무리를 해서 휴식이 필요했다.

그날 밤, 은행은 성현에게 전화를 걸었지만 좀처럼 받질 않아서 조바심이 났다.

어디 다친 거야, 아파서 쓰러진 거야.

별 생각이 다 났다. 이럴 땐 직접 확인밖에 방법이 없었다. 은행은 차를 몰고 무작정 그의 집으로 갔다. 다행히 집 비밀번호를 알고 있었다. 먼저 벨을 눌렀으나 반응이 없어서 번호를 누르고 안으로 들어갔다.

"소장님."

은행은 크지 않은 소리로 불렀다. 혹시 피곤해서 잠들었을 수도 있으니까. 그러나 조심스런 태도는 일시에 달라졌다.

"이게 뭐야."

아파트 안은 그녀가 한 달 전에 찾아갔던 그 깨끗한 곳이 아니었다. 소파엔 작은 담요가 아무렇게나 놓여 있고, 실내 슬리퍼는 뒤집어져 있고, 가디건은 소파 손잡이에 아무렇게나 걸려 있었다. 이 정도야 양호하다고 할 수 있지만 주방은 그렇지 못했다. 개수대에는 설거지할 그릇들이 가득하다 못해 넘치고, 세탁기에 빨아놓고 널지 않아 구겨진 빨래들이 입구를 열자마자 흘러나왔다.

그래도 그렇게 심각한 것은 아니라고 은행은 생각했다. 보통 여자 집도 사람이 아프면 이 정도의 심란한 상태를 맞이할 수 있으니까. 그녀는 열려진 그의 방을 기웃거리며 들여다보았다. 그는 옷도 안 갈아입고 침대에 엎어져 잠들어 있었다. 옆을 보니 약병이 있었다. 감기약 먹고 그대로 쓰러져 잠든 모양이었다.

"나한테 옮았을 때 좀 쉬었으면 이런 독감에도 안 걸렸지……."

한심하게 강한 척하다가 이게 무슨 꼴이야.

그가 바보 같으면서도 한없이 안쓰러웠다. 그냥 갈 수가 없었다. 냉장고 문을 열어보니 그래도 문 여사표 밑반찬은 알차게 채워져 있었다. 그래도 뭐라도 사와야겠다는 생각이 들었다.

"뭣 좀 사올게요. 잠자고 있어요."

푹 잠들어 버린 그에게 알아듣지도 못하는데 다정하게 말하고 나서 방문을 닫고 나왔다.

"저 꼴 어떻게 할 거야?"

차마 싱크대 위에 쌓인 그릇들을 그냥 둘 수가 없었다. 그녀는 재킷을 소파에 벗어 던지고 소매를 걷은 후 설거지를 하기 시작했다. 그렇게 물 튀기며 행주까지 빨아서 닦아놓으니 훨씬 깨끗해졌다.

"이제 좀 괜찮네."

은행은 소파 위에 담요까지 개어놓고 대강 정리한 다음 가방을 들고 뭘 사오기 위해 밖으로 나갔다.

스르르, 탁.

"뭐지?"

문 닫는 소리에 성현은 잠에서 깨어났다. 들척거리다가 겨우 일어나 휴대폰을 확인하니 은행의 잘 들어갔냐는 확인 문자가 와 있었다. 그가 웃었다. 잘 들어갔다고 문자를 보내고 밖으로 나왔다. 배가 고파서 아무래도 라면이라도 끓여 먹을 생각이었다. 뭘 먹고 싶은 걸 보니 좀 나으려는 모양이었다. 은행이 그렇게 쉬라고 했는데, 푹 자고 나니 괜찮아진 것 같았다.

"김성현, 아직 안 죽었어."

금세 체력이 돌아오고 있었다. 그래도 아직 며칠은 쉬어야 기운을 완전히 차릴 것 같고, 그래야 사랑하는 주 실장에게 걱정을 끼치지 않을 것 같았다. 습관이 잘못 들어서 쉬는 것이 이상하게 쉽지 않지만 사랑하는 사람을 위해서 좀 쉬기로 했다. 조금만 시간 나면 봉사활동 가거나 여행 가는 습관도 조금씩 바꾸기로 마음먹었다. 봉사활동이나 여행도 꾸준히 할 것이지만 그래도 사랑하는 사람과의 생활이 주가 되어야 한다는 것을 요즘 절실히 느끼고 있었다.

"어? 이상하네."

깨끗한 주방을 보고 깜짝 놀라지 않을 수 없었다. 마치 우렁각시가 다녀간 것처럼 누가 깨끗하게 청소를 하고 간 것이다. 어머니는 결코 아니다. 자신의 어머니, 문 여사께서는 아들을 위해 밑반찬을 준비해 오시긴 하지만 결단코 청소나 빨래는 해주지 않으신다. 자기 집안일은 제 손으로 해야 한다는 지론이셨다. 그 지론에 어릴 때부터 익숙한 그인지라 당연하게 받아들였다.

분명 어머니는 아니고, 그럼 누구지?

"주 실장인가."

그에게 우렁각시가 있다면 그것은 오직 주 실장뿐이니까.

"주 실장, 뭘 이렇게 많이 사왔어요?"

"깜짝 놀랐잖아요."

은행은 손에 들고 있던 비닐봉투를 놓칠 뻔했다. 엘리베이터 문이 열리자마자 그가 딱 버티고 서 있었기 때문이다.

"이리 줘요."

성현이 그녀의 봉투를 휙 채가 버렸다.
"이제 괜찮아요?"
"우렁각시 덕분에 가뿐하게 나왔어요."
"우렁각시가 누군데요?"
"본인 아니에요?"
그가 앞장서며 말했다.
"네에?"
"설거지한 사람, 주 실장 아니에요?"
"아, 난 또 뭐라고."
은행은 피식 웃고 말았다. 별것도 아닌데 대단한 것처럼 말해서 쑥스러웠다. 그들은 안으로 들어갔다.
"이제부터 하지 마요. 결혼한 다음에 해요."
성현은 봉투를 식탁에 내려놓으며 말했다.
"염려 마요. 안 해요. 그리고 결혼한 뒤에도 반만 할 거예요. 나쁜 사람이에요."
그녀의 대답에 그가 웃었다.
"소장님이 아프니까 한 거죠."
"알아요. 이제 안 아플게요."
성현은 그녀가 사온 물건들을 하나씩 꺼냈다.
"핸드크림은 왜 샀어요?"
"저번에 보니까 소장님 손등이 너무 까칠하더라고요. 그래서 샀어요."
"괜찮은데."
"손 내밀어봐요."

성현이 괜찮다면서도 손등을 내밀었다. 그녀가 튜브 모양의 핸드크림을 손등에 짜주었다. 그가 손을 비비면서 그녀의 손까지 같이 비벼댔다.

"진짜……."

은행이 불만을 토로했지만 그렇다고 손을 빼지는 않았다. 좋으면 입만 뭐라고 하지 행동은 그대로였다. 그것까지 이미 파악하고 씩 웃는 성현을 은행은 미워할 수가 없었다.

"이건 뭐예요?"

"립밤이요. 소장님 입술도 텄어요."

"해줘요."

성현은 입술을 내밀었다.

"알았어요."

그녀가 꾹꾹 눌러 발라주었다. 그리고 뽀뽀해 주려고 하자 그가 얼른 피했다.

"왜요?"

"감기 옮고 싶어요?"

"다 나았다면서요?"

"낫고 있다고요. 조심해야지."

은행은 웃었다. 성현은 그녀가 사가지고 온 것들을 냉장고에다 넣으면서 또 그냥 마시기도 했다. 감기에 좋다는 음료나 과일을 잔뜩 사가지고 온 것이다.

"안 무거웠어요?"

"괜찮았어요. 작지만 제가 힘은 좀 세요. 이 정도야 식은 죽 먹기죠. 참, 죽 사기로 했는데 깜빡 잊었네. 얼른 갔다 올게요."

"에이, 어딜 가요."

성현은 잽싸게 움직이려는 그녀의 손을 꽉 붙잡았다. 마치 집 나가려는 강아지를 단속하는 폼이다.

"사가지고 올게요. 배 안 고파요?"

"배고파요."

"그러니까 사온다고요."

"라면 먹어요."

"에잇, 아픈데 라면 먹자고요?"

그들은 라면을 끓이고 있었다. 정확히 말하면 성현이 하겠다고 해서 아픈 그를 두고 가만히 있을 수 없었던 그녀가 나섰다. 하지만 그것도 못 미더운지 그가 뒤에서 살펴보다가 아예 앞으로 나왔다. 그리고는 집게로 라면을 들었다 놨다를 시전 중이었다.

"이래야 맛있어요."

고개를 끄덕거리지 않을 수 없었다. 보기에도 면발이 탱탱해 보였다. 그들은 라면이 든 냄비를 가운데에 두고 작은 그릇에 각기 맛있게 나눠 먹기 시작했다.

"밥도 있어요. 먹을래요?"

"네에."

열심히 밥까지 말아서 잘 먹은 그녀를 보고 그가 웃긴 모양이었다. 계속 킥킥거리는 것을 보면.

"우리 주 실장, 굉장히 잘 먹네."

"점심도 안 먹었단 말이에요."

"잘 먹어야죠. 끼니 거르면 힘 못 써요."

"소장님, 걱정 돼서 그렇죠."

두 사람은 문 여사의 맛깔스러운 밑반찬인 연근, 우엉조림과 멸치볶음, 장조림으로 라면과 밥을 깨끗이 먹고 나서 사이좋게 화장실에서 칫솔질을 했다.

"오래 있을 거예요?"

"으응, 좀 있다 바로 갈 거예요."

은행은 말은 그렇게 했지만 같이 TV를 편안하게 시청했다. 사실, 그를 두고 자신의 외로운 아파트로 가기 싫었다. 게다가 김성현은 아프지 않은가. 혼자 두고 가고 싶지 않았다. 짝 하나가 아프면 다른 쪽도 비실비실해지는 모양이다. 자꾸 그 옆에 있고 싶은 마음에 좌우되는 것을 보면. 그를 혼자 두고 갈 마음의 준비가 되어 있지 않은데 시간은 자꾸 흘러갔다.

"안 갈 거예요?"

"으음, 곧 갈게요."

은행은 그의 옆으로 몸을 기울이며 기댔다.

"안 가요?"

"왜 자꾸 가라고 그래요? 내가 있는 게 싫어요?"

"아니요, 고맙죠. 아픈데 이렇게 와줘서 눈물 나요."

"근데요?"

"근데, 아플 때 오니까 좋은 모습도 못 보여주고······."

"우리가 본 게 몇 년인데요. 게다가 결혼할 사이니까 괜찮죠."

성현은 씩 웃다가 다시 진지한 모습이 되었다.

"사실, 더 중요한 게 있어요."

"그게 뭔데요?"

은행은 아직도 이 남자의 속을 다 알 수가 없었다. 참, 이상한 일이다. 6년을 들꽃사무소에서 소장과 직원으로 일했고, 지금은 애인 사이인데 그가 이렇게 고심하는 모습을 보면 또 무슨 말을 할까 자꾸 떨린다.

이상한 남자야.

나이 들어서도 이럴 것이 분명했다. 은행은 그의 표정과 태도에 집중했다. 그는 자기 쪽으로 확 당기게 하는 그 무언가를 가지고 있었다. 늦바람이 무섭다더니 주은행이 뒤늦게 김성현에게 왜 이렇게 몰입하는지, 참으로 사람 일은 모를 일이다.

"감기 걸려서 바이러스가 몸에 침입하니까 체력이 떨어지잖아요."

"네에."

무슨 말인지······.

"그러니까 오히려 그게 올라가요."

"뭐가요?"

"욕망 지수요."

에잇, 괜히 진지하게 들었네.

"심각하다니까요."

"됐어요."

"근데, 체력이 떨어지니까 의지도 떨어지더라고요."

"그래서요?"

"조심해야죠. 아까도 위험했어요. 옷자락 스치는 것만 해도 힘들다고요. 그러니까 이제 돌아가요."

"싫은데요."

김성현은 너무 진심을 솔직하게 말해서 사람을 무장해제하게 만든다는 걸 잘 알지만 이런 말로 또 물러서고 싶지도 않았다.

"장난삼아 한 말 아니에요. 진짜로 심각해요. 생각해 봐요. 주실장을 위해서 이러는 거예요. 나를 위해서면 그냥 가만있죠."

"으음, 싫은데요."

은행은 고심하는 척하다가 대답했다. 사실, 그가 무엇을 말하는지 알고 있었다. 그리고 장난이 아님도. 근데 이상하게 그런 그를 두고 가기가 싫었다. 그냥 옆에만 있으면 안 되나. 그러면 정말 안 되는 걸까?

"마음대로 해요."

성현은 팔짱을 끼고 계속 TV만 보았다. 그러자 그녀가 옆에 바짝 붙어 앉았다. 그가 웃고 말했다.

"완전 청개구리네. 분명 경고했어요."

"그러니까요."

"조심하고 있는 사람 불 지르지 마요."

"알았어요."

은행은 얌전하게 있겠다고 두 손을 모았다. 성현은 피곤한지 소파 등받이에 완전히 기대어 앉았다. 아무래도 이만 가야겠다는 생각이 들었다. 옆에 있으면 괴롭다니까 그것이 나을 것 같았다. 그녀는 일어나려고 마음먹었다.

"가려고요?"

"네에."

"가려니까 싫다."

"어떻게 하라고요?"

"그러니까요."

성현이 자기 마음을 이기지 못하고 눈을 감고 있었다.

"잠들 때까지 옆에 있을게요."

"그럴래요? 오늘 못 데려다 줘도 돼요?"

"난 아이가 아닙니다. 혼자 잘 다녀요."

성현은 웃다가 목을 젖힌 채로 은행을 쳐다보았다. 그녀를 사랑한다. 이런 감정이 이렇게 마음 구석구석 퍼지는 것은 처음 경험한 일이었다. 누군가에게 이렇게 점령당한 기분, 근데도 기분이 좋은 이 느낌, 그는 그 마음을 순순히 받아들였다. 하지만 은행을 위해서 조금은 조심하고 싶었다. 그녀를 위해 1년 동안 그 신념을 지켜주고 싶었다. 지금도 은행의 신념은 이해하기 힘들 만큼 어려운 거지만 그냥 따라주고 싶었다.

은행은 따뜻한 시선에 몸이 꼬이는 걸 겨우 참았다. 그는 그녀를 늘 아름답게 쳐다본다, 삐칠 때만 빼놓고. 물론 금세 다시 풀리지만. 그러고 보니 며칠 전 삐쳤을 때가 떠올랐다.

"지난번에 내가 후배 우연히 만났을 때 왜 삐친 거예요?"

은행이 바로 확인에 들어갔다. 사실, 그때 바쁘고 게다가 그도 그 이야기를 하지 않아서 그냥 넘어갔지만 그 심술궂고 우울한 표정은 잊을 수가 없었다. 마음에 걸리면 꼭 짚고 가야 하는 것은 일 때나 연애 때나 마찬가지였다.

"왜요? 신경 쓰여요?"

"네에."

"별것 아닌데. 말하면 웃길 만큼 사소한 거라서 하기 싫어요."

"뭔데요?"

성현은 아이처럼 애기하기 싫어서 자꾸 웃긴 표정만 지었다. 하지만 그녀는 한 번 꺼내놓은 거니까 그의 속마음을 다 알고야 말겠다는 결의를 다졌다. 그래서 가까이 다가가 리모컨을 빼내서 멀리 놓고 자꾸 시선을 돌리는 그의 얼굴을 두 손으로 꽉 잡았다. 다른 쪽으로 고개를 돌리지 못하게.

"그냥요."

"나 말하지 않으면 안 갈 거예요."

"알았어요. 얼굴 좀 풀어줘요. 말을 못하겠네."

은행이 놓아주자 그가 한숨을 쉬었다. 진짜 하기 싫은 모양이다.

"그 후배가 주 실장한테 애인 있냐고 했을 때……."

"네에."

기억난다. 그 후배가 좋은 선배 있는데, 소개팅할 거냐고 물었을 때 애인 있다고 말했었다. 옆에 있는 김 소장을 가리키기까지 했는데, 그게 뭐가 잘못되었는가. 자신은 결코 마음에 걸리는 짓을 한 적이 없었다.

"……멈칫거렸잖아요."

성현이 말하고도 창피한지 작은 담요를 찾아 얼굴에 뒤집어썼다.

"……."

어이가 없어서 할 말이 쑥 들어갔다. 그러다가 정신을 차렸다.

"그런 적 없거든요."

"아뇨, 분명 몇 초 멈칫했습니다."

그가 작은 담요 옆으로 얼굴을 쑥 내밀며 단언했다.

"그거야……."

"맞잖아요."

"창피해서 그랬죠."

은행은 그때 기분이 떠오르자 정확히 말했다. 그가 다시 심술 궂어지고 우울해지려고 한다. 속사포처럼 빨리 해명을 해야겠군.

"그러니까 그 후배가 날 나름 존경하거든요. 내가 일로써 꽤 성공했으니까. 그래서 자기가 아는 선배들 많이 소개해 줬는데, 잘 안 됐거든요. 그럴 때마다 그랬어요. 소장하고 잘 어울리는데 무슨 사이냐고요. 그래서 6년 내내 펄쩍 뛰었단 말이에요. 소장님, 나한테는 주관적인 아닌 남자예요."

"아닌 남자요?"

"그러니까, 난 상사와는 절대 안 사귄다는 신념이 있었다고요. 나한테 신념이 얼마나 중요한지 아시잖아요. 내가 일할 때 미운 모습 다 보였는데 그런 상대하고 어떻게 낭만적인 로맨스를 이끌어가겠어요."

성현이 킥킥거렸다.

"그래서 그랬죠. 엄청 난리 쳤는데 사귄다고 하니까, 게다가 내 운명이라고 나중에 말해야 하니까 얼마나 쑥스러워요……. 그래서 삐친 거예요? 진짜 굉장히 속 넓은 남자인 줄 알았는데 알고 보니 아닐 때도 있네요."

"실망했어요?"

"네에."

성현은 다시 담요를 얼굴 위로 올려놨다. 은행은 헛웃음이 나오는 것을 꾹 참았다. 진짜 이런 걸 가지고 우울해하다니, 참으로 꽁한 일이지만 그것이 김성현이라면 왜 이렇게 웃기고 안타까운지. 한마디로 말해서 귀엽다고 할까. 콩깍지다. 그렇지만 마초적인 남자는 그녀 스타일이 아니었다. 생각해 볼수록 김성현이 보여주는 성향이 그녀의 이상형에 딱 맞았다. 자상하고도 섬세한 남자. 힘자랑 안 하고…… 뭐, 가끔 할 때도 있지만.

"바보!"

은행이 그의 귓가에다가 속닥였다.

"알아요."

성현이 담요 속에서 중얼거렸다.

"반성할 거죠?"

"네에."

은행은 그가 무척 사랑스러웠다. 남자가 사랑스럽다니. 그래서 뽀뽀를 하지 않을 수가 없었다. 담요를 확 치우니 그가 깜짝 놀랐다. 그녀는 그의 뺨에 그리고 빨간 코와 입술에 뽀뽀해 주었다. 그런 그녀를 그가 두 팔을 잡고 떼어놓는가 싶더니 품에 꽉 껴안았다. 그러는 바람에 넓은 가슴팍에 작은 얼굴이 거의 파묻히고 말았다.

"난 주 실장 때문에 사소한 것에도 신경 쓰는 사람이 됐어요."

"그래서 싫어요?"

"아뇨, 난 이런 나의 못난 점을 인정합니다. 그러니까 주 실장이 고쳐 줘요. 나 못쓰겠다고 버리지 말고요."

참으로 낯간지러운 고백이라고 할 수 있었다. 하지만 은행에겐 이 순간 그 어떤 말보다 달콤했다. 은행은 그의 뺨에 얼굴을 맞대고 말했다.

"평생 데리고 살아줄게요."

"고마워요."

그가 장난기 쏙 뺀 얼굴로 말했다. 그 순간 그녀의 가슴에 뭔가 뭉클함이 확 치솟아올랐다.

"그리고 사랑해요."

그의 말과 동시에 두 사람 입술이 딱 붙었고 깊은 키스를 했다. 서로의 호흡을 앗아가고 공유하고 끝내 하나가 되는 기분이었다.

"이제 그만 가요."

성현이 겨우 은행을 떼어내고 낮게 속삭였다.

"조금만 있다가요."

"위험하니까 가요."

"알았다니까요."

성현은 그녀를 품에서 떨어뜨려 놨다. 지금 이 순간 이 마음을 이용해서 그녀를 가지고 싶진 않았다.

"거기 딱 떨어져 있어요. 그리고 좀 쉬었다 가야 돼요?"

은행이 말썽꾸러기처럼 고개를 연신 주억거렸다. 하지만 얼굴엔 딴생각이 덕지덕지 붙어 있었다. 성현은 그녀를 떼어놓고 소파 구석에 앉아 담요를 끌어당긴 채 눈을 감았다. 잠든 척하면 이젠 갈 거라고 생각한 모양이었다. 하지만 은행은 TV를 틀어놓고 영화를 보며 그의 옆으로 조금씩 살금살금 다가오고 있었다.

"오는 소리 다 들려요."

은행은 웃으며 다시 영화 보는 데 열중했다. 그가 잠들었는지 숨이 일정해졌다. 식사하고 감기약을 먹으니 잠이 오는 모양이었다. 이때다 싶어 가까이 가서 괜히 손가락 끝으로 그를 탐사했다.

"정말 잠들었네."

한숨을 내쉬었다. 마음이 그녀에게 말하고 있었다.

'아무래도 오늘 너 제정신이 아니야. 이럴 때 후회할 짓 한다. 빨리 김성현이 없는 집으로 튀어가, 얼른.'

그러나 이성의 소리는 반발만 부르고 있었다. 평생을 약속한 사람과 깊이 사랑하는 것이 후회라니, 아무리 신념에 파묻혀 사는 주은행이라고 해도 그런 생각은 마음에 안 든다. 그리고 지금 그를 자신의 마음에 더 각인시키고 싶었다. 이렇게 손끝으로 하나하나 건드리면서 말이다. 그렇다고 큰일을 저지르고 싶은 마음은 아니었다. 다만 이렇게 그를 더듬고 싶었다.

무슨 일이야 있겠어.

"지금 뭐 하는 거예요?"

성현이 잠에서 깨어났나 보다. 잠긴 목소리로 그가 눈을 뜨지도 않고 물었다.

"으음, 뽀뽀."

은행은 그의 뺨에 뽀뽀를 하며 대답했다.

"내가 위험하다고 했을 텐데."

"뭐가요?"

"주은행, 사고 치고 울지 말고 떨어져요."

"싫어요."

그럴수록 그의 품에서 떨어질 줄 몰랐다.

"딱 열 셉니다. 그다음은 나도 몰라요."

"언제 세요?"

"지금 세고 있어요."

성현은 눈을 감은 채 대답했다.

"어느 정도 왔는데요?"

"중간 못 미쳤어요."

"되게 느리네."

그가 씩 웃었다.

"진짜 내 품에서 안 떨어질 거예요?"

"으음."

은행은 그의 품이 마냥 좋아서 지체하고 있었다.

"진짜 말 안 듣네."

성현이 눈을 딱 뜨며 말했다.

"미안해요. 알았어요, 말 들을게요."

그의 품에 나가려고 하는데 뜻대로 되지 않았다. 그가 놓아주지 않았다.

"왜요?"

"이미 늦었어요."

"네에?"

정신을 못 차리는 사이 이미 그는 그녀를 안고 내리눌러 버렸다.

언제 이렇게 자세가 바뀌었는지, 이미 그와 소파 사이에 샌드위치가 되어버렸다.

"이게 뭐예요?"

성현은 대답 대신 키스를 했다. 키스만으로 이렇게 야한 느낌을 단박에 끌어오는 남자는 몇 안 될 것이다. 그것도 자상하고 온화한 분위기를 풍기는 남자가 그럴 때 오는 반전은 엄청 컸다. 머릿속이 하얘졌다. 이성도 발을 못 붙이고 주위에 안타까이 나부꼈다. 오직 그의 손길과 입술만이 존재할 뿐이었다.

호흡이 점점 달아올랐다. 모든 게 뜨거웠다. 입술 감촉도, 부딪치는 피부도, 그리고 붉은 혀까지. 그는 무슨 키스를 이렇게 색스럽게 하는 걸까. 입술을 빨고 깊이 침투해서 혀를 감고 호흡을 완전 엉망으로 흩뜨려 놓는다. 어느새 그들은 공유하고 있었다. 그가 갑자기 벌떡 일어나 그녀를 안아 일으켜 자신의 무릎 위로 올려놓았다. 마치 봉제 인형이 된 기분이다. 감기 걸린 티가 역력한데도 김성현은 힘이 장사였다.

그의 손이 정확히 머리카락을 만지는가 싶더니 뺨으로 옮겨왔고 목으로 가더니 점점 내려간다. 더듬더듬거리는 것이 아닌 확고하고 시원한 움직임에 은행은 아무 말도 하지 못했다. 그리고 봉긋한 가슴을 셔츠 위로 천천히 쓰다듬었다. 그녀의 얼굴이 달아올랐고 호흡은 가빠졌다.

"하지 말까요?"

성현은 태연하게 물었다. 하지만 숨길 수는 없었다. 폭풍과도 같은 열망으로 인해 짙어진 눈동자와 연신 거칠게 움직이는 목울대 그리고 나지막한 음성에 배인 욕망들을. 하지 말라고 해야 한다, 주은행이라면. 하지만 그 말을 하기가 싫었다. 그녀는 그를 쳐다보며 입술을 달싹이다가 아무 말도 못하고 망설였다.

"도중에 그만하는 거 없습니다. 잘 알았죠?"

그녀는 최면에 걸린 것처럼 고개를 끄덕거렸다. 그가 씩 웃었다. 그리고는 그녀에게 다시 깊은 키스를 했다. 그러면서 그녀를 안고 일어섰다.

"어?"

입술이 떨어지자 그녀가 신음처럼 내뱉었다. 모든 게 생소하고 낯설면서도 압박하는 긴장감이 싫지 않았다.

"침대로 가는 거예요. 우리 첫날밤인데, 제대로 해야지. 좁은 데서 할 순 없잖아요. 길이길이 남을 건데 화끈하게 해야지."

"……"

은행은 아무 말도 못했다. 침실은 작고 소박했다. 붙박이장과 침대만이 전부였다. 그가 그녀를 침대에 부드럽게 내려놓았다.

"도망가기 없기."

은행이 그의 어깨 너머 문을 바라보니 성현이 말했다.

"진짜 안 돼요?"

"도망가고 싶어요?"

"……"

"알았어요. 가요."

그가 문을 열어주고 침대로 돌아와 얌전하게 있었다. 그녀는 일어나 가다가 문 앞에서 갑자기 돌아서 문을 닫아버렸다.

"왜요?"

"안 도망가려고요."

"이젠 마지막 기회 날린 거 알죠?"

은행은 그에게로 안겨왔다. 풀썩 뛰어오는 바람에 성현은 침대 위로 넘어지고 말았다.

"잘 알아요."

그가 바로 몸의 위치를 바꾸었다.

"후회 안 하죠?"

"김성현을 갖고 싶어요."

신념이고 나발이고 이 순간 김성현보다 중요한 것은 없었다. 무서운 생각이지만 그녀는 빨려 들어갔다. 그의 눈동자 빛이 확 달라졌다. 그가 몸을 일으켜 옷을 벗기 시작했다. 군더더기 없는 동작으로 단추를 풀었다. 탄탄한 가슴과 배 그리고 팔의 근육들이 그녀의 눈을 사로잡았다. 노동으로 다져진 근육은 불규칙해서 더 특별하게 느껴졌다.

"나만큼은 아닐 거예요. 지금 엄청나게 주은행이 갖고 싶으니까."

그렇게 그녀에게 파고들었다. 그의 입술이 닿자마자 입술이 벌어지며 뜨거운 열기가 그대로 전달되었다. 깊은 키스는 모든 생각을 정지시켰다. 티셔츠가 그에 의해 벗겨지는 것도 당연한 순리처럼 여겨질 정도였다. 그녀는 순순히 팔을 들어 올렸다. 브래지어가 보였다. 그때 드는 생각은……

이런, 이럴 줄 알았으면 섹시한 걸로 입을걸.

섹시한 것을 많이 사놓았지만 정작 입은 것은 뽕이 들어가지 않은 튼튼하고 편한 브래지어였다. 그러나 그런 생각도 곧 사라지고 말았다. 그의 입술이 봉긋 솟은 가슴 선에 뽀뽀를 하는 게 아닌가. 정확히 말해서 핥고 있었다. 감기 때문인지 아니면 열망 때문인지 아주 뜨거웠다.

"소장님, 지금 열나나 봐요."

괜히 긴장되어 은행이 헛소리를 했다. 성현은 웃지 않고 그녀의 입술에 키스하며 낮은 목소리로 말했다.

"쉿."

지금 하는 것에 방해된다는 듯, 조용하라는 소리였다. 어느새 브래지어가 풀렸다. 봉긋하고 둥그런 가슴이 해방된 듯 흔들거렸다.

"아름다워요."

은행은 그의 말에 침을 꿀꺽 삼켰다. 이런 표정은 처음 보는 거였다. 무슨 굶주린 늑대가 침 흘리는 모습이라고 할까. 이 남자 너무 적나라하게 마음을 드러낸다. 가슴이 터질 것처럼 박동이 빨라지고 있었다.

"한입에 먹을까?"

성현이 장난처럼 말했지만 진심 가득한 티가 났다.

"아, 아까운데……."

"저, 저기요……."

은행은 뭔가 말하려고 했지만 그가 고개를 숙여 입안에 젖꼭지를 가득 담고 빨기 시작했다.

"헉……."

순간 말을 잃었다. 전기 충격 같은 자극이 온몸을 휘돌았다. 그러나 거기서 끝이 아니었다. 그의 입술은 계속 아래로 내려왔다. 그녀의 참외배꼽을 보고 미소 지으며 뽀뽀하고 평평하고 뽀얀 배에도 연신 입술 자국을 찍었다. 그리고 나서 은행이 정신을 차릴 때쯤 면바지 윗부분을 이로 물다가 손가락 몇 개를 동원해서 천천히 벗겼다. 팬티의 자수 무늬 윗부분 망사 속에 그녀의 것이 비쳤다. 고개를 숙이고 팬티 위로 입을 맞추었다. 은행은 헐떡이며 몸을 비틀었다. 그의 손아귀에서 나오고 싶기도 하고 그냥 가만히 있고 싶기도 해서 마음을 종잡을 수가 없었다.

성현은 그녀의 팬티를 벗겼다. 그리고 엉덩이를 인정사정 볼 것 없이 주무르며 다리 사이로 천천히 들어왔다. 다리를 오므리려고 해도 소용이 없었다. 그사이 그 역시 바지를 벗었다. 그의 남성은 엄청나게 커져 있었다.

"왜 이렇게 커요?"

쉰 목소리로 그녀가 물었다.

"원래 커요. 한데 자극받아서 더 커졌네."

"헉."

"왜, 무서워요?"

"조, 조금요."

"아프지 않게 할게요."

성현은 그녀를 꼭 안고 속삭였다.

"거짓말!"

그가 웃었다. 하지만 그가 그녀의 것을 입으로 애무할 때는 어쩔 줄 몰라 했다. 창피하면서도 뜨거웠다. 그의 열에 옮았나 보다. 그녀의 몸이 너무 뜨거웠다. 이래도 되나 싶을 정도로 열이 올랐다. 은행은 열기를 못 이기고 자꾸 헐떡이며 팔딱였다.

"괜찮아요?"

그가 어느새 올라와서 얼굴을 맞대고 물었다.

"몰라요."

"아프면 멈출게요."

명백한 거짓말을 한다. 성현은 눈 깜짝할 새 콘돔을 꺼내 처리하고 그렇게 밀착된 채로 그녀의 속으로 맞물려 들어왔다. 젖었지만 그녀의 안은 빡빡하고 굉장히 조여왔다. 그는 순간 신음을 토해냈다. 그녀는 비명을 지르려는 입술을 꽉 물었다.

"괜찮아요. 소리 질러요."

성현이 속삭였다. 눈을 떴다. 그가 눈앞에서 아주 천천히 움직였다. 그의 근육들이 맹렬하게 꿈틀거렸다. 그녀는 그의 어깨를 움켜쥐었다.

"아윽."

그녀는 신음을 참지 못했다. 많이 아팠다. 그가 움직일수록 미친 듯이 통증이 몰려왔다. 그곳이 찢어지고 터지고 부서질 것 같았다. 처음으로 무언가 이물질이 들어오는 느낌, 그리고 파열되는 거친 움직임이 그녀를 휘몰아쳤다. 몸이 떨리기 시작했다. 그곳이 저절로 팽창과 수축을 하며 그의 움직임에 따라갔다.

"하악, 하악."

숨이 막혔다. 숨을 쉬려고 애를 쓰는데 점점 이상한 신음이 그녀의 귓전을 때렸다. 자신의 신음 소리가 너무 야하게 들리고 있었다. 그는 최대한 느리게 움직이며 그녀의 입술에 입을 맞추었다. 그리고 속삭였다.

당신의 첫 남자가 되어서 기쁘다고, 그리고 영원한 짝이 될 거라고……

그 말은 아픔을 조금 상쇄시켜 주었다. 점차로 그녀 안의 그의 것에 대한 느낌이 생생하게 커져 갔다. 밀착되고 쓸리는 그의 피부와 남성적 체취와 뜨거운 열기, 그 모든 것이 희열로 조금씩 다가왔다.

"아파요?"

성현이 헐떡이며 또 물었다.

"아파요."

그가 다시 그녀의 입술에 키스했다.

"그만할 거예요?"

"아니요, 계속 할 거예요. 오늘 밤 내내."

달콤하지만 탐욕스럽게 속삭였다. 원초적인 그의 모습에 겁이 나면서도 점차로 동화되어 가고 있었다.

"헉, 헉, 헉."

"하악, 하악."

거친 숨결과 달짝지근한 신음이 뒤엉켰다. 성현은 그녀의 하얀 허벅지를 단단히 허리에 감고 계속 파고들었다. 그의 것이 그녀 속에서 팽창되며 끝까지 찔렀다가 물러나고 어김없이 다시 밀고 오는 감촉에 그녀는 점차로 정신을 잃어갔다. 맞물린 움직임은 점차로 리듬을 타기 시작했고, 그렇게 까무룩한 속으로 빠져들어 갔다. 그들은 절정으로 치달았고, 그는 끝내 품에서 그녀를 놓지 않았다. 그렇게 땀과 체액에 젖은 채로 두 사람은 꼭 달라붙어 있었다.

"괜찮아요?"

"네에."

성현은 웃었다. 그녀도 웃었다. 홀딱 벗은 채로 그를 보는 것이 너무 이상하고 창피하면서도 기분이 들썩거렸다.

"잠깐만요."

"뭐 하는 거예요."

"콘돔 갖고 오는 거예요. 쌓아놓고 하려고요. 주 실장하고 사귀기 시작하면서 사다 놨거든요. 물론 우리 주 실장은 신념이 강하지만 사람 일은 모르니까."

"헉."

얄미워. 게다가 이 남자 알고 보니 엄청 탐욕스러운 에너자이저였다.

"난 힘든데……."

"원래 한 번 하기가 어렵지 시작하면 끝까지 가는 거예요."

그가 단언했다.

"정말요?"

"그럼요, 사랑하는 사람끼린 꼭 그래야죠."

뭔가 자신이 시작했지만 신난 것은 김성현이었다. 그도 눈치챘는지 슬쩍 묻는다.

"나만 좋진 않죠?"

"그렇게 좋아요?"

은행은 아직도 거기가 따갑고 아파왔다. 아주 아프지는 않은데 방금 한 경험이 너무 생생해서 아직도 그녀 안에 그가 있는 듯한 묵직한 느낌이었다.

"아주 좋아요. 나하고 딱 맞는 거 있죠. 나 주 실장 안으로 들어갈 때 확 조여서 미치는 줄 알았잖아요."

헉, 미친 남자 같으니. 그걸 말로 옮기다니.

"너무 좋아요."

하지만 좋다고 안고 빠는 이 남자를 밀칠 수도 없었다. 사실, 아프긴 해도 괜찮았으니까. 주 실장이 최고라고 난리 치는 이 남자를 보며 웃음이 나왔다. 속궁합도 이렇게 잘 맞을 수가 없다고 기뻐하는 남자라, 그녀는 물색없는 이 남자가 좋았다. 신념을 홀딱 까먹을 만큼.

14

 모든 일은 정신을 차리면 새로운 시각이 생긴다. 그렇다고 사랑하는 사람과의 섹스에 대해서 후회하지는 않는다. 지금껏 그렇게 사람에 대해서 무장해제된 적이 없었기에 당혹스럽긴 했지만 생각보단 빨리 적응이 되었다. 그래도 사람은 확 변하면 안 된다는 결의를 다졌다.
 "배고프다."
 식당에서 순대국밥을 기다리며 맞은편에서 몸을 앞으로 기울인 성현이 은행에게 속닥였다. 이건 요즘 성현이 은행에게 쓰는 중의적인 표현이다. 그녀가 나름 자제의 길로 들어서려고 할 때마다 그는 이런 짓을 서슴지 않고 저질렀다. 모든 표현에 섹스를 떠올리게 만드는 재주를 선보이는 것이다.
 "빨리 먹기나 해요."

순대국밥이 나오자마자 은행은 그의 말을 무시하며 식사를 했다. 하지만 밖으로 나오면서 이렇게 말하는 그를 태연하게 넘길 수는 없었다.

"홀딱 젖었어요?"

"뭐요?"

그녀의 언성과 핏대가 올라갔다.

"비 오잖아요."

"겨우 보슬비에 뭐가 홀딱 젖어요? 내가 무슨 뜻인 줄 모르는 줄 아나……. 이 양반이 진짜 노골적으로 뭐 하는 겁니까?"

그가 킥킥거리며 웃었다.

"음란마귀 같으니."

"그렇게 굳이 연결해서 들으니까 그렇죠."

"흥."

"뭐, 사실 음란마귀가 나쁜 것은 아니잖아요. 난 오로지 주은행에 대해서만 그러니까. 내 여자에 대해서 좀 많이 밝힌다고 해서 그게 죄는 아니라고 보는데요. 물론 그런 뜻으로 한 말은 아니지만 말이죠."

"으음."

딱히 반박할 말이 없었다. 그가 그녀의 손을 쥐며 자기 쪽으로 이끌었다.

"우린 잘 맞는 것 같아요."

"그런 얘길 거리에서 하지 말라고요."

은행이 붉어진 얼굴로 중얼거렸다.

"뭔 생각 해요, 주 실장? 성격 말하는 겁니다. 은근히 야한 생각

많이 하네."

"소장님이 너무 티를 내니까 나도 그쪽으로 생각이 기울잖아요."

"알았어요. 사실 우리 주 실장이 고픈 것은 사실이에요."

"뭐요?"

"심각한 증상이 생겼어요. 며칠만 지나도 금단현상이 일어나는 심각한 중독에 빠졌다고요."

성현이 속닥였다.

"그걸 밝힘증이라고 하는 겁니다."

귀가 간지러운 은행은 더 강하게 밀고 나갔다.

"주은행 밝힘증. 정확히 말합시다. 내 여자에 대한 건데, 이렇게 사랑하는 사람이 생길 줄 몰랐어요. 그래서 그런지 자제하기가 쉽지 않네요. 마음껏 표출하고 싶어요. 안 되나요?"

"……."

또 안 된다는 말이 딱히 나오지 않았다. 은행은 김성현 때문에 머리가 빙빙 도는 느낌이었다. 이 남자를 사랑하는 것은 마치 놀이동산의 놀이기구를 타는 기분이라고 할까. 이미 아찔함을 다 알고 있지만 또 닥치면 놀라고 정신이 혼미해진다.

"나 피곤한데……."

아파트 앞에서 당연하게 함께 들어가려는 성현을 잡으며 은행이 말했다.

"그래요? 알았어요."

서운함 없이 그가 뽀뽀와 포옹을 하고 돌아섰다. 며칠 후에도 은행은 성현을 집 앞에서 돌려보냈다. 한 점의 의심 없이 그가 돌아선다. 아무리 첫날밤을 무수히 보냈다고 해도 계속 이런 욕망을 이어나가야 하는지 혼란스런 그녀의 맘을 전혀 모르는 눈치다. 아니, 알면서 모르는 척하는 것일까. 스스로 고민하다가 답을 찾길 바라는지도 모른다.

"나하고 하는 것 싫진 않죠?"

성현이 다시 달려와 물었다. 아무래도 모른 척하기엔 몸이 단 모양이다.

"아니요."

"나랑 하고 싶어요?"

"으음, 그럼요. 지금은 말고요."

"난 주 실장하고 만날 하고 싶은데."

성현이 그답지 않게 찡찡댔다.

"욕심쟁이."

그녀의 말에 그가 웃었다. 마음 약해지는 소리가 그녀 자신에게만 들리길 바라면서 손을 흔들었다.

"잘 가요."

"잘 자요."

왜 깊이 사랑하는 남자와는 밀당이 안 되는 걸까. 뭐, 원래 밀당을 잘하는 편도 아니지만 아예 통하질 않는다. 가끔은 여우가 되어야 하는데 그저 자기 속마음을 다 드러내 보이고 싶어지니, 위험하다.

그렇다, 김성현은 위험하다.

이 남자는 온화하고 부드럽다 그리고 눈빛이 영리하다. 여유 있고 느릿한데 자기가 원하면 상대를 안달 나게 한다.

은근히 손쓰기 힘든 남자일세.

생각할 틈을 안 주고 솔직하게 감정을 드러내니 자꾸만 무방비가 되어버린다. 연애의 계획을 세워야 하는데 말이다.

〈자요?〉

은행은 침대에 누워서 성현의 전화를 받았다.

"자려고요. 왜요?"

〈보고 싶어서 그렇죠.〉

"방금 봤잖아요."

〈보고 싶고 만지고 싶고 옆에서 자고 싶어서 병나겠어요.〉

"누가 듣게 그런 말 크게 하지 마요."

〈여기 모르는 사람 천지인 술집이에요. 들어도 상관없죠.〉

"네에?"

〈농담이에요, 집이에요.〉

"진짜 놀랐네……. 그렇게 보고 싶으면 지금 오던지요."

〈아니에요.〉

"네에?"

〈내일 봐요. 참아볼게요. 주 실장 꿈 꿔야겠다. 잘 자요. 사랑해요.〉

전화를 끊고 나니 은행은 그가 보고 싶어 안달이 날 지경이었다. 하지만 더 이상 김성현에게 중심 없이 쏠리는 모습을 보이지 않겠다고 다짐했다. 사랑도 평온이 필요하다. 그러나 결심은 무너지라고 있는 것이 아닐진대, 마음이 자꾸 흔들리는 걸 보면 김성현은 강적이었다.

"들어가요."

다음날, 성현은 은행을 다른 날처럼 데려다 주었다. 오늘도 비가 내리고 있었다. 줄기차게 내리긴 했지만 차에 타면 괜찮다. 이것 가지고 마음 약해질 필요는 없다.

"같이 들어갈래요?"

은행은 자기 집에 그를 들여놓으면 결심에 해롭다는 걸 머리는 알지만 사랑에 빠진 마음은 비에 젖은 그가 마냥 안쓰러울 뿐이었다.

"그래도 돼요?"

이 남자 왜 이렇게 어울리지 않게 빼고 난리야.

"싫으면 말고요."

"난 좋죠. 근데, 주 실장 피곤할까 봐……."

"조금만 있다 가요."

"네에."

성현은 착하고 믿음직한 충견처럼 굴었다. 아파트 앞에 오기 전까진 그렇게 망설이며 사람 마음 약하게 하더니 안에 들어오자마자 태도가 확 바뀌었다.

이 남자의 본색은 대체 무엇일까?

"주 실장, 나 배고파요."

"그래서요?"

"주 실장이 해주는 볶음밥 먹고 싶다."

"이 밤중에 무슨 볶음밥……."

"오늘 제대로 못 먹고 일만 했어요."

그가 그녀의 소파에 버티고 앉아 투정을 부렸다.

"스파게티 먹었잖아요."

"그렇긴 하죠. 근데요, 되게 맛없었어요."

"스파게티 맛있다고 유명한 집이에요."

그가 레스토랑 음식들을 그다지 좋아하지 않다는 걸 잘 안다. 오늘도 남기기까지 했으니까.

"기다려 봐요."

귀엽게 징징거리니 어쩔 수 없이 해줄 수밖에.

"김치죽이에요."

볶다가 김치 국물과 참치 그리고 물을 넣다 보니 죽이 되어버렸다.

"먹을 만해요."

그는 소리까지 내며 맛있게 잘 먹었다.

"배고팠나 보다."

"조금 그랬어요."

과일까지 알아서 깎아 먹고 커피까지 마신 후 설거지를 하겠다고 그가 나섰다. 남자치곤 설거지를 잘하는 편이다. 그렇게 꼼꼼한 성격도 아닌데, 어릴 때부터 해와서 그런 것 같았다. 설거지하는 그의 뒷모습을 은행은 구경했다.

남자의 등에 꽂힐 줄은 몰랐다. 아니, 정확히 말해야지. 다른 남자들의 등은 관심이 없으니까. 가슴이 뛰지도 않고 시선이 박히지도 않으며 온몸에 전율이 도는 한숨도 안 나온다. TV 속 유명한 연예인의 상반신 누드를 봐도 무미건조할 뿐 감흥이 없다. 근데 내 남자는 다르다니, 그녀는 자신의 감각세포에 놀랐다. 근육질이지만 체계적인 근육도 아니지 않은가.

"으음."

김성현은 확실히 다르다. 얇은 니트 아래로 꿈틀거리는 등이 손에 잡힐 듯해 맘을 싱숭생숭하게 만들었다.

"뭘 그렇게 봐요?"

"아니에요."

"내 등이 그렇게 좋아요? 다 눈치챘거든요."

"그냥 본 거예요."

"맞잖아요. 내 등과 함께 엉덩이도 좋아하잖아요."

정곡을 찔렸기 때문에 헛웃음이 나왔다.

"작고 업 돼서 예쁘다면서요? 난 내 엉덩이가 그렇게 예쁜 줄 몰랐는데."

섹스 중에 했던 말을 다 기억하는 거야? 섹스 중에도 정신을 놓으면 안 되겠군.

"진짜 내가……."

"왜요? 옳은 말 해서요?"

성현은 계속 그녀를 놀렸다.

"그만해요."

"알았어요."

"뭐 하는 거예요?"

그가 뒤돌아서 끈끈한 눈빛으로 윙크를 하고 있는 중이었다. 정말 두 손 두 발 다 들었다. 아무도 보여준 적 없는 주책 맞고 능청스러운 매력을 지금 그녀에게만 시전 중이었다.

"그만하라고요."

은행은 웃고 말았다. 그가 설거지를 마저 하며 엉덩이를 흔들었다.

"주은행 꼬시는 거라니까요."

"그만해도 돼요."

"헉! 이미 넘어온 거예요?"

그가 설거지를 하다 말고 다가왔다.

"뭘 넘어가요? 물 다 떨어진다."

"알았어요. 얼른 해치워 버리죠."

성현이 열심히 행주를 빠는 모습에 은행은 그만 일어나서 뒤로 안고 말았다. 왠지 그의 뒷모습이 그녀를 끌어당겼다. 사랑 앞에서 생각이 없어지는 걸 어쩐단 말인가.

"내 뒷모습이 그리 좋아요?"

"치이."

인정하는 투덜거림이다.

"에잇, 앞부분이 중요하지."

"어, 진짜 소장님은 음란마귀가 마구 끼어 있어요."

"그 얘기 몇 번째 해요? 근데, 진짜 보여요?"

그가 웃긴지 은행을 품에 안고 웃어댔다.

"창피한 줄 아세요."

"뭐가 창피해요? 하나도 안 창피해요."

그가 웃음을 멈추고 진지하게 말했다.

"한 사람만을 위한 음란마귀가 되겠다는데 그게 창피한 거예요? 전혀 아닙니다."

은행은 침을 꿀꺽 삼켰다.

"내가 주 실장 너무 좋아하나 봐요."

그가 그녀를 품에서 놓아주지 않았다.

"나도요."

그의 진지한 야함에 말려 장난도 못 치다가 작은 소리로 이렇게 답했다.

이 남자는 왜 이렇게 자신을 옴짝달싹 못하게 하는 걸까. 왜 평소엔 호인처럼 굴다가 단둘이 있거나 사랑의 밀어를 나누면 음란해지는 걸까. 참으로 점잖은 사람이 아니던가. 사람을 다 안다고 하면 안 되는 이유가 여기에 있다. 김성현이 살아 있는 증거가 아니던가. 근데 사랑하는 사람끼리 음란한 것이 나쁜가.

"나 주 실장하고 밤새 하고 싶다."

성현이 그녀의 머리에 얼굴을 묻고 중얼거렸다. 이 남자 아예 심중으로 들어왔다. 그녀는 숨소리만 쌕쌕거렸다.

"안 가도 되죠?"

"……."

역시 숨소리.

"안 갈게요. 염려 마요."

신통하네. 은행의 숨소리만으로도 생각을 알아차리다니, 놀라운 일이다. 김성현은 주은행을 깊이 사랑하고 원하면서 신통한 능력 하나를 얻은 것 같다. 그것은 그녀의 마음을 꿰뚫어 보는 것이다. 이럴 수가, 이게 좋다니. 그의 손바닥 위에서 노는 기분이 들 때도 있지만 나쁘지만은 않았다. 그가 그녀라는 사람에게 몰입하면서 생긴 능력이니. 게다가 그녀 역시 날이 갈수록 그의 욕망에 약해지고 있었다. 그 많은 계획과 생각과 신념들은 사랑 앞에서 그다지 의미가 없었다. 사랑하는 김성현 앞에선 오히려 원초적이고 본능적인 끌림이 더 의미 있고 편했다. 그래, 이제 더 이상 반항하지 말고 투항하자. 이래도 되겠지.

"나 오늘 진짜 한숨도 안 자야지."

깊은 키스를 겨우 끝내고 성현이 낮은 목소리로 중얼거렸다.

"주 실장은 오늘 잘 거예요?"

그녀가 고개를 끄덕거렸다.

"에잇, 내가 안 재울 건데……."

"소장님, 너무 야해요."

은행이 그의 옷자락을 잡은 채로 말했다.

"그래서 싫어요?"

그가 눈썹을 움직였다. 이럴 때마다 한숨이 나온다.

"아니요."

그의 웃음소리는 그녀의 입맞춤에 묻혔다. 사랑하는 사람에게 허물어지는 것은 시간문제다. 아무리 마음을 다잡는다고 해도 말이다.

'이 남자, 갖고 싶다.'

육체적으로, 그리고 마음에서도 부르짖고 있었다. 머리와 마음과 몸이 합심이 되어 이 남자를 갖고 싶다는 욕망이 솟구쳐 오른 것은 처음이었다.

그녀의 키스는 유혹적이고 뜨거웠다. 성현은 잠시 숨 쉬는 것도 잊을 정도였다.

"소장님을 원해요. 그렇다고 지금 당장 하자는 것은……."

은행은 열에 들떠 횡설수설하다가 깜짝 놀랐다. 그가 그녀를 안은 채로 소파로 쓰러졌다. 또 완전히 눌려져 버렸다.

"나도 주 실장 원해요, 지금 당장!"

그의 까만 눈이 더 짙어졌다. 그리고 그녀에게 파고들었다. 순간 불붙은 충동이 두 사람을 휘몰아쳤다.

"헉."

"으윽."

신음이 엉키고, 두 사람의 몸도 겹쳐졌다. 그의 입술이 가는 흰 목에 진한 키스를 남기고 그녀의 옷들을 머리 위로 벗겼다.

"소장님도 벗어요."

그녀만 홀딱 벗은 채였다. 그가 윙크했다. 그리고 즉각 실행에 옮겼다. 급한 마음에 티셔츠가 머리에 감겨서 힘겹게 벗는 모습을 보니 웃기면서도 심장이 고동쳤다. 티셔츠가 바닥에 떨어졌을 때 그의 머리는 마구 헝클어져 있었고, 바지가 내려갔을 때 허벅지 근육이 무척이나 단단해 보였다. 그 순간 은행은 깨달았다. 오늘 좀처럼 잠들기 힘들 것 같다고.

"왜 이렇게 가슴이 떨리는지 모르겠어요. 우리 꽤 많이 했잖아요."

"그러게요. 주 실장 몸 구석구석 모르는 것이 없는데."

그의 굳은살 박힌 손이 그녀의 머리부터 뺨 그리고 목에까지 내려왔다. 그리고는 흔들리는 가슴과 가는 허리를 쓰다듬었다.

"주 실장은 완벽한 여자예요."

"아닐걸요."

"나에겐 완벽한 여자라고요."

농담이 아니었다. 그의 눈빛은 일렁이고 숨결은 벌써부터 거칠었다. 진지한 욕망이 그를 휘젓고 있었다.

"나한테도 소장님이 그래요."

"나는 많이 부족해요."

"그렇지가……."

그렇지 않다는 말은 신음으로 바뀌었다. 젖가슴을 탐한 뒤 혈관이 툭 튀어나온 거친 손이 엉덩이와 허벅지를 움켜쥐었다. 달뜬 숨을 가르고 그가 입술을 부딪쳐 왔다. 부드러운 입술이 알아서 벌어졌다. 혀가 감기고 타액이 섞였다. 그러면서 그의 긴 손가락은 점차로 아래로 내려가고 촉촉하게 젖은 곳을 침입했다.

"으음."

벌써부터 리듬이 시작되고 있었다. 참지 못하고 곧 그의 몸이 포개지고 정확히 맞물린 중심이 점점 깊어지고 있었다.

"하아, 하아."

그녀는 몸에 새겨지는 격렬한 움직임에 같이 흔들리며 원초적인 열기를 띠었다.

"괜찮아요?"

"네에."

정신이 아득한 가운데 그의 얼굴이 아른거렸다.

"이제 아프지 않죠?"

은행은 눈을 질끈 감고 고개를 끄덕거렸다. 이 남자가 자꾸 창피하게 섹스할 때 말을 건다. 그저 숨소리와 신음 소리만으로도 충분히 창피한데 말이다. 몸이 서로에게 속해 있는 이 야스러운 감촉 속에서 그는 그녀의 감정이 중요한 모양이다. 어떻게 느끼는지 자꾸 물어보는 걸 보면.

"정말…… 안 아파요?"

성현이 속도를 늦추며 물었다. 사실, 아직도 조금은 불편하고 아팠다. 그래도 희열이 발끝까지 퍼지는 가운데 오감이 모두 느껴지는 게 생생했다.

"눈 떠봐요."

"으음."

은행이 더 질끈 감았다.

"어서요."

김성현은 왜 이렇게 고집이 센 거야.

"싫어요."

그는 지금도 리듬을 타고 있고 그녀는 그 리듬에 휩쓸리고 있었다.

"주 실장, 눈…… 보면서…… 하고 싶어요."

그가 거친 숨결을 토해내며 말했다. 야한 남자 같으니.

"부끄럽단 말이에요."

절대 내숭이 아니다. 저렇게 진지하고 탐색적인 눈으로 쳐다보면 몸이 화끈해지고 어쩔 줄 모르겠다.

"몸이 울긋불긋해졌는데요."

"소장님이 자꾸 눈을 뜨라고……."

숨이 차올라서 말이 이어지지 않았다. 그가 그녀 안에서 빨라지는 속도를 늦추려고 애쓰는 것이 몸의 진동으로 다가왔다. 그것이 힘들다는 것도, 마음껏 달음질 치고 싶은 그의 마음까지 느껴지기 때문에 아찔했다.

"아프지 않죠?"

"으음."

"말해요, 눈 뜨고."

"안 아파요."

"강도를 높일까요?"

"……."

그가 강도를 높이면 아프기 때문에 약간 엄두가 안 났다.

"안 되겠다, 천천히 해야지."

그녀의 맘을 읽은 그가 말했다.

"우리 주 실장이 원할 때까지 꾹 참아야겠다. 난 주 실장이 아픈 건 결코 볼 수 없거든요. 나만 좋은 것은 진짜 싫어요."

"아프지만은 않아요."

"내가 노력할게요."

진짜 그는 노력파였다. 탄탄한 그의 작은 엉덩이가 희열의 경련을 이기고 리듬의 속도를 천천히 타고 있었다. 더욱 그녀에게 파고들면서 그가 거친 호흡을 내뱉었다.

"아하……."

"하아, 하아. 하아."

조금씩 빨라지다가 다시 늦춰지는 것에 온몸이 달아올랐다. 은행에게서도 신음이 흘러나왔다.

"나 봐요."

"보고 있어요."

"좋아요?"

"좋아요."

은행이 고개를 들어보니 거실 거울에 두 나체가 엉켜서 원초적인 리듬에 빠진 모습이 적나라하게 비쳤다. 다시 눈을 감고 싶었지만 성현의 욕망과 사랑에 치달은 모습을 보는 것에 홀리고 말았다.

"사랑해요."

그녀가 말했다.

"나도 사랑해요."

그가 그녀의 입술을 빨았다.

"좀…… 빨리……."

"뭐라고요?"

"천천히 싫다고요. 끝까지 와요."

"정말?"

"정말이요."

그는 그녀의 안으로 깊숙이 들어왔다. 끝이 닿는 느낌이었다. 그러다가 천천히 나가더니 다시 다급하게 들이닥쳤다. 점점 피스톤 리듬이 그녀가 따라가기 역부족으로 빨라지고 있었다.

"좀 늦출까?"

"으음."

하지만 그는 이미 조절할 수 있는 단계를 넘어섰다. 오히려 더 빨라졌다. 몸을 뚫고 터질 것 같은 느낌에 그녀는 비명을 질렀다. 처음 느껴보는 절정의 감각이 온몸을 가르고 꼼짝 못하게 했다. 빠르게 치솟은 폭발은 절정과 함께 힘찬 몸짓도 잦아들었다. 막힌 숨이 서서히 터졌다. 희열은 쉽게 사라지지 않고 잔잔한 리듬을 타고 계속되었다. 그녀는 잠시 그의 품에서 잠이 들었다.

"왜요?"

잠시 후 잠에서 깬 은행이 욕실로 가려고 꼼지락대자 딱 붙어 있던 그가 물었다.

"씻으려고요."

"좀 있다가……."

"으음……."

"알았어요, 갑시다."

성현은 같이 씻자는 소리인 줄 아는 모양이었다. 그녀를 단박에 안아 들고 욕실로 가더니 물을 틀었다. 그리고 욕실에서 그가 직접 비누칠을 해주겠다고 고집부린 결과 그들은 다시 격렬한 리듬 속으로 돌아가고 말았다. 정신을 잃을 것 같은 섹스 후에 완전히 힘이 빠진 채로 그에게 안겨 나왔다. 그는 힘이 남아도는지 타월로 그녀를 장난스럽게 닦아주었다. 그래도 굳이 옷을 입겠다는 그녀의 고집에 따라 옷장에서 티셔츠를 던져 주었다. 그녀가 입으니 완전 원피스였지만 그래도 좀 나았다. 그도 그녀를 위해 면바지를 챙겨 입고 침대로 향했다.

"동 틀 때까지 안 괴롭힐 테니까 푹 자요."

"고맙네요."

은행은 피식 웃었다. 성현은 똑바로 누워 그녀를 끌어당겼다. 그 바람에 마치 고목에 매미 붙어 있는 모양새로 잠들고 말았다. 그렇게 잠들다가 뭐가 웅얼대는 소리에 깨고 말았다. 밖은 아직도 캄캄했다. 은행은 그 소리의 정체를 향해 고개를 들었다. 성현이 뭐라고 잠꼬대를 하고 있었다.

"미안해. 미안해……."

무슨 꿈인지는 모르겠지만 성현은 괴로워 보였다. 그녀가 안아주자 그가 깨어났다.

"왜요, 주 실장?"

"악몽을 꾼 것 같아서요."

"진짜? 우리 주 실장 불쌍하다."

"아니요, 나 말고 소장님이요."

"내가요? 아닌데."

"뭐가 그리 미안한대요?"

은행이 그의 얼굴을 만지작거리며 물었다.

"아하……."

"예전 일 때문이에요?"

불규칙한 숨소리와 굳은 몸을 보니 그 생각이 떠올랐나 보다. 선배의 죽음과 달라진 그의 성향에 대해서.

"으음, 그런 것 같네요. 별것 아니에요."

"네에, 그럴 거예요. 이제 내가 옆에 있으니까."

은행은 아픔이란 것이 천천히 옅어지기도 하지만 갑자기 선명해지는 날이 있다는 걸 안다. 각자 가정이 있는 부모를 가진 사람이라면 그런 것을 느낄 수밖에 없었다.

"전에 피아노 치기 싫다는 소리도 했는데."

"내가요?"

"네에, 잠꼬대로요."

언뜻 들었던 것이 떠올랐다.

"내가 말이죠, 나약한 인간이라 실수 안 하려고 아등바등할 때가 있어요. 그것이 꿈으로 나타났나 보네."

은행은 그를 토닥이며 위로해 주었다.

"있잖아요. 소장님 젊었을 때 야망에 찬 남자였다는 게 솔직히 안 믿겨져요."

"지금도 젊거든요?"

"더 젊었을 때요."

"그땐 혈기왕성했죠. 그냥 뭐든지 욕심이 많았을 때였으니까. 대회 나가면 1등 하고 싶고, 성격 좋다는 소리도 듣고 싶고, 뭐든지 잘한다는 게 그리 어렵지 않다는 것도 보여주고 싶고……. 가끔 그 생각을 해요. 무슨 일이 없다 해도 변할 수밖에 없다고. 인간이 매번 그렇게 잘나게 살 수는 없으니까……."

"무슨 일이 있었는지 말해줄 수 있어요?"

이미 알고 있었지만 은행은 그의 입으로 직접 듣고 싶었다. 그는 순순하게 입을 열었다. 선배에 대해, 그녀가 알고 있는 사실들을 그대로 말해주었다. 선배와 어릴 때부터 피아노와 태권도를 같이 배우고, 주목받는 학생으로 대회에 나가 경쟁했던 1년 선후배 사이. 그 우정과 경쟁이 혼합되어 있었던 시절을 담담하게 풀어갔다. 선배의 여자친구가 질투심을 이용한 것도, 그리고 오해는 풀었지만 점점 날이 선 경쟁이 치열해진 것까지.

"그래서 아직도 슬퍼요?"

"많이 슬퍼요. 내가 행복하면 후유증이 더 심해지는 것 같아요. 선배도 살아 있었으면 나처럼 행복할 텐데…… 이런 생각 때문에."

"너무 자책하지 말아요."

"그럴게요."

"소장님 피아노 치는 모습 보고 싶기도 한데……."

"미안해요. 지금은…… 나중에 노력해 볼게요."

"아니요, 그러지 않아도 돼요. 그거 아세요?"

"뭐요?"

"소장님의 지금 모습이 좋아요."

"정말요?"

"네에. 적당하게 능청스럽고, 야하고, 점잖은 척하는……."

"이런……."

성현은 은행을 덮쳤다.

"주은행을 만나서 다행이에요. 그리고 내 짝인 걸 뒤늦게라도 깨달아서 얼마나 다행인지 모르겠어요. 그리고 주 실장이 날 좋아해 줘서 고마워요."

"정확히 말해야죠, 김성현 씨. 주은행은 김성현을 좋아하는 것 이상으로 사랑하는 거예요."

"네에, 알겠습니다."

은행은 그의 지나간 일에 대해 깊은 대화는 나누지 못했지만 그것은 중요하지 않다고 생각했다. 앞으로 그와 부대끼고 살면서 자연스럽게 하나씩 알아가게 될 거라고 믿어 의심치 않았다.

성현은 은행이 깨지 않게 조심스럽게 일어나 주방으로 갔다. 오늘은 일요일이라 푹 자게 내버려 둬도 괜찮았다. 요즘 일 때문에, 또 사랑 때문에 그의 은행이 쉴 틈이 없었다.

그는 1년이 빨리 지나갔으면 좋겠다고 중얼거렸다. 그도 그럴 것이, 사랑하는 은행과 잠을 자기 위해선 꼬셔야 했고, 머리와 마음과 몸을 다 이용해야 하기 때문에 좀 고단했다. 은행은 결혼 전에 섹스를 이렇게 많이 하는 것을 부담스러워했다. 그것을 뚫기 위해선 그가 엄청나게 매력을 발휘해야 했다. 한편으론 그것이 나쁘지 않았다. 결혼한 뒤에도 아내를 꼬시려는 습관이 몸에 밸 수 있으니 꽤 괜찮은 생각인 것 같았다.

"우리 주 실장이 뭘 맛있게 먹으려나."

성현은 냉장고를 열며 무얼 만들까 고심하고 있을 때였다. 현관문이 열렸다.

"어머니!"

"그래. 한데 왜 이렇게 놀라니. 문자를 보냈는데, 확인 좀 하고 살아라. 염려 마라. 이것만 놓고 갈 생각이란다, 아들아. 오늘 방송국 요리 프로그램과 미팅이 있어서 겸사겸사 온 거야. 자, 김치 종류별로 가져왔으니까 볶아 먹고 지져 먹고 알아서 하거라."

"네에."

"근데 너 왜 자꾸 열어진 방 쪽을 보니?"

"네에?"

"주 실장 있어?"

"네에?"

"으음, 그렇구나."

"어머니!"

"사생활 침해할 생각은 없지만 말이다. 아들아, 날짜를 최대한 앞당기도록 하려무나. 그게 좋겠지. 우리 아들들은 참 재주들도 좋아요."

문 여사는 김치 통을 식탁 위에 올려놓고 이내 밖으로 나갔다.

15

 온 세상에 따스한 봄빛이 완연하다. 조팝나무의 하얀 꽃은 눈부시고, 노란색이 겹겹으로 핀 죽단화 역시 봄의 향연을 느끼게 했다. 한쪽의 넓은 잎을 드러내는 키 작은 활엽수인 박태기나무 역시 푸름을 정원 한가운데로 퍼뜨렸다.
 그날 저녁, 한동안 한적했던 프로방스 스타일의 삼각지붕 목재 주택은 집사 부부만이 지키던 다른 때와 달리 오랜만에 사람들로 북적거렸다. 주인이 손님들을 이끌고 온 것이다.
 진우는 오랜만에 귀국해서 별장으로 쉬러 와서 그런지 표정이 편해 보였다.
 "진짜 내 팔자가 왜 이런지 모르겠다."
 유영은 창가에 기대어 앉아 머리를 한 손으로 쥐어뜯고 있었다. 서진우가 정착하는가 싶더니 이번에는 미국의 유명한 모델과 섬

씽이 난 것이다. 그는 별것 아니라고 하지만 다시 정착은 먼 일이 되어버렸다.

"아이고, 골치야."

유영은 서진우가 행복하길 바랐다. 한 사람과 진득하게 사귀는, 평탄한 인생을 살길 바랐는데 그게 쉽지 않은 모양이었다. 또 사귀었다 헤어지는 감정 소모적인 모습을 옆에서 지켜봐야 하는 것인가.

"이게 다 주 실장 때문이야."

유영은 쓰디쓰게 중얼거리다가 차 소리가 나자 문을 활짝 열어젖혔다.

"양반은 못 되는군."

은행이 청바지에 상큼한 블라우스를 입고 등장했다. 그사이 더 예뻐져 있었다. 이목구비는 그대로인데 사랑하면 예뻐진다는 진리를 몸소 보여주고 있었다. 바로 옆에 우리 결혼할 사이예요, 라고 큼지막하게 광고하고 다니는 훤칠한 김성현이 편한 회색 셔츠와 바지 차림으로 걸어오고 있었다. 저 짧은 거리를 오는데 굳이 손을 잡아야 하는 심리를 모르겠다고 유영은 툴툴거렸다.

연애하면 다 저러는 건가.

"오셨어요."

유영이 퉁명하게 말했다.

"아직도 안 풀렸어요? 사람 일은 모른다니까요. 특히 남녀 관계는 의지로 되는 게 아니에요. 다 운명인 거지. 그렇죠, 주 실장?"

성현은 때도 없이 은행을 소환한다. 사랑하고 나서 생긴 버릇이다.

어디서나, 주 실장!

일할 때나 사랑할 때나, 진지한 일이나 사소한 일이나, 주 실장으로 마무리되는 대화법을 시연 중이었다. 이러는 바람에 은행은 혼자 있을 때도 성현의 '주 실장' 목소리가 들리는 것 같아 자기도 모르게 대답했던 적도 있었다.

"유영 씨, 오래간만이에요."

성현의 옆구리를 팔로 툭 치며 은행은 유영에게 인사했다. 모든 것이 사랑 놀음으로 보이는 유영에게 탐탁하게 들어올 리가 없었다.

"그러네요."

"반갑지 않으세요? 난 반가운데."

은행은 눈치를 보며 배시시 웃는다.

"뭐, 생각해 보니 반갑긴 하네요."

얼른 성현을 떼어놓고 유영과 같이 발을 맞추며 걸었다. 그러나 성현은 은행을 놔주기 전에 품에 꽉 안고 관자놀이에 뽀뽀를 하고 나서야 놓아주었다. 그리고 진우를 부르며 저택 안으로 들어갔다.

"휴우."

"결혼은 언제 하세요?"

은행이 한숨을 쉬자 유영이 물었다.

"내년에 할 것 같아요."

"근데 곧 할 기세네요."

"네에?"

"김 소장님이 주 실장님한테 너무 푹 빠져 가지고 어쩔 줄 몰라 하잖아요. 어유, 저 무슨 시츄에이션. 사랑에 푹 빠진 남자는 진짜 대책이 없어. 아, 머리 아프다."

유영이 그렇게 말할 만도 한 것이 성현은 진우를 찾다가도 은행에게로 고개를 돌리고 키스를 날리는 만행을 서슴지 않았다. 깊은 관계를 갖고 나서 부작용이 생겼다면 사랑이 넘치는 성현의 돌발 행동이다.

은행은 한숨 섞인 웃음이 나는 걸 참았다. 신념을 헌 신짝 버리듯 버리고 나니 가슴은 아파도 신념이 그다지 중요하지 않다는 생각마저 들었다. 사랑하면 지금의 행동이 당연한 이치처럼 다가왔다. 하지만 너무 잦은 관계를 갖는 것 자체가 체력 등 여러모로 영향을 끼치면서 제정신을 차리긴 힘들었다. 좀 떨어져 있으려고 해도 김성현의 말과 태도에 넘어간 하루가 무수히 쌓여갔다.

"소장님, 제발 행동을 자제해 주세요."
"노력해 보겠습니다. 근데 난 주 실장을 보면 좋아 죽겠단 말이에요."
"그래도요……."
"네, 알겠습니다."

말만 잘하지, 노력의 흔적이 보이지 않는다. 일할 때도 자꾸 달라붙어 있어서 반장 아저씨들이 이렇게 한마디씩 했다.

"신혼이야."
"딱 좋을 때지."
"보약 챙겨 먹어야 할 텐데."

이런 소리를 듣는 것은 좋은 징조가 아니다.

"주 실장님, 좋아 보이는데요."

"네에, 감사합니다. 서 작가님도 건강해 보이세요."

진우를 보고 은행이 미소 지으며 말했다. 성현이 그녀 쪽으로 다가와 딱 붙어 있었다. 좀 가만히 있으면 좋으련만 척 하니 긴 팔을 그녀의 어깨에 두르니 꼼짝달싹하기 힘들었다. 그래도 은행은 성현이 자신의 여자라고 내세우는 것을 뭐라고 하기가 힘들었다. 그게 또 사실이니까. 다만 시도 때도 없이 이러지는 말았으면.

은행은 유영을 돕기 위해 성현을 겨우 떨어뜨리고 주방으로 갔다.

"잘 지냈어?"

"왜, 상심했을까 봐? 상심 좀 하고 다시 기운 차리고 연애하고 있어."

진우가 삐딱하게 답했지만 그래도 밝아 보이는 얼굴에 성현은 안심했다.

"다행이다, 자식아."

"미안하긴 한가 보네."

진우가 성현의 배를 푹 쳤다.

"미안하긴. 너도 네 짝 빨리 찾아."

"에잇, 뻔뻔한 놈 같으니."

"스캔들이냐, 사랑이냐."

유명한 모델하고 사귀는 것이 나쁘지 않았으나 성현은 친구가 좋은 사람을 만나길 진심으로 바라고 있었다. 자신이 그랬고, 그러면서 친구를 힘들게 했기에 더욱 그런 마음이었다.

"그냥 연애하는 거지. 이 세상에 멋진 사람이 하도 많아서 다시 헤매고 있다. 넌 나 때문에 좋은 사람 만나서 아주 팔자가 폈구나."

"그렇지."

성현이 미안한 마음을 잠시 잊고 사랑하는 사람에게 눈길이 갔다.

"야, 그만 쳐다봐라. 주 실장 닳겠다. 이놈아!"

진우는 성현이 은행에게서 시선을 거두지 못하자 툭 치며 말했다. 아주 시선이 자석처럼 달라붙었다.

"눈길이 가는 걸 어쩌라고. 이목구비만 예쁘면 됐지, 표정까지 예뻐."

사랑에 빠진 김성현은 뻔뻔하고 편안하고 행복해 보였다.

"자식, 좋아하는 티는 안 숨기는구나."

"야, 그게 어때서?"

"배울 점이다."

"알았으니 다행이네."

진우가 성현의 팔을 주먹 쥐어서 퍽퍽 때렸다. 성현은 그냥 맞아주며 소파에 느긋한 태도로 앉았다.

"그만 때려라, 나도 내 죄를 알고 있다. 좀 늦게 깨달은 죄."

"야, 이 자식아."

"너도 곧 운명을 만나게 될 거야. 그러니 진득하게 기다리고 찾아봐. 사랑은 생각지도 않은 곳에서 오게 된다."

진우는 김성현의 뻔뻔함에 고개를 절레절레 흔들었지만 친구가 행복한 것은 마음에 들었다. 그리고 그 역시 다시 예전처럼 자신의 마음 내키는 대로 자유롭게 사는 것도 나쁘지 않았다.

"그래, 알았어. 조용히 해. 사랑하면 시끄러워지나. 민아도 그러더니. 참, 민아도 왔어. 제 짝하고 친히 오셨다."

진우가 신기한 일이라도 되는 듯이 말했다.

"어디?"

"저기 오네."

늘씬한 민아하고 까칠한 느낌의 중년 남자가 같이 오고 있었다. 남자는 키가 아주 크진 않았지만 178㎝ 정도 되고 균형도 좋은 편이었다.

그들은 인사를 했다. 딱 봐도 남자의 인상은 마르고 까칠해 보였지만 그래도 잘생긴 얼굴이었다. 행사에 갔다 와서 그런지 둘 다 짙은색 정장 차림이었다. 남자는 슈트가 제 몸처럼 편해 보였다.

어색한 인사는 곧 음식 준비 소리로 묻혀 버렸다. 은행이 구상하고 만든 튼튼하고 널따란 나무 식탁에서 식사를 하기 시작했다. 요리사가 직접 주방에서 만든 요리들은 특급 레스토랑에 버금갔다. 이 모든 것이 서진우의 '요리사 부를까' 란 말 한마디에 김유영이 실행한 덕분이다. 유영은 민아 커플의 애정 행각, 더 정확히 민아의 예쁜 척에 스트레스를 받는지 같이 식사하자는 말에 응하지 않고 꽁무니를 뺐다. 그래도 멀리는 가지 않고 2층으로 올라가 있었다.

"결혼은 언제 할 거야?"

진우가 맞은편에 있는 민아와 지석원 커플에게 물었다. 지석원은 깔끔하게 식사하는 것만 봐도 털털한 것과 거리가 멀고 예민해 보였다.

"미국 가자마자 바로 할 거야. 참, 너희들 초대는 안 할 거니까 기대하지 마. 아주 조용히 할 거거든. 나중에 집으로 초대할게."

"결혼인데 시끌벅적하게 해야 되는 거 아니야?"

진우의 말에 민아가 그녀답지 않게 짝의 눈치를 보며 그런 질문 하지 말라는 듯 고개를 절레절레 흔들었다.

"잠깐만요. 실례하겠습니다."

때마침 휴대폰이 울리자 지석원이 자리에서 일어나 시야에서 잠시 사라졌다.

"그런 말 하지 마. 스트레스받는단 말이야."

"두 사람 사랑한다면서?"

"트라우마가 있어."

민아가 와인 한 잔을 들이켠 후 말했다. 사실, 석원은 배신을 많이 당해서 민아를 사랑함에도 믿지 못하고 있었다. 그것이 민아는 속상했다. 하지만 자신이 성현과 헤어지고 바람둥이의 길을 갔기에 더 못 미더워하는 면도 있었다. 그래도 이젠 마지막 사랑과 정착하고 같이 나이 들고 싶었다.

"첫 번째 결혼에서 여자가 바람피워서 이혼했는데도 엄청난 위자료가 나갔고, 두 번째는 위자료를 목적으로 여자가 접근한 사기 결혼이었고, 세 번째는 할 뻔했다가 여자가 진심이 아니라서 엎어버린 거고. 그래서 그래."

두 친구들의 표정이 동시에 안 좋았다. 모두 한민아의 짝이 이번이 두 번째 결혼이라고 알았었기에 더 그랬다.

"무슨 연예인들도 아니고 이혼을 세 번이나 해?"

"두 번이라니까, 세 번째는 할 뻔했다고."

"하여튼 이해가 안 된다."

은행은 그들의 대화를 가만히 듣고 있다가 어깨를 으쓱했다.

"그럴 수도 있죠."

식탁에 모인 사람들이 다 은행을 보았다. 막 튀긴 치킨을 가지고 온 요리사까지.

"평범한 사람들도 두세 번 결혼할 수 있어요. 우리 부모님도 그랬는데요. 그분들이 특별한 분도 아닌데 그랬거든요."

민아는 뚱한 표정이었지만 고개를 끄덕거렸다. 성현은 은행의 손을 잡고 눈빛으로 은행을 위로했다.

"상처가 많은 사람이야. 이런 사람 좋아할 줄 알았으면 바람둥이 짓 좀 그만할걸, 좀 후회되네."

"앞으로가 중요하지. 잘해봐라."

성현의 말에 민아는 고맙다고 했다. 은행이 세트처럼 같이 웃자 짜증 났지만 민아가 보기에도 두 사람은 잘 어울렸다. 서로에게 잘 맞는 짝은 따로 있었고, 그것이 운명이란 생각이 들었다. 두 사람은 이제 운명을 만났으니 노력만이 남은 것이다.

대화는 진우와 모델 이야기로 넘어갔다. 하지만 그것은 한때의 감정처럼 느껴졌다. 은행은 진우가 변덕 기질에도 좋은 사람을 만나면 잘될 거라고 믿었다. 자신도 행복하니 서진우도 잘되길 바랐다.

"실례하겠습니다."

물을 많이 먹었더니 화장실에 가고 싶어서 일어났다. 은행은 요즘 들어 오줌이 자주 마렵긴 했다.

"연애했던 남자의 연애담이 듣기 싫어요?"

민아가 딴죽을 걸었다.

"아니요, 오줌 마려워서요."

은행의 말에 성현이 킥킥거리고 웃고 진우는 충격받은 척했다.

"여러모로 재미없어."

민아가 짓궂은 장난이 통하지 않자 괜히 짜증을 부렸다. 은행은 자신도 모르게 나온 말에 놀랐다. 진짜로 오줌이 급했다. 하지만 앞으로도 한민아의 장난에 태연하게 대처해야겠다고 마음먹고 화장실로 갔다. 일 보고 손 씻고 나오는데, 테라스에서 혼잣말 소리가 났다.

"사랑이 두려워."

지석원의 목소리였다. 은행은 그냥 가려다가 저렇게 갑부라는 사람이 뭐가 모자라서 사랑을 두려워할까 하는 생각이 들어서 그 자리에 멈춰 섰다. 아무리 한민아의 성향이 종잡을 수 없다고 해도.

"제 이야기 들으셨나요?"

석원이 인기척을 느끼고 뒤돌아서 물었다.

"네에, 본의 아니게. 죄송합니다."

"아니에요. 혼자 중얼거린 제 잘못이죠."

잠시 침묵이 흘렀다. 가기도 뭐하고 안 가기도 뭐했다. 은행은 어렸을 때부터 연애 상담을 많이 해주었다. 연애에 관한 책들을 얼마나 많이 읽었던가. 김태연이 쓴 책은 다 사인 받아서 몇 번씩 읽고 보관 중이지 않은가. 그때 버릇이 나오려고 했다. 하지만 그것은 오지랖 같아서 돌아서려는데 남자가 먼저 물었다.

"제 말이 이상하죠?"

"아뇨, 근데 사랑이 왜 두려우세요?"

"이번엔 진짜인 것 같아서 더 그래요. 실패하기 싫으니까, 그리고 많이 사랑하니까 그런가 봐요. 내가 모자라서요."

술도 입에 안 댔는데 그는 마음을 숨기지 않고 술술 털어놓았다. 아마도 공기 좋은 시골 바람이 마음의 벽을 일시에 무너뜨린 듯했다. 거기에 우연히 은행이 있어서 그렇지 누가 있었어도 지금 이런 말을 하고 말았을 것이다. 너무 무장하고 다니면 이렇게 어이없이 터질 때가 있었다.

은행은 지석원이란 남자가 깐깐한 인상과 달리 여리고 섬세한 사람이란 걸 눈치챘다. 그래서 한민아가 그에 대해 그렇게 어쩔 줄 몰라 했나 보다.

"원래 사랑은 다 그렇죠. 누군가를 너무 사랑하면 마음이 아프고 약자가 되는 기분이고. 아닌가요."

"그쪽도 그러신가요?"

"근데 예외는 있어요."

사실, 은행은 행복하기만 했다. 아프긴 왜 아플까. 책에서 본 것대로 말한 것뿐이었다.

남자가 웃었다.

"두 분 잘 어울려 보이세요."

은행은 남자에게 힘을 주고 싶었다. 워낙 한민아가 특출 나게 아름다워서 그가 불안해하는 것이 눈에 보였다. 사랑을 깊게 하다 보니 남의 감정도 보이고, 또한 마음이 넓어져서 다 같이 잘되었으면 좋겠다는 생각도 들었다.

"네에, 착한 사람 만나서 다행이에요."

한민아가 착하지는 않는데, 그 생각이 스쳐 가고 있을 때였다.

"괜찮은 사람이라고 해도 착하지는 않아요, 대니 지."

대니 지라는 말에 웃음이 나올 뻔했다. 아마도 그의 영어 이름인 모양이다. 유영은 지석원과 친분이 있는지 자연스럽게 끼어들었다.

"원래 사람은 가장 사랑하는 사람이 제일 잘 알아요."

"뭐, 본인 문제니까 알아서 하세요. 사랑에 빠진 사람한테 더는 뭐라고 못하겠네요."

유영이 삐딱한 어조로 말했다.

"참, 석주가 보고 싶대요. 전화번호 바뀌었다면서요."

"왜요?"

"유영 씨가 좋은가 보죠. 유영 씨 보러 한국 온다는데요."

유영은 석원의 말에 질겁했다.

"전해주세요. 난 너무 잘생기고 인기 많은 사람 싫어요. 부담스러워요."

유영이 얼른 내뺐다.

"내 사촌 동생이 김유영 씨한테 관심이 많아요. 유영 씨도 석주가 싫지 않은 눈치인데 내 사촌 동생인 걸 알고 기겁하고 있죠. 출판사 하는 석주하고 진우 씨하고 일적으로 친분이 있거든요. 그래서 친해졌는데, 지금은 저렇게 펄쩍 뛰고 있으니 민아하고 사이가 안 좋았나 봐요. 많이 어울리다 보면 민아가 괜찮은 사람이라는 걸 알 텐데 말이죠."

은행은 웃음이 나올 뻔했다.

"헤이, 거기 두 사람, 뭐해요?"

민아가 그들을 부르며 다가왔다.

"그냥 얘기했어."

"김유영 나보고 툴툴거리면서 가던데, 김유영하고 난 질긴 악연이라니까. 그건 그렇고, 두 사람 내 욕 했죠?"

"네에."

은행이 장난을 치니 석원이 놀란다.

"아니야, 자기야……."

"지석원, 내 욕 하면 안 되지. 그렇게 혼인계약서까지 써줬구만."

민아가 술기운이 오른 모양이다. 이혼하면 일 원 한 푼도 안 받겠다고 써준 것을 말하고 있었다. 사랑하는 사람이 이렇게 조바심 내니 까짓것 해줬던 것이다. 그가 갑부인 줄 모르고 만났었다. 소매치기란 소리에 발을 걸어 넘어뜨리고 잡아준 인연으로 그가 엄청 따라다녀서 연인이 되었지만, 결혼을 앞두고는 그녀가 변심할까 봐 이리 안절부절못하니 참으로 머리가 아프지만 타협할 수밖에 없었다. 사랑하니까.

"그러니까. 근데 내가 찢었어."

"왜?"

"결혼은 못 믿는데 넌 믿어."

두 사람이 포옹하다가 민아가 그를 때리며 말했다.

"다시 써줄 수도 있어. 당신 돈 때문에 결혼하는 게 아니니까."

"알아."

"근데 사치는 할 거야."

"알았어."

두 사람은 은행이 두 눈을 이렇게 번쩍 뜨고 있다는 걸 아예 의식도 안 하고 있었다. 은행이 헛기침을 하려다가 차라리 조용히 내려가는 것이 낫겠다고 생각하고 발걸음을 살짝 떼었다.

"자기야, 먼저 내려가. 난 주 실장하고 할 말 있어."

"그래. 그리고 고마워요, 사랑은 두려운 게 아니라고 해줘서."

"그냥 일반적인 말인데요."

석원이 내려가고 은행은 어디로 눈길을 둬야 할지 몰라 했다. 괜히 아는 척해서 기분이 상하지 않았을까.

"사랑은 두려운 게 아니라고요?"

"아니, 그냥……."

"사랑이 두렵다고 하니까 해준 말이겠죠. 원래 혼잣말로 그런 말 잘해요."

휴우, 은행은 민아가 오해를 하지 않아서 다행이라고 생각했다. 요즘 들어 피곤해서 사람들에게 일일이 설명하는 게 기력이 많이 소모되었다.

"결혼은 언제 해요?"

"내년에요."

"빨리 해버려요."

"결혼이란 것이 그렇게 빨리 해치우듯이 하는 것보다는 서로의 관계가 좀 더 성숙되고……."

"은행 씨!"

"네에?"

"그냥 우리 잘 지내요."

"네에."

은행이 웃었다. 빨리 해버리라는 말에 민아를 골려주려고 한 말인데 자신이 하고도 닭살이 돋았다. 민아는 그동안 주은행을 놀린 것이 마음에 걸렸는지 뭔가 생각하는 눈빛으로 그녀를 쳐다보았다.

"성현이 말이에요, 원래 주 실장 사람 같아요. 김성현은 헤어지기 전에도 내가 더 좋아하고 걘 마음이 식었으니까……."

"그런 얘기 안 해도 돼요. 추억인데 내가 알 필요도 없고요."

"아니요, 하고 싶어요. 술도 취했겠다, 싶어서 말하는 거예요. 예전엔 김성현이 가장 좋았는데, 지금은 지석원 비위 맞추기 바빠요. 마음이 이렇게 바뀌는구나, 하는 걸 느꼈죠. 김성현은 주 실장한테 엄청 빠졌더라고요. 그렇게 누굴 좋아하는 걸 처음 봐요. 쟤도 저렇게 팔불출처럼 구는구나. 나쁘지 않더라고요. 진심으로 두 사람이 행복하길 바라요."

"민아 씨도요. 두 분 어울려요. 운명 같아요."

둘은 모처럼 마음을 털어놓고 웃으며 사이좋게 내려왔다.

"올 한 해는 행복한 결실이네. 어찌 됐든 서진우도 또 애인이 생겼으니."

진우가 애인과 영어로 전화 통화하는 모습을 보며 민아가 말했다. 유영은 나는 싱글이라며 지석원의 사촌 동생과 선을 그었다. 어떤 식이든 불편한 관계는 싫다는 것이 김유영의 생각이었다. 그 와중에 성현은 은행에게 왜 이렇게 늦게 왔냐고 투덜거렸다. 그런 그를 보며 은행이 자기 입에다 손가락을 대며 조용하라고 했지만 소용이 없었다. 한시라도 떨어지면 툴툴거리니 은행은 골치가 아프면서도 기분이 좋았다.

그러는 가운데 벨소리가 들리고, 문지애 여사가 김치 통을 보자기에 싸서 들고 들어와서 주위 사람들을 깜짝 놀라게 했다.

"어머니!"

성현이 자리에서 벌떡 일어나 얼른 김치 통을 받아 들었다.

"별것 아니다. 너희들 오늘 파티 한다고 해서 집 김치 가져온 거야. 총각김치인데 익어서 먹을 만할 거다. 복지관 가다가 들른 거니까, 그래, 울 주 실장도 있구나. 아까 봤지만 또 보니까 좋네."

여기 오기 전에 주 실장은 문 여사를 뵈러 갔다 왔다. 문 여사는 민아의 짝을 보고 인사했다.

"먹어봐요. 먹는 모습 보고 가야겠다. 맛있나 보게."

"맛있어요, 어머니."

"그래, 민아도 잘 먹네."

민아가 결혼할 짝을 데리고 온 뒤론 문 여사는 민아를 대하는 태도가 180도 달라졌다. 마음이 놓이니 다시 다정해졌다.

"아, 으음."

멸치젓갈 냄새가 코를 진동시키자 은행은 손으로 입과 코를 가리고 말았다. 사실 아까부터 민아의 향수 냄새도 좀 거슬렸다. 예전에는 안 그랬는데 왜 이렇게 요즘 들어 냄새에 민감해지는지 모르겠다.

피곤해서 그런가.

"왜, 냄새가 이상한가?"

"아니요, 제가 피곤한가 봐요."

모두들 이의를 달지 않았다. 오직 문 여사만 빼놓고는.

"주 실장, 임신했나?"

주위 사람들의 행동이 일시 정지가 되었다. 진우는 전화하다가 영어를 멈추었고, 지석원도 민아와 함께 개인 접시를 들고 그들을 쳐다보았고, 유영도 총각김치를 입에 문 채였다. 아무리 그래도 가장 놀란 것은 김성현과 주은행 본인들이었다.

"아닐걸요. 우리 충분히 피임하고 있는데……."

성현은 어머니의 말에 자신도 모르게 불쑥 말하다가 입을 다물었다. 해선 안 될 말들이 이미 나오고 말았다.

"아, 이런……. 어머니!"

"왜 나한테 그러니? 아무리 조심해도 애가 들어설 수가 있어요. 뭐, 그게 그렇게 대수야. 애 생기면 앞당겨서 결혼하면 되지."

유영과 민아가 깜짝 놀라 입을 벌리고 있었다.

"뭘 그렇게 놀라니? 사랑하는 사람들끼리 그럴 수도 있지."

삼 형제를 키운 문 여사가 아닌가. 척 하면 딱이다. 아들들은 생김새와 성품도 제 아버지를 빼닮았다.

그나마 성현이 첫사랑하고 이어지지 않았지만, 딱 이 여자다 싶으면 딴 곳은 보지 않는 것은 똑같았다. 그래서 아들 결혼에 대해서 가타부타한 적이 없었다. 첫째 아들은 이혼녀가 된 첫사랑을 데리고 와서 결혼하겠다고 했다. 친척들은 펄쩍 뛰며 반대하는 그런 심각한 속에서도 문 여사는 본인들을 앞에 두고 이렇게 말했다.

"난 내 아들을 잘 알지, 내가 아니라고 해도 기어코 한다는 것을. 그렇지 않니, 아들아!"

"어머니 마음에 드실 때까지 노력하겠습니다. 허락받도록 최선을 다할게요."

"아니다, 반대하지 않으마. 다만, 내 마음이 그리 좋지 않다는 것은 알아줬으면 좋겠구나. 그러니까 난 첫 번째 며느리가 전에 아무리 짧게라도 결혼했었다는 사실이 탐탁지 않고 마음에도 안 들어. 하지만 반대해도 할 것이고, 내 아들을 내가 알지 누가 알겠니. 그리고 반대하는 동안 내내 기력만 빠지겠지. 그러면 빨리 늙을 것 아니야. 싫다. 그러니 허락하마. 그렇지만 진정 내 며느리가 되고 가족의 일원이 되려면 너희들이 내 마음을 풀어주도록 노력해야 할 거다."

 문 여사의 말대로 첫 번째 며느리는 노력을 많이 했다. 문제는 집안 큰일에 제일 먼저 나서고 열심히 하지만 가장 중요한 문 여사의 마음에 들도록 살갑게 다가오는 것을 못했다. 숫기가 없는지 눈치만 봤다. 또 문 여사 또한 먼저 마음을 열고 싶지 않았다. 결혼을 허락해 줬으면 됐지.
 그리고 셋째 아들 또한 첫사랑하고 결혼했다. 그 첫사랑이 그의 고등학교 교생인 것이 문제였지만. 나이 차이는 다섯 살 연상이고, 요리사인 아들하고 같은 호텔에서 일하다가 다시 좋아지게 됐다니 뭐 어쩌겠는가. 세 번째 며느리는 돈으로 문 여사의 마음을 잡으려다가 오히려 찍혀서 거리가 생겼지만, 아들한테 뭔 소릴 들었는지 바쁘면 오지 말라고 해도 노력은 하는 편이었다.
 어찌 보면 복이 넘치는 사람이었다, 문 여사 자신은. 게다가 이제 점찍은 두 번째 며느리를 맞이하게 됐지 않은가. 그런데 속도위반이 문제겠는가.
 "검사해 보고 임신이면 얼른 날짜 잡고 어른들 상견례하고. 아이고, 바쁘겠네. 내일이라도 당장 병원 가봐라. 전화하고."
 문 여사는 유유히 자리를 떠났다. 정적이 잠시 흐르다가 곧 소란함이 쏟아져 나왔다.

"아, 진짜, 얌전한 고양이 부뚜막에 먼저 오른다는 속담은 참 뜻깊은 말이었네요."

민아가 다시 얄밉게 말했다.

"무슨 말을 그렇게 해요. 그래도 딱 틀린 말은 아니지만."

유영도 한편이 되었다.

"얌전한 고양이가 한 부뚜막만 오른다는데 문제 있나요?"

김성현이 그들을 일시에 입 다물게 했다.

"그러니까 내 얌전한 고양이한테 뭐라고 하지 말았으면 합니다."

"아, 진짜 첫사랑이었던 김성현 이미지 일시에 없어지는구나."

"첫사랑!"

심기 불편한 지석원의 말에 민아가 얼른 꼬리를 내렸다.

"저 찌질한 인간이 내 첫사랑이었지만 지금은 아무렇지도 않아."

석원도 김성현이 첫사랑인 것은 알고 있었다. 하지만 그것을 민아의 입에서 다시 되뇌인 것은 탐탁지 않았다.

"그럼 됐어."

"자기야, 너무 신경 쓰지 마."

"예전 일 들춰내지 말았으면 해."

"그러는 자기는 결혼 트라우마에 얼마나 나를 힘들게 해놓고선."

"다신 안 그럴게."

"알았어. 나도 찌질한 인간 얘기 안 할게."

김성현은 그들의 대화가 어처구니없다는 듯 투덜댔다.

"찌질한 거 좋아하시네."

그래도 지금은 자신의 얌전한 고양이에게로 시선을 돌렸다. 은행은 얼굴이 빨개진 채로 울상이었다. 초인적인 힘을 발휘해서 창피함을 가까스로 참았다.

하지만 며칠 후 임신 6주라는 결과가 나오자 감정이 복받쳤다. 그는 그녀를 집으로 데려다 주고 나서도 돌아가지 않고 위로해 주었다.
"울지 마요."
눈물은 흘리지 않았지만 은행은 여전히 울상이었다.
"난 괜찮으니까 가요."
"안 기뻐요? 우리 아기가 생긴 건데."
"너무 일찍 생겼어요. 내년에 생겨야 되는데."
"미안해요."
성현은 소파에 그녀를 앉히고 발치에 앉아 진심으로 말했다. 너무 흥분해서 서너 번 콘돔을 잊은 적이 있었는데 그때 생긴 것 같았다.
"네에."
은행은 시무룩했다.
"기분 좀 풀어요. 우리 아기잖아요. 아기가 슬퍼하겠다. 다 들어요."
"콩알만 해요. 못 들어요."
"아니에요. 들을 거예요. 울 엄마가 내가 생긴 게 하나도 안 기쁜가 보네."
성현이 아기의 성대모사를 했다. 그러자 그녀의 입매가 위로 올라갔다.

"우리 아기는 아마도 엄마를 쏙 빼닮았겠죠?"

"아니요, 아빠도 닮았을 거예요."

은행은 그의 말에 금세 휘말렸다, 늘 그렇듯이.

"그럴까요?"

성현은 은행의 발을 주물러 주며 물었다.

"딸이든 아들이든 눈은 나하고 소장님하고 섞였으면 해요. 그럼 진짜 예쁠 거예요."

"그럼요, 누구 자식인데. 코는 누구 닮아야 하나."

"당연히 소장님이죠. 내 코는 너무 낮아요."

"귀엽기만 한데."

그녀의 코를 살짝 건드리며 그가 말했다.

"그래도 소장님 닮아야지, 그리고 입매도 소장님, 뺨은 나……."

성현이 웃는 바람에 그녀의 말이 잠시 끊겼다.

"예쁘겠죠?"

"그럼요, 우리 닮아서 예쁠 거예요. 한데 아이는 몇 명이면 좋겠어요?"

"여러 명이요. 힘 닿는 데까지 낳으려고요. 외로운 것은 싫거든요. 그러니까 도와줘야 돼요."

"당연하죠. 내가 얼마나 힘이 좋은데……. 알면서……."

성현은 은행을 푹 찌르며 말했다.

"그거 말고요. 육아 말이에요."

"알았어요. 알아들었어요. 염려 마요. 육아, 가사, 완전 반을 책임질 겁니다."

이런 좋은 남자를 두고 속도위반이 뭐가 문제겠어. 그래도 슬프긴 슬프다. 왜 이렇게 계획대로 되는 일이 없나. 좋은 일이긴 하지만.

그런 기분을 알고 성현이 다시 나지막하게 말하기 시작했다.

"나하고 주 실장 닮은 애들이 마당을 뛰어다니는 거예요. 그러다가 넘어지면 우린 바로 일으켜 주지 말고 일어설 때까지 기다리다가 아앙 하고 울음을 터뜨리고 우리한테 오면 그때 꽉 껴안아주자고요."

"그래요."

은행은 성현의 말에 감동받았는지 눈시울이 붉어지다가 소파에서 내려와 바닥에 있는 그에게 안겨왔다.

"사랑해요."

"나도 사랑해요. 그리고 걱정 말아요. 날짜 확 당겼으니까 속도위반한 거 티 안 날 거예요. 아직 확실한 건 부모님 말고 모르시니까, 눈치만 채라고 하죠, 뭐. 우리 주 실장 다음달에 나한테 시집 오는데 티 하나도 안 날 텐데. 예쁘겠다."

그들의 결혼식이 연기만 되지 않는다면 그렇게 될 것이다. 하지만 은행은 만삭이 되어도 결혼식은 올려야 한다고 생각했다. 방금 생긴 신념이다. 아기 낳기 전에 결혼식은 해야 된다. 물론 그렇게 될 리는 없다고 생각했다. 담달에 할 예정이니까.

16

 온가족이 고향집에 모였다. 김준성과 문지애의 두 번째 아들인 김성현이 결혼할 사람을 집으로 데리고 와서 정식으로 인사시키는 자리였다. 집 안은 북적거렸고, 고소한 음식 냄새가 가득 퍼져 나갔다.
 "이쪽은 우리 큰형과 형수님이세요."
 성현은 은행의 손을 잡고 집 안에 들어서자마자 가족들을 일일이 소개시켜 주었다. 그와 비슷한 이목구비를 가진 남자가 떡하니 서 있었다. 긴 눈매, 반듯한 코, 그리고 시원한 입매. 한 형제만이 가질 수 있는 형질이었다. 하지만 좀 더 날카롭고 무뚝뚝한 인상은 아마도 오랜 시간 굳어진 기질 때문인 것 같았다. 그 뒤편에 버들가지처럼 하늘거리는 청순한 인상의 여자가 반가운 미소를 지었다.

"성현이 큰형, 김성민입니다. 몇 번 뵌 적 있죠. 우리 성현이 잘 부탁드려요."

"네에, 저도 잘 부탁드려요."

안면은 있지만 편하게 말이 오간 적은 없었다. 은행이 조신한 태도로 인사했다. 성현의 가족들에게 잘 보이고 싶은 마음에 다소 긴장이 되었다.

"이영선이에요. 친하게 지내요."

김성민의 아내 영선이 주방에서 막 나온 듯 앞치마 차림으로 수줍게 말했다. 굉장히 내성적인 성격인 것 같았다. 그 말 좀 했다고 얼굴이 붉어진 것을 보면. 영선은 거실 소파로 손을 뻗으며 앉으라고 했다. 은행은 인사하고 나서 그녀의 말에 따랐다.

"형, 정말이야?"

한 남자가 2층에서 소란스럽게 쭈르륵 내려왔다. 날씬하지만 그래도 세 형제 중 가장 덩치가 큰 편이었다.

"안녕하세요, 김성우입니다."

"네에, 안녕하세요."

은행이 웃었다. 그들은 이미 친분이 있었다. 들꽃사무소에 성우는 시간 나면 곧잘 놀러 오곤 했다. 김성우가 친근하게 성현의 어깨에 팔을 걸치며 재차 물었다.

"정말인 거냐고?"

"뭐가?"

"속도위반!"

성우가 형에게 귓속말로 속닥거렸다. 한데 귓속말이건만, 왜 이리 옆에 있는 사람까지 들리는 걸까. 다른 이도 듣는 것은 아닐까.

은행의 얼굴은 점점 불타오르고 있었다.

"시끄러워."

"우리도 안 하던 짓을 하다니 놀라워. 하여튼, 저돌적인 기질은 어디 안 가는구만. 안 그래, 형?"

"시끄럽다고 했다."

"창피한가 보네."

"너 맞을래."

"알았어, 알았어."

성우가 두 손을 들었다. 그러다가 아주 세련된 여자가 주방에서 쫓겨 나오자 눈을 크게 떴다.

"왜?"

"또 태웠어. 오셨어요. 안녕하세요."

이목구비가 뚜렷한 여자가 활달한 표정으로 인사를 했다. 마르고 키가 커서 무슨 옷을 입어도 옷태가 나는 스타일이고, 딱 봐도 활발하게 사회생활을 하는 티가 여실히 났다.

"저 사람이 내 사람이에요. 이름은 한정인. 그거 아세요? 서열은 막내인데 나이는 세 사람 중에 가장 많아요."

뭐가 좋다고 성우가 히죽거렸다.

"아내 나이 많은 게 뭔 자랑이라고 아는 사람마다 말하는 거야?"

"웃기잖아. 자기 나이 어린 형님들한테 존대 쓰게 됐으니까."

"기분에 따라 가끔 반말하면 되지."

정인이 어깨를 으쓱하며 말했지만 딱 시어머니 면전에서 걸리자 얼른 말을 바꾸었다.

"농담이에요."

"그러길 바란다. 우린 나름 뼈대 있는 집안이다."

문 여사는 막내며느리에게 말하고 나서 소파로 갔다. 편하지만 늘 품위 있는 옷차림은 그대로라서 이 집안의 수장처럼 보였다.

"여기 앉아라. 아버지는 좀 늦으신단다. 염려 말고, 곧 오실 거야."

시아버지가 오시기 전에 막내 고모가 그 자리를 대신했다. 체격이 크고 입도 크고 웃음소리도 큰 중년의 여성이 문 여사 옆에 앉았다.

"속도위반이라며? 왜 이렇게 급해. 조금만 참지. 남 보기에도 그렇고 말이야."

은행의 얼굴은 화끈거리는 수준을 넘어서고 있었다. 막내 고모님의 목소리가 이리 크지만 않았어도 딸꾹질까진 나오지 않았을 것이다.

"고모, 그렇게 크게 말하면 어떻게 해요? 나처럼 귓속말로 물어야죠."

살집이 좀 있는 중년 여성에게 성우가 말했다.

"뭐, 어때? 없는 일 이야기하니."

성현은 아무 말 없이 앞에 있는 물잔을 은행에게 쥐어주었다. 은행은 아직도 딸꾹질을 하고 있었다.

"속도위반한 것이 아무리 흔하다고 해도 우리 집안은……."

"아, 그만해요, 고모. 뭐 그게 대수라고."

결혼 초반에 기선을 제압한 문 여사라서 시집 식구들은 그녀의 의견을 따르는 편이고 그것은 막내 고모도 마찬가지였다.

"그래, 그렇긴 하지. 성우도 그랬으니까."

"고모, 우린 허니문 베이비잖아요."

"날짜가 아슬아슬한 것 다 알고만."

"그러니까 허니문 베이비죠."

성우가 깎은 사과를 손으로 집어 먹으며 우겨댔다.

"애들이 순해도 은근히 영악스럽다니까요. 다 언니 닮아서 그래요."

막내 고모가 지적하자 문 여사가 눈 하나 깜짝 하지 않았다.

"우리 삼 형제는 이목구비에서부터 성향, 기질까지 모두 총장님을 닮으셨네요. 외탁한 것은 별로 없어요."

"울 큰오빠는 점잖기만 하잖아요."

"총장님도 은근히 고집이 세고, 자기 원하는 대로 하시는 분이죠. 다 알면서 그래요. 대학생인 나를 꼬셔가지고 결혼부터 하고 졸업을 했으니, 점잖은 양반이 맞지만은 말발이 얼마나 좋으신지 그냥 홀라당 넘어갔다니까요."

그때 아내의 말을 다 들었는지 허허거리며 열려진 문으로 김준성이 들어왔다.

"오셨어요."

"아버지, 저희 왔어요."

"그래, 그래. 앉아라, 앉아. 손 씻고 나오마."

희끗한 머리에도 큰 키에 날씬한 몸매 그리고 반듯한 등은 노신사처럼 보였지만 자세히 보면 청년의 활기찬 기운도 있었다.

"부모님 모두 재혼하셨다면서?"

"네에."

"어릴 때부터 조부모님 밑에서 자랐다는데, 그럼 가정교육이……."

오빠 오기 전에 짚을 건 다 짚고 넘어가겠다는 막내 고모의 기세를 문 여사가 다시 막아섰다.

"가정교육 좋아요. 조부모님이 잘 가르치셨어요. 내가 한두 해 봐요? 그만하라니까. 첫째나 셋째 때도 너무 애들을 몰아붙여서 총장님 언짢게 하더니 이번에도 그래요."

"알았어요, 나한테만 뭐라 그래. 뭐, 언니가 그리 좋다면 내가 무슨 꼬투리를 잡겠어요."

"식사나 하자."

문 여사가 일어났다. 따라나서는 막내 고모가 바짝 몸을 붙이며 물었다.

"근데, 왜 그렇게 쟤가 좋아요?"

"귀엽잖아요."

"귀엽긴 해요."

"그리고 만만하기도 하고, 난 너무 드센 애들이 부담스러워요. 데리고 다니기 좋고 귀엽고 놀리기 딱 좋다니까."

"어머니 다 들려요."

성현이 웃으며 말했다. 은행도 문 여사가 자신을 만만하게 여기고 있다는 걸 알고 있었다. 이미 알고 있는 사실이라 충격은 없었다.

"사실이잖니, 이 나이에 젊은 사람이 만만하다는 것은 그만큼 좋다는 거지. 요즘 젊은이들을 이해하기가 얼마나 힘든지 아니."

"드센 애는 누구예요, 어머니? 우리 정인이는 아니죠?"

성우가 끼어들었다.

"모르겠다."

"열심히 하잖아요. 에잇, 엄마 딸이라고 생각하고 봐주세요."

"딸로 보기엔 너무 크잖니. 그리고 난 매사 똑똑하면 아무리 그 말이 백번 옳다고 해도 좀 거북하다."

문 여사는 아직도 지난번 늦게 온 것을 지적했을 때, 일 때문에 늦었다고 하면서도 가르치는 듯한 어조의 막내며느리에게 서운한 감정이 가시지 않았다. 그냥 죄송해요, 하면 될 것을 매번 어른한테 지지 않으려고 하니까 열이 오르는 것이다.

"죄송해요, 어머니. 반성하고 있잖아요. 반성하고 있는데 자꾸 뭐라고 하시면 저도 서운해요. 그냥 깔끔하게 잊어요, 우리."

옳은 말인데 매번 이러니까 괘씸한 마음이 들었지만 문 여사는 속으로 생각했다.

뒤끝 있는 애보다는 낫지. 그렇게 생각해야 건강에 지장이 없다.

"그래, 그러자꾸나. 식사 하자."

식사를 마치고 그들은 다시 거실로 나와 차를 마셨다. 김준성은 아들 내외들을 쭉 쳐다보며 흐뭇한 미소를 지었다. 자식들이 장성해서 제 짝을 찾으니 안 기쁠 수가 있겠는가. 더욱이 트라우마가 좀 깊었던 둘째마저 좋은 짝을 찾았으니 이젠 한시름 놓은 기분이었다. 늘 그들은 주 실장이 성현의 짝으로 어울린다고 생각했었다. 순하면서도 야무진 그녀라면 아들하고 잘 맞을 거라고 보았다. 그게 적중해서 더 기뻤다.

"별말은 안 하겠다. 나는 그렇다. 너희들이 욕심 부리지 말고 오소도손 잘 살았으면 한다. 아이들 낳고 너무 교육 욕심내서 요즘 사람들처럼 떨어져 살지 말고, 기러기 아빠 같은 일은 가족해체야. 그리고 자기 앞가림 잘할 수 있게만 가르치면 되지. 공부하겠다고 하면 공부하게 하고, 장사하겠다면 장사하게 하고. 다 지가 알아서 할 일이야. 그러니 부부가 사이좋게 행복하게 사는 데 열심히 노력하길 바란다. 부모가 행복해야 자식도 바르고 행복한 법이야. 우리 부부를 보면 답이 나오지 않냐. 셋째야, 웃지 마라."

"네, 아버님."

정인이 얼른 웃음을 그쳤다.

"이걸로 내 말은 끝이고, 이제 다음 달이면 바로 결혼식이네. 그래, 둘째야, 건강은 괜찮니?"

"네에."

은행이 다시 붉어진 얼굴로 대답했다. 요즘 건강하냐는 말은 배 속의 아기를 포함한 말이라서 더 그랬다.

"건강이 최우선이다. 그래, 이제 편하게 놀다 가라. 우린 이제 가족이니까."

성우가 박수를 쳤다.

"아버지, 어머니, 잘살게요."

"그래야지."

성현의 말에 부모님이 고개를 끄덕거렸다.

"나한테 할 말 없어?"

막내 고모가 얼른 끼어들었다.

"고모부 언제 오세요? 출장에서 오늘 오신다면서요?"

"말 돌릴래? 내일 오신다. 너 정말 나한테 해줄 말 없어? 고맙다고 해야지. 야, 내가 너 업어서 키웠어."

"어디서 그런 거짓말을 해요? 성민이랑 여덟 살 차이 나고, 성현이랑은 일곱 살 차이인데, 내가 고모를 업어 키웠지."

"맞아요."

잠깐 기가 죽은 막내 고모에게 성현이 웃으며 말했다.

"막내 고모, 우리 은행이 예쁘게 봐주세요."

"잘 부탁드립니다."

은행도 같이 말했다. 그리고 최대한 예쁘게 웃었다. 어떻게 해야 귀여운지는 잘 알고 있었다. 자기 매력 잘 알고 있어야 연애를 잘한다는 김태연의 가르침은 고등학교 때부터 지금껏 마음속에 명언으로 자리 잡고 있었다.

"그래, 잘 지내자."

막내 고모는 이제야 한 가족에게 보내는 포근한 미소를 지었다.

"형, 막내 고모도 마음 풀렸겠다, 이 기념으로 내가 피아노 칠까?"

성우가 말했다. 서른 살의 그는 표정이 풍부해서 그런지 마치 10대 소년처럼 보이기도 했다.

"잘 치지도 못하면서 분위기 깨려고 그래. 뚱땅거리는 것 시끄러워, 하지 마."

성민이 말하자 얼른 성우가 성현을 가리켰다.

"둘째 형이 쳐라. 기념이잖아."

"다 까먹었어."

"진짜? 거짓말하고 있네. 대학교까지 상 엄청 받아놓고, 취미로 하기에 아깝다는 소리까지 들었으면 그 값을 해야지."

"그만해."

성민이 성우를 말렸다. 은행은 아직도 악몽을 꾸는 성현을 지켜주겠다고 마음먹었다. 그래서 그가 원하지 않은 걸 굳이 억지로 시키거나 트라우마를 깨려고 애쓰지 않고 내버려 두려고 한다. 물론 그가 피아노를 치는 모습을 한 번도 본 적이 없어서 아쉽긴 하지만 그런 마음은 이미 접었다.

"괜찮아요?"

은행의 말에 성현이 윙크를 했다. 아직도 그때의 아픔이 있지만 성현은 사랑하는 사람과 같이 있어서 마음이 든든했다.

"얘네들 벌써부터 애정 표현이 너무 잦아요. 언니, 뭐라고 한마디 해요. 어른들 앞에서 이건 옳지 않아요."

"좀 내버려 둬요. 고모도 고모부하고 애정 표현 하잖아요."

"그렇긴 하지만요."

"역시 막내 고모는 울 엄마한테 안 돼, 약해."

성우가 한마디 하고 지나가면서 아내를 찾았다. 큰며느리가 아줌마하고 설거지를 다 해놔서 나머지 뒷정리를 정인이 하고 있었다. 성우는 아내를 도왔다. 성민은 2층에서 내려와 아내를 찾기 위해 이리저리 돌아다녔다.

영선은 정원 커다란 바위 위에서 가만히 앉아 있었다. 기온이 올라도 뒤편 산에서 부는 바람 때문에 늘 서늘하고 시원했다. 머리를 식히기엔 딱 좋았다. 자신을 마주 보기에도 그랬다. 문득 자신도 환영받는 사람으로 들어왔다면, 하는 생각이 들었다.

"뭐 하고 있어? 지금 자야지 내일 일찍 가지. 나 약속 있어."

"네에."

남편은 늘 말이 짧다. 자신이 할 말만 한다. 그렇지만 속은 깊은 사람이다. 그걸 잘 알고 있지만 영선은 선뜻 일어나지 않았다.

"왜?"

"그냥요."

"들어가자."

성민이 아내를 일으켜 세우더니 꽉 안아주었다. 무뚝뚝한 그가 가끔씩 몰아서 해주는 애정 표현이다. 영선은 그런 그를 많이 사랑했다.

"사랑해요."

"알아."

성민은 품에서 아내를 놓을 줄 몰랐다.

"혼자라고 생각하지 마. 우린 항상 같이 있어. 예전부터 그랬어. 이렇게 만나지 않았으면 난 결혼 같은 거 안 했어. 그러니까 자책하지 마. 내 인생에 사랑은 당신뿐이니까, 그러니까 보약도 챙겨 먹고 비실거리지 말고 오래 살아."

그녀의 마음을 언제나 잘 읽는 그를 보며 영선이 웃으며 말했다.

"같이 오래 살아요."

"그래."

그들은 계속 껴안고 있었다. 그 모습을 안에서 창밖으로 보던 은행이 미소를 지었다.

"뭘 봐요?"

"아름다운 풍경이요."

"형과 형수님이네. 가끔 저럽니다. 무뚝뚝한 편이라서 몰아서 애정행각을 벌이죠. 대신 우리 주 실장 남편은 얼마나 다정해요. 시도 때도 없이 누가 보든 간에 애정 표현을 자주 하지 않습니까?"

"하지 마요."

성현이 뽀뽀하려고 하자 은행이 기겁했다.

"결혼식 올리고 나서 프리해져라, 아들아. 너희 고모님 신경질 내신다."

"네에."

어머니의 말에 성현이 웃으며 은행을 안으려던 손을 겨우 내리고 대답했다.

"다음 달이 빨리 왔으면 좋겠다."

성현의 말에 은행이 미소 지었다.

결혼식을 며칠 앞두고 갑자기 병원에서 전화가 왔다. 온 가족이 개인병실 옆 대기실로 몰려들었다. 자식들에겐 뒤늦게 알려서 세 아들과 며느리들은 수술이 다 끝난 다음에야 왔다.

"어떻게 된 거예요, 어머니?"

"무슨 일이에요?"

"아버진 괜찮으세요?"

아들들은 모두 깜짝 놀랐다. 며느리들도 마찬가지였다. 은행은 깜짝 놀라서 한마디도 못하고 눈만 동그랗게 떴다.

"아버지 깨시겠다. 수술 잘됐다고 하니 놀라지 말고."

"무슨 수술인데요?"

성민이 물었다.

"너희 아버지가 워낙 병원을 싫어하시다 보니 조금 이상 있어서는 안 가시잖니. 근데 글쎄 돌에 걸려 넘어져서 어쩔 수 없이 병원으로 갔다가 친분이 있는 분한테 걸려서 억지로 건강검진받으셨대. 위암 0기라고 해서 내시경으로 점막만 절제했다는구나. 생각보다 예후도 좋아서 걱정 안 해도 될 것 같다는데, 약 먹고 2개월 후에 내시경 검사만 하면 된다고 하더라. 이번에 넘어지지 않았으면…… 생각도 하기 싫다. 아주 운 좋은 케이스라고 하네. 아무리 생각해도 주 실장이 복덩이인가 봐."

문 여사가 은행을 편애하며 말했다. 하지만 은행은 문 여사의 편애가 무서웠다. 결혼한 후에 문 여사는 딸 같은 며느리를 각종 모임에 데려갈 생각에 부풀었고, 그녀는 여기저기 끌려 다닐 것 같아서 불안초조했지만 아무래도 얼마간은 문 여사의 소망대로 하는 것이 평생 편할 것 같았다.

은행은 의사가 웃는 낯으로 금세 회복할 거라는 말에 다시 안도해서 자리에 앉았다. 아직도 그녀의 몸매는 변함이 없었다. 식욕이 그렇게 늘었다고 할 수도 없었다. 그렇다고 입덧이 심하진 않았다. 다만, 아직도 음식 냄새에 좀 예민하고, 예전보다 고기와 과일을 더 당겨서 먹고 있었다.

"은행아."

문 여사는 호칭을 주 실장에서 은행으로 바꿔었다.

"네에, 어머니."

"저기, 결혼식 아무래도 좀 미뤄야겠다. 그래도 두 달은 족히 안정하시는 게 나을 것 같아서. 어떡하지."

"네, 그럼요."

두 달 정도는 괜찮았다. 당연한 일이었다. 하지만 상황은 그녀가 배 나오기 전에 결혼식 올리는 걸 바라지 않는 것 같았다.

이번엔 그녀의 할아버지가 친구가 아프다고 무조건 결혼을 미루라고 억지를 부리시는 것이었다. 아니, 친구 분이 편찮으신 것은 가슴 아픈 일이지만 그렇다고 손녀딸이 배가 부르고 있는데 결혼식을 미루라니, 이게 말이 되는가. 어떤 설득도 할 수 없는 것은 미국에 계시기 때문이다. 게다가 부모님마저 딸자식 결혼보다는 자기 일정이 중요해서 그렇게 미루다 보니 그녀의 배는 남산만큼 불러오고 있었다.

"아무래도 아기 낳고 결혼식 올리는 것이 좋겠다."

문 여사가 은행의 배를 보고 말했다.

"그래요, 주 실장. 우리 아기 낳고 나서 결혼식 올리면 안 될까요?"

성현도 슬쩍 물었다.

〈주은행, 아기 낳고 해. 미련아, 너 만삭인 채로 결혼할래? 그러다가 완전 놀림감 된다.〉

하리도 전화로 닦달했다.

"안 돼. 안 돼."

은행은 고집을 부리고 있었다. 모든 신념이 김성현을 사랑하면서 우르르 무너졌다. 그런데 결혼식을 올리기 전에 아기를 낳을 수는 없었다. 그것은 마지막 보루였다. 다른 사람의 시선이 중요한 것이 아니라 아기는 사람들에게 축복받고 나서 낳아야 한다는 것이다.

"요즘 애들답지 않게 왜 이렇게 미련하니? 배불러서 결혼식 올리면 너만 민망한 게 아닌데, 나도 좀 그렇지. 뭐, 하지만 네가 그렇게 해야 한다면 어쩌겠니."

문 여사는 남의 시선이 그다지 중요하지 않았다. 다만, 신념 때문에 배부른 모습으로 결혼하겠다고 고집부리는 은행이 좀 웃기고 안쓰러웠다.

"생각해 보니, 불쌍하기도 해요. 왜 이리 생각이 많은지. 그래도 앨범 사진은 배부르기 전에 찍어서 다행이고, 신혼여행은 애 낳고 가라고 했어요. 유럽으로 간다고 하더라고요."

문 여사가 요리 레시피 정리를 하면서 남편에게 말했다. 김준성은 수술받고 2개월 후 위가 깨끗하다는 진단을 받고 이제는 아주 건강한 상태로 기분 좋게 아내의 말을 듣고 있었다. 아내가 해준 녹즙을 언제나처럼 마신 후 아내의 잔소리 섞인 말들을 한쪽 귀로 들으며 책을 보는 신공은 여전했다. 글귀와 아내의 말 두 가지 다 놓치지 않은 김준성은 오늘도 알찬 하루 일과를 그렇게 보내고 있었다.

서울 시내에서 한적한 곳에 위치한 호텔에선 사람들로 북적거렸다. 조촐하면서도 소박하고 아름다운 결혼식을 올리고 싶은 성현이었지만, 은행도 그도 워낙 친구들이 많아서 하객들의 편의를 위해서 어쩔 수 없이 도심 호텔에서 할 수밖에 없었다. 그나마 덜 화려한 곳으로 정한 호텔로 홀이 하나이기 때문에 쫓기듯 식을 올리지 않아서 다행이었다.

"엄마, 외숙모 배가 이만해. 커다란 호박 같아."

"아기가 있어서 그래."

"펑 터질 것 같아."

"쉬이."

정인이 살짝 미안한 듯 얼른 아들을 한 손으로 옆구리에 끼고 나갔다. 은행은 네 살 아이를 탓하고 싶지 않았다. 새틴 실크로 된 아름다운 드레스는 몸의 형체를 따라가지 않고 가슴을 강조하고 나서 옆으로 크게 퍼져서 자신이 봐도 호박 마차 같다는 생각이 들었다. 그 생각을 겨우 지우고 있었는데 성우와 정인의 아이가 콕 찔러 말한 것이다. 아이들은 거짓말을 못하는구나. 결혼을 가장 먼저 한 성우의 아이가 여기선 손위였다.

괜찮아, 괜찮아.

"야, 주은행, 너 어쩌다 이렇게 됐냐?"

빼어난 미모를 자랑하는 태연이 들어오자마자 한심하다는 어조로 말했다.

"내가 너한테 하고 싶은 말이다."

은행이 억양 고조 없이 우울하게 대꾸했다. 화를 낼 힘이 없었다. 그럼에도 김태연이 주신노와 짝이 된 것을 지적하지 않을 수 없었다.

"미안하다."

김태연은 그 말만 나오면 늘 숨 죽은 배추처럼 굴었다. 얼마나 싫다고 난리법석을 떨었단 말인가. 사랑 앞에 난리 친 걸 사과해야 한다.

"불쌍한 것은 불쌍한 거지. 그렇게 신념을 주장하시더니만, 이게 뭔 꼴이야?"

하리도 이런 지적을 하면 안 된다. 그녀의 스캔들은 눈과 귀가 있다면 모르는 사람이 없지 않은가. 그래도 강하리에게 뭐라고 하고 싶지는 않았다. 나름 고생한 케이스이니까.

"난 결혼 전에 아이를 낳을 순 없어. 축복을 받고 나서 해야지……."

"사랑은 위대하다. 혼전순결 외친 네가 임신한 채로 결혼할 줄 누가 알았겠냐. 참, 뭐라 할 말이 없다."

"사랑이 위대한 게 아니라 김성현 소장이 위대한 거지. 주신노 씨가 위대한 것처럼."

친구들 중 한 명이 말하자 유하정이 웃었다.

"유하정, 결혼하면 너도 내가 웃어줄 거야."

은행의 그 말에 하정이 은행의 아름다운 머리를 살짝 토닥이며 귓가에 속닥였다.

"난 그럴 리는 없어. 결혼 안 할 거야."

"엥?"

"네가 부럽다."

"내가?"

"사랑하는 사람을 발견했잖아. 주은행, 너 일과 사랑에 성공한 거야."

하정이 그녀답지 않게 활발한 태도로 주먹을 불끈 쥐어 보였다.

"그런가."

은행도 같이 주먹을 불끈 쥐었다.

"참, 눈물 없이 못 보겠네. 애쓴다, 애써."

하리가 끼어들었다.

"강하리, 넌 그럴 자격이 없어."

"맞아, 맞아."

하정이 용감하게 말하자 유부녀 친구들이 합세했다.

"맞긴 뭐가 맞아. 내가 내 인생 깽판 쳤지, 너희들 인생에 피해 줬어?"

"아니, 아니."

또 유부녀 친구들이 말 바꾸기 신공을 보인다. 영향력 있고 의리 깊은 강하리의 마음에 스크래치가 가서 좋을 것이 없기 때문이다.

"강하리, 행복하긴 한 거냐?"

태연은 은행이 울까 봐 손수건을 손에 쥐어주며 꾹 참아야 화장 번지지 않는다고 덧붙인 다음 하리에게 물었다.

"자유로워. 그럼 된 거지? 원래 사랑이란 것이 자유롭긴 힘들거든. 김태연도 웃기고 주은행, 너도 웃긴다. 근데, 진심으로 축하해. 행복하게 살 것 같아서 마음은 편안하네."

은행은 하리에게 안기려고 했으나 만삭인 배 때문에 쉽지 않았다.

"고마워."

"태연이 말처럼 울지 마. 울리려고 한 말 아니야. 야, 우리 가자. 신부 울리면 안 돼. 배가 저렇게 나왔는데 울기까지 하면 큰일 난다. 꼴 보기 싫어, 절대 울지 마."

하리가 친구들을 데리고 신부대기실을 나가서 식장으로 향했다. 마침, 할아버지가 대기실 안으로 들어오셨다. 정정하신 할아버지의 등은 꼿꼿하고 걸음 보폭도 크셨다. 그리고 표정도 엄격했다.

"고개 들고, 당당하게. 알았냐?"

할아버지는 아끼는 손녀딸이 만삭으로 결혼해서 놀림감이 될까 봐 벌써부터 걱정이신 모양이었다. 손녀딸에게 큰소리치는 것은 그만큼 애정의 발로라는 것을 그 누구보다 그녀가 잘 알았다.

"괜찮아요."

"그래야지."

"근데 아버지, 어머니는 오셨어요?"

"왔는데 내가 지금 쫓아냈다."

"예?"

"여기가 어디라고 와서도 말싸움을 해. 만삭으로 결혼한 것 자기 탓 아니라고 서로 네 잘못이네 하고 있더라. 내가 꼴 보기 싫어서 쫓아내 버렸으니 아마 호텔 앞에서 서성거리고 있을 거다. 잠깐 나 손님들 맞이하러 가마."

할아버지는 아직도 이혼을 거듭한 아들, 며느리를 용서하기 힘든 모양이었다. 은행은 울상을 의지로 폈다. 성현이 그때 신부대기실로 뛰어왔다. 할아버지와 마주친 모양이었다.

"염려 마요. 내가 잘 설득해서 부모님 다시 오셨어요."

그리고 다시 손님맞이하러 나갔다.

"우리 신부가 제일 예뻐."

이런 말도 안 되는 소리까지 덧붙이며.

은행은 거울을 봤다. 눈은 예쁘다. 하지만 8개월이 되면서 얼굴이 붓기 시작하고 팔다리는 계속 저렸다. 그래도 밉지 않으면 됐다. 신랑의 말에 힘이 나긴 했다. 상견례할 때도 각자 가정이 있는 부모의 까칠한 태도를 잘 넘기고, 그들의 말다툼을 겨우 말리며 어떻게든 분위기를 좋게 만들려고 애쓴 사람이 아닌가.

"난, 예쁘다."

은행은 그 말을 여러 번 반복했다.

"이젠 결혼하러 갈까, 우리 콩아."

콩이는 아들이다. 아들이란 말에 문 여사는 실망감을 드러냈다. 딸이 귀한 집안이라 더 그랬다. 어떻게 된 것이 아들들이 결혼해서 손자만 안겨온 상태라고 아쉬워했다.

"씩씩하게 해치워 버리는 거야."

은행은 뱃속의 아기가 꿈틀거리는 걸 느끼며 으싸 하고 자리에서 일어났다. 그리고는 뒤뚱거리며 앞으로 걸어 나갔다. 직원들이 그녀가 쓰러지기라도 할까 봐 얼른 뒤따랐다.

할아버지의 손을 잡고 김성현에게 가는 길에 눈물을 흘리지 않으려고 애썼다. 김성현은 할아버지에게 큰절을 하고 은행의 손을 건네받았다. 그리고 그녀가 팔짱을 끼자 그 손을 한 손으로 다독인 후 꽉 잡았다.

은행은 절대로 울지 않겠다는 다짐을 잘 지키고 있었다. 주례 선생님이 뱃속의 아기도 잘 듣고 있는 듯하다고 해서 하객들의 웃음소리가 터져 나왔을 때도 그랬다. 성현의 은사인 주례 선생님은 다소 괴짜로 그가 그렇게 아기 얘기는 주례에 하지 말아달라고 신신당부했으나 주례의 반이 아기 얘기였다. 그래도 그녀는 잘 참았다.

아들과 예전 며느리는 뒷좌석에 따로 앉히고, 부모 좌석에 혼자

떡하니 앉은 할아버지에게 절을 할 때도 용케 눈물을 참았다. 사람들은 신부가 만삭이었으나 끝내 울지 않고 잘 웃고 의연했다고 말했을 것이다.

만삭이어도, 부모가 부모석에 앉지 못해도, 결코 눈물 한 방울 보이지 않은 결혼식일 뻔했지만 그 참았던 눈물은 한꺼번에 쏟아지고 말았다. 그것도 축가에서.

"아이들이 참 예쁘네요. 두 번째 축가는……."

사회를 보는 신랑의 후배가 큰 이벤트라도 있는 것처럼 끌고 있었다. 은행은 복지원 아이들의 축가에 감동을 받아서 원장 선생님과 아이들에게 눈을 맞추며 고맙다는 인사를 연신 하고 있었다.

"신랑 분이 직접 준비하셨답니다. 신부에게 보내는 사랑의 찬가라고 하네요. 직접 피아노를 치면서 부르시겠습니다."

성현이 은행을 품에 꼭 안고 나서 피아노 쪽으로 갔다. 사람들의 환호성이 터졌다. 가족들은 헉 하며 놀랐다. 은행은 너무 오래서 있으면 힘든 임산부라고 누가 의자를 가지고 와서 앉았다.

피아노를 치며 신부에게 바치는 감미로운 발라드가 식장 안을 가득 메웠다. 그렇게 긴 손가락이 자유자재로 움직이며 아름다운 멜로디가 나온다는 것이, 그것이 자기 남편이라서 더 신기했다. 그의 음성과 그가 치는 건반 소리를 듣는 순간 눈물이 툭 터져 나오면서 하염없이 흐르고 있었다.

"어릴 때나 부모가 제일이지, 다 크면 자기 아내가 최고네요. 피아노 다신 안 칠 줄 알았더니 신부를 위해서 치네."

"그래서 싫어?"

"서운할 줄 알았는데, 마음이 놓이네요. 그런데 은행이가 너무

운다. 뭐, 감동받아서 그런 거니까 상관없지만. 아들들이 다 좋은 사람과 결혼한 것 같아요. 이렇게 늙는 것도 참 좋네요."

문 여사는 남편에게 그렇게 말하고 나서 그들을 바라보았다. 그런 아내의 손을 김준성은 토닥였다. 그렇게 그들에게 마음 한편 신경 쓰이게 했던 둘째 아들이 대학교 시절 아팠던 기억을 떨치고 좋은 가정을 이루게 된 것이다. 첫째와 셋째도 아내의 손을 잡고 축가를 열심히 듣고 있었다. 자식들의 행복한 모습을 보니 흐뭇했다.

"이젠 우리 건강만 신경 쓰면 돼요."
"그러니까요. 이젠 무리하지 마세요."
"그러겠습니다."
남편의 말에 문 여사가 싱긋 웃었다.

*

"울지 마요, 주 실장."

호텔 스위트룸에 둘만 남은 은행은 아직도 눈물이 범벅된 상태였다. 8개월이라 신혼여행은 아기 낳고 유럽으로 가기로 해서 지금은 하룻밤을 스위트룸에 묵기로 한 것이다.

"뭐가 그렇게 슬퍼요?"

성현이 아내를 침대에 앉히고 나서 바닥에 주저앉아 들여다보며 물었다. 은행과 성현은 예복을 벗고 피로연에 참여한 후라 정장 차림이었다.

"슬퍼서 그런 게 아니에요. 알면서 그래요."

은행이 훌쩍이며 말했다.

"알아요. 그만 울어요. 얼굴 미워요."

성현이 손으로 연신 닦아주며 말했다.

"난 운이 좋은 여자예요. 이렇게 좋은 남자가 제 발로 걸어서 오고. 내가 정말 앞으로 잘해줄게요."

"알면 다행이에요. 한데 그렇게 좋았어요?"

은행이 고개를 끄덕거렸다.

"날 위해서 그동안 안 쳤던 피아노를 칠 줄은 몰랐어요."

"그게 뭐라고……. 하면 하는 거예요. 우리 주 실장이 만삭으로 결혼해서 우울한데 그거 하나 못해주겠어요."

성현이 별것 아니라는 표정을 지으며 아내의 입술에 뽀뽀했다.

"치이……."

"사실, 준비한 게 하나 더 있긴 한데. 이 분위기에서 어떻게 하나 고민되네요. 게다가 아무리 그래도 우리 아가도 주 실장 뱃속에서 다 듣고 있는데 태교에도 안 좋을 것 같고, 그래서 망설여져요."

"에잇, 할 거면서."

은행은 눈물범벅된 얼굴로 활짝 웃으며 말했다.

"큰일이란 말이야. 우리 주 실장이 날 이제 손바닥에 놓고 파악을 하시네."

"아무리 그래도 소장님보다 못해요."

그랬다. 굳은 신념은 주도면밀한 그 앞에 다 우르르 무너지고 그의 여자가 되어서 이 남자의 의중대로 움직이니 말이다.

"염려 말아요. 꽉 잡혀 살게요."

이렇게 말하니 또 미워할 수가 없다.

"알았어요. 고마워요."

"할까 말까 했는데, 해야겠다."

성현이 리모컨으로 음악을 틀었다. 먼저 와서 사전조사까지 한 모양이다. 끈적끈적한 재즈 음악이 흘러나오고 성현은 용기가 안 생기는지 뒤돌아 괜히 히죽거리다가 갑자기 확 돌아서더니 춤을 추기 시작했다. 정확히 말해서 골반을 돌렸다.

사람인가, 맷돌인가.

"뭐 하는 거예요?"

은행은 눈에 뵈는 것을 의심하지 않을 수 없었다.

"쉬이."

저렇게 담백하게 생긴 남자는 아무리 느끼한 행동을 해도 느끼하지 않는 신기한 마력이 있다는 걸 다시금 깨달았다.

"뭐 하는 건데요?"

"보면 몰라요?"

성현은 넥타이를 풀어서 그녀에게 던지며 말했다.

"어, 남우세스러워."

언제 울었냐는 듯 은행은 두 손으로 얼굴을 가렸지만 손가락을 벌려서 그가 단추를 푸는 것을 보고 말았다. 이번엔 셔츠가 날아왔다. 은행은 셔츠를 잡고 남편의 흐느적거리는 춤사위에 흥분도 하고 조소도 날렸다.

"어, 어, 안 되네."

바지 지퍼가 안 내려가자 재즈 선율을 타던 몸짓이 딱 멈추고 지퍼 내리기에 열중했다.

"주 실장, 이거 안 되는데……."

"이리 와봐요."

은행이 팬티에 물린 바지 지퍼를 자세히 들여다보았다.

"뭘 그렇게 자세히 봐요?"

"에잇, 색드립 좀 그만하세요."

"은근히 좋아하면서."

"지금 내 상태를 보시라고요. 좋아하게 생겼냐고요. 몸이 얼마나 무거운데요."

은행이 신랑 바지 지퍼를 고쳐서 내렸다가 다시 얼른 올려주었다.

"정말 이래도 싫어요?"

그가 그녀의 입술에 키스를 했다.

"이래도?"

키스는 달콤한 신음을 타고 깊어지고 있었다. 그러다가 은행이 배를 움켜쥐었다.

"아, 배 아파."

"뭐예요? 아기 나오려고 해요?"

"아뇨, 아기가 발로 무진장 배를 차요. 아직 8개월이에요. 나오려면 두 달은 더 있어야 한다고요. 그러니까 나 좀 안정시켜 줘요. 빨리요."

성현은 얼른 클래식 음악으로 바꾸고 은행의 안정을 위해 애썼다. 같이 배운 라마즈 호흡법을 시행 중이었다.

"괜찮아요?"

"네에, 나 씻고 잘래요."

"그래요."

성현이 다소 시무룩해졌지만 그래도 아내의 말에 순종했다.

"오늘 너무 멋졌어요. 그리고 아기 낳고 그거 마저 하자고요. 지금은 흥분하면 안 좋으니까."

은행은 자기 말에 쑥스러워서 얼른 욕실로 들어갔다.

"분부대로 하지요."

그의 말이 욕실로 들려왔다. 그녀는 킥킥거리고 웃다가 눈물로 얼룩진 자기 얼굴을 보고 허걱 놀랐다. 하지만 곧 평정을 찾았다.

"난 행복해."

정말 그녀는 행복했다. 그리고 결심했다. 꼭 남편이 오늘 못한 것을 마저 보겠다고, 아기 낳고 나서.

하지만 쉬운 일이 아니었다. 그들의 아들 김주석이 태어났다. 그리고 이놈은 낮밤이 바뀌어서 밤만 되면 눈을 뜨고 안아달라고 왕왕 울어댔다. 그 목소리가 얼마나 우렁찬지 아파트에 사는 그들은 위, 아래층을 위해서 얼른 아기를 달래야 했다. 누구를 닮았는지 자기 뜻을 안 들어주면 무척이나 치열해진다. 하지만 오늘 은행은 낮에 결혼식에 갔다 와서 너무 피곤했고, 재택근무로 요즘 설계도면에 열중하느라 진이 빠졌다. 게다가 요 며칠 잠을 못 잤다. 너무 피곤해 아이의 울음소리가 들리는데도 일어나기가 어려웠다. 남편은 출장 중이라 일어나야 하는데 잠에서 깨어나기 힘들었다. 부스럭거리는 소리와 함께 울음소리가 그쳤다. 아기가 엄마의 마음을 이제야 알아주는 것 같았다. 그녀는 다시 깊은 잠에 빠져들었다. 그렇게 한참을 자다가 눈이 떠졌다.

아기가 없네.

깜짝 놀랄 판에 거실에서 자장가 소리가 들려왔다. 낯익은 목소리다. 아기 가졌을 때 그녀의 배에 대고 늘 불러대던 자장가 소리에 입가가 올라갔다. 문을 살짝 열고 나가보니 남편이 아기를 안고 도란도란 얘기를 하고 있었다.

"엄마가 피곤해요. 우리 아가는 아빠하고 놀아야 돼. 낮엔 그렇게 잘 자고 밤엔 놀고 싶으니? 하품하네. 이젠 다시 밤낮을 바꾸자. 우리 아가, 자야지."

다시 그가 노래한다. 출장에서 막 돌아왔는지 남편은 양복만 소파에 얹어놓은 채 셔츠 차림이고, 아마도 손만 씻었을 것이다. 늘 아기 안을 땐 손을 빡빡 씻으니까.

은행은 그 뒷모습을 보고 생각했다. 자신이 주도면밀하지 않길 잘했다고, 정말로 잘한 일이라고 거듭 생각했다. 남편이 뒤돌아 그녀를 보고 웃는다.

'사랑해요, 소장님.'

은행은 웃으며 속으로 속삭였다. 주도면밀한 당신을 많이 사랑합니다. 그녀의 부족한 점을 그가 채워주니 이 얼마나 아름다운가.

에필로그

"진짜로 첫째랑 둘째가 여기로 집 지어서 이사 오는 거예요?"

"그렇다니까요. 막내 고모는 몇 번을 물어요. 설계를 하고 있으니까 6개월이면 집 완성하고 올 것 같네요."

"대견해서 그렇죠."

"그렇긴 하죠."

문 여사는 생각할수록 흐뭇했다. 두 형제가 부모 집에서 얼마 안 떨어진 곳에 땅을 샀다. 이곳이 땅값이 싸서 돈을 합해서 넉넉히 100평을 살 수 있었다고 들었다. 거기에다 30평짜리 2층 집을 딱 붙여서 두 채 지을 예정이라니까, 그러면 각자 60평이 넘고 다락방까지 합하면 넉넉히 쓸 수 있을 것이다. 한 마당을 같이 쓰는 형제라니, 막내가 부러워 난리였지만 직장 때문에 옮길 수는 없었다. 게다가 셋째 며느리는 시부모와 그렇게 가까이 살면 경기를 할 것이 분명했다. 물론 좋은 아이이지만 간섭받는 걸 싫어하다 보니 좀 떨어져 살다가 가끔 보고 싶을 때 보는 것이 서로의 건강과 우호를 위해서도 좋을 것이다.

"한데 갑자기 웬일이에요?"

"갑자기라니요, 늘 부모 가까이에서 살고 싶다는 아이들이에요."

갑자기 이런 결심을 한 것은 아니었다. 첫째는 원래부터 부모와 가까이 살기를 원해서 사무실까지 옮겨왔고, 둘째는 오랫동안 일해온 유 비서가 남편이 아버지 농사를 도우려 직장을 때려 치우고 고향에 내려가게 되면서 생각해 왔던 것을 실행해 옮겼다. 성현은 그동안 생각만 해왔던 사무실 이전을 하게 되어서 만족했다. 유 비서도 계속 일하게 되었고 아파트가 아닌 고향에 집을 짓고 살 수 있는 소망이 이루어진 것이다. 며느리들도 흔쾌히 따라서 문 여사는 행복했다.

"근데, 아직 땅만 사고 공사는 시작도 안 했는데, 주석이는 왜 언니가 업고 있어요? 애들 왔어요? 차도 안 보이던데."

"둘째 신혼여행 간다고 했잖아요."

"이번에 갔어요?"

"자꾸 미루기에 가라고 했어요. 시간 있을 때 얼른 가야지, 그러다가 영영 못 갈 수도 있으니까. 아마도 지금쯤 영국에서 프랑스로 갔을 거예요."

"언니는 왜 이렇게 둘째한테 잘해줘요? 그렇게 딸 같아요?"

막내 고모가 큰 덩치를 들이밀며 물었다.

"같이 돌아다니고 또 딸처럼 막 대하려면 이런 것에 섭섭하게 하면 안 돼요. 인심 쓸 때 확 써야 내가 데리고 다니기 좋다고요. 막내 고모는 그걸 몰라. 해줄 땐 잘해줘야 돼요. 그리고 이상하게 은행이가 오면서부터 매번 눈치 보던 영선이가 달라지대요. 먼저 와서 물어보고, 애교도 부리고. 첫째 며느리가 그러니까 마음이 확 풀어져요. 애는 원래 착했으니까요. 역시 나는 인복은 타고났어."

막내 고모는 그렇게 자랑을 하는 문 여사가 부러워 괜히 툴툴거렸다.

"아기 깼어요. 언니가 너무 수다를 떨어져 그래."

"엄마, 아빠……."

"며칠 있으면 올 거야. 할머니랑 놀자."

발육이 좋은 아기가 손을 휘저으며 울려고 하자 문 여사는 왔다 갔다 하면서 달랬다. 이제 12개월이 된 아기는 얼마나 힘이 좋고 잘 웃는지 제 아빠 어릴 때와 똑같았다. 웃는 것도 어쩌면 그리 닮았는지, 볼 때마다 놀란다.

"주석이, 아빠와 완전 붕어빵이네."

"그러게요. 어떻게 삼 형제가 낳은 자식들이 다 제 애비만 닮았을까. 아이고, 난 언제나 손녀딸을 안아볼까나."

"바랄 걸 바라세요. 언니도 아들만 셋 낳았잖아요."

"그러니까요."

아기가 또 울었다. 주먹 쥔 손을 흔들며 큰 소리로 울어대는 폼이 배가 많이 고픈 모양이다.

"그래, 가자. 집으로 가자. 엄마, 아빠는 지금쯤 관광하느라 바쁘겠다. 가자."

아기를 업은 문 여사는 서둘러 집으로 들어갔다. 막내 고모도 같이 따라 들어갔다.

※

그들의 예상처럼 성현과 은행은 영국에서 파리로 건너가 많은 관광을 하고 있었다. 볼 것이 많았지만 그냥 발길 닿는 대로 갔다.
몽마르트르 언덕의 물랭 거리에서 거리 화가의 모델이 되어 꽤 닮은 그림을 보고 기분 좋아하기도 하고, 에펠탑을 보고 기념사진을 찍어대는 관광객들 속에서 같이 셔터를 눌러대기도 했다. 또 프랑스 사람처럼 빵집 아저씨와 비주(프랑스식 인사법, 양쪽 볼에 뽀뽀)를 하며 마치 여기에 사는 부부처럼 흔연스럽게 파리에 스며들었다.
다음날은 노천 벼룩시장에서 앤티크한 물건들을 구경하며 잠시 둘만의 세상에 푹 빠지기도 했다. 센강 부근 기념품 가게에도 발길이 머무르고, 마치 시간이 무한대로 있는 것처럼 여유 있게 걸어 다니다가 뜨거운 연인처럼 길거리에서 키스도 했다. 파리에선 그것은 그저 일상처럼 흘러가기에 그다지 눈에 띄지도 않았다. 하지만 그들은 지쳤는지 오늘은 호텔 객실에서 머무르며 창문을 열어놓고 서로 쳐다보며 바람을 쐬기만 했다. 어제 치수만 다른 하얀 셔츠를 커플 옷으로 사서 그걸 입고 시내 구경을 하기로 했지만, 은행이 피곤한지 좀 쉬었다 가자고 해놓고 꼼짝도 안 하고 있었다.

"이렇게 보기만 해도 좋다."

성현의 말에 은행이 웃었다.

"결혼한 지 벌써 1년이 훌쩍 지났다니, 믿겨져요?"

"난 10년이 지나도 그대로일 것 같아요. 나의 은행이 여전히 예쁘고 나도 근사할 테니까요."

"치이."

"주은행 씨, 요즘 점점 나한테 빠져들어서 허우적대는 것이 눈에 보이던데……."

"티 나요?"

"많이 나요."

은행은 남편에게 눈짓을 했다.

"맞아요. 김성현한테 반하고 있어요."

"그렇게 말하니까 더 반하게 해주고 싶네."

"뭐 하려고요? 이리 와서 그냥 쉬자고요, 남편."

은행은 성현을 소장님, 성현 씨, 주석 아빠, 그리고 남편으로 기분에 따라 다양하게도 불렀다. 반면 성현은 은행을 주 실장 또는 나의 은행, 그것도 아니면 부인으로 부르고 있었다. 주석 엄마라고는 안 한다. 그것은 너무 낭만이 없다며 질색하곤 했다.

"잠깐만요."

남편이 사라졌다가 다시 나타났다. 결혼식을 올리고 스위트룸에서 스트립쇼를 해 보이려고 하다가, 주석이 엄마 뱃속에서 발로 차느라 끝까지 해보지 못했던 걸 굳이 다시 하겠다고 나섰다. 이번 음악은 탱고였다.

"탱고는 무슨 탱고냐고요."

은행이 어이없어했다.

"이번엔 확실히 해야지, 실수 없이. 잘 봐요."

그는 지퍼부터 내리고 바지를 벗었다.

"음악 바꿔요."

"같이 춤추면 되잖아요."

"에엥?"

"놀라기는. 우린 더한 것도 한 사이인데."

"느끼하다고요."

성현은 아내를 일으켰다. 눈 깜짝할 새 바지 지퍼를 내리고 셔츠만 남겨두고 아내를 쑤욱 위로 올렸다. 아기를 낳고 다시 체중이 예전대로 돌아가기 위해 열심히 다이어트를 한 보람이 있긴 했다. 은행은 예전 모습으로 아슬아슬하게 돌아오고 있었다. 그래도 무게가 있을 텐데, 성현에게 은행은 참으로 쉽게 들어 올릴 수 있는 아름다운 사람이었다.

"으악."

은행이 웃으면서 소리 질렀다.

"안 무거워요?"

"무겁긴. 내겐 늘 그대는 깃털이라고 했지 않았습니까?"

"으윽, 닭살……."

은행은 몸서리를 치면서도 기분 좋은 미소가 가시지 않았다.

"사랑해요, 부인."

"알았어요."

너무 많이 남발해서 일상이 되어버려 그다지 감동을 받지 않는 그녀를 보며 그가 화들짝 놀랐다.

"어? 안 사랑하나? 으응?"

"사랑해요, 남편. 됐어요?"

"됐습니다."

성현은 아내를 안고 한 바퀴 빙글 돌았다. 웃음소리가 탱고 음악을 타고 퍼져 나갔다.

"그만해요. 힘자랑할 일 있어요?"

"몰랐어요? 나 지금 부인한테 힘자랑하는 거예요."

"뭐 하려고요?"

"뭐겠어요?"

성현이 야한 눈짓을 했다.

"몰라요."

"에잇, 알면서."

은행이 소리 내어 웃고 말았다.

"난 아내 꼬실 때가 제일 행복해요."

"왜요? 잘 안 넘어와서?"

"아니요, 잘 넘어와서."

"흥."

"우리 은행이 삐쳤네."

성현이 아내의 입술을 훔치며 앞으로 스텝을 밟다가 그만 균형을 잃고 카펫 위로 쓰러지고 말았다.

"어."

은행은 깜짝 놀랐다. 성현이 얼른 몸을 돌려 그녀는 안전하게 남편 몸 위로 푹신하게 넘어진 것이다. 그가 눈을 감고 미간을 찡그렸다.

"괜찮아요?"

"으음."

신음 소리만 들려왔다.

"어디 아파요?"

은행이 남편의 배를 타고 앉아 걱정스러운 표정으로 들여다보며 물었다.

"조금요."

"어떻게요?"

그제야 남편 몸 위에 앉아 있는 걸 깨닫고 내려오려고 하자 강력한 손이 그녀의 허리를 꽉 잡았다.

"왜요?"

"아프니까 어디 가지 말고 치료해 줘요."

"네에?"

"치료해 줘요."

"이 방법이 정말 통할 것 같아요?"

성현이 한쪽 눈만 뜨고 은행을 보았다.

"그럼요. 내가 내 아내를 아는데, 유치할수록 통하더라고."

"흥."

"왜 그럴까 생각해 보니까 그게 김성현이라서 그런 것 같던데. 주은행이 김성현을 요즘 많이 좋아해서 별것 아닌 것 갖고도 넘어오더라고요. 그래도 뭐, 김성현이 주은행 좋아하는 것보단 약하지만. 난 눈만 뜨면 오늘은 어떻게 아내를 꼬실까 이 생각이니까."

은행은 남편 앞에서 화난 척도 잘 안 되었다. 또 웃음이 나오려고 한다.

"너무 말을 많이 했어요. 아파요. 빨리 뽀뽀해 줘요."

은행은 성현을 뚫어져라 보았다. 그녀의 커다란 눈망울에 물기가 촉촉이 젖어들었다.

"울어요? 왜? 내가 너무 수작 부렸나. 실망했어요?"

"아뇨, 내가 복 받은 것 같아서요."

결혼해도 아내를 계속 꼬시려는 남자는 진짜 드물다고 하는데, 복 받은 것 맞다.

뭐 이런 남자가 다 있을까.

"아, 깜짝 놀랐네. 에잇, 알았으면 됐어요."

은행이 그에게 뽀뽀했다. 입술이 맞닿은 지 얼마 안 되어 키스가 되었다. 키스할 때마다 설렌다. 천 번은 더 했을 키스인데 호흡이 엉키고 혀가 엉키면 온몸에 전율이 도는 기분이었다. 입술이 떨어졌다. 순간 두 사람의 위치가 바뀌고 그가 그녀를 짓눌렀다.

"오래간만에 실컷 할 수 있겠다."

성현이 음흉한 말을 서슴지 않고 내뱉었다. 아기를 낳고 나선 실컷 못한 것이 그를 늘 배고프게 했다. 항상 아기 눈치를 봐야 하고, 아내가 피곤한지 살펴야 하고…… 하고 싶은 마음만 가지고는 안 되는 것이 많았다.

"유럽까지 와서 이러면 안 돼요. 많이 돌아다니고 사진을 찍어야 남는 거라고요. 신혼여행인데……."

"난 파리보다 주은행과 단둘이 노는 게 좋아요. 사실, 부인도 안 그런가."

그의 눈썹이 유혹하듯 올라갔다.

"난 좀 쉬었다가 다시 관광 나가려고 했죠."

은행은 남편이 너무 밝혀서 곤란했지만 그게 배부른 고민이란 것을 잘 안다. 아무리 좋은 일이라도 고민은 따를 수밖에 없다.

"내가 그렇게 좋아요?"

그가 진지한 표정으로 고개를 끄덕였다.

"감당이 안 되네."

은행이 중얼거렸다.

"그래도 좋아하는 일이니까 많이 하다 보면 적응될 거예요.."

성현은 아내에게 수작을 잘 건다. 옷도 금세 벗기고 그녀를 안아 들고 푹신한 침대로 몇 걸음도 안 되어 갔다. 둘이 동시에 안은 채로 쓰러졌다. 순간 숨이 막혔다. 곧 정신을 차리는가 싶었지만 성현이 그녀의 목을 빨자 호흡곤란까지 왔다.

"우리 주 실장, 볼 때마다 가슴이 더 커졌어요."

"아기 낳아서 그렇죠."

"예쁘게도 커졌네."

뭐가 그리 좋은지 황홀한 표정을 짓더니 한입에 물었다. 그리고 쭉쭉 빨며 신음을 내뱉는다.

"그래, 이 맛이야."

은행은 자기 남자이지만 가끔 이 남자가 적응이 안 됐다. 아마도 적응하려면 평생 걸릴 것 같기도 했다. 그들에겐 권태기란 먼 얘기일 것 같다. 물론 지나봐야 알겠지만 지금은 참으로 복잡한 남자다. 너무나 다양한 점을 갖고 있어 파악이 잘 안 되니. 소장과 실장으로 같이 지낸 세월과 또 다른 모습이라서 더 그랬다.

"뭐가 부끄러워요?"

은행의 얼굴이 빨개지자 그가 물었다.

"김성현은 부끄러움이 없어."

"아내한테만 그러니까 상관없지."

"그렇긴 하네."

은행이 킥킥거리고 웃었다. 하지만 성현이 순식간에 팬티를 벗기고 그녀의 것에 얼굴을 묻자 웃음이 사라지고 온몸이 붉은색으로 물들었다. 섹스는 그녀에게 늘 딱 떨어지지 않았다. 불편하면서도 희열 넘치고, 끈적이면서도 뽀송거리는, 그리고 늘 설레고 부끄러우면서도 뭔가 마음껏 분출하는 느낌이었다.

"당신과 함께 좋았으면 좋겠어."

성현은 속삭였다. 그리고 그녀의 속으로 파고들었다. 은행은 자신이 흠뻑 젖었음을, 그리고 그의 것이 안에서 점점 팽창됨을 느꼈다. 아찔함이 온몸으로 달음질쳤다.

"하악. 하악."

"헉, 헉, 헉."

"아흑."

"괜찮아요?"

남편이 물었다. 그의 것은 크고 그녀가 좁은 편이라 섹스를 할 때마다 숨넘어갈 듯이 어질어질했다.

"조금…… 이제…… 좋아요."

아내의 말이 끝나자마자 박차를 가했다. 이 남자, 이럴 땐 한 마리의 야생마 같았다. 물론 온순한 양일 때도 많으나, 대체로 양의 탈을 쓴 늑대나 여우의 심리를 종종 발휘해서 아내를 소유하려고 해서 벅찰 때가 있지만 돌아보면 행복했다.

"얼마큼 좋았어요?"

그렇게 힘차게 달리고 나서도 힘이 남았는지 완전 지친 아내 옆에서 떠날 줄 모르면서 묻는다. 아무래도 또 달려들 기세다.

"많이 좋았어요."

"나만큼?"

"김성현 씨가 얼마큼 좋았는지 모르겠는데?"

"난 눈에 별이 보일 만큼, 아찔할 만큼 좋았다고 할까. 제정신을 차릴 수 없을 만큼 좋았어. 그러니까……"

이 남자 말리지 않으면 야한 얘기를 다 할 것이 분명했다.

"알았어요, 알았어. 충분히 알아요."

"아니요. 난 말해야 되겠어요."

성현이 다리를 그녀에게로 포개면서 더 바싹 다가왔다.

"우리 주석이 안 보고 싶어요?"

"당연히 보고 싶죠. 어제도 통화했잖아요."

"내일 가요."

"싫어요. 안 돼. 말도 안 돼. 이런 천금 같은 기회를 날리라고? 절대로 그럴 수 없어요. 오래오래 있을 거예요."

그가 그녀를 안은 채로 벌렁 누워서 난리법석을 친다. 그때 전화가 왔다.

"어, 어머니."

성현은 얼른 가운을 입었고, 또 다른 가운을 그녀에게 던져 주었다.

〈주석이가 엄마, 아빠 보고 싶단다.〉

〈아빠, 아빠. 엄마, 엄마.〉

"우리 똑똑이, 발음도 좋아. 며칠만 기다려. 곧 갈게."

〈엄마, 엄마.〉

"아가, 엄마도 보고 싶어. 곧 갈게. 내일이라도……."
성현이 고개를 마구마구 저었다.
〈무슨 내일이야, 충분히 놀다 와. 놀 시간이 어디 있겠어.〉
"감사합니다, 어머니."
성현이 선수를 쳤다.
〈은행아, 무리하지는 말아라.〉
"네에."
시어머니는 모든 걸 다 들여다보는 눈치다.
〈선물 사 오고.〉
"네에, 사 갈게요. 좋은 선물 많이 사 갈게요."

은행은 그날 생각지도 않은 좋은 선물을 이미 만들었음을 모르고 있었다. 그들은 정확히 10개월 후 두 번째 아들을 낳았다. 주석에 이은 주형이었다. 문 여사는 왜 이 집안은 아들만 태어나냐고 한탄을 했으며, 은행 역시 딸을 기필코 낳겠다는 결의를 다졌다. 둘째도 아빠를 빼닮았다. 그래도 은행은 두 아들을 보면 든든했다. 아빠를 닮은 두 아들은 엄마를 보면 방긋방긋 웃었.

은행은 객관적인 아닌 남자는 다시 돌아볼 필요가 없지만 주관적인 아닌 남자는 다시 한 번 돌아보기를 주변 사람들에게 늘 권했다. 보석은 가까이에 숨어 있는 법이다. 그것은 친구에게도 통했다.

모두모두 행복해져라.

자신이 행복해지면 관대해지는 법이다.

은행은 지금 행복했다. 성현과 그리고 가족들, 또 아들들, 그녀는 지금 부자다.

✱

"아빠!"

여섯 살짜리 남자아이가 멀리 보이는 아빠에게로 힘차게 달려갔다.

"이놈아, 그러다가 넘어지겠다."

성현은 가볍게 아들을 안아 들고 한 바퀴 돌렸다. 아이의 웃음소리가 청명한 공기를 가르고, 봄날의 꽃들이 흩날리는 언덕길이 눈앞에 펼쳐졌다.

"빨리 가자, 엄마가 기다리겠다."

"엄마 지금 방에서 할머니랑 큰엄마하고 아기 낳을 준비하고 있는데, 언제 아기 나오는 거예요?"

"오늘, 아니면 내일?"

"왜 빨리 안 나오고요?"

"그건 아기들에 따라 다르니까. 너는 빨리 나왔고, 주형이는 오래 걸렸고, 막내는 모르겠네. 엄마 고생 안 시키고 빨리 나왔으면 좋겠다."

"주형이가 문제야."

"김주석, 주형이는 네 동생이야. 예뻐해야지."

"장난만 치고, 내 장난감 부숴놓고. 그런데 뭘 잘했다고 만날 웃어."

아빠 품에서 주석이는 형 노릇이 얼마나 힘든지를 말하고 있었다.

"주형이는 모든 게 즐거운 아이잖아. 사람이 다 똑같지 않거든. 주석이처럼 모두 의젓하고 그럴 순 없는 거야. 하지만 네 동생이니까 살펴주고 이해해 주고 사랑해 줘야지. 원래 첫째가 그래야 되는 거야, 큰아버지처럼."

"주형이가 자꾸 나랑 쌍둥이라는 이상한 소리를 하잖아요."

주형이는 요즘 주석이와 쌍둥이라고 착각하고 있었다. 어른들이 하도 너희들 쌍둥이냐고 묻자 그렇게 된 것이다. 그도 그럴 것이 주형이가 성장 속도가 빠른지 한 살 차이인 형하고 키도 몸무게도 거의 비슷하고, 얼굴은 둘 다 어릴 때부터 아빠 붕어빵이었다.

"내가 형인데."

"그래, 주석이가 형이야. 주형이도 알고 있어. 다만 쌍둥이이길 바라는 거지. 주형이도 곧 주석이가 형이라서 다행이라고 생각할 거야, 아빠처럼. 아빠도 그랬거든. 주석이 큰아버지가 내 형이라서 다행이라고. 어릴 땐 다 그래. 조그마한 게 맞먹으려고 든단 말이야."

"아빠, 주형이 안 조그만데. 나보다 더 클지도 몰라요."

주석이가 우울하게 말하며 아빠 품에서 내려와 손을 잡았다.

"비밀인데, 삼 형제 중에 막내 삼촌이 제일 크거든. 하지만 큰아버지와 아빠에겐 늘 말썽쟁이 조그마한 동생이야. 크기와 상관없어."

아빠가 손가락으로 그 작음을 표시하자 주석이 무슨 말인지 알아들었는지 씩 웃었다.

"이제 빨리 엄마에게 가자."

성현은 아들과 함께 언덕길을 넘어섰다. 나지막한 산들이 감싸고 있는 작은 마을이 보였다. 전원주택들이 옹기종기 모여 있는 이곳은 자연친화적인 동네다. 그중에서 작은 두 집이 한 마당을 공유하고 있는 소박한 모양새가 눈에 띄었다.

"집에 다 왔네."

성현은 큰형과 함께 돈을 투자해서 같이 구상하고 지은 집이라 애착이 컸다. 특별하진 않아도 소담하고 튼튼한 목재집이었다. 황토색의 외관과 회색 지붕은 다양한 크기의 푸른 나무들과 조화로웠다. 실내는 자작나무로 통일해서 밝고 안정적인 느낌을 주고, 1층은 주방을 중심으로 거실 그리고 안방을 동선에 맞게 배치했다. 2층은 아이들 방으로 꾸며졌고, 다락방은 부부의 건축 작업실이었다.

이 집을 짓고 나서 주형에 이어 형의 둘째 아들도 태어났다. 남자아이 넷이서 정신없이 마당을 뛰어다니고 같이 공부하다 보면 하루해가 빨리도 저문다. 거기다 동생의 아이들까지 놀러 와 합세하면 더욱더 정신이 없다. 아이들은 각자 앵두나무를 가지고 있고 풀밭에 뒹굴다가도 나무와 텃밭에 물 주기 바빴다. 그렇게 씩씩하고 튼튼하게 꿈꾸며 자라고 있었다. 특히 아이들은 계단에 주저앉아 책을 읽거나 과자를 먹는 걸 너무 좋아했다.

"아빠다."

달려와서 겁도 없이 몸을 날리는 주형을 성현은 얼른 안았다. 다행히 주형이가 보이자마자 주석이가 알아서 비켜주었다.

"비행기 해줘."

"해주세요. 예쁜 말 써야지."

"비행기 해주세요."

주형의 말을 주석이가 고쳐 주는 걸 보다가 성현은 둘째를 비행기 해주고 나서 안으로 들어갔다.

"손 씻어라, 아들아!"

"네, 어머니. 형수님, 수고가 많으세요."

성현은 그 말을 하고 욕실로 가서 손과 발을 씻고 세수를 하고 나왔다. 그리고 아내가 있는 어두운 방으로 들어갔다.

"헤이, 부인, 괜찮아요?"

"이리 와요."

성현은 풍성한 원피스를 입은 아내에게 기어갔다. 은행은 그런 남편의 얼굴과 머리를 만졌다. 남산만큼 불러온 배를 만지는 남편의 손길이 부드럽다.

"병원 안 가도 되겠어요?"

"우리 집에서 낳고 싶어요."

은행은 주형이를 집에서 낳으려다가 무서워서 병원으로 갔었다. 그래서 이번에는 집에서 막내를 낳겠다고 굳게 마음먹은 뒤였다.

"겁나면 당장 말해요. 바로 병원으로 가면 되니까."

은행이 고개를 끄덕거렸다.

"양수 아직 안 터졌죠?"

"으아, 그렇게 자세히 묻지 마요. 난 다 보이기 싫다고요."

아내의 말에 성현이 킥킥거리다가 입술에 뽀뽀했다. 은행은 아직도 남편에게 예쁘게 보이고 싶었고, 성현도 그런 아내의 마음을 이해해 주었다.

"뽀뽀쟁이들."

아이들이 방으로 우르르 들어왔다

"버릇없이 그렇게 말하지 마, 김주형. 형이 혼내줄 거야."

"우린 쌍둥이야."

"웃기고 있네."

둘이 또 쌍둥이 문제로 싸우고 있었다. 무척 오랫동안 티격태격하는 걸 보니 중재가 절실했다.

"김주형, 이리 와. 잘 들어. 넌 아무리 그래도 형보다 1년 늦게 태어났어. 우리가 똑똑히 봤어."

"엄마가 산증인이야. 내가 낳았으니까."

은행도 남편의 말을 거들었다.

"맞아. 그리고 사랑하면 뽀뽀 많이 하는 거야. 이리 와, 뽀뽀해줄게."

성현이 두 손을 벌리자 주형이가 안겨왔다. 주석이까지 와서 은행은 뽀뽀세례를 받았다. 그러다가 진통이 오기 시작하자 아이들은 밖으로 내몰렸다. 엄마가 아파하는 모습에 아이들이 괴로워할까 봐 그랬다.

은행은 조산사의 도움을 받으며 방 안을 몇 번씩 걸어 다녔다. 아기가 수월하게 나올 수 있도록 몸을 많이 움직이는 중이었다. 성현은 아내와 같이 걸으면서 이번에 맡은 일에 대해 얘기하다가 진통이 짧아지자 쫓겨났다. 남편에게 보이기 싫다는 신비주의 부인 되시겠다.

옆에 있지 못하게 되자 그는 아들들에게 밥을 먹이고 나서 같이 방을 쳐다보며 기다렸다. 그러나 좀처럼 아기는 나오지 않았다. 새벽이 되고, 오랜 간호사 생활을 한 전문가의 도움으로 아기의 울음

소리가 터져 나왔다. 이미 아들들은 제 방에서 잠든 상태였다.

"아들아, 기쁘구나. 산모도 건강하고 네 형수가 애 많이 썼다."

"감사합니다, 형수님."

"제가 뭘 했다고요. 축하드려요. 아기 예뻐요."

"네에, 감사합니다."

모두들 기뻐했지만 문 여사도 그에 못지않았다.

"내가 여섯 명의 손자에 이어 드디어 손녀딸을 보게 되다니. 은행이 닮았는데, 입은 너 닮았다. 이목구비가 다 커요. 얼마나 이쁜지."

"수고하셨어요, 어머니."

성현이 어머니를 안고, 형수님에게 감사하다고 다시 인사한 후 얼른 방으로 들어갔다. 방엔 아기와 산모가 있었다.

"고생했어요, 부인."

성현이 아내의 땀에 젖은 얼굴에 키스했다. 그녀가 입은 면 원피스도 땀에 젖었다.

"여보, 우리 드디어 딸 낳았어요."

"우린 해낸 거예요."

성현은 아내의 품에 안겨 젖을 먹으려고 입을 꼬물거리고 있는 아기를 들여다보며 중얼거렸다.

"당신 닮아서 너무 예쁘다."

"당신과 날 닮았어요. 이제야 내 유전인자가 조금은 발휘가 되네요."

성현이 쿡쿡 웃었다. 날이 갈수록 아들들은 그를 쏙 빼닮아갔던 것이다.

"미안해요, 그동안 내 인자들이 득세를 해서."

"아뇨, 난 우리 아들들을 많이 사랑해요. 생김새부터 기질까지. 내가 사랑하는 남자를 어쩌면 그렇게 닮았는지 깜짝 놀란다니까요. 웃지 마요. 진심이에요. 그리고 우리 막내도요. 이 세상에서 우리 아이들을 가장 사랑한다고요."

"난 주은행을 우리 자식들보다 조금 더 사랑하는데, 부인은 아닌가 보네."

성현이 바짝 붙어 앉아서 말했다.

"난 우리 자식들과 똑같이 남편을 사랑합니다."

"감사합니다. 그동안 실망도 많이 시켰는데 계속 사랑해 주셔서."

남편의 말에 그녀가 웃었다. 그리고 속삭였다. 당신과 결혼해서 다행이라고, 정말 다행이라고. 그는 예전처럼 봉사활동에 치우치고 큰 기획안에 그다지 관심이 없었다. 가끔 아내의 성화에 하기도 했지만 여전히 고집이 세고, 자기 세계가 확실했다. 그래도 작은 다툼엔 먼저 꼬리를 내리고 사과한다. 아이들 키우는 데 늘 같이하는 성실한 가장이고 아내밖에 모르는 남편이었다. 그가 많은 돈을 벌어다 주진 못하지만 그녀는 유산 받은 것도 있고—그것은 아이들 교육비와 노후 생활을 위해 저축해 두었다—지방에서 아이들을 행복하게 키울 만큼은 넉넉히 잘살고 있었다.

"고백할 게 있어요."

"뭔데요, 부인?"

"김성현과 결혼해서 세 아이를 낳은 것을 내 인생에서 건축학과 함께 제일 잘한 일이라고 생각해요."

"난 일보다 당신과 가족이 먼저인데, 서운하네."

"그게 그거죠."

두 사람은 아기 낳는 날에도 애정전선에 이상이 없음을 여실히 보여주듯 콩닥거리다가 아이들이 깨어나서 뛰어오자 여동생을 소개시켜 주었다.

"주석아, 주형아, 인사해. 동생, 주영이야."

"여동생이다!"

그들은 아기를 보느라 여념이 없었다. 작고 쪼글하다면서도 눈을 떼지 못했다.

"그거 뭐예요?"

주머니에 삐죽 나온 카드를 보고 은행이 남편에게 물었다.

"아, 이거 진우 결혼 청첩장이요. 견본인데, 우리한테 제일 먼저 줬어요. 갈 수 있겠어요?"

"3주 후니까 갈 수 있어요. 꼭 가야죠. 민아 씨 부부도 일정 맞춰 온다고 했죠?"

"맞아요. 놀려준다고 단단히 벼르고 있던데. 서진우와 김유영의 결혼식인데, 우리도 가만있을 수 없죠. 이건 하늘이 내려주신 놀림감이라고요."

은행이 남편의 말에 킥킥거렸다. 그들의 결혼에 주위에선 경기를 일으킬 정도였지만 사실 은행은 놀라지 않았다. 누구도 주관적인 아닌 남자와 결혼할 수 있기 때문이다. 더군다나 그들의 연애에 대해서 어느 정도 알기에 더 그랬다.

유영이 큰 교통사고를 당한 2년 전 진우는 파티에서 그 소식을 듣고 달려갔다. 유영은 혼수상태에 빠졌다가 일주일 만에 깨어났다. 그 사건 후 진우는 갑자기 사람이 달라졌다. 유영 없는 삶은

끔찍하다는 걸 깨달았고, 유영 또한 그런 진우의 깨달음에 휘말려 갔다. 서로의 소중함을 느끼고 사랑에 빠진 것이다. 두 사람 다 형제자매가 없기에 더욱더 결혼식에서 형제자매 같은 성현과 은행의 역할이 중요했다. 건강해진 유영은 전화만 하면 아직도 이 모든 사랑의 결실을 은행 탓으로 돌리고 있었다. 아직도 서진우와 사랑에 빠진 것이 익숙지 않은 모양이다.

'운명을 받아들여요.'

"신기하긴 해요, 쭈욱 동지나 친구 같은 사람이었는데 이렇게 된 것이. 몇 년 전만 해도 진우 놈 생각지도 못했을걸요."

"뭐가 놀라워요? 우리도 그랬는데."

"우린 첫 만남에 뭔가가 있었죠. 다만 늦게 깨달은 거지."

성현이 아기를 안고 말했다. 은행은 그를 처음 만났을 때가 떠올랐다. 낡은 옷차림에 일하느라 끼니도 안 챙기고 집과 가구에 열중하는 남자. 그때 든 그녀의 생각은, 저런 남자와 결혼할 여자는 고생하겠구나, 누가 결혼할지 심히 걱정된다 였다.

하지만 그와 결혼한 여자는 지금 행복하다. 마음고생을 한 적도 그다지 없었다. 그녀에게 딱 맞은 남자가 아닐까 싶다.

"사람 일은 모르는 거예요, 특히 사랑은."

은행의 말에 성현이 아내에게 키스했다.

그들은 그렇게 오랫동안 행복하게 살아갈 거라는 느낌이 들었다. 그리고 아닌 남자와 엮인 친구들의 행복도 같이 빌었다. 그들의 인생도 그녀만큼 예상치 못한 즐거움이 있기에.

"나 만나서 진짜 행복해요?"

성현이 물었다.

"진짜 행복해요."

"나도요."

두 사람은 키스하고 아기는 울고 아들들은 소리 질렀다. 그러나 곧 부모의 애정 표현에 적응되었는지 아기를 달래는 데 여념이 없었다. 아기는 울음을 그치고 오빠들은 계속 웃긴 표정을 짓느라 부산했다. 그렇게 그들은 한 가족으로서 밤을 새우고 있었다.

THE END

작가 후기

안녕하세요. 이이안입니다.
장해서였는데요, 필명을 바꿨습니다.
앞으로 이이안으로 쭈욱 가려고요.
예전부터 이름을 바꾸려고 생각을 했는데 망설이다가 이번에 저질렀습니다.
이이안으로 이제 꾸준히 글 쓰도록 할게요.

주도면밀한 주은행은 '아닌 남자 시리즈'입니다.
객관적인 아닌 남자가 아니라 좋은 남자이지만 진짜 내 스타일일 수가 없다, 하는 주관적인 아닌 남자와 엮이는 여자의 이야기입니다.

은행은 건축가의 기질을 사랑에도 적용하는 몹쓸 습관이 있습니다.
바로 설계를 세밀하게 만들어야 되는 건데요, 일적으로 성공하지만 사랑에선 번번이 깊은 관계를 맺지 못하고 실패합니다.
그녀는 늘 자수성가한 뚜렷한 이목구비의 진취적이지만 자상한 남자를 원합니다. 눈이 엄청 높고, 세밀한 계획을 세운 만큼 실망은 쌓여만 갑니다. 그러다가 눈앞에 그 완전한 남자가 나타나죠.
그 남자는 유명한 작가인 서진우, 그의 별장을 지으면서 친밀한 기회를 갖게 됩니다.
사랑할 수 있는 남자 앞에서 얼마든지 여성스러워지는 주은행이지만, 슬프게도 서진우의 절친이 그만 그녀의 소속인 들꽃사무소 소장이고, 소장인 성현과 은행은 볼 것, 못 볼 것 다 본 사이라서 본모습을 다 알고 있습니다. 일에서는 작은 체구이지만 뿜어대는 포스로 콩마녀, 콩지랄이라는 소리를 듣는 걸 말입니다.

은행은 사랑을 위해 가식을 떨고, 그 가식을 지켜보는 남자의 눈빛이 달라집니다.

은행은 골치 아파지고요.

절대 그럴 리가 없다고 생각했던 남자가 마음에 들어오는 이야기입니다.

즐거운 마음으로 쓴 글입니다.
즐겁게 읽으시길 바랍니다.

제 글을 좋아해 주시는 모든 분들께 감사드립니다.

출간을 위해 수고하신 모든 분들께도 감사드려요.
따스한 봄이 빨리 오길 바라면서.

—이이안.

Chungeoram romance novel 우영주 장편소설

"열러 봐." 연준의 말대로 수민은 고개를 돌렸다. 그리고 멀리 보았다.
신기하게도 뒤에 연준이 있다는 생각을 하자
넘어지는 것도 더 이상 그렇게 무섭지만은 않았다.

Answer Me 앤서미

참담한 상처를 안고 봉운읍으로 내려온 서울 출신 약사아가씨, 한수민.
어릴 적 알고 지낸 이웃집 오빠를 다시 만나다.

봉운읍의 군계일학, 사윗감후보 1위, 인기만점 총각닥터, 장연준.
어릴 적 알고 지낸 이웃집 여동생을 다시 만나다.

"오빠로서가 아니라…… 남자로서 네가 좋아. 한수민."

네 마음이 내게 닿기를.
Answer me.

세상의 모든 전자책을 위해 탄생된 곳

세상을 보는 또 하나의 창 이젠북!
www.ezenbook.co.kr

지금 클릭하세요! 검색창에 **이젠북** 을 쳐보세요!

ezen BOOK

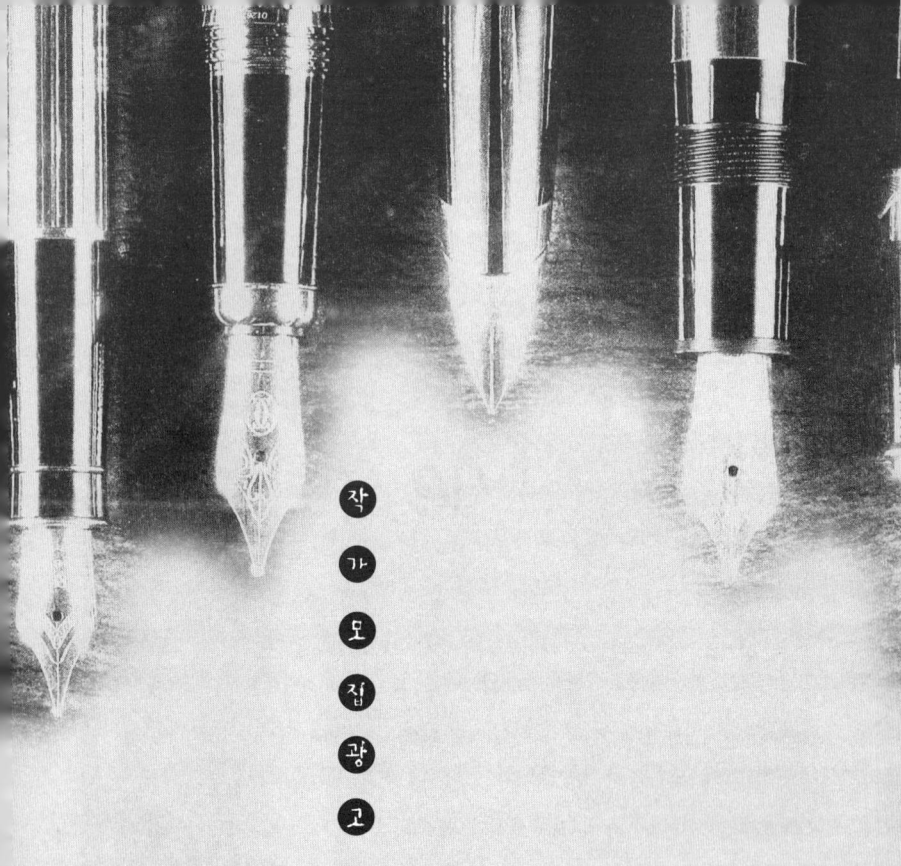

작가모집광고

**도서출판 청어람의 문은 항상 열려 있습니다.
실력있는 작가 분들의 많은 관심 부탁드립니다.**

TEL:032-656-4452 • FAX:032-656-4453
http://www.chungeoram.com
e-mail:chungeorambook@daum.net